芳魂

历史人物长篇小说

曾 新 著

南海出版公司

图书在版编目（CIP）数据

芳魂/ 曾新著. -- 海口: 南海出版公司, 2022.6
ISBN 978-7-5735-0210-0

Ⅰ.①芳… Ⅱ.①曾… Ⅲ.①长篇小说 – 中国 – 当代 Ⅳ.①I247.5

中国版本图书馆CIP数据核字(2022)第112833号

FANG HUN
芳魂

作　　者	曾　新
责任编辑	孙翠萍
出版发行	南海出版公司　电话：（0898）66568508（出版）　65350227（发行）
社　　址	海南省海口市海秀中路51号星华大厦五楼　邮编：570206
电子信箱	nhpublishing@163.com
经　　销	新华书店
印　　刷	成都市天金浩印务有限公司
开　　本	700毫米×1000毫米　1/16
印　　张	20.5
字　　数	380千字
版　　次	2022年6月第1版　2022年6月第1次印刷
书　　号	ISBN 978-7-5735-0210-0
定　　价	68.00元

南海版图书　　版权所有　　盗版必究

作者近照

作者简介：

  曾新，男，学名信惠，笔名尹子、书斋名净觉斋，先祖曾参，自贡市人，系自贡育才小学、自贡旭川中学、西南师范学院和鲁迅文学院学子，四川省作家协会会员、四川省民间文艺家协会会员、自贡市贡井区作家协会名誉主席、《自贡市贡井区志》常务副总编、《贡井年鉴》执行主编、《贡井地名故事》执行主编、《自贡年鉴》编辑，文史专家。

  有半个多世纪文学创作和历史文化研究、写作经历。先后在国家、省、市级50余家报刊发表诗歌、散文、小说、报告文学和民间文学等文学作品300余万字，出版散文集《绿色情结》《漫步西城》《感谢生命》和《新马路旧事》，长篇小说《苦海》（上下部）和《芳魂》，历史文化专著《盐史花露》，《曾文举民间文学辑存》和《净觉斋存稿》等8部个人著作。主编、执行主编或主笔20余种文学、历史文化图书或期刊。

  爱好书画、摄影、视频录制和微电影拍摄制作，有900余部视频或微电影在优酷网门户站发布。爱好旅游，创办自贡作家暴走团，有1.6万余人次参加暴走采风活动。创作歌曲《暴走之歌》和《一条旭水好风光》；主持拍摄微电影《暴走的故事》《老公走了》和《爱情这杯酒》；主编《暴走采风录》和画册《采风踪影》。其文学艺术创作活动录入《自贡市志》《自贡市贡井区志》和《中国文学新人大辞典》等典籍。有40余件文学、书画和摄影作品获国家、省、市级奖并录入多部文集或画册。

  其家庭先后被评为自贡市书香家庭、自贡市书香文明最美家庭、四川省书香文明最美家庭和全国五好家庭。

锋芒初露

（作者廖志新、王星书）

外豺中虎吐霾云，此子超然迥不群。
曾酿学潮声御外，犹盟导社意堪殷。
腥风旷野随旗帜，壮士危崖运斧斤。
初显锋芒光熠熠，浑雄气欲冠三军。

序曾新长篇小说《芳魂》

刘蕴瑜

元旦刚过应朋友相邀参加了一个规模不大的友情会，话题是曾新的新作《芳魂》即将付梓。我是第一次参与，有些茫然。得知这部25万字的小说是曾新用四个月的时间"杀青"的，崇敬之情不禁油然而生。内心愿意为之做点什么，却好像帮不上忙。席间资深评论家王发庆提出小说由我作序，因为我是土生土长的贡井人，在贡井工作多年，与曾新又是老朋友。推脱不了，只好应承下来。结果，年关事多，一拖再拖，书已一校，尚未阅读小说。内心有些不安，同时也有些无奈。好不容易坐在电脑前，却牛吃南瓜——开不了口。

认识曾新是在改革开放初期，那时我刚考上电大，同学中有他的同事，文学是桥梁，他要比我长一些，更何况他是弄文学的老大哥，自然就有一些敬重。后来就成了熟人，成了朋友，有了些联系。真正了解曾新，或者说走近曾新，还是在20世纪90年代中叶。我已到贡井区宣传部工作，主办《贡井报》，设有《天池山》副刊。一天收到一封读者来信，是曾新写来的。意思是他想写一些关于贡井掌故的短文。我不禁哈哈大笑。于是拨通了他的电话，我说："曾老师，您打个电话就是了，还写一封信！您能将贡井的人文掌故挖出来支持小报，我们感激不尽，报纸辟专栏给您连载。"这就诞生了后来结集出版的《漫步西城》。现在回想起来，还是那么清晰，亦是那么亲切。再后来我调到了市文化局工作，与曾新的联系没那么直接，但却没有中断，不时地参加一些贡井的文化艺术活动。

自然而然曾新扛起了贡井的文学大旗。贡井作协由他执牛耳。一时间笔会、研讨会、年会好不热闹。文学的园子在贡井生机盎然，蔚为壮观。

曾新总是那样细声细语，那样文质彬彬。他就像一棵枝叶繁茂的树，你得小心翼翼地去翻阅他的时光。在他的树枝上挂着《绿色情结》《漫步西城》《感谢生命》《苦海》《盐史花露》《曾文举民间文学辑存》《新马路旧事》，令人眼花缭乱。而长篇小说《苦海》是沉重的，那个时代的无尽灾难与痛苦，以及小说中的男女悲情，那些难以置信的自我宣泄和个性张扬的情节与细节重压在心上，令人喘不过气来。时隔 15 年，一部 25 万字的长篇《芳魂》再一次颠覆了我的认知。曾新丝毫没有 80 岁老人的迹象。

在电脑上阅读长篇小说，我还是第一次，着实有些不习惯。不过，我还是被小说里的情节和一些细节给吸引住了。

《芳魂》里描写了两个身为革命先驱的主人公。一个是孙中山先生追认的陆军中将左将军谢奉琦，一个是被誉为"少共三杰"之一的荀永芳。两个主人公都出生在贡井，在作者和我都熟悉的环境中成长，最后走上了革命道路，都在 26 岁的青春年华为革命而捐躯。两人的生卒时间先后相隔 52 年，跨越了辛亥革命、大革命和土地革命三个历史时期。这里需要特别强调的是，两个革命先驱的英雄事迹并非作者杜撰，而是有着史实支撑的。当然，史实只是依据，只是一些宝贵的珍珠。要写成小说，还得靠作者张开想象的翅膀，还得由作者奉献出一条缜密的线索把那些珍珠给穿起来，形成一串完整的项链。毫不含糊，这是一项艰苦卓绝的工作。作者头脑里酝酿的小说情节和细节通过发酵最终呈现在我们眼前，给了我一次又一次的震动。

小说呈现的自然环境和社会环境的描写令我浮想联翩。小说中的街巷、院落是那么地清晰又朦胧。旭水河缠缠绵绵，太平山、天池山在记忆的波涛中沉沉浮浮。这就是 19 世纪末 20 世纪初的贡井"清明上河图"吗？这就是生我养我魂牵梦萦的故土吗？这就是当时席卷中华大地的革命浪潮的缩影吗？这就是我熟悉又陌生的革命先驱生长的土地吗？《芳魂》所展示的地域和民俗的背景，是充满盐味的独具色彩的背景，丰厚而细腻的风情习俗的描写，使这部小说得以丰满，同时令本土读者感到格外亲切，也一定会使异地读者感到新奇。

当然，两个主人公的成长与命运更是牵动着读者的心弦。曾新在后记中说"记述、描写先烈们生活的那个时代之社会生活、风土人情，以期让小说中的人物'活'起来，让时代'活'起来，从而让历史'活'起来，现身说法，滋润后生，泽被百世"。作者的触发点和主旨也在于此。因此，作者在通过两个革命先驱可查资料的基础之上，以史实为依据，以人物性格的发展脉络为线索，非常巧妙地植入了一些情节与细节，使人物在情节与细节中呼之欲出。当然，这是合情合理的"添枝加叶",这是非虚构写作必不可少的重要劳作。在这段小说涉及的历史长河里,曾新设置了家境、求学、留学、爱情、返川、运筹、暗算、殉国等一系列故事情节要素。为两个主人公先后都走上革命道路,成为顶天立地的英雄作了顺理成章的铺垫。

任何人的成长都离不开家庭。美国心理学家、哲学家威廉·詹姆士曾说过:"播下一个行动,收获一种习惯;播下一个习惯,收获一种性格;播下一个性格,收获一种命运。"

谢府的家教是成功的、优秀的。哪怕是小孩子的游戏都是健康向上的。才两岁多的谢奉琦比画"有点像武打,有点像划拳"的动作都是跟戏中的关羽学的。一次谢奉琦与父亲一起上街,碰上一男娃不小心把小商贩装咸豌豆的玻璃瓶打烂了,小贩不依不饶,他的父亲谢坚摸出一个面值100文的铜元来递给小贩,让小男娃得以解脱。就连看见栀子花,谢奉琦的母亲都会给他讲:"能儿,栀子花的白净是它的秉性,栀子花的香是它的奉献!"谢奉琦的父母就是在一点一滴中影响着谢奉琦,谢奉琦也就是在这样的耳濡目染中成长起来的。苟永芳也不例外,在父亲的影响下,六岁时与同学分享食品"其愉快的心情溢于言表"。正如培根所言:"家庭教育是人的成长的根部和根本。"

当然,谢奉琦和苟永芳在社会中的成长与他们接触的时代和那些优秀的人更是息息相关的。谢奉琦书院求学接受的新思想令他茅塞顿开。因为"旭川书院的人长大都豁达开朗,不拒思辨,甚至接受、研究、传播新思想新理念"。后来谢奉琦结识了吴玉章思想更进一步深化,《筹蜀篇》对谢奉琦的影响是巨大的。因此才有"魏巍峰岭仡沧桑,莽莽荣溪赴大江。赤县沉沉奈何已,东瀛万里觅新阳"的志向,当拜识了孙中山之后,才有了坚定的信念与以后的英雄壮举。同样,年仅十一岁的苟永芳已担任华西小学学生会主席,《创造》和《新青年》等进步刊物对他的影响是根深蒂固的。

这样的题材使曾新自觉不自觉地选择了宏大叙事。从孔子的"微言大义",《易经·革卦》的"天地革而四时成,汤、武革命,顺乎天而应乎人",到孙中山的"天下为公",再到毛泽东的"为人民服务",都是一种广义上的宏大言说,由言说到叙事只有一步之遥,是顺理成章的事情。这种宏大叙事所呈现的慷慨悲歌与革命激情在小说中呈现的视死如归的英雄气概、义无反顾的气节在小说中惊心动魄。为了信仰而舍生取义,威武不屈的精神使主人公万古流芳,这就是《芳魂》!

说到这里,不得不说一说自贡这片厚重的土地。自贡不仅仅拥有千年盐业的辉煌历史,作为历史文化名城的自贡,是富有革命传统的热土,中国杰出的无产阶级革命家、教育家、语言文字学家吴玉章，中华儿女革命的典型江姐，红军长征途中牺牲的最高级别将领邓萍，秋收起义总指挥卢德铭三名"双百人物"都诞生在这片土地上，自贡人的灵魂和生命都镌刻着"忠义爱国"，赓续着红色血脉，有着强大的红色基因，同时也是文学艺术取之不尽的宝藏。挖掘红色题材，曾新是个明白人。

曾新能够在短短的时间内拿下25万字，得力于丰富的人生阅历。他曾经在企业打拼，又当过"园丁"，更重要的是他的修志经历以及对生活的理解与把握，对历史的了解与掌控。当他将自己的知识与感悟整合在一起，便注入了自己对历史对生活对革命先驱的情感。仿佛他早已与所描绘的情景融为一体，他以其敏锐的目光刻画着每一个细节，于是在他笔下便流淌着智慧与深情。

值得点赞的是，曾新在小说中表现出来的强烈的家国情怀。"天下之本在国，国之本在家，家之本在身。"小说主人公及众多的革命者都是为了民族为了祖国的命运而抗争，甚至抛头颅洒热血。

值得称道的是，曾新显示了一位作家对史实的责任感。小说中的史实是有据可查的。这就有与那些恶搞历史与胡编乱造划清了界限。

值得回味的是，小说中的那些地名都是真实存在并蕴藏着丰厚的文化底蕴。院子坝、谢奉琦故居、旭川书院遗址等都尚在，在贡井老街河街随便走走，哪怕轻轻一碰都是故事，都是文化，都是佳话。

文化是一个国家、一个民族的灵魂。红色文化是中华民族的优良传统和宝贵的精神财富。

崇尚英雄才会产生英雄，争做英雄才能英雄辈出。曾新《芳魂》的两个革命先驱的形象，犹如《红岩》《江姐》之于江竹筠，其意义是深远的。几十年来，江姐精神品格犹如一座巍然矗立的灯塔，照亮了一代又一代中华儿女的心灵。在今天，赓续红色文化，就是要以崇高的价值取向，为实现中华民族伟大复兴提供强大精神动力。

当然，小说是艺术，艺术就很难做到完美无瑕。从长篇小说的角度看，曾新似乎是写得匆忙了些，如果时间宽裕可能会写得更从容、更丰满。

满心地祝贺，满心地期待，是为序。

2022年2月5日

目录

序曾新长篇小说《芳魂》 …………………………………… 刘蕴瑜（1）

楔　子 ………………………………………………………………（1）
第一章　谢府人家 …………………………………………………（4）
第二章　书院求学 …………………………………………………（18）
第三章　思想启蒙 …………………………………………………（38）
第四章　留学前奏 …………………………………………………（59）
第五章　逗留苏州 …………………………………………………（77）
第六章　留学生活 …………………………………………………（95）
第七章　路漫漫兮 …………………………………………………（113）
第八章　奉命返川 …………………………………………………（131）
第九章　运筹帷幄 …………………………………………………（150）
第十章　喋血四川 …………………………………………………（168）
第十一章　叙府殉难 ………………………………………………（188）
第十二章　清朝覆灭 ………………………………………………（206）

第十三章　帽壳山下 …………………………………………（225）

第十四章　锋芒初露 …………………………………………（244）

第十五章　三杰翘楚 …………………………………………（262）

第十六章　血染校场 …………………………………………（282）

尾　声 ………………………………………………………（295）

跋 ……………………………………………………………（297）

书　评

从《苦海》到《芳魂》 …………………………………王发庆（299）

历史的一声深沉叹息——《芳魂》读片 …………………陆　坚（307）

《芳魂》的艺术营造 ………………………………………邓　科（313）

拜读曾新先生长篇小说《芳魂》即兴 ……………………廖志新（316）

楔 子

　　这里是巴蜀之南、滇黔之北的一片不太大的、不太平整的土地。这一片土地被一条看似柔弱的河流硬生生地给剖为东、西两半——东边是太平山脉,西边是天池山脉。

　　历史上,在这一片夹在两山之间、一河两岸的土地上诞生了一座城市,一座不大但颇有特色的城市。今儿,掐指算来,这座城市已近两千岁了。

　　这座城市的那条穿城而过的河流叫旭水河。大家都说,旭水河是长江支流的支流——长江的支流沱江,沱江的支流釜溪河,釜溪河的支流旭水河。全长118千米的旭水河发源于四川九宫山余脉荣县东兴海拔863米的大尖山,从涓涓细流开始,渐次形成一条潺潺小溪,小溪蜿蜒于深浅不一的丘陵地及至荣州城池时,也才成为一条像模像样的河流。继而出荣州穿贡井、过自流井,最终在大安双河口与威远河相汇后名曰釜溪河。其实,旭水河旧称荣溪,釜溪河旧亦称荣溪。那么,旭水河应该称釜溪河的上游才更准确。

　　俗话说,世间无水不朝东。或平平直直,或曲曲弯弯,或跌跌撞撞的旭水河从西流来,在进入贡井的市区后,兀地来了一个九十度的大转弯而径自往北流去,在离开市区后又倏然掉头流向东方。如若在今天的航空器上鸟瞰这个地势摆布,仿佛是温柔的旭水河在彰显它"力拔山兮",无坚不摧之硬力,实施了将原本一体的山脉切割而二的大手术。这条很有个性的河流从艾叶滩沱湾出发流向贡井市区的途中号称"八里秦淮"的河段,河面变宽,河水平缓,但在贡井城中河床突然断裂，形成80多米宽、7米多高的瀑布。由于水流的长期冲击，瀑布下面形成一个深不见底的水潭，"老贡井"叫它鸭儿凼。叫它鸭儿凼，是因了一个美丽的民间故事。

旭水河流经贡井城区时，有发源于帽壳山的短短的名不见经传的鹅儿沟自东来汇，有发源于舒家坳（舒坪）的筱溪河自东来汇，有发源于太平山的不足一千米长的乌龟溪自东来汇；旭水河出贡井城区五皇洞折向东流处，有发源于荣县墨林乡境内的中溪河自西北来汇。

在贡井城区，旭水河的东边是由雄伟的太平山、形如官帽的帽壳山、敦厚的张家山、雅然的姚家山和幽静的洞云山连绵而成的太平山脉。太平山是太阳和月亮升起的地方。太平山巅有四季常青的苍松翠柏，有晨钟暮鼓缭绕的三台寺，有炊烟袅袅的农舍和色彩斑斓的庄稼地。

旭水河的西岸是由峰峦嵯峨的尖峰岭、山顶涌流清泉的天池山、莎草如长发轻盈的云盘山和翠色如被的松毛山连绵而成的天池山脉。晨雾弥漫时，你若伫立帽壳山上远远望去，天池山脉就宛若一位体态丰腴的美人横陈在城市的上空——尖峰岭是她秀发浓郁的头、天池山是她细长温婉的脖颈、营盘山是她丰满的躯干——惟妙惟肖，活灵活现，灵气涓涓。天池山是太阳和月亮落下的地方。天池山上有终年不涸的天池，有始建北宋的峨眉山脚庙天池寺和广袤的森林农田。

从地质构造来说，天池山和太平山都是峨眉山的余脉。明代布政使黄华就曾兴致勃勃地登上天池山，站在山顶，鸟瞰山下旭水河两岸天车林立、雾气腾腾的盐场景象而感慨道："天下灵气在嘉州，嘉州余脉在贡浒。"近人钟佑杰登临天池山，则撰联曰："贡取灵泉开宝井，天倾玉液注明池。"

造化对这片两山夹一河土地的垂青，赐予了这片土地丰饶的盐卤和天然气。盐卤和天然气的开采，适才诞生了这座以最先开发的盐井为名的贡井（公井）小城和小城发达的、可与景德镇媲美的盐业生产以及它贯通古今的博大精深的历史文化。

有点吊诡的是，这座小城的建制在20世纪中叶上溯的几个世纪里，都曾归属富顺县和荣县管辖——旭水河东面归辖富顺县、旭水河以西归辖荣县。清代中期，其行政建制为两个分县，不过也仅仅是专司盐务而已。所以，通常分别叫富荣东场（含自流井地区盐厂）和富荣西场。即便这里在唐代曾设县（置荣州），对于普通老百姓而言，没有什么不一样的。

不过，晚清时期的富荣东场（自流井）和富荣西场（贡井）在清廷"听民穿井，永不加课"的盐税政策激励之下，在富荣盐场（自贡）"客来起高楼，客走主人收"的经营环境下，自贡既是四面八方商贾会聚、天下资财投注的博弈场，也是自贡革命志士积极参与时政、争取社会地位、施善于社会、汲取新思想的活跃场所。

不可否认的是，在上下五千年的时间里，中华民族这个族群的绝大多数人都一四六九地、按部就班地、因循守旧地打着自己的小算盘，过着自己的小日子，故步自封、闭关自锁已经成为当然。这个族群对西方的进步，包括具有划时代意义的英国工业革命之类的变革一点感觉都没有。貌似从来没有想过伴随整个人类社会的进步，自己是不是也需要谐行，需要变革？比如推翻数千年封建王朝的统治，建立一个更关怀众生之民主、自由、法治的社会？要不是1840年西方敲开中国的大门而进行的一场战争，让曾国藩、李鸿章、康有为、梁启超、谭嗣同、刘光第、林旭、杨广瑞、康广仁等一干人猛醒而开始了"洋务运动"，进行了"维新运动"。尤其是"维新运动"，一时间有数千人参加变法。不然，这个族群的人民还会关起门来依然故我地生生死死、死死生生循环往复下去。

不可否认的是，在华夏大地上，历朝历代都"有事可做"的贡井人民具有富于发现、富于创造、勤劳勇敢、英勇顽强之人类最可贵的精神。发现了这里大自然赐予的埋藏在地壳深处的盐卤和天然气，创造了提取盐卤和天然气熬盐的生产技术，创造了这里优先于它的经济发展模式。因而，贡井这座千年盐场重镇在人类历史，至少在汉民族发展历史长河中，始终站在了时代的前沿，始终是时代的弄潮儿。包括人的思想和行为——先进的生产力，必将孕育先进的生产关系，必将孕育出改变现实社会、推动历史发展进步的先知先觉者。

这些先知先觉者发现，对于在经历了漫长岁月之后的19世纪末20世纪初叶的国家社会的"痼疾"越积越多，毛病越积越深沉，国家被帝国主义列强蚕食、瓜分，人民处于重重灾难之中。这些先知先觉者梦想建立一个独立、民主、自由、富强的与整个人类社会发展同步的新国家。于是，出现了一批变革社会的先行者，进行了伟大的、可歌可泣的辛亥革命和新民主主义革命。为此，他们也付出了沉重的代价。人们应该还记得——

那年那月那天，在叙府一洞天街口，一柄明晃晃的马刀砍向一个高昂的头颅……

那年那月那天，在成都东校场惊魂的枪声中，倒下了一个羸弱而刚毅的身躯……

还有……还有……

第一章　谢府人家

一

公元1396年的一天黄昏，一个身材魁梧、五官端正、线条明晰的青年男子背负着一个褡裢，目光恍惚，疲惫不堪地行走在坎坷的路上。他叫谢景宝，是为躲避战乱从湖北麻城孝感乡出发逃往四川的。他不晓得自己走了多少天，也不晓得此时自己走到哪里了？当他来到一个山弯弯的时候，太阳快要落坡了。他顿觉口干舌燥、四肢无力，好想喝口水，倒在地上舒舒服服地睡一觉啊。就在这时，他眼睛一亮，发现路旁有一口水井，井口虽不很成型，但满满的井水清花亮色。他急匆匆地三两步走过去蹲了下来，双手一捧接一捧地捧起水来咕噜咕噜地喝进嘴里。喝着喝着，竟然昏昏然倒在了井旁。

这当儿，被一个提着个小木桶来井边准备打水浇花的年轻貌美的姑娘发现了。姑娘一怔，倏地转回仅数丈以远的一个院落里，唤来仆人把晕倒在井边的谢景宝背回家里，来到堂屋。当仆人七哼八哼地把背上的谢景宝放下，姑娘将一杯热气腾腾的茶给昏迷的谢景宝喂下去不久。谢景宝猛然醒来，眨了眨眼，迷糊地说："啊！我是在哪里啊？"

姑娘告诉他："相公，这里是贡井天池山下的杨家大院。"

"啊啊！小姐，我怎么会在这里呀？"

"你晕倒在我家水井旁了,可能是太累了吧!"

"啊啊!抱歉了!"

"请问相公,你是从哪里来,又要去哪里呢?"

"我是湖北逃难到四川来的,哎!也不知要到哪里去!"

"哦……哦……"

"小姐,多谢了!"谢景宝起身,晃悠悠的,边说边打躬作揖边找自己的裆裤准备离开。

正在这当儿,姑娘的爹妈走亲戚一整天后乘坐的滑杆先后进了大院的槽门。

接下来,杨家留下了谢景宝。再接下来,也就是一年以后,杨家大院操办了一场在当地十分体面的婚礼——谢景宝被招男上门,做了杨家的女婿。

谢景宝和杨姓姑娘完婚后恩爱有加,生了多个子女,人丁兴旺,男耕女织,小日子过得红红火火。为了谢氏家族的续接,修建了祠堂。祠堂建在天池山杨家大院以南一箭远的地方,被称为"谢杨祠堂"。还规定从此贡井谢、杨两姓不得通婚。

树大分杈,人大分家。自此以后,经过几代繁衍,谢景宝的后代分出三支,一支是三元井谢家,一支是青杠林谢家,还有一支是院子坝谢家。

二

天池山东南麓,有一片比较平坦的地方,民间称作"院子坝",是因为在倒推转去的一两百年间,贡井人在这里前前后后修建起几十座大大小小的民居院落。这些院落的制式颇具川南民居特色——木穿斗、小青瓦、白粉墙。如果站在天池山顶俯瞰,但见房屋挨着房屋,天井连着天井,高高低低,层层叠叠,黑压压的一大片几何图形陈放在天池山下、旭水河畔。人们就将这里取名院子坝了。

在这院子坝密密麻麻的院落中,最为显眼的是谢家大院。大院坐北向南,大门口有一座石牌坊,这牌坊虽不像建在道路上的牌坊那么宏伟,但也十分精致、气派。石牌坊上端端正正镌刻着"圣旨"二字。这是一座功德牌坊,是朝廷为褒奖谢氏先祖任朝廷命官时的功绩而建的。石牌坊前方两边雄踞一对威武的石雕狮子。沿牌坊后八字大门前的几级石梯拾级而上,檐下挂着一对玻璃宫灯。宫灯呈六方形,骨架为紫檀木,每一根骨架都雕成一条龙,龙头在上。朝外的每一个龙的嘴里都衔着能够转动的紫檀木宝珠,精巧绝伦。每一根骨架的龙口和灯底中央都挂着精致的红色流苏。门楣上一通黑底金字匾额书"谢府"。两边门枋上有黑底金色木刻对联曰:"堂前旭水红日照,宅后天池明月生"。推开两扇高大的朱漆大门，跨进有两尺高的门槛，就来到宽敞的下厅了。下厅的正前方是中厅和上厅。下厅和中厅及东、西厢房合围成天井，中厅和上厅及东、西厢房合围成又一个天井。

上厅一横五间屋子，中间一间为堂屋，堂屋从屋檐处退进约六尺。堂屋匾额书："祖德流芳"；堂屋门枋上的对联也是黑底金色木刻曰："秉承先祖功德，接续后生光辉"。堂屋檐上也挂着一对玻璃宫灯。每天黄昏，谢府里的仆人就要将大门和堂屋前的宫灯点亮，一个时辰后熄灭。逢年过节，悬挂宫灯的地方还要披红挂彩。堂屋里正面安放着神龛，神龛上供奉着谢氏先祖灵位。堂屋中间摆放着雕花八仙桌，两侧各四把雕花太师椅和三张雕花茶几。左、右两面墙上挂着八幅名人字画。

堂屋左边和右边各有两间屋子，为谢家长辈的住房。东、西厢房各三间分别是谢坚和谢垚两房的住房。

整座大院有三座大厅和大大小小十来个天井、三十多间住房，还有书房、花厅、客房和戏楼。上厅背后是花园。大院里尽管住着谢府几房人，仍然不显拥挤。

大院的天井里种植着高高低低、四季花开不断的花木。每个天井里都恰到好处地摆放着养金鱼的一两口长方形石缸。石缸是用整块石头雕琢而成的，正面有浮雕，或莲荷，或牡丹，惟妙惟肖，栩栩如生。石缸上的浮雕上，抑或一茬茬斜斜的凿子印痕上长了一层薄薄的绿油油的青苔。石缸里的金鱼在清亮的水里游荡，不时荡起浅浅的涟漪，一圈一圈地，慢慢散开，慢慢消失。

谢家祖辈修建的大院后花园，名曰"沁芳园"。满月形园门两边是一副黑底、花青阴文对联，联曰："作赋需吟亮池畔，观书应入沁芳园"。园里有一个不甚大的池塘，名曰"亮池"。池塘旁有一座制式古朴的凉亭，名曰"净心榭"。亭子有一副对联，联曰："弋雁腾飞净心榭，求鱼低瞰清亮池"。

沁芳园里种植着绿茵如盖的黄桷树、随风飘香的桂花树、春色烂漫的桃树，还种植着龙眼（桂圆）、林青、芭蕉、栀子、山茶、兰草、米兰、茉莉和百合花等。整座花园小巧玲珑，四季沁红滴绿，香馨气馥。置身园中，令人心旷神怡、流连忘返。

从谢家府第的牌坊、房舍的规模和陈设，就可以看出这是一个人丁兴旺、经济富裕、社会地位极高的大家庭。

及至清代晚期，院子坝第一大院谢府居住着谢景宝繁衍之二十代后人谢坚字固之和谢垚字桀高兄弟两家和他们年迈的祖父辈、父辈们，是贡井屈指可数的"四世同堂"大户人家。这个大家庭在贡井盐场经营着十多眼盐井和熬盐的灶房，生活过得殷实滋润。难能可贵的是，这个大家庭与街坊邻里相处和谐，一点没有高人一等的作态受到大家的敬重。贡井人每当说起谢府，都会流露出赞许神色来。

三

这些天来，谢府里上上下下都在期待着，准备着，因为谢坚的妻子即将二度临盆，谢家又将迎来一个新生命的诞生。

这天早上，谢坚和往常一样要去谢家的井灶上看看。出门前，他对妻子说："夫人，感觉怎么样？我去井灶上一趟就回来！有啥子，给母亲说哈！"

"夫君，你去吧！我晓得！不要担心！"谢坚妻子温柔地回答道。其实，这时谢坚妻子都有些感觉，孩子可能要出生了。但是，为了丈夫的事业，她下意识地觉得不能让丈夫留下来不工作。

公元1882年12月3日这天，贡井的天气比往天要寒冷好多，谢坚出门后不到两个时辰，冥冥中预感到院子坝家里人在催促他回去。他麻利儿地处理完一些事情后即匆匆赶回家。他刚一跨进门槛，就听到了孩子呱呱坠地的哭声……

"是个带把儿的！"接生婆对伺候在外的谢府人说道。

"呵呵！来了！"刘嫂应声道。

"啊！是个少爷！"佣人们说道。

"啊！是个传承香炉钵钵的！"长辈们说道。

"快把醪糟蛋端来给月母子吃！"接生婆说道。

这里的习惯，孩子一经出世，月母子立马要吃一大碗醪糟蛋，而且包括接生婆在内的在场人都有份。

一时间，谢府上上下下一个个喜笑颜开，热闹非凡。

满怀欣喜的谢坚把早已想好的名字给予了谢府的这又一个新生命：奉琦，字能九，号玮颖。谢坚解读他给这第二个儿子取的名字时，毫不掩饰自己对儿子的期盼。他得意扬扬地说："琦者，美玉也；能九者，才干众也；玮颖者，珍奇而不张扬也。"

谢奉琦排行二，其胞兄谢奉琮，字碧九，所以谢府人喜欢称呼谢奉琦二少爷。

"奉"是谢家宗族的字辈。字辈是中国传承千年的重要取名形式，也是中国古代一种特别的礼制。字辈也叫作字派，是指名字中用于表示家族辈分的字，多用在名字的中间。字辈意蕴多为修身齐家，安民治国，吉祥安康，兴旺发达之类。

谢府添丁洋溢的喜庆持续了好久好久。

谢奉琦也在父母的精心哺育下健康成长。

四

光阴荏苒，日月如梭。一晃，奉琦两岁挂零了。

五月，一个凉爽的傍晚，月亮还没有升起来。谢府戏楼下的天井里飘散着淡淡的栀子花香。身材高挑的谢坚夫人穿着一件棉麻素色旗袍，带领奉琦、奉琮和大院里谢垚的儿子及其他几房人的孩子来到私家戏楼上。此戏楼不甚宽敞，但设计很精美，建造很考究，堪称雕梁画栋、富丽堂皇——朱漆雕花楠木梁柱和朱漆木楼板台面上方的一挂长长的木雕流苏格外引人注目。

当谢夫人指挥七八个男孩女孩七手八脚地搬来小木凳，坐成一个半圆形后，自己搬了一张稍稍高一点的凳子放在半圆的前方坐下了。她用圆润而清亮的嗓音，温柔地说道："孩子们，我们来点脚儿搬搬，好么？"

"好哇！好哇！"大家异口同声道。

奉琦最小，没有附和，只是疑惑地望着母亲问道："娘，啥子是脚儿搬搬呀？"

谢夫人缓缓解释道："能儿，这是一个游戏，大家把双脚都先伸出来，然后跟着我念，我的手落在哪只脚上，这只脚就缩回去。这样反复几遍之后，最后还剩下一只脚没有退回去的就输了，就要表演节目，唱歌、跳舞、打谜语、做怪象都可以。"

"哦！晓得了！晓得了！"奉琦拍手说道。

谢夫人说道："大家把双脚都伸出来，开始了——脚儿搬搬/搬上南山/南山有位/金银宝贝/金鼎锅/银鼎锅/草鞋耳子起波罗/猪蹄牛蹄/石马全蹄/京官上任/百官扯蹄。"

第一轮完了，谢垚的女儿玉祥输了，她站起来不知道表演啥子。她伯娘（谢夫人）说道："背诵一首儿歌啊！"

这时，天井里的月光下，流动着女孩子清脆的声音："月亮走/我也走/我给月亮提笆篓/捡个钱/吃烧酒/多吃杯/哪里有/打开后门看杨柳/杨柳树/滴点油/姊姊妹妹会梳头/大姐梳个盘龙髻/二姐梳个插花头/三姐不会梳/梳个柴把把吊后头。"骤然，戏楼上一片欢呼鼓掌声。

第二轮奉琦输了。要表演节目，想赖账。谢夫人说道："能儿，不能耍赖啊！

你随便做个啥子动作都要得！"

母亲的话似乎提醒了奉琦。他站起来，走到孩子们围成的半圆中间，站定，站得"溜称"（笔直）的，双手半握拳，忽然唰唰地前后左右开弓，煞有介事地挥动起来。有点像武打，有点像划拳。戏楼上又一次爆发出热烈的欢呼声和鼓掌声。

又轮回了几次之后，戏楼上的"节目"在阵阵笑声和一阵阵栀子花香中结束，各自回屋。

"能儿，你真行！可你比画的是啥子动作啊？"回屋途中谢夫人问儿子。

"跟关羽学啊！"奉琦认真地回答道。

谢夫人适才想起，今年春节，谢府请来一个川剧班子在戏楼上演了一出《关羽走麦城》。

五

奉琦生性乖巧、聪明伶俐，两岁多的时候，父亲就教他读《三字经》："人之初，性本善。性相近，习相远。苟不教，性乃迁。教之道，贵以专。昔孟母，择邻处。子不学，断机杼……"；教他读唐诗，读一首，背诵一首。如："春眠不觉晓，处处闻啼鸟。夜来风雨声，花落知多少。"聪颖过人的奉琦，三四岁时就能整本背诵《三字经》《增广贤文》《百家姓》和近百首唐诗。当然，谢坚的大儿子奉琮也毫不逊色。

谢坚也教俩儿子读对子书《声律启蒙》。什么："云对雨，雪对风，晚照对晴空。来鸿对去燕，宿鸟对鸣虫。三尺剑，六钧弓……"

奉琮和奉琦兄弟俩脑袋瓜儿都非常机敏灵动，记忆惊人。大凡父亲教过的书本，读不多几次就能倒背如流。读了《声律启蒙》后就和大人对简单的对子。

这年阴历八月十五中秋佳节晚饭后，一轮金黄色的圆月从院子坝对边的太平山上缓缓升起来。院子坝谢府正堂前的天井里早已放好几张凳子和一张矮矮的四方茶几，茶几上摆放着酒壶和酒杯，几个果盘，果盘里陈放着或月饼，或桂圆，或花生，或糖果，以为祭月之台。

依据"男不拜月，女不祭灶"。谢府的这次祭月活动，谢坚、谢垚母亲为主祭（统领），谢坚为赞礼（主持）。酉时许，谢府里的老老少少一大家子齐聚正堂前的天井里，时辰一到，点燃香蜡，由谢坚带领大家祭月：三鞠躬后，相互祝愿，吃月饼的吃月饼，吃桂圆的吃桂圆，吃花生的吃花生，说说笑笑，热闹祥和。然后，散的散去，各回各的小家；留的留下，各得其所。

谢坚夫妇和两个孩子留下来了。刘嫂端出两套带黄亮亮铜船子的景德镇细瓷盖碗茶杯。杯子里已泡好了下关沱茶。刘嫂又端出一大盘桂圆来，说道："这些桂圆都是我们花园里摘的！"

"哦！有花园就是好！"谢夫人喜形于色道。

这时，谢坚两口和两个儿子围坐在茶几前乘凉，摆龙门阵（讲故事）。摆龙门阵是谢府里谢坚这个小家时不时都要进行的"节目"，今天是中秋佳节更有不一样的意义。诚然，有时参加"节目"的不仅仅是谢坚这房人，会有十数号人来凑热闹——更何况这些天来，天井里的一棵丹桂开花了，红红的细细碎碎的花儿成堆成堆地簇拥在枝丫上碧叶间，飘洒着一阵阵沁人心脾的芳香。

谢坚这一房小家子早已有摆龙门阵约定俗成的习惯，就是无论大人娃儿都要摆，一个接着一个，轮流进行，接不上来的就要受罚，或唱歌，或做怪象，或打几个手掌儿，很有意义，很有乐趣。虽说两个孩子摆的龙门阵好些都是重复父母亲的，但是摆起来一流二水、一点儿也不"打腾"，显现出两个孩子惊人的记忆力和逻辑思维能力，尤其是奉琦。

大家落座。少顷，谢坚左手端起盖碗茶来，右手拿起盖子在茶水里很有身份地轻轻地晃荡了几下——将漂浮在上面的茶叶荡沉——呷了一口。接着，把头偏向右方，将嘴凑向谢夫人的耳边悄悄说道："我想，今天不摆龙门阵，今天和孩子们对对子。要得不？"

"这恐怕不行吧？"夫人担心两个娃儿对不上来。

"是有难度，但没得关系，他们都读过《声律启蒙》。出句简单点儿，试试看！"谢坚说罢，见夫人点了点头，即转身对两个孩子说："碧儿、能儿，今天咱们不摆龙门阵，来对对子好不好？"

"对对子？唔……"奉琮疑惑道。

"好哇！好哇！"奉琦显出很有底气的样子道。

"好哇！"奉琮见弟弟都满口答应也附和道。

"那，今天就以我们贡井的地名来对，我出句，你们应对。好不好？"父亲说道。

"要得！要得！"两个孩子异口同声道。

父亲："天池。"

奉琦："旭水。"

父亲："盐马路。"

奉琮："筱溪街。"

父亲："草市坝。"

奉琦:"鹅儿沟。"

父亲:"人上天池尖峰岭。"

"诶……"奉琮、奉琦稍稍停了一会儿。奉琮:"马过旭水艾叶滩。"

"好!"谢坚夫妇叫好起来。稍停。

父亲:"天池集水成潭山顶。"

奉琦:"旭水飞流挂瀑邑中。"

"好!好!"谢坚夫妇又拍手称赞起来。

父亲说道:"再来一联,鸟瞰院子坝还真多院子。"

奉琮:"登……登……"

大家沉默了一会儿后,比哥哥小三岁的奉琦突然道:"登临松毛山确实少松毛。"

"哇!好哇!好哇……"谢坚和夫人拍着巴掌异口同声欢呼道。

对着,对着,不知不觉,圆月已近中天。

对着,对着,不知不觉,天井中已聚集了包括谢垚二叔和他女儿在内的谢府的好多人。

又对了几联后,谢府里一场对对子的晚会,在大家的掌声中、赞美声中"撒过"(结束)了。

……

随着奉琮和奉琦一天天长大,谢府上上下下的人都在默默地夸奖着,期待着。看他俩的相貌,看他俩的悟性,这两个少爷将来都是要干大事的啊!也许奉琦会更胜一筹!

六

分属富顺县和荣县管辖的贡井城区有好多有名有姓的街道。旭水河东岸有鹅儿沟、苟氏坡、盐店街、横街子、牛肉街、筱溪街和盐马路等,其中筱溪街最热闹。旭水河西岸有盐店街、新街、老街子、河街子、铁炉街、衣铺街等,其中新街最热闹,甚至比筱溪街更热闹。

新街在谢府所在的院子坝东南,和院子坝隔着一条没有名儿来的曲曲弯弯的石板小巷和卖盐巴的盐店街。也就是说,如果要从院子坝去新街,既可以走这条小巷,又可以穿过盐店街。

新街为北南走向。北头接贡井最古老的街道老街子和河街子,南端通过修建于咸丰末年(1861)的六墩五孔、石栏杆联拱桥石桥济元桥也就是老百姓称呼的大桥，接盐马路和筱溪街。

始建于清代中晚期的新街是贡井最气派、最繁华的街道。宽敞的三合土路面两侧为木穿斗、小青瓦、白粉墙的二层或三层楼房，靠旭水河一侧的房屋临河面均有木吊脚楼。新街房屋的窗户一改贡井古代房屋的"豆腐干"小格子纸敷窗扇（有钱人家的小方木格子窗扇中间也制作成稍稍大一点的扇形或菱形格，贴上字画，很有点文化味儿），而仿西方建筑风格制作成大方格玻璃窗，副窗呈三角形或半圆形。房屋高高低低，参差不齐，屋脊中锥、翘檐和立面各有特色。

新街比归属富荣东场（旭水河东岸）富顺管辖的筱溪街更宽、更长、更新式、更气派、更热闹，也更有地位感。首先，新街上有贡井分县衙门，有县丞居所陈家祠堂，有黄姓大盐商的账房和官邸。其次，新街上遍布茶房、酒肆、旅社、百货铺、糖果铺、打米卖米铺、酱园、油蜡纸货铺、文房四宝铺等诸多经营老百姓日常生活必需品的商铺。

街沿摆摊设点，有转糖粑粑的，卖炒花生、沙胡豆、红甘蔗的，卖米浆粑、猪儿粑、浑水粑粑的。时不时也有在街边玩杂耍、兜售打药的。诸如此类，不一而足。加上从新街的插街盐店街买的盐巴，马驮、人挑穿过新街，经由老街、河街运往威远方向的驮队、人流，使得新街川流不息，热闹非凡。

新街中段东侧，也就是靠旭水河一侧，开有一爿印刷作坊叫作承文印社。承文印社用19世纪早期德国人发明的石版印刷术印刷各种线装书籍，供给贡井地区甚或贡井周边乡场的书塾和家用。谢奉琦所读的书，就是他父亲从承文印刷社买回去的。当然，承文印社所印的书籍在新街销售文房四宝的古风商号也有卖。印书的纸张叫毛边纸，贡井人叫勾边纸。纸质较为粗糙，泛黄，但"筋丝"好，很绵扎，不易破碎，石版印刷的效果还是很不错的。因为，字体比较大，也就看得清清楚楚。

当谢坚闲暇时，也带奉琮和奉琦去新街转悠。让他们看稀奇，买糖粑粑给他们爽口。每当听父亲说"奉琮、奉琦，今天我们三爷子转新街去，要得不"的时候，两个娃儿就高兴得打顶锅盖，不住点头、拍巴掌道："要得！要得！又要上街了啊！"

一次，谢坚带两个儿子去新街参观承文印社的印刷作坊。印社在新街靠旭水河一侧，较为宽敞，临街是一排在新街来说比较出众的玻璃柜台。柜台里分层整齐地放着好些印好待售的线装书和毛边纸、皮纸、宣纸。谢坚三爷子刚刚来到玻柜前，一个头戴瓜儿皮，身穿毛蓝洋布长衫的掌柜连忙欠身拱手道："谢大爷又要买书吧！"

头戴镶着红玉石顶子和翡翠额饰青色缎子瓜儿皮的谢坚亦拱手道："老板！

是要买书，也是想带两个娃儿来看看你们的印刷作坊！"

"哦！那好！那好！请进！请进！"老板热情地打开玻璃柜台靠墙一侧的半截子门，让客人进到里屋摆放着工作台的工作间。

在一面通往吊脚楼临河的宽敞的工作间中央，摆放着一张巨大拽实的木头工作台。台面铺着厚厚的青灰色毛布，上面放着一块巨大的一看就很重的油光光的浅褐色石板，石板上可见密密麻麻、排列有序的文字。工作间两旁有序地堆放着纸张和少许印好的书以及一些工具。此时，工作间的两位师傅正在印刷。

谢坚抱起奉琦和大儿子奉琮站在较远的地方，看见身着墨迹斑斑当班服的两位师傅把一张宽大的白纸轻轻地牵起、轻轻地铺在石板上，然后用一个长长的滚筒在上面轻轻地滚过，又轻轻地揭起纸来。但见先前的一张白纸，一下就已"写"满了文字。这时，两个娃儿欢喜得直拍巴掌："啊！印出字来了……"

"碧儿、能儿，这是一个印张，上面有好几个页码，接下来还要剪裁，折叠，装订。你们读的书就是这样印出来的。"父亲告诉他们。

"哦！哦！"两个娃儿惊讶不迭。

谢坚三爷子和谢老板走出工作间。谢坚来到柜台买了两个孩子要读的书，也买了一本自己读的《易经》后，和俩儿子走出承文印社，在旁边的一个小摊上买了两个淡红色的扇子糖（样式像《西游记》里的妖精铁扇公主的扇子）给两个娃儿衔在嘴里后，准备打道回府。当谢家三爷子来到衙门口的时候，看见一堆人在看稀奇。凑过去，但见一个衣着破烂、身体羸弱的约莫十岁的男娃儿正在被一个年轻力壮的汉子揪着耳朵，边骂边扇耳屎（耳光）。谢坚一问，方知是这个男娃儿从小摊贩边跑过，一不小心把装咸豌豆的玻璃瓶绊到地上打烂了，咸豌豆滚了一地。

"兄弟！不要打了！"谢坚走到小摊贩面前说："你的豌豆和瓶子值多少钱？"

小摊贩还揪着男娃儿的耳朵说："大爷！少说也要一百文吧！"

"好！放手！放手！我拿给你！"谢坚边说边将右手伸进衣襟，摸出一个面值一百文的铜元来递给小贩。小贩这才松了手。突然，衣衫褴褛的男娃儿"扑通"一声跪在谢坚面前磕了一个响头，爬起来就跑掉了。

奉琮和奉琦傻乎乎地望着父亲不知说什么好。

"来！咱们回家吧！"谢坚一手牵起奉琦的手，招呼奉琮道。

七

这是仲秋的一天下午，风和日丽，空气清新，天池山上空飘荡着淡淡的白云。山下，身材高挑、明眸皓齿、风姿绰约、仪态大方的谢夫人穿着一件白底青花软缎旗袍，手上拿着一把丝面彩花团扇，带着奉琦在自家的后花园里玩耍。

奉琦是一个对什么事情都很好奇的孩子。他和母亲、父亲经常在谢府的私家花园里游玩，每次都很兴奋，都要给爷、娘提出许多的问题。有时儿子提的问题还真把大人给难住了。比如，一次在花园里玩着玩着，奉琦忽然问父亲道："爷！为啥子我们家有花园，丁丁他们家没有呢？"丁丁是奉琦的小伙伴，是院子坝一个小院落里人家的孩子，和奉琦年龄差不多。儿子的问题让父亲不知道该怎样回答。

不是吗？又来了。当奉琦和母亲寻着一股香味来到一丛绿油油的正开着白花的花丛前。奉琦问母亲道："娘，这花花为啥子只开白花花，不开红花花啊？"

他娘被问住了，不知道怎么回答好，就反问道："能儿，你晓得这花花叫啥子名字不？"

"娘，我晓得，它叫栀子花！"奉琦不假思索地回答母亲。

"哦，你咋子晓得的？"

"爷教过我的一首韩愈写的诗《山石》里有一联'升堂坐阶新雨足，芭蕉叶大栀子肥'。那天爷领我到这里来，指给我看了！只是那天栀子花还没有开。"他还补充道："娘，那墙角的就是芭蕉！"

"哦，我的乖儿子！"谢夫人揽过儿子来在脸上亲了一口，为儿子的悟性和记性而高兴。

这时，奉琦跳梭梭靠近栀子花，将脸凑过去，兴高采烈地说道："娘！栀子花花好白、好香哟！"

母亲乘势问道："能儿，你晓得栀子花花为啥子这么白净、这么香么？"

奉琦憨憨地望着母亲，摇摇头。

"能儿，栀子花的白净是它的秉性，栀子花的香是它的奉献！"

听罢母亲的话，奉琦如堕五里雾中，更加疑惑地扭过头来望着自己的母亲。

"能儿，你现在还小，等你长大了就懂了。"

"哦！我还小，长大了就懂了！"天真的奉琦表现出很高兴的样子。

"啊！乖能儿……"

两娘母一前一后地回到屋里。

又有一天中午，堂屋里的八仙桌上已经摆好回锅肉、炒鸡丁、花生菜、南瓜汤等菜肴。谢坚一房的老老少少都坐上桌了，可是没有看见奉琦。

"诶，能儿呢？"谢夫人喊道："能儿！能儿！"没有回答。

"刚才都还在这天井里玩儿呀？"保姆刘嫂说。

大家四处寻找，都不见奉琦的身影。

"该不会出门玩去了，刚才听到叮叮当当的麻糖梘儿（挑担卖麻糖的）从门口路过。还有娃儿伙的声音。"刘嫂说罢，匆匆朝大门走去。

心细的谢夫人心想："莫不是去花园了？"遂朝后花园走去。果然。

"能儿！你在这里做啥子啊？吃饭饭了哩！"母亲道。

奉琦回答道："娘，我在给花花除草儿哟！"

母亲看见儿子一只手拿着把小锄头，一只手里握住把青悠悠的洋藠头，忽然哭笑不得地说道："能儿，你弄错了，这不是草草儿，这个是洋藠头花花！"顺手接过奉琦手上的洋藠头苗和小锄头，牵起奉琦走回屋。边走奉琦还不住地问母亲道："娘，啥子是洋藠头嘛？"

谢夫人回答道："藠头有本地的和外来的区别！"

"'洋'就是外来的么？哪里来的？"

"唉！我也搞不明白，二天（改天）问你爷去吧！"

八

贡井盐场（富荣西场），最早的盐井是开凿于汉章帝时期的大口浅井大公井，宋代发明了卓筒井，明代自流井（后来的富荣东场）开始产盐。到清代咸、同时期，自贡盐场（富荣盐场）步入了盐业生产的第一个黄金时期。咸丰三年（1853）太平军建都天京（南京），控制了长江中下游一带，使得淮盐不能西运，湖南、湖北一带的人民苦于淡食，清政府准许川盐远销湘、鄂。至此，富荣盐场以优良的盐质而一跃成为四川最大的盐场，独执四川盐业生产之牛耳。

谢家祖辈早年即开始经营盐业，到咸、同时期，已拥有用牛力提卤水的盐井十数眼和用天然气熬盐的火圈（灶）数十口。谢坚和谢垚兄弟俩接过祖辈的产业，对打井提卤、砌灶熬盐、运输销售等人、财、物运行的每一个环节进行严密的盘算和精心管控。兢兢业业，勤勤恳恳，不敢有半点疏忽。结果是天道酬勤，诸事和谐，生产发展，人丁兴旺。

可是，常言道："福兮祸所伏，祸兮福所倚"。世态人生，风云多变，谁也预料不到，把握不住。那不是？院子坝谢府一大家子的小日子原本过得顺顺序序、平平安安的。没想到清廷的一道指令，让谢府人在欣喜中突然来了个一百八十度的急转弯。

公元1887年，也就是光绪十三年，清廷授予谢坚江苏铜山县立国分司巡检之职。他准备停当，即将赴任的头天夜里，东厢房的灯亮到半夜子时都还没有熄灭。谢坚和美丽、贤淑的妻子半躺在这张夫妻俩共枕近十年的、两道天花板雕花描金的、一对黑亮亮的银柜儿（床头柜，可坐，座下有柜，可存放钱物）分陈两边的木床上，相拥着说着话。

"夫人，我，我还真不想赴任啊！"谢坚期期艾艾地说道。

"我也不想你离开，但是……"谢夫人说道。

"我走后，这井灶上的事情就只有絜高兄弟一个人打理了，会忙不过来的。"

"给二爷说，多交一些事情给几个管事去做吧。"

"也只好这样了，我都给兄弟说了。但是，家里父母亲年岁都那么大了，你和两个娃娃儿，尤其是能儿……哎……还真放心不下啊！"

"我晓得，但是朝廷的旨意难违，你就放心去吧，家里的事情我会处理好的。"

"我晓得，你对老人的孝敬，对孩子的疼爱……可是，这么多年了，我们相濡以沫，还从来没有分开过……"

"是呀，但是没有办法……"

"是的……没有办法……"

沉默良久之后，谢夫人吩咐道："不过，此一去，你只身一人，要照顾好自己的起居，还要牢记谢家祖上的遗训：为商要仁，为官要清啊！"

"嗯，嗯……我晓得！"

说着说着，夫妻俩不禁都流下泪来。

已经打过三更好久了，夫妻俩才在相互的无声安慰下迷迷糊糊地睡去。

天有不测风云，人有旦夕祸福。第二天，一大早，谢府一家人除孩子外都起来了，为的是给启程去江苏赴任的谢坚送行。谢坚吃过早饭，也在谢夫人的帮助下穿好一件崭新的蓝布长衫准备出发。可是，正当一个年轻力壮的仆人挑起行囊准备出发时，谢坚忽然感觉心头不好，肚皮疼痛，一忽儿，就开始上吐下泻。谢府上下搞慌了手脚。谢垚立马叫仆人去筱溪街仁寿堂把姓谢的本家谢成鼎医生请来号脉开药。

一会儿，须发冉冉的谢医生气喘吁吁地进得谢府来到谢坚床前，号了脉，开具处方后，说道："赶快把药抓回来，赶快……就在新街天生堂抓……"谢府离新街开的天生堂药铺要近些。

谢夫人把谢医生送到大门口，递给谢医生一块银元的时候，谢医生轻声说道："夫人，你丈夫得的是绝症！给他准备后事吧！"

谢夫人点了点头折转身回房，见奄奄一息的丈夫绝望地望着自己的眼神，转身泪水像断线的珠子滚落下来……

药很快抓回来了，也很快煎好给病人灌下去……吐出来了……再灌下去……又吐出来了……

从发病起不到两个时辰，病人吐泻了好多次，眼睛立时"落了扣"，好不容易熬到第二天卯时就溘然长逝了。谢府上下一片哭声……

谢景宝与杨姓姑娘传二十代的谢坚是考取了功名的，但一直赋闲在家。其实，他从来没有真正闲过。他和弟弟谢垚一直忙于打理谢家祖上留下的十多所井灶，管理着住在谢府的本家人及长工月活者数十号人的大家庭。真有事做，还忙得不可开交，只是没有做官罢了。但终于应召要做官了，却又突然辞世，不禁令人唏嘘不已。

照理儿，这大户人家的丧事是要大办的，也是有实力大办的；可是，谢坚弥留之际交代说"一切从简"。家人也不敢违背，只请来道士开了个"小灵"，三天以后就出殡了。出殡之日，灵柩行于道。乡人无不赞叹道："是一个好人，一个大好人啊……咋子老天爷不长眼睛呀？"

送丧的人原本只有谢府的亲友一百把号人，可是随着灵柩的前行，送丧的队伍越走越庞大，至少有两三百人。大家没有注意到的是，一个衣衫褴褛的小男孩走在队伍的最后头，他就是那天撞碎装咸豌豆玻璃瓶的那个被打的小男孩……

谢坚离开人世还真不是时候，上有老，下有小：奉琮八岁、奉琦五岁、奉琳两岁多、奉瑄尚刚刚出世不久。

哀痛过激的谢夫人几次晕倒。人们不断地劝她、安慰她，她都理解，但就是不理解怎么活生生的一个人，说没了就没了……

丧事办完好久好久了，谢夫人才从悲痛中慢慢走出来，撑持起家务，伺候老人、教育孩子。她牢牢记住夫君弥留之际反复说了几遍的一句话："要把几个儿子抚养成人……我最放心不下的是能儿啊！"

年轻守寡的谢夫人对于夫君的遗言一丝儿都不敢怠慢。她教儿子学文化，教他们怎样做人，做好人。对能儿更是呵护有加，生怕哪儿出一丁点儿差错，让九泉之下的丈夫不放心。

第二章　书院求学

九

"能儿，娘想送你去'河底下'的炳文书院读书，你愿意么？你哥哥都在那里读书。"这天晚饭时，母亲对奉琦说。

"娘，我好想跟哥哥一起去读书哩！"听说要去书院读书，奉琦兴奋起来，说道："好久去嘛？娘，明天么？"

"看你急得，不是明天是下个月初一。"

"啊！要上书院啰！娘，你给我准备好书提筠儿啊！"

"能儿，看你乐得！可是去'河底下'读书，很远，早出晚归，很苦很累啊！"

"哦，娘，你放心，儿再苦再累都不怕！"

"那，一言为定！"

"一言为定！拉钩上吊，一百年不变！"

两娘母就在饭桌上快乐地拉起钩来。

这天晚上，奉琦躺在床上翻来覆去，好久好久才入梦乡，还说梦来着："要上书院了……要上书院了……"

虽然，一直以来谢奉琦都没有上书院读书，但是他父亲母亲前前后后都在教他读书。他父母亲的文化不亚于书塾的先生，尤其是他父亲可以说是学富五车，不比书院的先生弱。还有，谢奉琦毕竟比哥哥小三岁，外出读书总有点儿不放心。所以，一直以来都从新街承文印社买书回家教他。教法和书塾、书院的先生差不多。就是，教—读—讲—背直至"包本"——一次性把整本书背诵完，还时不时地"讲经"。奉琦从《三字经》"发蒙"，接着读《百家姓》《增广贤文》《万物杂志》《大学》和《中庸》，一直读到《春秋》《诗经》《书经》。其实，谢夫人想送儿子去书院读书，主要目的是想儿子学习八股文，为踏上仕途铺路。

谢奉琦三岁多的时候，父亲就开始教他写字，写小字、大字。

"能儿，你想不想像哥哥那样写字呀？"父亲谢坚问道。

"想！爷！我好想写字了！"奉琦激动地回答道。

"那，以后我和你娘教你写字哈！"说话时看了一眼微笑着的夫人。谢夫人微笑着点点头。

"好哇！好哇！"谢奉琦高兴得拍起手来。

这时，谢坚给夫人使了个眼色，谢夫人就拿出早已准备好的三本字帖来——一本是欧阳询的，一本是柳公权的，还有一本是颜真卿的——随便翻开来，摆在桌子上。父亲谢坚问道："能儿，你看看，你喜欢写哪种字呀？"

谢奉琦用小手翻翻这本，又翻翻那本后，最后挑定了一本颜真卿的，望着父母亲，斩钉截铁地说道："就这本！"

"能儿，为啥子喜欢颜真卿的字呀？"父亲谢坚问道。

"这个好看！"谢奉琦指着字帖上"大"字的捺说道。

谢坚笑道："那就学颜体，开始填颜体'红模儿'吧！"

在一旁的谢夫人心想，这孩子怎么跟他爷一样也喜欢颜真卿的字呢？还真是子随父好，兴味相投啊！

"夫人，好久都没时间上街了，走，咱们一起去新街买'红模儿'去！"

于是，谢坚和夫人带着奉琦和奉琮去新街承文印社买颜体字的"红模儿"。经过盐店街时，看见一个叫花子老头儿牵着一个"花猫屎遢"矮小瘦弱的小女孩沿街乞讨。蓬头垢面的叫花子老头儿把手伸向谢坚道："老爷，行行好吧！"

谢坚稍稍"打腾"后，从衣襟里摸出一个铜元来，放在了叫花子手心里，转身招呼夫人和两个孩子匆匆向新街走去。不知为什么，奉琦几次回头看那叫花子牵着的小女孩。

"红模儿"买回来后。父亲手把手地教奉琦怎样磨墨，怎样握笔，然后就开始"填"写了。但见，奉琦学着大人把笔在磨盘上舔了几下，落笔"填"写"红模儿"上的第一个"一"字，虽然有点像"缺蛇滚沙"，歪歪扭扭的，可还是把字"填"得满满的。赢得了父母亲的夸奖："好！能儿真行！"

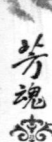

十

　　书院是华夏民族这个群体历史上的一种特殊的教育组织。书院肇始于唐，普遍兴起于宋，大发展于南宋，持续于元、明、清，直至光绪末年废止。书院在中国历史上，为教育的发展、传统文化的传承起到了促进作用。

　　富荣盐场发达的盐业经济，积累了富甲一方的财富，让这里成为文化教育昌明和新思想观念孕育的沃土。盐场众多的盐商大亨在经济富裕后，即想问路于政治，求仕于科考，即或独资办学，或集资办学，或推动政府兴学，使盐场的教育事业得到了发展。清中晚期，富荣盐场先后创办举办了炳文书院、旭川书院、三台书院、育材书院和酌经书院五所书院。其中旭川书院和酌经书院开办在富荣西场贡井。

　　光绪二十八年，也就是1892年，谢奉琦不满十岁时，进了自流井炳文书院读书。

　　称之为富荣东场的自流井是一座明代才开始兴起的盐场重镇。历史演进到明代后，自贡地区的井盐产场，仍分别在东、西两端的富顺县和荣县地区的贡井。那时，自流井地域仍是一片尚未开发的处女地，沉睡的宝藏无人唤醒。到明正德末年至嘉靖初年，以富义盐井为代表的一批主要生产盐井因卤源枯竭而渐至坍塌废弃。在不开新井便不能补旧课（赋税）的情况下，积累了丰富经验的井盐生产者们在富顺县城以西九十华里的荣溪水滨，发现了新的卤源，开凿了以自流井为代表的一批新盐井，后称富荣东场。世间事物往往是后来者居上——"因利聚人，因人兴市"，自流井的盐产量很快超过贡井，很长一段时间占了整个富荣盐场生产的一大半（60%）。为之，兴办的书院也比贡井多一所。

　　开办于嘉庆十七年（1812）的自流井炳文书院是一座由邑绅范相如、王循礼和富顺知县张利贞等捐产、捐资，加上庙产创办的。院舍由东兴寺庙宇改建而成，先叫东新书院，后改名为炳文书院。这是一个好名称——炳者，显著也，出自"大人虎变，其文炳也；君子豹变，其文蔚也"。

　　炳文书院闻名遐迩，是因为其山长（校长）都是学富五车的孝廉（举人）之辈，且执教严谨。

　　谢奉琦在炳文书院读书时，这书院的山长叫陈垣，是光绪丙子（1876）顺天举人。他做山长时，从游者重，成业者多。他因人因时而施教，端阳节至中秋节期间，天气炎热，他就规定学生自学，读史、习字为主，定期检查，极为认真；其余时间则讲学、自学和习字并重。

书院的课桌大都是矮矮的、四方形的，有抽屉。抽屉的生铜（铸铜）"界石"可扣、可上锁。凳子也是长方形的称作条凳。课堂里桌凳的摆放较为有序。课堂供奉着孔子画像。整体呈现出一派浓郁的书香气息。

　　谢奉琦在炳文书院读书时，喜欢穿一套有点儿另类的学生装——立领、三口袋，腰间起翘。年纪不大的谢奉琦在书院里已经是一个"登度"的小伙儿了。他五官端正，肤色白净，长相异禀，说话爽朗大方，天资聪颖，为人正直，性情豪爽，勤奋好学，乐于助人。他既爱读书学习，又好拳术、爱比武，常与学友角力，屡胜不败。

　　他在书院无意间认识了瓜葛亲表叔黄治。机缘是一次课间比武——

　　"还有哪位学长想来给兄弟比试的？请上！"在几个同学与奉琦来了几个回合都纷纷败下阵来后，奉琦气喘吁吁地说道。

　　诚然，看热闹中的自己的胞兄是从来不敢跟弟弟比试的。

　　"好！在下来讨教了！"但见一个魁伟身材、虎头虎脑的小伙儿从围观的人群中跳梭梭地飙到奉琦跟前拱手说道。

　　"好！领教了！"奉琦毫不示弱道。言罢即和挑战者你来我往地对打起来。奉琦心想：此兄还真有点路数，不能等闲视之。打了好几个回合，不分胜负。最后拱手言欢。

　　"仁兄好拳术！领教了！"奉琦恭维道。

　　"不是！是你已鏖战几场，体力有点不支，不然我不是你的对手的！"对手谦虚道，不过此言似乎亦合情合理。

　　后来才晓得此人姓黄名治皋。在摆谈中才知道黄治还是奉琦的瓜葛亲表叔，比奉琦只大几岁，真是应了幺房出老辈子的俗话。奉琦想，没想到"棋逢对手"的一次比武中，认识了自己的亲戚，真收获匪浅。他们即成了无话不说的表叔俩——不仅仅因为有一丝儿血缘，更是因为他们很谈得来，思之所向十分相同焉！

　　为人热情、真诚的谢奉琦来炳文书院后，很快和趣味相投的从隆昌远道而来求学的曾昭鲁结成挚友。他俩性格开朗、趣味投机，互相学习、互相鼓励、交心交底、共同进步，成为莫逆之交。

　　在炳文书院读书时，雷铁厓也在那里读书。谢奉琦和雷铁厓之间虽然没有同曾昭鲁那么亲密，但也互相切磋诗文，甚至聊国家大事。

　　因为，书院学生所读的书各不相同，学习的进度不尽相同；所以，书院先生教授学生都是一对一的，即便上习字课、珠算课，教授的进度都不一样，但上习字课、珠算课时都是全体性的，只是进度不一样。比如习字课，有的填"红模儿",有的"脱手写";上珠算课,有的打"三盘清",有的打"七盘清",有的打"归除"。

每天早上,上学后,后学的学生都要一个个地把书拿到老师案头前,把头天先生教授的段落一一背诵。背诵后,先生教新课,边教边用朱笔在课本上圈点——书本是没有断句的——并讲解。背不到的,下去继续读,直到能背诵为止。

这天,上课时,能背诵的都背诵了,该教新课的都教了。先生说道:"同学们,接下来写大字。大家把墨盘、大楷笔、大字本拿出来,接着上次没有写完的字写。"

一时间,磨墨的磨墨,翻本子的翻本子,舔笔的舔笔,课堂里唰唰作响。谢奉琦旁边愣头愣脑的曾昭鲁打开书提笼,发现自己没有带笔,就对谢奉琦说:"唉!奉琦兄,我忘了带大笔了,你带有多的么?"

"哦!我带有两支哩,送你一支吧!"谢奉琦爽朗地说着把头天他母亲给他买的一支兼毫大楷递给曾昭鲁道。下课时,曾昭鲁把笔还给他,他说道:"昭鲁,这支笔就送你了!"曾推辞,奉琦说道:"昭鲁,我们俩就不要再扯了!"

"你把新毛笔送我了,回家你母亲会责怪你的!"曾昭鲁说道。

"不会的!"谢奉琦蛮有把握地说道:"我娘不仅不会责怪我,还会夸奖我的!"

"哦!是么?你母亲真好!"

放学了,大家提着书提笼儿走出书院。

川南一带,如果去外地上学用书箱(挑箱),就近上学则用书提笼儿。书箱四方形,有盖。上等的是木板羊皮面的,而且木板用什么料非常考究,比如紫檀木、楠木、香樟木等;一般的书箱是土漆木箱,木板用料也没那么考究,比如松木、柏木等。书提笼儿是用竹篾编制成的,样式像猪腰子,有盖,有手提的把儿(柄)。

谢奉琦上学也是用的竹篾书提笼儿。曾昭鲁远道而来,除了书提笼儿外,还有书箱一对——一个放文房四宝,一个放换洗衣服、起居用品。

谢奉琦在炳文书院进步多多,也结识了好多学友,感觉到在书院读书还是和在家里读有诸多的不一样。

后来,谢奉琦母亲听说新孝廉李春霈先生到贡井旭川书院任山长(校长),就把能儿转到贡井的旭川书院就读了。

原本是想把碧儿也转来旭川书院的,但奉琮不想再读书了,他想在家里的盐井做事。他说:"娘,我不想继续读书了,这八股文也没有意思,我不想参加考试,也考不起。你就给我在井灶上找个事来做吧,也为娘减轻点担子。"

谢母心想:人各有志,凡事不强求,碧儿不愿再读书了,也行,即道:"碧儿，娘理解你的意思。好！我给你絮高二叔说说，给安排一下。"

不久，谢奉琮在隆丰井做了个财务管事助理。聪慧的奉琮做起来也得心应手。

十一

"二少爷，二少爷！"天刚麻乎乎亮，保姆刘嫂就去敲谢奉琦的房门急骤地说道。

"怎么了？刘嫂！"谢奉琦已经起床，边开门边问道。

"你娘害病了！"

"哦……"

谢奉琦匆匆来到母亲的房间，奉琮、奉琳和奉瑄已经在那里了。

"奉琦，娘病得很厉害！"奉琮哭丧着脸说道："给二叔说说哈！"

"要得！刘嫂，请你去跟我二叔说哈！"

谢垚早已起床了，准备早饭后去各井灶上转一趟。听见东厢房里闹哄哄的，刘嫂还没到，他就出门来往东厢房走。

谢垚问了问情况后，吩咐身旁的仆人道："快，快去把仁寿堂的谢医生请来！"

仆人飞快地向筱溪街仁寿堂跑去。

仁寿堂的本家医生来了，可已不是那个须发冉冉的谢成鼎，八十高龄的谢成鼎早已只坐堂，不出诊了。跟着仆人走的是谢成鼎的儿子谢金之，年龄五十开外，穿着一件洗得泛黄的蓝洋布长衫，打头很像他的父亲，医术跟他父亲一样在筱溪坝乃至东、西两场都很有名气。

谢金之跟着仆人一路小跑，匆匆进得谢府，来到谢夫人榻前，认真地望、闻、问、切之后抓起早已准备好的笔来，在墨盘里蘸了点墨，认真地开好药单子：葛根五钱、黄芩三钱、黄连三钱、芥穗三钱、防风三钱、甘草一钱，递给谢垚，拉住谢垚走出房间后，轻声说道："二哥，大嫂害的是绝症啊！不过，这药也要捡回来……"

"啥子绝症啊？"谢垚惊恐地问道。

"和家父看过的大哥的病差不多啊！"谢金之说道："给大嫂准备后事吧！"说罢拱手道别。

"啊……"谢垚说不出话来。

说话间，仆人早已拿着药单子和谢垚给他的一块银元，飞也似的向谢府在新街开的天生堂药铺跑去。他晓得事情紧急，不能舍近求远。

这边厢，谢垚纳闷：这病咋个子和十年前大哥的病那么如出一辙啊？一样的来得突然，一样的上吐下泻……这到底是啥子病，我们的名医生怎么都束手无策呢？

谢夫人在病魔的煎熬下，坚持了十多个时辰后，药还没有喝完就撒手人寰了。在光绪二十七年（1901），也就是谢奉琦十五岁的时候。

谢夫人临终时，对谢垚和谢垚夫人说道："榘高贤弟，老天爷要收我去见你大哥了，碧儿和能儿就托付给你们了！"并招呼两个儿子道："碧儿、能儿，来给二叔二娘磕头……"

奉琮和奉琦流着泪跪倒在二叔二娘膝下，倏地哇哇地哭出声来……

谢垚夫妇流着泪牵起两个孩子来。榘高说道："大嫂！你放心吧！我们会像对待亲生儿子一样对待碧儿和能儿的！"

谢夫人接着说道："碧儿、能儿、琳儿、瑄儿，老天爷要你娘去见你们的父亲了……你们几个要听二叔二娘的话，好好读书，做个好人……"

跪在母亲面前的奉琮、奉琦、奉琳和奉瑄点着头又号啕大哭起来。整个谢府哭声一片……

父亲去世时，虽然谢奉琦还是个五岁的小娃儿，但是他似乎已经知道"死"是怎么回事了，所以看见大人哭也就伤伤心心地哭起来。这次母亲的去世，更是让他感觉到天崩地裂，感觉到自己就像悬浮在半空中，没有了依靠，没有了着落。他的哭是撕心裂肺的。

一夜之间，谢奉琦像变了一个人。身体突然瘦了一大圈，没有了勃勃生机，没有了天真烂漫，沉默了许多，更喜欢想问题了。有时甚至情不自禁地一个人在院子拳打脚踢比试起来，假以消除烦闷和苦恼。有时又一个人去后花园或蹀躞，或痴痴地看着栀子花，想着母亲在栀子花前给他说过的话，暗自流泪……

一夜之间，谢奉琦仿佛明白了母亲说的栀子花的白净是秉性，栀子花的芳香是奉献的意义……他也似乎懂得了洋蒜头的"洋"字儿的意义……明白了在新街衙门口父亲为什么要叫摊贩放过衣衫褴褛的孩子，明白了在盐店街父亲把铜钱放在叫花子手上……

想着想着，对着长天暗暗发誓道："爷、娘！你们放心吧！能儿一定不会辜负你们的期望，一定会成为一个堂堂正正的男子汉！"

十二

旭川书院是一所县办公立书院，由荣县知县宫鉴桂决定，于嘉庆十九年，也就是公元1814年开办于贡井文昌宫,后来迁至河街子大公井旁的裕崇号。虽说是公立,但地方人士筹有学田收租,并设草市收捐,以补充经费。

谢奉琦转旭川书院读书时,书院已经是在河街子裕崇号了。

旭川书院是一个较大的四合院,坐西向东。石槽门面是一条通向威远象家岭的石板路,石板路建在旭水河高高的河岸上。书院槽门有一对不甚宏大但雕工精湛的石狮子。进得槽门是下房数间,正对槽门是一横五大间正房,槽门与正房有长长的石板甬道相连。甬道两旁是花园。花园里南、北各有一口石凿水缸,水缸里养着睡莲、金鱼;花园里种植着高大的玉兰、核桃和各种花草,其间散落着条石凳子。花园南北是厢房数间。

从槽门往里走,走完甬道,再上几级石梯就是正房。正房中间是先生备课、休息的场所,其正面墙上供奉着孔子画像;两边是课堂,课堂里不甚规则地摆放着四方小课桌和小条凳。南、北厢房或为老师的住房,或为少数远道学生宿舍,或为学院生活用房。槽门两边各一间房屋为杂物间,堆放着柴草和锄地、浇灌等用具。

由于先后在此书院做山长(校长)的或孝廉、或贡生、或廪生的沈维镛、杨公华、杨筱帆、刘炳勋、黄茂、黄英、黄书、李春霖等人学识过人、执教敬业,而使旭川书院声名鹊起,慕名游学者颇多。

旭川书院的山长大都豁达开朗,不拒思辨,甚至接受、研究、传播新思想新理念。山长黄英先生主编的署有"荣县旭川书院校刊"的《筹蜀篇》,是一本竖排版的线装书,是川南地区书院率先系统介绍水利、民智、边防、议院、矿物、农学、蒙学、女学、民教上、民教下、保教、水机、盐务、西文、东文、论策、风水、医药、西学、蚕桑、救旱、体操、新旧学、代数、中西学和中西文言的一部"救亡图存,开启民智"的"百科全书"。这是旭川书院声名鹊起的又一个重要因素。

书院刻书始于宋代,至清代为最兴盛,形成了古代刻书史上独树一帜的书院刻本。至清代,书院的出版功能得到进一步的强化,刊刻图书成为较大规模的经常性活动,在四川形成了正谊堂、广雅书局、桂垣书局、尊经书局、南菁书局、经苑、味经刊书处等闻名全国的书院专门出版机构,这是中国近代新兴出版业的前身。虽未见旭川书院设立书局并经常刻书,但能由书院组织刊刻印行本书院的学术著作《筹蜀篇》,在当时全国县级书院中尚不多见。

李春霖山长思想开放,关心时务。除了中规中矩地授课、讲经外,课余还跟一些优秀的学子一起谈天说地,鼓励学子多读书读好书。高兴了,还把自己知道的时务告知他们。这样,思想觉醒较早的吴玉章很快成为同学们心目中的"时务大家"，也让谢奉琦的新思想在这里开始萌芽，初启其看待社会时务的独有认知。

谢奉琦在旭川书院读书期间，课余读了李山长推荐给他读的好多本历史书籍。他为汉武帝时的国强兵壮大败匈奴而折腰，佩服唐太宗时期"贞观之治"的治国安邦之道，对割地称儿皇帝的石敬瑭嗤之以鼻，为收复国土"出师未捷身先死"的宗泽叹惋悲切，为精忠报国岳飞的齐天大冤而愤愤不平，为奸臣贼子秦桧的祸国殃民而切齿痛恨，为"留取丹心照汗青"的文天祥而肃然起敬，为民族英雄戚继光的抗倭大捷而扬眉吐气。

谢奉琦读史书，拜谁为偶像，溅谁以唾沫，泾渭清楚，爱憎分明。他认为一个人为人应该去恶扬善，为国应该赤胆忠心。

十三

就在谢奉琦转旭川书院读书的同时，奉琦的表叔黄治皋和吴玉章也转来旭川书院就读。

吴玉章，字树人。他听说光绪十五年（1889）取得举人功名的李春霖到旭川书院任山长，即从远在荣县的双石桥奔赴贡井旭川书院读书，在这里接受新思想，成为"时务大家"，并影响了在这里读书的谢奉琦、黄治皋、林悦葱、丁丁、高个子林锋等一干人。

这天下午，已经放学了，但是吴玉章、谢奉琦、黄治皋、林悦葱、丁丁和高个子林锋等几个同学还在花园里谈天说地、聊新闻，或倚树站着，或坐在条石凳子上，讨论着他们很感兴趣的时务大事。

比吴玉章小四岁的谢奉琦好奇地问道："我们的'时务大家'树人兄，你晓得的新鲜事儿很多，请问洋务运动到底是咋子回事儿啊？给我们讲讲吧！"

吴玉章见聪明伶俐的小同学问这个问题，非常高兴，问道："能九兄弟，你看，是说详细点儿还是说简单点儿呢？"

"说简明扼要点儿吧，我想背下来！"谢奉琦老老实实回答道。

"要得，说简单点儿，我也要背下来！"林悦葱附和着。

吴玉章即侃侃而谈道："……19世纪中叶，清政府经过两次鸦片战争的失败，以及太平天国的打击，朝廷里的一部分官员开始认识到西方坚船利炮的威力。接受了'师夷长技以自强'的思想，于公元1861年，也就是咸丰十年开始了'洋务运动'，又叫'自强运动'，接受西方先进生产技术和文化：开办新式企业，开创报刊，开办新式学堂，选派留学生，翻译书籍，架设电报，兴修铁路，与西方国家进行各个方面的交流……"

吴玉章停下来稍稍松口气的时候，谢奉琦问道："树人兄，'师夷长技以自强'是啥子意思呀？"

"对！我也不懂？"黄治皋附和道："永珊兄讲讲哈！"

"夷，是啥子意思晓得吧？"吴玉章没有直接回答，而是反问道。

"'夷'，是一个多义字。"黄治皋说道："平坦、平安，破坏建筑物，灭掉，还有……""我看，这里指的是外国吧！"谢奉琦直截了当道。

"是的！夷，在这里指外国，而且主要指的是西方国家。"吴玉章说道："'师夷长技以自强'，就是学习西方国家先进的东西来增强我们中国的国力。"

"哦！懂了！懂了！"谢奉琦、黄治和林悦葱异口同声地说道。

忽然，高个子林锋说道："可是，洋务运动不是已经失败了么？"

听到这高个子林锋这么说，吴玉章稍稍考虑了一下说："是的！现在，世界已是社会达尔文主义时代，任何国际或国内斗争的失败，都可能被视为落后，洋务运动也因甲午战争之败被归为此列，但它不过是中国近代史上一连串'失败'中的一次。不过，我想，洋务运动也可以说是一次成功！"

"啊！怎么可以说是成功呢？"大家几乎是异口同声地问道。

谢奉琦、黄治皋、林悦葱和大家都对吴玉章的话表现出疑惑来，期待吴玉章解答。

吴玉章即不快不慢地说道："我想，尽管这场运动的进程有很多可以指摘的地方，有很多的不是，但是传统中国的架构已被这场运动突破了……这个'突破'就是成功！"

谢奉琦拍手道："对！架构被突破了！对！树人兄高见！"

黄治皋、林悦葱和丁丁也都附和着。只有高个子林锋同学表示怀疑道："甲午战争损失那么惨重，也是成功？"显然，他没有懂得"时务大家"的意思。

十四

谢奉琦躺在床上，方格子雕花的窗外一片明亮。已经二更过后好久了，他还是睡不着。他在回想自己：他从小受父母的殷殷呵护，父亲去世后母亲更加爱护他，希望他好好读书，将来求得功名，清廉为官，过好日子。希望他的人生道路走得稳稳当当的，不希望他去沾染社会上的事情，生怕他有个三长两短。他也一直是父母亲膝下的一个中规中矩的乖乖儿。不做半点父母亲不喜欢的事情。尤其是父亲去世后，他更加体贴母亲，生怕母亲为他担惊受怕。所以，上学书院学习，他很听先生的话，读书很努力，和同学相处很友好。同学们也都很喜欢他。

他回想今天下午"时务大家"树人兄关于洋务运动的话。说了的要背诵下来，他已基本能背诵了。还在反反复复地默念着。念着，念着，树人兄说的"'师夷长技以自强'，就是学习西方国家先进的东西来增强我们中国的国力"这一句话深深地触动了他。仿佛从今天，他才对"中国"和"中国"的过去与未来，有了一个较为明晰的概念。

过去，无论是在父亲给他讲的历史故事，还是在炳文书院、旭川书院老师"讲经"时所讲的三皇五帝，以及他读的一些史书，让他觉得秦灭诸侯、汉灭秦、晋灭汉、唐灭晋、宋灭唐、元灭宋、明灭元、清灭明之几千年历朝历代的轮回很自然。从来没有想过这种朝代间的循环往复有什么问题，需不需、能不能"突破"这个历史行进的链环，能不能另辟蹊径，走一条康庄大道？

今天，树人兄的话对他触动很大。他反复思索着树人兄回答高个子林锋同窗之疑惑的话："……但是传统中国的架构已被这场运动突破了"。这"传统构架"是什么呢？从树人兄说这句话时的口气里可以看出他对突破"传统框架"的认可和欣慰，这又是什么意思呢？

十五

这天，也是下午放学后，吴玉章、谢奉琦、黄治皋、林悦葱、丁丁和高个子林锋等好几个志趣相投的同学又在花园里或坐，或站，或蹲各得其所地摆龙门阵，谈天，聊新闻。

"大家晓不晓得我们书院原来有一位山长叫黄英？"见多识广、消息灵通的"时务大家"吴玉章有点儿神秘地问道。

"不晓得啊！"在场的同学齐普普地回答道。

"我晓得！"吴玉章有点自豪地说道。

"我们的'时务大家'晓得的事情还真多啊！"谢奉琦赞许道。

"不是多，是先，是我好久以前就晓得黄英山长了。"吴玉章有点骄傲地说道。

"那，请树人兄讲讲黄英先生的故事吧！"大家又齐普普地说道。

吴玉章慢条斯理地讲道："我们旭川书院的山长一个个都是饱学多识、学富五车的大儒。比如前任山长黄英先生是我们荣县人，光绪十四年（1888）的举人。他两度燕尘，久居津沪，广搜秘籍，博采通人，一门之内，自相师友……夯实学十数年矣。日殷殷然以通古今、识中外为多士倡。在本书院任山长期间完成了《筹蜀篇》这本书的编撰、刻印。这可是一件很了不起的事情啊！"

"《筹蜀篇》是一本啥子书啊？"喜好读书的谢奉琦听到"书"字，就迫不及待地问道。

吴玉章振振有词地说道："黄英先生既精于国学，又涉猎西学，且晓英语；既谙悉人文学科，又了解自然学科；既掌教书院，又接触社会；既立足四川，又放眼全国和世界。《筹蜀篇》这本书洋洋洒洒七万多字，共计二十六篇啊！"

"哦！黄先生好了不起啊！"大家齐声赞叹道。

吴玉章接着说："《筹蜀篇》内容广泛，资料丰富，见解清新，筹划务实，展示出黄英'通古今、识中外'的知识结构和学术水平，凸显出黄英先生救亡图存、开启民智的维新思想和爱国之心。这本书得到贡井县丞刘篠豁和贡井士绅们的称赞和帮助。得以付梓面世。面世后，赞许者众……"

"哇！黄先生好厉害啊！"谢奉琦赞叹着问道："树人兄，你有这本书么？"

"我有啊！"吴玉章说道。

"那，树人兄，借给我读读，好么？"

"好哇！可是书在家里，只好端阳节放假回家后带来。"

"谢谢树人兄！谢谢我们的'时务大家'！"谢奉琦不住地谢道。

黄治皋和林悦葱等同学急了，异口同声道："我也要读！"

吴玉章爽快地说道："好！你们轮流读吧！只是不要把书弄坏了啊！"

"好！好！谢谢我们的'时务大家'！"大家异口同声道。

于是，除谢奉琦首读之外，黄治皋、林悦葱、丁丁和高个子林锋几个同学以抓阄的形式决定了读《筹蜀篇》的"轮子"（先后次序）。

眼看又一次有意义的课余小聚会在大家很有收获的笑声中就要结束，周亮显说道："时间还早，我看，我们几个来比试比试怎么样？"说话时双手比画了一个武打动作。

黄治皋表叔的提议正中谢奉琦的下怀，说道："好！比试比试！大家都有份儿哈！"他的意思是在场的几个同学一个也不能走。

"好！今天我们来锻炼锻炼，看看咱们是不是'东亚病夫'！"吴玉章的话让大家更来劲儿了——都想一雪被称作"东亚病夫"之恨。

比武阵势在书院花园里的一个较宽的地方拉开了。先是其他几个同学站成一排，谢奉琦面对他们，教授了一个新的动作"鹞子翻叉"。奉琦先示范，大家跟着做。不一会儿，大家都能翻了，只是还翻得不够稳当。

"好，多练练就很好了！"奉琦表扬道。

大家齐声道："好！好！"

接下来是单挑。就是每一个同学和奉琦对打三个回合，"三打二胜"。规则是原来就约定俗成了的。

第一个是吴玉章上场单挑谢奉琦，三个回合下来，玉章输了两个。接下来是书生气十足的林悦葱等几个上场，也都败下阵来，唯奉琦表叔黄治皋输得没有那么惨。

正当丁丁单挑谢奉琦的时候，被李春沛山长看见了，问道："呵呵，比武打擂吗？今天，哪个赢了？"

大家知道李先生不会干涉他们，就爽朗地说："还是谢奉琦啊！"因为他们的比武不止一次被李先生看到。

"好好！练好身体，不当'东亚病夫'！"

丁丁趁势悄声在谢奉琦耳边说道："喊李先生跟你比试比试？"

谢奉琦瞪了丁丁一眼悄声说道："使不得，使不得！丁丁，你咋子想的哟？"

接着，李先生一如既往地讲了些时务，并叮嘱学子们不要因习武而荒疏学业。

大家点头道："是！是！听先生的！"

言罢，大家散去。

谢奉琦在爬上大石梯、穿过牛屎巷回家的路上，还在回味比武的场面，李山长的话还清晰地萦绕在他的耳畔。

十六

富荣西场阴历五月初五的端午节，贡井人往往叫它端阳节。端者，初也，午者，午日也。据《荆楚岁时记》记载：因仲夏登高，顺阳在上，五月是仲夏，它的第一个午日正是登高顺阳好天气之日。端阳节是贡井这座古盐场重镇很重大的节日。端阳节前两天市场上就有农民卖菖蒲和陈艾了。因为端阳节这天，各家各户的大门两旁门枋上都要挂上菖蒲和陈艾。挂菖蒲和陈艾，是因为它们有一种和花不一样的芳香，可以驱蚊、祛除邪气，让家庭幸福昌盛。还因为四川的一个重大的历史事件——张献忠剿四川。

说是，张献忠小时候随父亲到四川内江卖红枣，父亲把驴拴在一个富家人的门柱，驴拉的粪便弄脏了石柱，这家的仆人大骂，并用鞭子抽打他的父亲，随后又喝令他父亲用手把驴粪捧到别处去。这一幕，被站在旁边的张献忠看到。张献忠气得怒目圆睁，临走时撂下一句狠话："等我将来再到四川，一定杀这些四川人，以解我恨！"所以，后来张献忠入川时，沿途遇到了激烈抵抗，大西军损失了不少兵马。这使得张献忠大为光火。在其军师汪兆龄的怂恿下，他决定以杀权威，震慑川人，让川人臣服。从打下重庆开始，血腥的屠杀便接连上演。军中有好心人悄悄传出话来：端阳节这天，只要门枋上挂了菖蒲陈艾的人家，即是西军之拥趸者，可予免杀。晓得这个消息的人家就挂起菖蒲和陈艾来了，也就活了下来。几百年来，其习俗一直在四川传演，从来没有懈怠过。

对此，谢府这个大家庭也如斯焉。在几道大门挂菖蒲陈艾时，谢奉琦都会兴致勃勃地帮着仆人把一棵棵菖蒲、陈艾捆绑在一起，挂在门枋上。

当然，富荣西场端阳节最重要的活动要算划龙船了。端阳节前半个月，望水观音寺庙里就会将两条木雕龙——青龙和黄龙——抬出来安放在平桥西端的空地上，日日秉烛焚香，以期佑护端阳节划龙船顺心如意，以期贡井风调雨顺、生灵安乐。

贡井人看见这两条龙出来了，就晓得端阳节又要划龙船。孩子们更是高兴地期盼着端阳节早点儿到来。当然，谢府人家的大人和娃儿也概莫能外。

端阳节这天下午，风和日丽，旭水河八里秦淮平桥段两岸人山人海。谢奉琮、谢奉琦、奉琳和奉瑄挤在东岸宽阔的盐运码头上。这时，水面上早已没有了平常千帆尽渡的盐船，代之的是两条青龙木船（分青一号和青二号），木船被油漆成青色、船上划龙船的人穿着青色的服装；两条黄龙木船（分黄一号和黄二号），木船被油漆成黄色，船上划龙船的人穿着黄色服装；两条白龙木船（分白一号白二号），木船被油漆成白色，船上划龙船的人穿着白色服装；还有好几条花船，船上彩旗、彩带随风飘扬。花船上有当地官绅、井灶老板和社会贤达。这些人也是在划船开始后，往河里抛出鸭子和五颜六色吹胀了的猪尿泡人物。还有一裁判船和一条安全救生船。

划龙船有两个项目，一是龙舟竞渡：龙船从平桥出发，划向望水观音，再掉头划回来，先到者胜。再就是抢采，六条龙船上的人从水中抢起花船上抛出的鸭子和猪尿泡。

一切准备停当，一声炮响，六条龙船迅速往望水观音划去，船上的号子声、两岸的助力声响彻云霄。当龙船先后返回，到达终点分出名次后。就开始抢采了。

最热闹的也是这个"抢采"。鸭子抛进河头是要跑、要钻进水里的；猪尿泡在水里虽说不沉，但是滑的。抢采时也就变数多多，也就引起两岸看客一阵阵的欢呼……

奉琮跟弟弟奉琦说："幺弟，得了竞渡头彩的黄龙二号是桀高二叔井灶上的。明年，我俩也去参加划龙船哈！"

"要得，我好想划龙船啊！可是，会不会要我们参加呢？"奉琦道。

"给二叔说说呀！"奉琮补充道："不过，我们还要好好练练水性！"

"要得！哥，我们好好练练！"

十七

端阳节的假期完了。吴玉章从家里把《筹蜀篇》带到了书院，借给了谢奉琦。谢奉琦如获至宝，每天课余就埋头阅读，晚上读到三更才掩卷上床睡觉。如果不是第二天要上学的话，他会读个通宵也不愿意释卷。有的章节，他还用毛笔誊写在一个本子上，怕的是忘记了。

《筹蜀篇》所有篇什的内容对于谢奉琦都很新鲜，他都很喜欢。他尤其喜欢民智、边防、议院、蒙学、盐务、西文、东文、论策、西学、代数。每当读到精彩处，他就会拍案叫绝道："《筹蜀篇》，真是一本救亡图存、开启民智的维新思想和爱国之心之大书、之好书！"

谢奉琦很快就读完了全书，因为其他同窗还排起轮子等着呢！当他把《筹蜀篇》交给第二个读者黄治皋时，说道："治皋表叔，这本书太好了，可以毫不夸张地说，这本书让我顿悟了好些事情。黄英先生博学、务实、图新……太了不起了！你快点读完，好让下面的同学读，把黄英先生的学识、思想传播开来！"

"好的！黄孝廉的著述肯定是上乘之作。能九，我会尽快读，也会认认真真地读！"

"治皋表叔，书中有好多好多新的东西啊！我真的爱不释手！"对于《筹蜀篇》，谢奉琦还觉意犹未尽，又重重地添上一句。

在同窗们传读《筹蜀篇》的时间里，谢奉琦一直在琢磨，书中的几个篇章，都好想能直接去感受感受。

最后，他想"盐务"最接近，我们就住在盐场，身边就有盐井和熬盐的灶房，就萌生了去井场看看的念头。他父亲去世以前，他还很年幼，没有机会跟随父亲去盐井观摩。现在十多岁了，该走出去看看了。

西场到处都是盐井，那，去哪口盐井呢？当然是去谢府直属的或有股份的盐井更好，比如父母亲给他说过的昌洪井、隆丰井、潮涌井、东源井、盛川灶、咸宜灶等。可是去哪一所呢？想来想去，认为去东源井更好，因为听父母亲说过东源井规模大、火圈多，谢府又有东源井的股份，给桀高二叔说说，就会通行无阻的；而且，他仿佛听父辈们说过，东源井采卤、采气又烧盐，其采气工艺是中国天然气开采工艺的典型代表。既然是"典型"，看了东源井也就等于看了其他的盐井。这又何乐而不为呢？

那，哪些人去呢？是自己一个人去，还是邀约几个同学一起去？他反反复复思考后，觉得还是多邀约几个志同道合的同学一起去得好。因为，他觉得要使黄英先生在"盐务"上注入的新思想让更多的人知晓，要传播开来才能实现黄英先生著述《筹蜀篇》的初衷。

"树人兄，我读了《筹蜀篇》后，有好多想法。"上课时间，谢奉琦悄声给旁边的吴玉章说道。

"有啥子想法啊？"吴玉章也悄声说道。

"嘿嘿……"先生看见了，在喉咙里发声警告道。

谢奉琦和吴玉章对视了一下不作声了。

休息时，吴玉章问道："能九兄弟，把你的想法说来听听吧！"

"我想去井灶上看看，了解了解黄英先生说的'盐务'。"

"好哇！学以致用！"吴玉章夸奖谢奉琦说道："这种方式，在西方这叫作'采风'，或'考察'。"

谢奉琦心想，树人兄还真不愧"时务大家"，即道："哦！那，我们就采风去吧！"

"好！多约点同学去！"

吴玉章的"多约点"正合谢奉琦意。

这时，奉琦表叔黄治皋走过来了。谢奉琦把前话重说了一遍，治皋很支持："好！这个活动好！"

于是三人在一起商定了参加者、时间、路线等事宜。时间很重要，不能影响读书。由谢奉琦把这些想法告诉他桀高二叔，得到回复后就行动。

十八

终于有了一整个下午的时间。原定参加东源井"采风"活动的有吴玉章、谢奉琦、黄治皋、林悦葱、丁丁和高个子林锋六个同学。可吴玉章因为临时家里有事，中午被家里派来的人接回双石了。吴玉章参加不了，谢奉琦打算放弃这次活动。可是，吴玉章对谢奉琦说："能九兄弟，下午的活动照原计划进行，不能因为我打乱计划。再说，你二叔已经给安排好的。"

"可是，你……"

"没事，有机会的！"

谢奉琦只好点头道："那，好吧！树人兄，以后再去采风一次！"

去的五个同学在书院吃了午饭后出发了。大家兴致勃勃地出了旭川书院的大门，沿旭水河边叫河街子的石板路往南步履匆匆，说说笑笑，兴奋之情溢于言表。他们穿过东王庙前宽敞的平台，行一段路后开始爬大石梯。这时，路人很多，背包罗伞的，挑东抬西的，扶老携幼的，来来往往，络绎不绝。还有一小队驮着盐巴的马队从老街子下大石梯。

长长陡峭的大石梯是河街子到老街子的必经之路，人们都习惯了。只是对于几个学生来说，感觉还是不一样的。除奉琦和黄治皋两人一口气就爬上了大石梯外，其他三个同学还真是爬得"七哼八哼"的。那不，高个子林锋七岁上学读书，都是"请的"（佣人）每天背起去，放学了又背起回家。

今天，他们只能徒步去十里以远的目的地，至少要半个时辰。因为，没有公路通东源井。不过，他们是有心理准备的。所以，大石梯上来一口气都没有歇就立马快步往前走。他们没有为老街子、新街的热闹所动，而是一个劲儿地往前走，走过济元桥，穿过筱溪街、鹅儿沟、田坝头，来到胡元和。他们看见河边的一座高高的龙骨车水，从停靠在河上的卤船里提卤水，看见规模宏大的胡元和宅院。爬上寨子岭时，传来此起彼伏的哞哞声。透过低矮的墙垣，看见好多好多的水牛。一打听，才晓得这是大盐商胡元和家族圈养在寨子岭的八百多头水牛。这些水牛是盐井上用来拉大车提卤水的。此情此景，让同学们兴奋不已。

凭经验，富荣盐场地下卤水总是跟着地上的山脉走的，或在山脉尾端的山坡坡上，或在山脉尾端转弯的地方，或在山脉盘来转去的地方。东源井在旭水河南岸太平山余脉的大唐山扇子嘴。富荣盐场人说山的"嘴"，系指山脉的尾端。比如大坟堡的扇子嘴，西场的老鹰嘴。

从贡井经由寨子岭去东源井必须过渡。谢奉琦一行五人翻过寨子岭走了一段高高低低的石板路后，来到旭水河边。站在陡峭的北岸，远远就望见高高耸立如塔一样的"天车"。"天车"的左边地势较高的地方一溜烟排着高高耸立的像房子一样的几列棚棚在阳光下闪烁着亮光。"天车"下一大片热气腾腾的烟雾在翻卷着，滚动着。乍看起来，这"天车"仿佛是架设在云层上的一样，巍峨而神秘。"天车"上的天辊子在飞快地转动着，仿佛能听见钢绳摩擦天辊子发出的沙沙声和灶房里隐隐约约的火苗声。

眼前这些，一下子把谢奉琦和同学们都震撼了，几乎是异口同声地欢呼道："哇！东源井，好壮观啊！"

"快！大家快走啊！"谢奉琦心切地催促大家道。由于，这次活动是谢奉琦发起的，又是去谢府占有股份的井灶；所以，他即自告奋勇地做起了领头人。

"好！快点快点！"大家一起附和着，即便年龄最小的丁丁同学。

很快，大家沿着河岸笔立陡的不甚规则的石梯小跑似的下到渡船码头。这码头上,只有唯一的一条船舱中间有遮风遮雨的竹篾折子篷的木质渡船。因为,这唯一的一条渡船不单单是为来去东源井的人所设;所以,过渡的人很多。谢奉琦一行上船后,还有好些人想上船,喊道:"慢一篓!"

艄公见船上已很拥挤了,就大声喊道:"不要来了!不要来了!"码头上的人才停止了脚步。艄公掉转船头往对岸划去。一会儿,船到东源井坎下码头了。人们开始一个一个地下船,然后各走各的路。

谢奉琦一行五人下船后,即兴致勃勃地沿着也是笔立陡的不甚规则的石梯往上爬。来到东源井门口,大家都气喘吁吁了。谢奉琦给"看门头儿"大叔自我介绍后,"看门头儿"大叔笑脸相迎,说道:"好!二少爷请!"

接着,有一个戴眼镜的约莫四十开外的井灶管事带领谢奉琦一行在井场里参观,并做一些讲解。

他们的参观是按制盐的先后进行的,这是管事接到任务后的良苦用心。他说:"我们东源井烧盐巴主要有三道大的工艺,先是把卤水从井头提上来,然后把卤水送到晒卤台,再把晒卤台下来的卤水枧到灶房里烧成盐巴。今天,我就按照这个先后顺序参观,要得不?"

"要得!谢谢叔叔!"谢奉琦等异口同声道。

第一个令几个学生震撼的是井场。但见十数丈高耸入云的"天车"有六条腿,每一条腿都是由成百上千根木头捆扎而成的。四周、上下固定天车的"风篾"(钢丝)牵向四方。井口有地辊子,有大车。但见六条水牛在拖住大车转动,把通过地辊子、天辊子拴住汲卤筒的钢丝一圈一圈地缠绕在大车上,听到一声叮当响声,表明汲卤筒已经从井口升起来了。这时,大车房的使牛匠拉好刹车、解开水牛,让其在一旁喘息。井口的抠水匠则用一铁钩钩开汲卤筒底部的皮碗儿(活塞),卤水即哗哗地涌进井口的枧窝子里而流向存储卤水的木质大楻桶。当汲卤筒的卤水放完,听见叮当铃声后,大车房放开刹车,汲卤筒以自身的重量往井下坠落,大车即跟着飞快地旋转起来,到位后,听到叮当铃声,大车房拉好刹车,将牛拴在枷担上,一声铃响后,放开刹车,牛拖着大车开始转动,将汲卤筒提起来……

几个学生盯眼子睃着滑轮随着大车转动,看见盐水哗哗地从汲卤筒里冲出来,看见牛们那么听人使唤,觉得很新鲜,很好玩:原来盐井里的卤水就是这样提起来的;这天车就是黄英先生在《筹蜀篇》中说的运用了滑轮原理吧。

第二个令几个学生震撼的是晒卤台,就是远远看到的那一溜烟几列高高耸立的像草房一样的棚棚。戴眼镜的管事说:"晒卤台是用木头架起的上小下大的三四丈高十多丈长的锐角三角形架子,再用斑竹的枝丫层层叠叠、密密麻麻地盖上去。远处看像茅草房，实际上是我们东源井用来浓缩卤水的。你们看……"

阳光下，几个学生看见密密实实的斑竹枝丫上滚动着闪亮的水珠儿，从上到下，滴落到棚棚两边的沟里，流向一头的枧窝子，再通过连接枧窝子的枧杆把浓缩了的卤水输送到灶房……

大家觉得很新奇，黄治皋问道："为啥子卤水不直接从井房里送到灶房烧盐哩？这么一晒，不就少了么？"

谢奉琦抢着说道："我懂了，晒的目的就是要它少！"

管事夸奖道："二少爷真聪明！"

接下来参观熬盐的灶房。和井房几乎连在一起的是熬盐的灶房。但见一大片不甚高的木穿斗瓦房顶，被若干的木柱支撑着，没有墙壁。地面上百口圆柱形的一两尺高的灶头顶着熬盐的铁锅，从灶口可见天然气在灶膛里熊熊燃烧，锅里的盐水开爆爆的；有的灶头天然气火较小，锅里的盐水已开始结晶；有的烧盐匠在用篓子在锅里捞着什么，有的烧盐匠在将已经熬好的白花花的盐巴从锅里铲起来，放在篾包里，接着有人把装满盐巴的包子抬出灶房，有的烧盐匠蜷伏在篾包里打瞌睡……

整个灶房热气腾腾，弥漫着呛人的烟雾、卤气、水气，湿漉漉的，到处可见撒在地上的融化着的盐巴……灶房里的匠人们几乎都弯腰驼背的，几乎都清一色地赤裸着全身，只在臀部拴一条围帕……从外面看灶房，一大片淹没在烟雾中的房子，只有几根矮矮的烟囱……

熬盐的灶房给谢奉琦等五个同学的感觉不一样。有的对"黑梭梭"的卤水熬干就是白花花的盐巴感到新奇；有的因灶房太乱而大跌眼镜。一向话语很多的谢奉琦，却一言不发，只默默地跟着大家走。他在心里叹息道："烧盐匠太辛苦，太可怜了。"

谢奉琦等五个同学谢过戴眼镜的管事，出灶房、井房，来到东源井大门跟"看门头儿"大叔打了个招呼后，就匆匆沿石梯下到岸边码头过渡。刚好，渡船划过来了，谢奉琦等五个同学先上了渡船。船夫没有马上划船，是在等人，没等多久，来了一大群人，有背背篼的，有用箩筐挑"闹柴"的。一下子把船舱塞得满满的。船夫大声喊道："站稳，开船啰！"这时，码头上迅疾跑来一个身穿白布汗套儿的大汉儿边喊"慢一篓"边跳上船头，使得船身大大地晃动了一下之后一动不动了——船头搁浅在码头的梯坎上了。

船夫使出浑身解数都退不下来，还是一个人下船到码头使劲儿一推才把船退出搁浅，他再一大步上船，船慢慢掉过头来，往对岸划去。船到河心时，大家突然发现船舱进水了。有的人惊慌失措地叫道："不好了！船里头进水了！"

船夫大声吼道:"不要慌!不要乱动!"

大家安静下来,默默地、心慌地盼望着船早点靠岸。船里的水越来越多。也来不及责备那个跳上船来的大汉,也不知道此时此刻大汉的心头有何感想?

这时,谢奉琦和几个同学的布底小圆口布鞋已经浸泡在水里了。大家再一次慌张起来,但是没有作声。

"表叔,咋个办?"谢奉琦对身边的黄治皋小声问道:"我们都会'洗澡儿'的,跳下去么?"

"不!不要乱动!听船老大的!船已经加速了!"临危不乱的黄治皋回答道。

幸好旭水河东源井段河床不宽,也就十多丈;所以,在船夫拼命地加快划船和大家静静的配合下,船终于靠岸了。这时船舱的水已淹到了乘客的小腿肚子,人们一个一个安全地上岸了。

还真是有惊无险啊!

第三章　思想启蒙

十九

　　天池山脉西两华里的地方，山体忽然塌陷形成一条长长的深深的沟。沟底有一条曲曲弯弯的、终年潺潺流淌的小河沟儿。小河沟儿除暴雨天外，总是水清见底，鱼虾历历可数。当地农人把这条小河沟儿叫作打草沟，而西场的文化人则叫它龙头沟。叫它打草沟，是因为小河沟儿陡峭的两岸长满了莎草、芭茅草和芦苇等野草。叫它龙头沟，是因为西场文化人在小河沟儿的北面陡峭的山坡上的莽莽蓬草中发现了一个秘密———块硕大无朋、像传说中龙的脑壳一样的石头。青黛色的看上去很坚硬的龙头由山体往外傲然伸出一丈多。龙头下面是一个深不可测、与龙头平行的山洞。山洞里徐徐涌出清花亮色的水来，流向沟底。山清水秀的龙头沟即由此而名了。只是，当地乡民仍然叫它打草沟，似乎觉得很顺口一样。

　　在小河沟流出山谷汇入一口硕大无朋的堰塘旁边，有一座三开间两进的院落。木穿斗、坡屋顶小青瓦、白粉墙的一大座房屋坐落在青山绿水之间。其八字大门朝南开。大门上方有黑底绿字阴刻匾额一块，曰："鉴潭安居"。大门门枋上一副黑底绿字木刻楹联曰："莫道龙头沟水浅，能添大海波浪深"。院落小巧玲珑，既显得安谧、闲适，又充满与世无争的富庶感。这座院落的主人是既有田产又有盐场井灶股份的刘姓人家。

院落的主人名叫刘鉴潭,是一个仕途不顺退而求其次的文化人,经营着祖辈留下的几十亩田产,也是西场昌洪井和隆丰井两口盐井的股东之一。刘鉴潭和父母、儿女老老少少住在一起,一大家子的生活倒也过得安闲舒适。

刘鉴潭养有一个女儿名仲仪。这仲仪青丝绾结,明眸皓齿,身姿绰约,聪慧过人,仪态大方。她虽然没有上过什么书塾、书院之类的学堂,但由于父母亲的教诲而能诗善画,学识不浅,并做得一手漂亮的女红。

这年,刘仲仪年已芳龄二八,正是谈婚论嫁之时。谢奉琦也已十九周岁了。

于是,昌洪井的一个陈姓管事积极为同是昌洪井股东的谢垚和刘鉴潭两家撮合亲事。

这天,刘鉴潭为夫人做生,请生意上、地方上的好些朋友和乡绅来打草沟家中做客。

"大老爷,你家仲仪小姐貌美如花,多少年岁,可有人家了?"午饭后,昌洪井陈管事待刘鉴潭稍稍闲下来时,笑脸相迎,问刘鉴潭道。

"啊!我家小女年方二八,还没呢!"刘鉴潭答道。

"那,我看谢垚谢二老爷家的奉琦长相和人品都很不错,能否……"刘鉴潭思索片刻后即凯爽地说道:"诶,我还不知道谢家二少爷多大年岁?"

"谢家二少爷一十九岁。"

"那,好哇!"刘鉴潭心想,谢家与刘家是世交,谢奉琦与刘仲仪也并不陌生。

"那,我去安排让谢家来提亲,怎么样?"陈管事道。

"要得,这事儿就拜托你了!也不一定全遵循'六礼',只要对对八字即可!"两人谈话投机,一拍即合。

此后,没多久,陈管事找的媒人去谢府面见二老爷谢垚,双方亦一拍即合,意思和刘鉴潭的想法基本相合。

第二天,谢府谢垚的媒人即去龙头沟鉴潭安居提亲。刘鉴潭非常高兴,也完全赞成男方家说的不一定全遵循"六礼",只要做得与两家社会地位相当即可。刘鉴潭还摸出一个红封来打赏谢府媒人。媒人笑眯眯地走出鉴潭安居,回到谢府把提亲之事一五一十地告诉谢家二老爷。谢垚也很高兴,自己挂牵了好久的事,终于有着落了。

谢垚把刘家的情况告诉了谢奉琦,刘鉴潭把谢家的情况告诉了刘仲仪。作为晚辈的奉琦和仲仪都尊重、信任长辈的意见,都认可了。不久,两家就商定了换帖、大婚等诸多事宜。

光绪二十七年，也就是公元1901年，谢垚和刘鉴潭两家在西场天池山下院子坝谢府大院，为新人谢奉琦和刘仲仪的结合，举行了一场规模盛大、场景大红大绿、气氛热烈的结婚仪式。

这天，天高云淡，风和日丽。谢府大院前前后后张灯结彩、披红挂绿。已时，迎亲队伍吹吹打打地来到谢府大门口停下来。顿时鞭炮轰鸣，人声鼎沸。这时，新娘子刘仲仪乘坐的八人大花轿向前倾斜，但见身材苗条，身穿大红绣花长衫，头戴凤冠，搭着盖头的新娘子下得轿来，将一只手递给早已等候在旁的打扮不俗、年轻漂亮的伴娘。伴娘轻轻牵着新娘子的手，缓步穿过石牌坊，来到悬挂着大红灯笼的谢府大门口。这时，早已等候在那里的身材魁伟穿着青色缎面长衫，头戴青色博士帽，帽上插着金花，身披红绫的新郎官，将一段红绫的一头递给伴娘，伴娘顺手递给新娘子，新郎官牵着红绫的一头走在前面，牵着红绫另一头的新娘子跟随新郎官缓步跨进大门，逐一穿过第一个天井、第二道大门、第二个天井、登上数步台阶，来到正堂，新郎官站在左边、新娘子站在右边……又是一阵鞭炮轰鸣。

少顷，司仪先生唱道："一拜天地，叩首、再叩首、三叩首……""二拜高堂，叩首、再叩首、三叩首……""夫妻对拜，叩首、再叩首、三叩首……""送入洞房……"又是一阵鞭炮轰鸣……

虽然奉琦和仲仪并不陌生，但奉琦和仲仪的婚姻，仍然让两个年轻人不甚忐忑。当奉琦挑开仲仪的盖头时，他大大地吃了一惊：是天仙下凡到我玮頫的身边了么？同时，仲仪看见跟前的这位伟岸的男人时，即在心里惊呼道，这就是我仲仪的夫君吗？

虽说他们的婚姻是"父母之命、媒妁之言"包办的，但是，一点儿也没有包办婚姻的别扭与生涩。他俩婚后相敬如宾、相濡以沫，情趣相投、夫唱妇随、恩爱有加，生活得很和谐。而且，最难能可贵的是仲仪很理解奉琦的志向和理想，默默地支持着奉琦的追求，无微不至地关心丈夫、体贴丈夫，温柔而贤惠，乃至常常陪丈夫读书到深夜。用仲仪的话说就是"支持丈夫做一个旷世的伟男子"。

这天，夜已很深了，谢府大门和正堂的宫灯早已吹灭了，东厢房的灯还亮着。奉琦还在油灯下读书。不过，他读的不是应试需要的八股文，而是刚刚借来的《天演论》。

几天前，奉琦听说雷铁厓有一本严复翻译英国著名学者赫胥黎的讲演稿《天演论》很好。就托曾昭鲁想方设法去雷铁厓那里借到了。但雷铁厓说他也是借来的，要求曾昭鲁五日之内归还，这五日还包括曾昭鲁阅读的时间在内。所以，谢奉琦加班加点阅读，好给昭鲁留更多的阅读时间。

忽然，"啪"的一声响，原来是奉琦读到了精彩处，情不自禁拍案叫绝了。

陪伴在奉琦身边做女红的仲仪，被吓一大跳，停下手来问道："能九，你又读到啥子精彩的了？"

奉琦即侃侃而谈道："赫胥黎大师说，自然界的生物不是万古不变的，而是不断进化的；进化的原因在于'物竞天择'。所谓'物竞'就是生存竞争，'天择'就是自然选择。这一原理同样适用于人类，不过人类文明愈发展，适于生存的人们就愈是那些伦理上最优秀的人……"

"哦！可能这个洋人说的是对的。不过……"仲仪似乎不是很懂地说道。

"夫人，"奉琦亲切地说道："夫人，没有'不过'，社会就是这样的。严复先生把作者的论述归结为'物竞天择，适者生存'，很有道理。"

"哦，我相信夫君说的，一定是对的！"仲仪温柔地回答时，不禁地打了个哈欠。

"夫人，辛苦了，你先去睡吧，我快要读完了。"奉琦关心妻子道。

"好！不要太晚了哈！"妻子放下女红，起身凑到丈夫跟前，在丈夫额上轻轻地吻了下，转身向里屋走去。

奉琦转过头来，看见明亮的月光透进房间，照在仲仪绾着发髻的头上、照在她穿着素花软缎旗袍的颀长而有曲线的身体上。在仲仪缓缓走进里屋的一瞬间，奉琦心里骤然涌动起一股幸福的暖流；但是，这股暖流倏地蜕变成一丝儿淡淡愧意。奉琦寻思，是因为自己不想再在书院读书，而想实现一个更远大的理想吗？

二十

有一种文体叫"八股文"。八股文由破题、承题、起讲、入题、起股、中股、后股、束股八部分（称八股）组成，题目一律出自四书五经中的原文。八股文是考试制度所规定的一种特殊文体。明清时代，"科举"考试时写的八股文对内容有诸多限制，观点必须与"朱圣人"朱熹相同，极大地制约了丰富内容的出现。如果考生作文中出现与之不同的观点则无法通过考试。文章的每个段落死守在固定的格式里，连字数都有一定的限制，尤其是起股、中股、后股、束股的部分要求严格对仗，类似于骈文，书写难度甚高。

谢奉琦读的古书已经很多，但父辈们为能使他考取功名以入仕途，而让他去炳文书院和旭川书院读书。但是，谢奉琦就读旭川书院时，"循例应试，虑困名场"，多次参加科考。每次考试前他都做了充分准备，可每试每败。清代的科举忌讳太严，思想禁锢，不能逾矩，大凡真才实学者每多抱屈。思想活跃的谢奉琦就是其中的一个。

谢奉琦在旭川书院读书时，其桀高二叔已任苏州通判。这是谢坚受命因突然病故未能赴任，朝廷对历代有功之臣的谢氏家族的安排而授其弟以此职位。清代的通判也称为"分府"，管辖地为厅，此官职配置于地方建制的府或州，功能为辅助知府或州之政务，分掌粮、盐、都捕等，品等为正六品，是有较大权力的。

谢坚夫妇先后去世后，谢垚视固之兄的儿子为己出，尤对能儿关照有加。当知悉奉琦侄儿在家乡参加科考，每试每败。遂写信道："能儿贤侄，见字如晤。为叔念及你多次参加科考，均不第。为叔深知你心，然而不得不识于实，退后一步，不如来苏州，为叔可给你谋一个职位先做着，再从长计议，何如……"

奉琦收信读之，边读边流泪：堂堂七尺男儿，落到如此地步，愧对父亲、母亲，也愧对为自己操够了心的叔父啊！

思之良久，谢奉琦用手背拭去面颊上的泪水，提笔给二叔回信道："二叔大人敬鉴：侄儿父母亲去世后，二叔大人为吾和吾之兄弟们操够了心、费尽了力。对此大恩，侄儿将没齿不忘，必予厚报。二叔大人之安排甚好，本应听从；然而，侄儿不思就此安然度过，已决心放弃科考，走出书院，去寻找一个崭新的天地，实现自己今生今世之希冀。请二叔大人恕侄儿不孝之罪……"

谢奉琦还在信中写道："科举非改革不可，八股文非废去不可。果尔，则人民思想必富，思想富，则国家前途乃有起色。否则，睡狮沉沉，不亡何待？"他认为，科举制度八股试帖的形式束缚人的思想，所学非所用，不能发现真正的人才。

谢垚读信后，知道能儿心思不在仕途，也就作罢。

二十一

"后天富荣东、西两场的五所书院都要放假。我想，我们约起去登天池山如何？"课间休息时，谢奉琦给吴玉章等几个好朋友说。

"好哇！"吴玉章第一个附和道："你还莫说，我来天池山下的旭川书院读书都这么久了，还没有上过天池山呢！"

"要得！安逸！"黄治皋、林悦葱、林锋和丁丁都举双手赞成。

"我想把炳文书院的曾昭鲁和雷铁厓也邀请来，大家一起登山。怎么样？"谢奉琦说道。

"好哇！好哇！"吴玉章和大家都同意。因为谢奉琦多次给他们说起雷铁厓和曾昭鲁,都好想一见尊容。

"我想把我在三台书院读书的堂弟黄选舟也喊起来,要得不?"黄治皋问道。

"要得呀!人多更热闹嘛!"奉琦晓得黄治皋表叔有个亲堂弟叫黄选舟,年龄跟自己一样大,也是一个小表叔,只是还没有见过面。今儿黄治皋说他要来,当然很高兴。

"这样算下来,登天池山的活动就九人之众了,队伍庞大啊!"奉琦感慨道。

然后,大家商定了活动时间为九月初九重阳节这天,这天书院要放假,这天也是汉族传统的登高日。还商定了那天的午餐在尖峰岭举行冷餐会,每个人都准备些吃的。

奉琦为自己的倡议得到大家的积极响应而高兴,高兴之余又有一些失意,因为此后将和他的同窗们分离,不知什么时候能够再次相聚?

旭川书院的背后是贡井的制高点——天池山。山上有一座建于北宋皇祐年间的寺庙叫天池寺。

算来,谢奉琦登天池山有好多好多回了。年少时,父母亲带着登天池山,父母亲去世后,自己遇到不开心的事儿的时候,也往往"独上天池觅仙踪"。其实,不是觅仙踪,他知道世界上是没有"仙"的。他独上天池山,有时是为了消愁,有时甚至是为了发泄。他觉得,只有站在尖峰岭上,面对东边的太平山、山脚下的旭水河和旭水河两岸蒸腾的盐场,他才会觉着人生有意义,才会觉着个人的渺小,也才会觉着太平山背后太阳升起的东方遥远和宽广。即便和仲仪结婚后,他也曾和仲仪一起登过天池山,那是为了陪夫人回龙头沟娘家而绕道为之。虽然亦如每一次登山都一样的难忘,但最令他难忘的是他五岁那年春节,父亲和母亲带领他和哥哥第一次登天池山的情景——

他们一家子四人,从院子坝谢府出发,经一条小路来到天池山麓的老梨湾时,父亲指着左边的一座院子说:"这里是我给你们讲过的我们谢氏家族的宗祠'谢杨祠堂'。"父亲接着转身指着右前方山弯头的一座大院子说,"那里就是我们的祖先逃难四川来到这里晕倒在水井边,被杨姓姑娘救起的杨家祠堂……"

"啥子是祠堂啊?"奉琮、奉琦兄弟俩问道。

于是,父亲给两个娃娃儿讲起了谢家祖先的故事……

在登山路上,谢奉琦先是一路小跑,总是跑在哥哥的前面。但不多久他觉得腿脚软软的没有了力气。母亲看出来了,问道:"能儿,走不动了?来,我背!"

"不!娘,我走得动!"说罢又小跑起来。显然,他不愿意示弱。

"你看这孩子,太要强了,明天会爬不起来、走不动的!"谢夫人道。

"娃娃儿伙,没事的!"谢坚安慰道。

登上山顶，谢坚指点江山，激扬话语，给两个儿子讲这说那，巴不得把自己知道的整个贡井的事儿都一股脑儿地讲给他们听。

两个儿子也很认真地听，时不时地还提出些令大人无从回答的问题来。

"爷，那高高的、尖尖的架子是啥子哟？"能儿问道。

"那些架子是天车。"父亲说道。

"天车，就是天上的车车么？"能儿问道。

"不是！天车是用来推盐水的井架。"

"盐水？就是我们喝的汤汤么？"

"唔……"这话可把父亲问住了，不知怎样回答。

谢夫人说道："唉！这孩子就爱刨根问底儿！能儿，等你长大了就晓得了！"

"哦！等我长大了就晓得了！"能儿若有所思地问道："娘，你在我们家的花园里，你说栀子花的白净是秉性、芳香是奉献，我还没有懂得哩！"

"因为，你还小啊！"母亲说着弯下身子在奉琦的脸蛋上亲了一口，又揽过琼儿来亲了一口。

"来，琼儿、能儿，我给你们说一副对联，好么？"父亲转换话题道。

"好哇！好哇！"听说"对联"二字两个娃娃儿都来劲了，齐声道。

"天下灵气在嘉州，嘉州余脉在贡浒。"父亲吟出对联。

"不懂，不懂！"两个孩子齐声道。

父亲慢慢说道：这里头有个故事，明朝有个进士叫黄华，是四川人。他曾经漫游巴蜀的名山大川，所到之处多留下诗文。他对嘉州的峨眉山、岷江、沫水、若水之灵秀钟毓颇为推崇，曾撰写多篇诗文以记之。有一年，他来到贡井镇，在镇吏和文人乡绅的陪同下，游访盐场井灶，泛舟八里秦淮，登临天池山。他朝拜了天池寺之后，来到尖峰岭俯瞰贡井全貌。但见城区四围青山，一泓旭水，半城天车，遍地灶房，即惊呼道："好一派繁荣的盐场景象！"觉得，贡井物华天宝，人杰地灵，就写下了这副对联。并刻成石碑，立在尖峰岭下的石板大道旁……

虽然，对于这些奉琦感到像听神话一样，但在他的脑海里即已埋下了一粒种子，随着时间的推移、年岁的增长，这一粒种子开始萌动、发芽、生长，渐次长成了一幅美丽的画图——美丽的家乡贡浒。这图画演化着、变幻着，一天天的清晰起来、丰富起来、完美起来。

二十二

谢奉琦组织这登山，是为了体验攀登的意义，是为了感受家乡的佛教文化，更多的是他的同窗们不知道他这次安排，实际上是一次分别前的相聚，大致也可以叫"最后的晚餐"，只是，犹大变成了腐朽的清廷和各国列强。谢奉琦想借此聚会告诉好友们一个秘密……

金秋是贡井一年中最宜人的季节。九月初九重阳节这天，富荣东场秋高气爽，日丽风和，不冷不热，适宜仿效古人的登高习俗。

谢奉琦早早地来到约定的地点——杨家祠堂前的一块空地等候着。吴玉章、林悦葱、丁丁和林锋前前后后都到了。接着雷铁厓和曾昭鲁到了。

雷铁厓身材颀长，穿着一身青布学生装，略显消瘦的四方形面庞轮廓分明，眉宇间散发着智慧的气息。他在和早到的吴玉章、谢奉琦等相见时的寒暄中，流露出愉快和久违了的情绪来。

接着，黄治皋和他堂弟到了，但同时到的还有一个人。黄治皋对奉琦悄声说道："能九，这个是我们邻居毛汪太太的侄儿叫汪蔚然，泸州人，在泸州鹤山书院读书，昨天从泸州来贡井看望他的姑妈，听说我们几个同学有登山聚会，想来玩玩，没经过你的同意，我就答应了……"

奉琦一看，此人身材不高，穿着青色学生装，面庞清秀，灵活地转动着眼珠子望着自己微笑着不作声。奉琦脑子里一转"也是一个读书人"，随即双手合十道："好！欢迎汪兄！"

汪蔚然也微笑着很有礼貌地双手合十道："谢谢玮頵兄！"

黄治皋把堂弟黄选舟和汪蔚然介绍给大家，大家都很高兴。丁丁高兴地说道："今天十人登山，十全十美！"

"好！十全十美！"大家附和道。

黄治皋在五福堂第三代大排行一，黄选舟大排行二。在给谢奉琦介绍选舟时，风趣地说道："能九兄，选舟二弟可是你的又一个小表叔啊！哈哈！"

"那是！那是！辈分齐那里了！"奉琦道："欢迎选舟表叔！"

"啥辈分啰！能九兄，以后喊我选舟就是了！"黄选舟谦虚道。

人马到齐了，谢奉琦跟吴玉章交换了一个眼色之后大声说道："同学们，开始爬山啦！"

十个年轻小伙子，就像听到命令一样呼的一声往山上快步走去。他们清一色地穿着学生服，背着小包袱，身轻如燕，呼呼呼、唰唰唰地往山上冲。一会儿就到达了420米高的天池山顶的天池寺山门前。大家停下脚步来，喘着粗气，望着组织者谢奉琦，像是在听候命令一样。

"同窗们，咱们就先参观寺庙，再去尖峰岭搞冷餐，好么？"奉琦说道。

"很好！很好！"大家齐声道。

但见，庙宇的城门似的山门上悬挂着一块巨大的匾额，匾额上的文字曰"天池禅院"。法师说这"天池禅院"四个大字是乾隆二十八年（1794）荣县正堂黄大本榜书的。山门两旁各有一个圆形窗户。庙宇四周是石头垒砌而成的高高的厚厚的像城墙一样的围墙。围墙有一丈多高半丈宽。围墙上面可以走人。

进得山门，但见一水池，池水清花亮色，莲荷还没有完全枯萎。法师说这水池几百年来从来没有干涸过，因为池水是来自打草沟（龙头沟）的地下水。

水池后面为木结构、抬梁式大雄宝殿，雄伟庄严。奉琦等十人在寺庙里转悠，时不时地向法师请教。一个看上去已是耄耋之年的法师，见十个书生来参观寺庙，很是高兴，如数家珍地介绍寺庙：寺庙铸有铜佛七尊半，青铜钟一口，铜磬四具，铁铸香炉七座。寺庙为如来佛坐镇，有昆卢殿、大雄殿、三宝殿、观音堂、经楼，配有真武殿、玉皇殿、药师殿、纯阳殿、白马殿、财神殿、禅房、客堂、饭堂、花厅数十间。寺庙里的苍松翠柏，蔽日遮天，绿竹千竿，芳草如茵，是一座曲径通幽，引人入胜的禅院。

"曲径通幽引人入胜，禅关不锁明月长来。"法师说道："借南华宫侧门的这副对联来形容天池寺又未尝不可？嘿嘿！"

"师傅说的极是！"见过南华宫对联的谢奉琦称赞道。

"阿弥陀佛！"法师合十道。

"师傅，贵寺为峨眉山脚庙是什么意思呢？"汪蔚然问道。

"阿弥陀佛！这富荣盐场的香客们想朝拜峨眉山时，都要先来我们庙里烧香拜佛，保佑其朝圣一路顺风。"法师双手合十简单答道。

"哦！多谢法师！"

"阿弥陀佛！"

大家在庙子里匆匆转了一圈以后就出门去一箭以远的尖峰岭——这是他们今天活动的主要去处。

大家伫立在山巅，向前方眺望。

"啊！整个贡井城都在眼前了！"奉琦感慨道。

"请能九兄给大家讲讲哈！"吴玉章提议道。

"要得！要得！"大家齐声道。

于是，奉琦指点着前方说道："请大家看，正前方是太阳和月亮升起的太平山，太平山上有一座和天池寺遥遥相望的三台寺。太平山脚下和我们此刻站在的尖峰岭下的这一条河是发源于荣县的旭水河，右前方一大片高高低低、星罗棋布的房舍是街道，那些高高耸立的三角形是盐井的天车，那些浮动在天车腰间的是井灶熬盐的气雾……这就是有将近两千年历史的贡井城区！"

"啊！太让人震撼了！"

"啊！太壮观了！

奉琦道："各位，我在《申报》上看到一个美国传教士游历富荣盐场后说的一段话，大家想不想听听？"

"想啊！"大家齐声道。

奉琦说："1887年这个叫弗吉尔·哈特说'许多木制井架隐隐可见，岿然屹立，这不可想象的中国景象，在帝国其他地方也难以见到……此时，我们在全世界能够再找到一个规模这样宏大的企业么？我们还看到这里显示出其他城镇见不到的富裕和生意繁荣景象……'"

铁厓插话道："哈特还说'这座城的重要性无可置疑，充分显示了这里是个巨大的贸易中心，这些工厂就是大工业的显示，也许在中国没有第二处……'"

"啊！啊！"大家赞不绝口。

林悦葱补充道："大家看，我们脚下的那个瓦房院子就是旭川书院……"

"旭川书院，大名鼎鼎！"汪蔚然赞叹道。

"鹤山书院也闻名遐迩啊！"奉琦道："接下来，我们就在这山顶上安营扎寨，促膝谈心，举行冷餐会啦！"

赓即，谢奉琦从行囊里拿出一块大大的黄颜色的散发着桐油味儿的油布来铺在地上，大家也把行囊解下来，拿出些吃的，诸如炒胡豆、炒花生、糖果、火边子牛肉、卤猪头和水壶来放在油布上。曾昭鲁还带了一瓶烧酒来，还有一两本书放在油布上。大家席地而坐，说话吃东西。

谢奉琦拿来的是他家刘嫂的得意之作——"糖豆儿"。大家没有见过。奉琦说道："请大家先尝尝，如果觉得好吃，我再给大家传授绝技。"大家拈起几颗来放进嘴里，感觉又脆、又甜、又香、又爽口，赞不绝口。

"好！诸位仁兄，这糖豆儿是我家刘嫂的独创啊！"奉琦炫耀道。

"那，你晓得是咋子做的么？"众口一声道。

"当然，当然！我亲自看见我家刘嫂做过。我还动手了呢！"

"哦，能说说么？"铁厓和大家一起问道。

奉琦即详细道来：第一步是先把锅里氽上水，大火将水烧开，然后小火，将要用的豆子（黄豆）倒进锅里焯。豆子在水温下会慢慢浮起来，浮起一点用漏瓢舀起一点，直到豆子全部浮起舀完。下一步是把铁锅里的水倒掉，烧干，放上油砂（河砂加菜油制过），将焯好的豆子放入锅里和着油砂炒，听到噗噗响声完了，立马将油砂和豆子铲起来过筛。这时换上一口干净的铁锅，将红糖放锅里加少许水熬，红糖滑开来，再开始起泡浓缩。这时，在一小碗里装点清水，用锅铲铲一小点红糖倒进清水里,用拇指和食指伸进清水里拈,如果糖能粘起来,说明火色可以了。即把炒好的豆子倒进锅里,搅转,立马铲在簸盖里。这时边撒事先做好的芝麻粉,边把豆子翻转,使芝麻粉均匀地粘在豆子的糖上,直至豆子"颗是一颗"的为止,待冷后就是这脆、甜、香、爽的"糖豆儿"了。

大家听了觉得很神奇,每一个人又抓起一把糖豆儿来放进嘴里。

"你家刘嫂何许人也?"汪蔚然好奇地问道。

"刘嫂是我家远房亲戚,家在南溪县大岩上农村。我还没有出生,刘嫂就到我们家了,为我们家操劳,兢兢业业、勤勤恳恳,是一个很好的内管家。这'糖豆儿'就是她农村老家的做法。"

"哦!真好!二天我们家也做做!"林悦葱说道,大家跟着说:"我们家也做做!"

二十三

糖豆儿的话题刚刚结束,发起人谢奉琦首先说话。他说道:"各位仁兄,现在书归正传,不过也没什么正传,就是大家随摆龙门阵、冲壳子、聊天!哈哈!"

"很好!很好!"大家附和着。

吴玉章说道:"今天是重阳节,咱们是不是从关于重阳节的诗词开头?"

"哈哇!"大家起哄道:"就树人兄来打头一阵!"

吴玉章说道:"好!我先来读两首古人的诗助兴,好么?"

"要得!要得!"听说树人兄要读古诗,当然得到大家的首肯。玉章站起来,嗖了嗖嗓子即声悠悠地吟咏起唐代诗人王维的诗《九月九日忆山东兄弟》来。遂吟唱道:

独在异乡为异客,每逢佳节倍思亲。
遥知兄弟登高处,遍插茱萸少一人。

"好!吟唱得好!"一阵赞叹声和掌声。

吴玉章继续吟唱道:

强欲登高去,无人送酒来。
遥怜故园菊,应傍战场开。

"树人兄吟唱的是唐代岑参的《行军九日思长安故园》,好!"奉琦赞说道。

"好!好!"大家齐声喝彩道。

紧接着,比谢奉琦大九岁的雷铁厓说道:"各位学长,先自我介绍一下,我叫雷铁厓,又名耆皆,家住贡井石头沟,就是刚刚能九兄说的对面太平山的背后,现就读于炳文书院。偶闻树人、能九学长要举行今天的登高聚会,就不请自来了。刚才树人兄吟咏的诗触动了吾,也吟一首就教于在座诸君。"

"好哇!耆皆兄!"听说诗坛新秀铁厓要作诗,自然高兴不已。

但见雷铁厓站起身来,面向东方慢慢地吟咏道:

九九登临天气新,十人欢聚南北行。
山河寸寸中华地,几日昊阳一样明?

耆皆吟罢,低头不语。奉琦等人仰望耆皆,似有所思,不语。良久,骤然爆发出热烈的掌声:"好!耆皆兄,佳作也!"

"各位仁兄,我来说几句,"曾昭鲁说道:"耆皆兄在炳文书院嗜性理学,兼长诗文,言行凝重,自比宋儒,被同学们称作'耆圣'……"昭鲁的话迎来一阵热烈的鼓掌。

"昭鲁兄过奖了!过奖了!"铁厓道。

说道"儒",于是联想到就近富顺县举行的科考。大家都晓得谢奉琦受栥高仲父命,投考富顺,初试名列前茅,但他拒不参加复试,不得其解,今正好当面问之。

"能九兄,听说富顺初考你考得很好,为啥子没有去参加复试呢?"丁丁问道。

丁丁的问题,正是谢奉琦发起今天聚会的由头。他即不慌不忙地用早已成竹于胸的文字铿锵凛然地说道:"君等亦知满族之主中国乎,徒斤斤于科举不置者,将以束缚天下豪人,免走而之他,相起而为敌也耳。吾辈汉族巨子,乃听命满奴,以博巍科为荣,不思剪雪重耻,燕云十六州,限于腥膻者数百年,读史者至今犹耻之。君等于满政府,所谓见而知之者,比之读史孰为亲切。今顾沉溺制科,甘心异族,此则非我志也。"

"能九所言极是!"玉章附和道。

奉琦带着愤怒的情绪继续说道:"科举非改革不可,八股非废去不可。果尔,则人民思想必富,思想富,则国家前途乃有起色。否则,睡狮沉沉,不亡何待?"

"能九说的极是,极是!"吴玉章道,大家纷纷点头表示认同。

奉琦最后说道:"我今天邀请诸君登山,是为了畅叙衷肠,给大家告别来的……"

大家还没有完全反应过来,吴玉章接话道:"……光绪遭囚禁,六君子被杀头,变法维新被扼杀于摇篮中,八国联军入侵中华,我等还有什么心情偏安于斯,读书求入仕途也……"

吴玉章的话犹未了,大家即开锅一样七嘴八舌地发表起自己的观点来。或激动,或沉稳,或斩钉截铁,或意味深长。唯其汪蔚然说话不那么有底气似的,许是他和这些人还不熟悉的缘故吧。

"树人兄说的是!我们不能再这样安安分分地读书了!"曾昭鲁说道。

"翻过太平山,去远方寻找太阳吧!"黄治皋用诗的语言说道。

吴玉章说道:"上次没能参加去东源井的考察,就是和我家永焜二哥商量走出荣县的事情来着!"

"哦!"谢奉琦重重地"哦"了一声后不说话了。他深深地陷入了思索中。

大家注意到了这一点。也即沉默着,沉默着,或立,或坐,或蹲——刹那间,这十个热血男儿仿佛凝固在陡峭的尖峰岭上了。

忽然,原本像罗丹《思想者》雕像一样坐着的谢奉琦猛地站起来,大声吟咏道:

巍巍峰岭伫苍桑,莽莽荣溪赴大江。
赤县沉沉奈何已,东瀛万里觅新阳。

吴玉章明白了谢奉琦的意思,即兴吟咏道:

山河破碎世沧桑,为逐凄惶过海江。
舍得一身名与利,同君炼石补坤阳。

"各位仁兄,也许今天是我们今生今世的诀别了!"奉琦说罢,眼圈儿都湿润了。

"不会的!能九兄,我们还会相见的!"大家安慰道。

"也许吧!不过,相见的场景会大不相同的,也许再也不会在天池山的这尖峰岭上了!"

"不!不!我们还会在这里重逢的!"大家虽这么说,但每个人的心头还是没有多少数的。

"不过，到那时一切和今天都不一样了。"玉章甩过长长的辫子来，说道："这条尾巴也会被扫进历史的垃圾堆了！哈哈！"

分别时，谢奉琦对黄治说道："表叔，我已决定赴东瀛读书。你和小表叔定了么？"

"大致定了，哪天我们商量下。"黄治皋说道。

"我看事不宜迟。如果去日本还需要先学习简单的日语。听说成都有一所东游预备学堂……"

"好！明天上午我们一起商量下。"

"在哪里？"

"就在新街旭云轩茶馆怎么样？"

"要得。上午九点。"

"好！"

"大哥，你确定了要去日本留学么？"在回家的路上，黄选舟问其堂兄黄治道。

"是的。确定了！"黄治皋答道。他曾经给选舟说过自己要去日本留学。

"大哥，我也要去！"

"二爷二娘同意么？"

"我看，没多大问题。不过，他们不同意我也要去！"

"那，你得好好地给他们说清楚啊！"

二十四

谢奉琦、吴玉章、雷铁厓等十个年轻人九九重阳登山聚会的大时代、大背景是——

公元1840年的一场鸦片战争，外国人敲开了闭关自锁的中国大门，将这个国家的政治腐败，朝廷无能，一下子暴露在世人面前。列强对中国虎视眈眈，中华民族危难当头，怎样拯救国家，力挽狂澜于既倒，已成为中国广大知青年思考的问题。于是，出现了魏源"师夷长技以制夷"和陈天华"须知要拒外人，需要先学外人的长处"的观点。这些观点在中国知识界形成了一种共识。大家认为，清朝的落后，不是因为没有宪政、没有民主，而是因为落后而没有宪政、没有民主，是技术促进了西方的发展，是技术的落后导致中国的落后。

于是，李鸿章等推动了"自强运动"（洋务运动），海军初建与陆军训练、富强兼顾的企业——轮船招商局、煤矿、铁路、电线、驻外使馆的设置、北洋舰队的建立等，至中日甲午战争（1894—1895 年），为时已有三十余年，结果以失败告终。

国难当头，以康有为、梁启超、谭嗣同、严复等为代表的维新人士，按照西方国家模式，推行政治、经济改革，争取国家富强。维新派在各地组织学会，创办报刊，设立学堂，宣传维新变法主张，得到少数官僚支持和赞助。光绪皇帝接受维新派改革方案，于公元 1898 年 6 月 11 日发布定国是诏，宣布变法维新。在此后的 103 天中，颁布数十条维新诏令，假以拯救风雨飘摇的中国。

其新政的主要内容为倡办新式企业、奖励发明创造；设铁路、矿务局，修筑铁路，开采矿产；废除八股，改试策论，开设学校，提倡西学；裁汰榕园，削减旧军，重练海陆军。

康有为凭借他一片热忱和动人的言论，一跃而起，有些天真地认为只要获得皇上的信任，由皇帝独断，就可以将自己的变法维新的设想付诸现实。但形势的发展对新党日益不利。康有为的胞弟康广仁说："兄之变法维新规模太广，志气太锐，包揽太多，同志太孤，举措太大，当此排者、忌者、挤者、盈衢塞巷，而上又无权，安能有成？"

公元 1898 年 9 月 21 日，慈禧太后发动政变，将光绪囚禁，以惩治其政敌，推翻新政。慈禧想要拿下而后快的康有为，在政变前一天出京，受到李提摩太和上海英领馆帮助逃往香港。梁启超、王照得到日本公使的帮助而东渡日本。谭嗣同自愿为主张牺牲，杨深秀、刘光第、杨锐、林旭、康广仁、张荫桓被逮捕。其中，张荫桓因为有日、英大使营救，与礼部尚书李端棻一起被遣戍新疆，其他新党人物获罪者还有许多，维新期间所宣布的新政，除京师大学堂外一律推翻。

值得人们深思的是，谭嗣同、杨深秀、刘光第、杨锐、林旭、康广仁"六君子"在 28 日被推向菜市口，就在斩首在即之时，人群却爆发出阵阵欢呼声，仿佛这些维新者的死是大快人心的好事一般……

谢奉琦、吴玉章、雷铁厓他们得知"六君子"在菜市口被杀害，也得知菜市口围观人群的表现时，不禁为以慈禧太后为代表的封建王朝残酷杀害维新人士而义愤填膺，为刑场上围观国人的愚昧感到无比悲哀，傻子永远也不会知道自己是傻子……

刘光第的故乡富顺人或慑服于专制之权威，或长期的与世隔绝，都苟且偏安、得过且过、以嬉为息，抚髀之士，有以国事揭橥于路者，方笑之。在刘光第被杀害后，大多数的富顺人要么讳提，要么一笑了之……照常过自己的小日子，即便有的小日子过得很苦。

在那天的登山聚会上，谢奉琦说："洪杨首倡革命，亦之春秋夷夏之防，惟汨于权力，势成内讧，致使诸人有所借口，严兵破灭，迁延数十年，致有今日之祸，岂非谋之不臧哉？"他又说道："'六君子'不死于西后，而死于新政之不成，吾辈睹诸死者宁毋愧乎？"

在那天的登山聚会上，吴玉章说："必须向先进国家学习，既要学习他们的先进技术，还要学习他们的社会运行机制，只有这样才能拯救中国。这不是变法，不是改良，这就叫革命！要推翻封建王朝的统治，建立民主、自由、法制的共和国！"

在那天的登山聚会上，雷铁厓说："西方之胜于中国让我想到，还有一个重要的任务是要唤醒民众，只有国民醒悟过来，中国才有希望！"

在那天的聚会上，十个年轻人的想法是一致的：一个不能与人类前进的步伐同行的民族，一个闭关自守、故步自封的民族是没有希望的。

谢奉琦很崇拜严复。翻译了英国博物学家、教育家、达尔文进化论最杰出的代表赫胥黎的《天演论》的严复认为，中西事理最不同的地方"莫大于中之人好古而忽今，西之人力今以胜古"。中国人主恒，西人主变，所以西人日进无疆。如果要讲富强、救危亡，唯有用西洋的方法不可。富强不外利民，利民必须从民能自利开始，使之自由、自治。严复说："斯民也，固天之真主也。民之自由，天之所畀。"他认为，当今的要政就是废股，把汉学、宋学、词章束之高阁，鼓民力、开民智、新民德。严复认为，物竞天择、弱肉强食、优胜劣汰、适者生存。谢奉琦即非常认同严复的这些观点，也就断然决定不参加富顺科考的复试，而赴东洋留学，寻求救国图强之术。

吴玉章、谢奉琦、雷铁厓、黄治皋、曾昭鲁等也如饥似渴地读了英国著名哲学家、政治思想史家以赛亚·伯林的《自由论》。《自由论》的核心纲领是伯林的价值多元论，即他的这种信念：人所追求的价值不仅是多元的，而且有时是互不相容的；不仅适用于整个文化即价值体系的层面，而且适用于某一特殊文化或个体的价值。各种一元论宗教与政治意识形态的一个基本特征是，声称得救的道路只有一条，正确的生活方式只有一个，真正的价值结构只有一个。正是这种主张，当得到狂热的表达时，导致原教旨主义、迫害与不宽容。多元主义要预防的就是这种危险。它是自由主义与宽容之源：不仅仅是那种等待错误被改正的不稳定的宽容，而且是那种深刻的、持久的宽容，这种宽容接受并欢迎那些与我们自己所奉行的生活见解根本不同的生活见解。《自由论》还充满着其他的闪光点，包括在《历史的不可避免性》中对历史主义与决定论的毁灭性批判，在《两种自由概念》中对"积极"与"消极"自由的著名讨论，以及在《穆勒与生活的目的》中对穆勒思想的内在紧张的检视。

谢奉琦非常认同伯林这些观点，这也是他断然拒绝复试的一个重要原因。

20世纪初，社会上出国留学、寻求真理、学习外国技术、社会制度在中国成为时尚。中国知识界掀起了出国留学热潮，大都是受了赫胥黎、伯林和严复思想的影响。

二十五

富荣盐场的盐商之间是通的，即你中有我，我中有你——富荣盐场除胡元和家族经营的盐井是家族独资外，大都是股份制，所以说富荣盐场是中国资本主义的萌芽之所。还有，这个"通的"，不仅仅表现在经济上，也表现在文化上。比如盐场的炳文书院、旭川书院、三台书院、育材书院和酉经书院，都有盐业乡绅的筹集和捐助。

谢府经营的十数眼盐井，也吸纳了其他盐商的资金而占有一定的份额，与五福堂黄氏家族的盐井股份相互交错。

五福堂黄氏家族是先在贡井新街租房做绸缎生意，历经几代人，有了较大本钱后，开始涉足井灶生意而渐次发家的。发家之始，在盐店街南端街口修建了一座雕梁画栋、小巧玲珑的四合院居家。接着，井灶生意越做越大，日进斗金后，即在距盐店街口一箭远的新街西侧大兴土木，修建了自己的豪宅和柜房，取名"五福堂"。住宅坐北向南，由三厅两庭组成。即下厅、中厅和上厅，厅与厅之间是宽敞的庭院，院与院之间有数级高差，房屋全由杉木、柏木、楠木等上等木料串架而成，双层小青瓦盖顶，防雨防尘。瓦当制式古朴、制作精美。墙面木料镶边后再用竹篾编制"壁经子"，分层敷以草筋黄泥及上等麻筋石灰。整座建筑高大雄伟、层级庄严、装饰华贵精美。尤其是屋脊、鳌尖灰塑和木雕廊门鱼翘，更显其屋宇的气势和工艺的精湛。院落青砖拱形大门上灰塑"礼庐"二字，透露其主人的儒商气息。

黄治皋和黄选舟分别为五福堂二代大老爷和二老爷的宝贝儿子。他们的父母都很重视对儿子的教育，先让孩子在就近的私塾念书。后来，黄治皋去东兴寺的文书院念书，黄选舟则去三台寺盐商王余照等捐资举办的自流井三台书院读书。

黄治皋性格开朗，喜好武功，在炳文书院和谢奉琦在一次比试后即成了好友。其弟黄选舟，性格较为内向，文静而富涵养。在其堂兄就读于旭川书院时，他尚在三台书院读书。

热血青年黄治皋转旭川书院读书后，受黄英山长编著的《筹蜀篇》和李春霖、吴玉章、谢奉琦的影响，感觉到救亡图存是年轻人应担的责任，并影响了每天在一个院子里进进出出的堂弟选舟。

登山聚会回来,晚上夜已深了。选舟见东厢房堂兄黄治皋的书房里的灯还亮着,就兴高采烈地来到书房,想把刚才和父母亲的谈话告诉堂兄。

"大哥,我爷娘都同意我去日本留学了!"心里充满欣喜的选舟告诉堂兄说。

"哦!那太好了!"黄治皋为选舟高兴道,"你娘没有阻挡你?"

"先阻挡了,"选舟说道:"是我爷说'好男儿志在四方',还说了许多话,娘才点头答应的。"

"哦,答应了就好!早点睡,明天我们一起去旭云轩茶馆见奉琦。"

旭云轩是一爿兼营客栈的茶馆,开在新街中段靠旭水河的一方,上下共三层。中间一层与街面平,进深宽,下面一层进深只有中间层的一半,三楼的进深和中间层一样。每一层都有木质吊脚楼。底楼和顶楼是架成小间的客房。中间一层是茶房,其吊脚楼上摆放着小茶桌。茶馆兼客栈,客人可住、可就餐,很方便。

登山聚会后的第二天上午,谢奉琦提前一点点去到旭云轩,要了吊脚楼上的茶桌,泡了三盏下关沱茶。幺师刚刚把茶端来,黄治皋兄弟俩就走进来。三人寒暄后落座,开始商量去日本留学的事。

"两位表叔,你们的父母亲都同意了你们去留学么?"谢奉琦问道。

"都同意了!"黄治皋说道:"二娘开头不大同意,后来也同意了。"

"那就好!还有,"谢奉琦侧身面对黄治皋说:"表叔娘支持你去么?"

"能九,贱内开头还是很不愿意的,不过我一个月前就开始做工作了,昨晚也就顺理成章地答应了,只是要我一个月写一封信回家,我也只好答应了。嘿嘿!"

"笑什么呀!一个月一封信,应该啊!"奉琦一本正经地说道。

"能九兄,尊夫人肯定很凯爽地就答应了。"黄选舟道。

"那是!那是!"谢奉琦回答得很自信,其实他自己晓得这种抛妻别子的事哪有那么爽快的哟!

他们都晓得,去日本留学,先要进入成都东游预备学堂学习日语,并接受些西学的影响,这是必须走的第一步。他们仔细商量了哪天启程,水路、旱路怎么走。估计几天能够到达成都,然后怎样进入东游学堂学习。

谢奉琦是一个心思细腻的人。在几个月前,他在给絜高二叔的信上就说了想留学日本的事。他絜高二叔也为他担心,但他了解侄儿的心思,"人各有志"嘛,也就支持他。并说:"成都东游学堂我有个朋友姓高名节恒,任教务长,到成都后拿着我的信去见他即是。"

最后商定去旭川书院给山长李春霈先生说退学的事。奉琦说:"给李先生说话时，既要说明我们的志向，又要委婉点。不过李先生也会支持我们的。"

"好！"黄治皋兄弟俩齐声道。

"还有，出门在外，大家要多准备点银两。"

"好的！能九兄想得周到。"黄治皋兄弟俩齐声道。

二十六

《申报》的创办人是同治初年来华经营茶叶和布匹的英国人安纳斯托·美查。由于他在中国待久了，美查学会了中国语言、文字，对中国国情很熟悉。在生意不好时，他决定改营办报。1871年美查和他的三位友人，以每人出股400两白银，合计1600两作为股本，创办了《申报》。美查根据生意场上的经验，深知要使华文报纸得以生存和发展，在内容上就必须符合华人的要求。因此，他嘱咐馆内同事说道："这报是给华人看的，刊登什么文章应从华人方面着想。"报纸有较强的时代感、新鲜事物多、信息量大，颇受像谢奉琦这样热血青年的青睐。

这天下午，也就是九九重阳节这天，谢奉琦从天池山回家后，距吃晚饭还有点时间，他就在书房里读《申报》。读着读着，觉得有点凉，就起身去和书房仅隔一道门的卧室，想取一件马甲来披在身上。这时，看见仲仪夫人在缝婴儿衣裳。他假装不知道，问夫人道："仲仪，你在缝啥子啊？"

仲仪见丈夫进来，即停针欲藏，又来不及了，她秀美白皙的面庞上骤然生起一抹红晕来，羞涩地望着自己的夫君，微笑着，没有说话。

奉琦笑着解围，说道："亲爱的，我们也有自己的孩子啦！"这个"亲爱的"一出口，让仲仪面庞上的红晕更加浓厚了，说道："能九，你这'亲爱的'是从哪里学来的词语啊？"

"啊，啊……报纸上……报纸上……"奉琦结结巴巴地说道。他这是第一次叫仲仪"亲爱的"，一叫出口，自己都感觉有点不对劲儿，尽管他早就想这样称呼自己雍容华贵的仲仪夫人了。

"哦，哦……"仲仪觉得自己的丈夫很能接受新鲜事物，很有人情味儿。

"我们也有自己的孩子了，亲爱的，是么？"谢奉琦重复道。

"是……是的……亲爱的……"仲仪羞涩地期期艾艾地轻声答道。同样，一个"亲爱的"从自己口中出来，自己都感觉到不怎么对劲儿，又觉得很对劲儿，其实她很早就想这么称呼自己英俊多才的夫君了——仲仪没事的时候，也喜欢进能九的书房看书、看报，接受了较多的新思想、新事物。

夫人一句"是……是的……亲爱的……"一出口，奉琦忍不住弯下腰来，紧紧地搂着仲仪，什么话都没有说。

此刻的奉琦是百感交集，有对美丽贤惠夫人的感恩，有自己即将说出口的事情对夫人的愧疚感。于是，他更加搂紧了仲仪……

"哎！亲爱的夫君，不要把咱们的宝贝孩子箍斗了哟！"仲仪谨慎地告诉丈夫。

奉琦下意识地立马松开手来，道歉道："哦！对不起，亲爱的夫人！"

此刻，奉琦和仲仪静静地依偎在一起，谛听彼此怦怦的心跳声，感受彼此沁人肺腑的气息，没有说话，也不想因为说话扰乱了这种感觉——他俩的身心正荡漾在波光潋滟的爱的平湖里，使得奉琦早就没有了在书房里头的那一份凉意。他好想趁此机会把自己人生中的一个重大抉择告诉身前的这位美丽、贤淑、善良的小鸟依人般的娇弱妻子啊，但又不知道怎么启齿，也不忍心启齿，却又不能不启齿啊！

在这一阵长长的寂静之中，谢奉琦沉思着：夫人对我有千般恩、万般爱。可是一个男子汉大丈夫可不能因为儿女情长而误了大事啊！对于夫人的爱我会尽力报答的，也许我将要走的路还是对夫人恩爱的最好回报哩！

于是，奉琦郑重其事地和夫人商量道："夫人，我想跟你商量一件事。"

"你说吧，夫君，干嘛这么一本正经的？"知书达礼的仲仪侧过身来说道。

奉琦想从晓之以理开始，即转弯抹角地说道："夫人，你晓得明代顾炎武的一句名言'国家兴亡，匹夫有责'吧？"

"晓得呀，你都说过好多回了。我还读过顾夫子的一些文章哩！"

"哦……现在中华民族正处在多事之秋，我不能再静下来读八股文了，不能再待在温柔乡里眼看国家一天天沉沦下去……我应该为四万万炎黄子孙谋求幸福，去寻求富国强兵的办法，以尽国民之责……"

"那，夫君是想？"

"我想去日本留学，寻求救国之道。"

"哦……"

屋子里忽然静下来，静下来，仿佛一根针掉地上都能听见。

少顷，奉琦轻言细语地拱手道："夫人，我心已定，万望夫人理解……对不起了……"

"可是，夫君，你一个人走那么远，我不放心啊！"

"夫人，俗话说'得不孤，必有邻'，我和黄治、黄选舟两个小表叔一起去。"

"哦,那就好,夫君……不过他们和你差不多大小,你可要照顾好自己呀……"

"我会照顾好自己的……夫人，其实我最放心不下的还是你……"

"夫君，你曾多次给我说过，你爷弥留之际的一句话'我最放心不下的是能儿'……现在，你要远渡重洋，能九夫君也就是我最放心不下的人了……"

说着说说，两人又都禁不住流下泪来。俄顷，奉琦用手轻轻地拭去仲仪面庞上的泪水，泣不成声地说道："亲爱的夫人，很对不起！还有件事要提前告诉你。"

"已经这样了，夫君有什么话就都倒出来吧！"

"我想，我是等不到孩子出生了，我给孩子取了个名字'智先'，又名'育贤'，无论是男是女都这样叫吧。夫人，你能懂得我取这名字的意思的。"

"嗯！我懂！很好！"

男儿有泪不轻弹，只是未到伤心处。说到此处，两人又相拥着再一次泪流满面了——仲仪为丈夫的前程未卜，奉琦为夫人以后的孤独生活……

"夫君，出门在外，一定要照顾好自己，有什么事情要给家里写信。"仲仪给丈夫说道："钱不够了，给家里写信，好在你父亲留下来一些井灶的股份。"

"夫人，我会的。"奉琦安慰夫人道："我会照顾好自己的，我会写信的，再说贡井已经通电报了……"

天池山下谢府的东厢房里又是一阵轻轻的啜泣声。

第四章　留学前奏

二十七

中国文人过去喜欢称日本为"东瀛"或"扶桑"。"东瀛"一看就知是大陆东面的海洋国家，很形象；而"扶桑"是中国古代神话传说里的"太阳树"，因为日本在最东面太阳升起的地方，所以称之。

在准备去东瀛留学期间，谢奉琦一直在学习日本历史。他在自己仅有的书籍和报纸杂志上搜寻关于日本的点点滴滴，拼凑成了日本历史的粗略脉络——

在中国隋唐时期，日本这些岛屿上，全是小部落、小村庄、小矮人——多毛的阿依努人。有证据显示，后来的日本人都是大陆经由朝鲜半岛渡海过去的。有一天，京都、大板和奈良之间大和平原里的一个叫大和的部落突然发达了。渐次，这个部落越做越大，最后变成一个国家，也就是后来日本的雏形，也就是大和民族。其领导人叫"大王"。要知道，一个国家的领导人没点背景是镇不住的。再说，叫"大王"也实在是"土"了点，似乎应该沾点"仙气"才对。于是，"大王"周围"抬轿子"的一干人几经抠脑壳，冥思苦想，把"大王"包装成"天照大神"的后代尊称曰"天皇"。就"天皇"二字，也有舶来之嫌——大陆皇帝的仿制品。这也没什么，仿就仿、仿到家、仿过够。当他们看见西边那一片土地像天堂一样美丽时，即"遣唐使"——一群群地、一茬茬地、不断地跑到中国来留学蹭课，上到国家行政，下到泡茶下棋，硬是全方位地学了个透。还照猫画虎，按长安原模原样地建了个缩小版的首都奈良。紧接着又复制了一个稍稍大一点的首都平安京（京都）。

他们还学中国的中央集权，"天皇"跟中国的皇帝一样，金牙玉口，说啥是啥，指哪儿就打哪儿。飞鸟、奈良和平安时期，一味地向中国学、学、学，照葫芦画瓢，成了中国方方面面的"买家秀"。

到了幕府时期，这个时期有点像中国的战国时代，"天皇"也靠边站，但也没有哪个幕府去动他，好像一个流于形式的摆设，退休了一样地闲着。德川幕府跟大清一样闭关锁国，一搞就是两百多年。当历史进入19世纪的时候，在中国被英国人打得焦头烂额的时候，日本也被美国人打晕了。不过，日本人跟中国人不一样，他们很感谢美国，因为是美国让他们知道了德川幕府是个厌蛋，于是把它推翻了，"天皇"又归位了。

这时的"天皇"叫"明治天皇"。这"明治天皇"的性子有点怪：哪个打他，他就服哪个，虽然没说打得好。他立马搞了个有点"崇洋媚外"之嫌的"明治维新"——学习西方，洋为日用。立马长成了"小东洋"，甩大清朝几条街。打赢了甲午海战，还打赢了俄国，一瞬间钻到世界强国的队伍里头去了。

日本由一个贫穷的国家经过"明治维新"后，一跃成为亚洲第一强国。这活生生的由弱变强的实例，让中国人刮目相看，也激起了中国向日本学习的热潮。

清廷里也有识大体者，适才有光绪二十二年（1896），清政府派遣13名年轻人前往日本留学。这以政府的名义向日本派遣留学生的形式，揭开了中国人留学日本的序幕。这是在中日甲午战争中国惨败以后，清政府做出的无奈之举，虽然被日本人称作"向昔日旧弟子问道求益，此乃大国之度量"。其实，自己的肚皮痛只有自己才晓得。而中日两国留学史记载的，却多是日本的留学生或留学僧来到中国，学习中国的文化和政治制度；也有中国交流使节前往日本，但那是把日本置于华夷尊卑的关系之中，以显示"中华帝国"的恩惠与威严。

谢奉琦自言自语道："而今的确是老师求教于昔日之弟子了。日本的维新一做就成功，何以中国的维新变法却惨败呢？恐怕这就是我们要学的真谛吧！"

读了许多西方著述的谢奉琦认为：与其说是向日本学习，不如说是把日本当成向西方学习的捷径和中介——日本是向西方学习的优等生。两两相同，何不就近取之？何况中国和日本的种族和地理环境都一样。

二十八

光绪三十年（1904），谢奉琦毅然弃科举，辞别妻子和亲友，和黄治皋、黄选舟两个表叔一起去成都东游预备学堂读书。

虽然洋务运动和后来的变法维新都失败了，但是历史的格局已经被打破了，国家的危难已全然呈现在国人面前，"国家兴亡，匹夫有责""先天下之忧而忧"者日众。尤其是受维新思想影响的热血青年，试图走出国门向西方学习"救国图存"之道，而捷径就是向因为"明治维新"而一改国貌的日本学习。一所为四川各县青年留学日本做准备的学校——东游预备学堂即应运而生。

东游预备学堂坐落成都市中心距盐市口不远的地方，规模不大，办学方向主要是为四川拟去日本留学的青年学生进行短期培训，教授简单的日语，介绍日本风土人情、社会生活现状和日本历史文化。时间多则一年，少则三五个月，因人而异。

谢奉琦怀揣絜高二叔的信，和其他三人一起按照路人指点的路径，兴冲冲地来到东游预备学堂，找到了谢垚的朋友高节恒教务长。

高教务长在一间不甚宽敞但布置得体的办公室里接待了谢奉琦一行。

"高叔叔，"谢奉琦将絜高二叔的信函双手递给高高的、瘦削的，打扮时新、温文尔雅的高节恒教务长，说道："这是我叔父给您的信！"

"哦，好……"高教务长展开信来，看了，说道："很好！你们几个都可以在学校读书，刚好要开一个新班，运气好，让你们给赶上了。不过，还是要考试，要看看每一个人的基础。"

"好！谢谢教务长！"四人语气不无兴奋地异口同声道。

于是，高教务长给几个学生简单地介绍了学校的情况，之后带他们到一间教室，叫来一位老师出了一个题目"我想留学日本"，叫大家写一篇文章。

奉琦一看题目，心里感慨道："诶，新学校就是大不一样啊！"

一个小时后，四个学生交卷了。交卷时，高节恒说道："这考试只是备个案。新班后天开学，今天是星期六，你们安排好，后天星期一来正式报到上课吧！"

教务长的"星期"二字说得很随便，但却让谢奉琦激动了："省城就是不一样啊！"即便，他早就晓得以七天为周期的循环记日制度，最早由古巴比伦制定，后来被西方国家广泛运用，只是中国到目前好些地方都还不以为然。

高教务长问了奉琦他们住在哪里，并说道："学校现在还没有住宿的地方，正在想办法搞学生宿舍。你们就暂时在外面住，住在靠学校近一点的客栈好。成都的客栈还是比较便宜的。"

大家点头道："谢谢教务长先生！"

临了，高教务长对谢奉琦说道："能九，你二叔那边，我会去信的，你就安安心心学习，有什么事情尽管来找我！"

"嗯，谢谢高叔叔！"奉琦点头说道。

四个学生谢别高节恒教务长，踏着轻快的步履走出学校。

"能九兄，"黄选舟道："不！能九同学，我们以后就时新一点，称同学，好么？"

"好好！"奉琦道："我们已是现代学校的学生了，还可以直呼其名！"

"好好！"黄治皋道："能九说得对！"

"照教务长的话，我们还是在学校附近住宿的好！"奉琦说道。

"好，我们这就找客栈，找好后回去退房。"黄治皋说道。

他们很快就在青石桥街找到了一家名叫"青悦客栈"的不大点客栈，包月住，价钱就便宜得多，而且距东游预备学堂又很近。定下来后，他们去到昨晚住的地方退房，把行李拿到青悦客栈，就安顿下来了。

二十九

到成都的第三天是高教务长说的"星期天"。奉琦四人头天晚上在客栈里就商量好了，星期天进行社会"考察"。什么"考察"哟，就是在城里信马由缰地走走、看看。看看这省城和家乡有啥子不一样的、新奇的东西。

早饭后，谢奉琦一行三人从青石桥出发时，奉琦说道："盐场人喜欢把好的东西留着以后用。成都是一个历史悠久的古城，名胜古迹很多，咱们初来乍到，今天就转转大街，了解了解社会生活，以后的星期天再去看草堂寺、武侯祠、少城公园、薛涛井、青羊宫、蜀王宫、诸葛亮观星台、杨升庵宅这些名胜古迹。要得不？"

"要得！能九同学说了算！"大家异口同声道。

走走看看，看看走走，到了盐市口，选舟发感慨说道："同学们，我发现这省城还就是不一样，每一条街都好'伸展'，好宽，四通八达的！"

"每一条街都差不多，不注意还找不到回去的路。"黄治皋说道："大家可要多留心点儿哟！"

"也是，"谢奉琦道："我发现这些街道'横架十字'的，跟豆腐干一样。"

"大哥，"选舟问堂兄黄治皋道："杜甫的诗句'丞相祠堂何处寻，锦官城外柏森森'，中的'锦官城'说的是成都。你晓得，这成都咋子叫'锦官城'的么？"

"唔……我还说不清楚，能九同学你说吧！"治皋道。

"嘿嘿，这个，我还真的晓得！"奉琦道："这个嘛，有两种说法，一种说法是，前后蜀王僭拟宫苑，城上尽种芙蓉，故名，又名芙蓉城、蓉城。还有一种说法是，五代孟后主在城上遍种芙蓉，四十里如锦绣，故名。"

"哦，原来是这样的！"选舟道："这个名儿真美！"

说话间，来到一条街上，但见街心有几个汉子每人推一架木质的独轮车，车上或坐人，或放物，咿咿呀呀地招摇过市，给城市平添了一道动感线。此等境况，奉琦等人从来没有见过，知道应该是车，但不知是什么车。遂向一个须发冉冉的老者打听。老者说是"鸡公车"。老者还热情地介绍道："这鸡公车能走灌县、汉州、郫县、龙泉驿、中和场等处，载人、载物很方便，而且价钱不高。"

黄治皋笑道："哈哈，真可谓鸡公长途车也！"

老者说道："我们这里原来还有东洋车，可是经常出事，这两年被官禁了。"

"哦，老爹，东洋车是个啥样儿哟？"好奇的奉琦问道。

老者比画着说了半天，也没能让三个年轻人懂得，而作罢。他们谢过老者后，继续走他们"考察"的路。

"看！打麻将的！"选舟悄声道。

"我都看到好多了！"治皋说道："我父亲说成都人叫麻雀牌，我们富荣盐场也打，但是都在屋里头打，还没有看见在光天化日之下打这玩意儿的。"

"看来，成都人更闲适，会生活。"奉琦道。

行于闹市，随处可见捏面人的、卖糖人的、卖瓜子花生的、编席子的、补锅补碗的、收毛钱及烟灰的、卖皮梁子的、玉器担子、线担子、麻糖担子、花草担子、温江麻布担子、草药担子、凉粉担子、收字纸的、磨刀的、卖灯草的……

奉琦感慨道："这些走街串巷的小商小贩，既方便了市民，也给城市增添了一分动感和热闹。"

"是的。只是我们富荣盐场的担子要少得多。"治皋说。

说话间，但见一圈人围着看热闹。凑近一看，但见一个大汉儿的身上缠着一条不大不小的蟒蛇，另一个瘦削的汉子则在叫猴子钻圈圈、翻筋斗。选舟向一看客打听。看客道："这是在玩'降龙''伏虎'"。

"哦！把蛇叫作龙，把猴叫作虎，这省城人还真有想象力！"选舟笑着说道。

"治皋同学，你发现没有？"奉琦问道。

"发现什么？"

"我们走了这么几条街，只看见茶房、酒肆、馆子、客栈、衣帽铺、布匹店、鞋店、油蜡纸火铺、米店这些卖人们衣、食、住、行的生活用品的商店，小摊小贩卖的也是吃穿用的货物，好像没有看见卖用于工业生产东西的店子，也没有看见生产作坊。"奉琦道。

"也许成都就是这样吧！"治皋回答道。

"我们的贡井、自流井就不一样，除了经营吃穿用品的店铺外，还有卖井灶生产、农村所需要的物资的店铺。比如'槛子'房、桐油石灰铺、麻巴店、铁炉铺、牵滕铺、木器作坊、为井灶铸造盐锅、天车辊子、烧盐工具、农业生产铁器的锅铧厂，有木船打造厂等等。"奉琦说道。

"也是，也是！"

"我们跑马观花，走了这么大半天，对于这座城市，我有个不敬的说法。"

"说来听听。"

"我觉得这省城就是一座耍耍城市，只消费，没有生产！"

"也就是说，是一座消费城市。"

"是这个意思，不创造财富。"

"没有农业、工业等实业……"

"一座富庶而悠闲的城市。哈哈哈！"

三个年轻人在大街上转悠，走了大半天，还是累了，遂决定在小馆子吃点东西后打道回府。

刚刚走进青悦客栈，见一个学生模样的青年人在跟栈房老板谈住宿的事，大家也没怎么理会，就各回各的房间里休息。黄治皋和堂弟一个房间，谢奉琦一个人一个房间。两房间是两隔壁。木板隔墙，稍稍大声点说话隔壁都能听见。

在晚饭后大家在客栈堂屋里喝茶谈天时，这个中等身材、精明能干的年轻人在房里收拾好自己的行李后，见谢奉琦他们几个人在堂屋里喝茶谈天，也端着个茶盏来到堂屋里。

"请问仁兄是？"奉琦开口道。

"我姓傅名缉生，叙府人，来成都东游预备学堂读书。"傅缉生大方地自我介绍道。

"哦！幸会幸会！"奉琦道："我叫谢奉琦，字能九，贡井人，也是来读东游预备学堂的。"

接着，奉琦把黄治皋、黄选舟介绍给傅缉生。

"哎呀！太幸运了，太幸运了……"傅缉生很激动。

谢奉琦话锋一转问道："同学们，咱们来说说今天'社会考察'的感想好么？"

"好哇！"几个人都附和着。傅缉生虽然没能赶上这个"社会考察"，还是很想听听。

"成都比起我们盐场来更大，人更多，商铺更多，商品琳琅满目，品种比我们家乡更丰富……"选舟道。

"成都人过得更闲适，说话很温柔。哈哈……"治皋道："能九，想听听你的高见。"

奉琦说道："都说成都是四川的政治、经济和文化的中心。来成都前看了些关于成都的书、报，今天又转了大街。窃以为，说成都是四川的政治中心一点儿没有错，管辖各州县的省府在这里嘛；说成都是文化中心也名副其实，官立、公立、私立、外立（外国人举办）之各类高、中、小学校就有近百所，其名胜古迹就有近百处，民间文化丰富多彩；说成都是经济中心似乎也不假，但是这个'经济'是依赖于全省各州县的农业和工业生产的。作为成都本土，没有广袤的农田，没有矿藏，没有像样的工业实业，即便较大的手工业工场也没有。虽然也有一些公司，比如川省川汉铁路有限公司、成都电灯公司、四川全省矿物公司等。

如果比照富荣盐场，那么，成都就只是一座不直接创造主要财富的城市而已……"

"嗯，说得有道理。"黄治皋说道。

"真正的经济中心是要有产业支撑的。"奉琦继续说道："四川省的经济中心似乎应该是重庆。但是，这并不能消减成都在四川的重要地位。我喜欢成都悠久的历史文化，只是想它如果具有相当多的实业，像重庆、像日本的东京的话，那才真正是四川政治、经济和文化带中心。"

大家又各抒己见后，各回各的房间。一夜无语。

三十

成都东游预备学堂在成都的确算不上是一所大的学校，但又是一所很有个性的重要学校。首先，它的办学方向明确，为省内各县欲去东瀛留学的青年学子开设的；其次，办学专业对口，主要学习日语和日本国的简单的历史文化、民风民俗；最后，学制有长有短，根据学生的实际情况，有一年的，有半把年的，甚至有更短的只学习三五个月。

谢奉琦和黄治皋、黄选舟、傅缉生在一个班，是一个速成班，重点学习日语。其他还有些课程，比如日本的历史文化、礼节、风俗等。

上第一节日语课时，钦明礼先生说道："我知道，你们的主要课程是学日语。我教授的是日语的基础，有了这个基础到日本后处在那个环境中就会较快提高。

学习日语要先掌握发音，如果基础的发音没学标准，将来就很难改过来。还有，要尽可能给自己创造多说、多练的机会和环境，做到不耻下问，不能不懂装懂。"

谢奉琦听课很专注，课后肯下死功夫，加上他天生聪颖过人，学起来很顺当。黄治皋、黄选舟和傅缉生都是认真读书的好学生，都能跟上老师讲课的进度。所以，星期天都能到成都各大名胜古迹参观学习，这是谢奉琦的计划。他说要借此机会好好地考察四川的第一大城市。他们都增加了对成都历史文化的了解，也都爱上了这座城市。

一个星期天，奉琦等四人去游杜甫草堂，带着一种朝拜的虔诚认真看留下"诗圣"脚印的每一个地方。有点儿累了，他们走进一座亭子里准备歇脚时，正好看见两个金黄色头发、蓝眼睛的年轻洋人（一男一女）也在亭子里歇脚。谢奉琦就用中国话给那个男的打招呼："您好！"

"哈喽！"男洋人满面春风地回答道。

"您喜欢这草堂么？"奉琦的话包含他们二人。

"喜欢！你们的杜甫伟大！"没想到两个洋人同时翘起拇指用中国话回答道。

"谢谢！你们会中国话？"奉琦问道。

"是的！我们已经在中国生活了好多年了！"

"在中国，你们？"

"在中国上海！"男洋人的中国话说得很流利。

"哦，难怪中国话那么流利。"谢奉琦主动介绍道："我们三个是四川县上来成都上学的。"

女洋人说道："他父亲就是那个办《申报》的安纳斯托·美查（E·Major）。"

"啊！了不起！了不起！"谢奉琦等道。

和洋人又谈了些中国文化方面的话题后，男洋人起身道："我们还要去昭觉寺，拜拜，拜拜！"

"哦！好！拜拜！"

在东游预备学堂读了几个月书，基本上会简单的日常日语了，也对日本的现实情况、社会生活和风土人情有所了解，即以优异的成绩肄业。随之，谢奉琦和黄治皋、黄选舟以及在东游预备学堂结识学友傅缉生一起离开成都，自费去日本留学，以实现自己寻求"救国图存"之法的愿望。

20世纪初叶，四川学子去日本留学大都从重庆乘江轮到上海，再从上海转乘海轮达日本。

谢奉琦一行四人，从成都经几天陆路和水路的颠簸、晃荡之后来到重庆朝天门码头，一问，当天已没有航班了，只待明天。于是，买好了第二天重庆开往上海的二等舱轮船票后，在码头附近找了一家旅店住下。饥肠辘辘的四个年轻人急需"瓢"（填）饱肚子，又不知吃啥子好？

"各位，咱们都两顿没有吃饭了，"被推选出来当路上财务总管的傅缉生说道："早就听说重庆火锅好吃，今儿咱们就奢侈一回，吃火锅怎么样？"

"要得，要得！奢侈一回！"几乎是异口同声拥护道。

正好，旅店旁边有一爿不大的馆子叫"好来香"，就是做火锅生意的。大家就走进去了。一问，价格能接受，他们就围坐在四方火锅桌前，等老板把盛满火锅底料的锅端上桌来，开了火炉。接着按所点的菜品一个接一个地端来了，待底料"开爆爆"后，大家即狼吞虎咽地吃起来。

"老板，添点饭来！"黄选舟道。

"好哩！"年轻的女老板声悠悠地道。

转瞬，四碗白生生的米饭端来了。四个年轻人一人一碗，嘻嘻呼呼地夹菜、刨饭，不一会儿就把所有的菜品"展扎"了，肚子也"瓢"得胀鼓鼓的了。

"老板，你们重庆有牛肉汤锅馆子没有？"谢奉琦突然问道，因为在家乡经营牛肉汤锅的比比皆是。

"什么牛肉汤锅呀？没有哇！"女老板道："整个重庆卖牛肉的馆子都不多。"

"哦，我是随便问问。"谢奉琦说道。他忽然明白过来：家乡的牛肉多是因为要用牛力推大车提卤。富荣盐场井灶上常年拥有水牛两三万头。

他们几人擦着嘴嘴儿走出"好来香"火锅店。谢奉琦说道："有点晚了，不然我们可以去市中区转转！"

"也是！"黄治皋说："我们就只能转转这朝天门码头了！"

"要得！就近转转！"傅缉生说的"就近"，指的他们住的旅店周遭。

长江是亚洲第一长河、世界第三长河，是世界上完全流经一国境内的最长河流。长江发源于青藏高原的唐古拉山脉各拉丹冬峰西南侧，经流6387公里后，于崇明岛以东注入东海。

全长1119公里的嘉陵江发源于秦岭北麓，到重庆注入长江。朝天门码头地处长江与嘉陵江交汇处，是长江中上游最大的码头之一。

谢奉琦等四人来到码头时，天渐渐黑下来，码头也平静下来了。几艘船只停靠岸边，被夜幕笼罩着，如果不是岸边稀稀拉拉的路灯的不甚明亮的光映照在平静的水里，几乎看不清船的轮廓。

谢奉琦等四个年轻学子在码头上时而踱步，时而停下来遥望长江下游方向，灰蒙蒙的一片，远山远水淡化在夜色里，如一幅淡淡的水墨画。

谢奉琦伫立在码头湿漉漉的石阶上，一动不动的，像一尊雕像。其实他心里正风云翻滚、浮思浮想联翩：前方就是三峡、汉口、九江、上海，自己站的这个地方到上海有1700公里。上海的东北方就是我要去的那个"小东洋"日本了，上海到日本水路有1900公里。此一去就是将近4000公里的水路。也许，到达日本还要半个多月，也许更久些，这要看顺当不顺当……说日本是"小东洋"，其实它只是国土面积小，实力堪称亚洲第一，应该说是一个大国了。怎么几十年前还是一个贫穷落后的国家，眨眼间就摇身一变成了"大国""强国"了？我这一去，是去"取经"的，犹如唐僧去西天取经一样，取他们怎样把小做大做强的"经"……

走在前面的几个同学回头看见奉琦兀然立在江边，治皋即道："能九，我说咱们早点回旅店睡觉，明天好早点起来赶船哟！"

"哦！好的！"奉琦转身跟上，大家一起缓缓走回旅店。

三十一

天麻乎乎亮，谢奉琦就起床了。他穿好衣裳站在窗前伸了一个长长的懒腰，感觉好舒服。举目一望，窗外雾蒙蒙的。心想人们说"雾山城"，还真就那么回事。但见白茫茫的雾在缓缓地没有规律地流动着。有房屋从雾中升起，鳞次栉比，变幻如海市蜃楼。好像造物主用一支椽笔在渲染着一幅巨大的妙曼的画图。这在家乡是难逢难遇的，因为家乡不是一座山城……

"大家都起来哈！"心情忒好的奉琦，转过身来打开房门走出自己的房间，敲着另外两个房间的门，说道："天气有点凉，穿厚点啊！"

"好的！"另外两个房间的人回答道。

他们很快地收拾好了行囊，然后去旅店旁边找到一家很小很小的只能将一张小桌放在街沿的卖锅盔油茶的店子，坐下来准备吃早点。

"老板儿，"也许是因为很早，吃早点的就只有他们四人，奉琦问正在打锅盔的白胡茬老头儿说道："你的生意做得很红火哈！"

"不行啊！"老板边用擀面杖当当地敲打着案板发出清脆的声音，边说道："原来生意还可以，这两年不行了。"

"哦！那，也能维持几口人的生计吧！"

"几口人，就我和老伴儿过日子都很难哟！"

听话听音，奉琦似乎听出了什么，问道："老板后人呢？"

这一问仿佛触动了老头儿的痛处，停下手来，叹了一口气道："没了！儿子没有了！"

奉琦一行有些吃惊，没有说话，埋下头来把手头的锅盔掰成小块，放进热噜噜的油茶里。

吃完，付钱时，奉琦还是忍不住试探地问道："你儿子怎么没了的？"

老板毫不隐瞒地说道："经常有来小店估吃霸赊的。小儿鲁莽，拿给衙门头的一个当差的捅死了……"

奉琦什么话也没有说，多拿了些铜钱放在案板上，望了老板一眼，匆匆离开了。

他们回到远航旅馆，把自己的行李拿上，向码头走去……

三十二

奉琦一行四人把行囊背上来到码头，顺利地上了轮船。他们买的是二等舱，位置与水平面高出一层。这样既不沉闷，视野比较开阔，上甲板也很方便，票价也不是很高。买二等舱是比奉琦大几岁的治皋表叔提议的。大家都说他"有经验"。他说道："哈哈，有啥经验哟？我是在报纸上看见有人写自己旅游赶轮船的文章里说的，借鉴借鉴而已。"

呜——轮船在一声长长的汽笛声中准时开航了，时间是上午八点半。

这长长的汽笛声，让四个年轻人充满了激动。奉琦更是不能自已——实现自己赴日本的梦想，已经在途了。昨天晚上自己站在码头湿漉漉的石阶上看到的远方，一步一步地靠近了……

说是说"一步一步地靠近"了，其实还远得很哩！奉琦在心里鼓励自己道："千里之行始于足下，虽然开步了，但还有很长很长的路要走。正如荀老夫子说的'不积跬步无以至千里，不积小流无以成江海'。我会坚持的！"他很清楚，自己心头的这些话，不单单指这次航程。

轮船在江上按部就班地航行着，不时发出一声汽笛声。

满满的一船乘客，有的在摆龙门阵，有的在喝水，有的在看书，有的在打瞌睡，有的在甲板上看风景，还真是各得其所。

一个人赶长途船是孤独、寂寞的。奉琦一行倒没有这种感觉。奉琦、治皋、选舟和缉生与另外两个旅客共六人在一个房间里。都是四川人，说斗说斗就熟了，只是那两个人是乘船旅游的。

奉琦他们也常常走出房间去甲板上透透气，虽然房间有窗，但不大。甲板上视野开阔，两岸风光尽收眼底。遇到下雨或过大的太阳，还是得回房。

四个年轻人都是第一次乘江轮，有点儿兴奋，一直在甲板上欣赏风光。

"大家注意到没有，"治皋说道："我们的船开得还蛮快的。"

"是的，长江水深，河床开阔，任随船只航行。"来自万里长江第一城叙府的绯生说道。

"也不是随便航行的哈！"奉琦道："你看，江上有好些航标哩，没有这些航标，轮船会寸步难行的。"

"也是！也是！"四人中年龄最小的选舟说道："航标都像一座小房子，晚上是要亮灯的吧！"

"应该是！"

船开出一个多时辰后，外面阳光很强，这甲板上玩了待了有一阵子的奉琦四人回到房间里来，又说了些话后，四个人都拿出书报来看。

谢奉琦斜倚在床上翻开一本《儒林外史》来，慢慢阅读。

奉琦出门前看到了《儒林外史》第十五回，此刻，他翻到第十六回"大柳庄孝子事亲，乐清县贤宰爱士"：

话说匡超人望着自己家门，心里欢喜，两步做一步，急急走来敲门。母亲听见是他的声音，开门迎了出来。看见他道："小二，你回来了？"匡超人道："娘！我回来了！"放下行李，整一整衣服，替娘作揖磕头。他娘捏一捏他身上，见他穿着极厚的棉袄，方才放下，向他说道："自从你跟了客人去后，这一年多，我都肉身时刻不安！一夜梦见你掉在水里，我哭醒来。一夜又梦见你把腿跌折了。一夜又梦见你脸上生了一个大疙瘩，指与我看，我替你拿手拈，总拈不掉。一夜又梦见你来家望着我哭，把我哭醒了。一夜又梦见你头戴纱帽，说做了官，说是今生再也不到你跟前来了。我笑着说：'我一个庄农人家，哪有官做？'旁一个人道：'这官不是你儿子，你儿子却也做了官，却是今生再也不到你跟前来了。'我又哭起来说：'若做了官就不得见面，这官就不做他也罢！'就把这句话哭着，吆喝醒了，把你爹也吓醒了。你爹问我，我一五一十把这梦告诉你爹，你爹说我心想痴了。不想就在这半夜你爹就得了病，半边身子动不得，而今睡在房里。"

外边说着话，他父亲匡太公在房里已听见儿子回来了，登时那病就轻松些，觉得有些精神。匡超人走到跟前，叫一声"爹！儿子回来了！"上前磕了头，太公叫他坐在床沿上，细细告诉他这得病的缘故……

……匡超人就在太公跟前坐着。见太公烦闷，便搜出些西湖上景致，以及卖的各样的吃食东西，又听得各处的笑话，曲曲折折，细说与太公听。太公听了也笑。太公过了一会儿，向他道："我要出恭，快喊你娘进来。"母亲忙走进来，正要替太公垫布，匡超人道："爹要出恭，不要这样出了。像这布垫在被窝里，出得也不自在。况每日要洗这布，娘也怕薰得慌，不要薰伤了胃气。"太公道："我站得起来出恭倒好了，这也是没奈何！"匡超人道："不要站起来。我有道理。"连忙走到厨下，端了一个瓦盆，盛上一瓦盆的灰，拿进去放在床面前，就端了一条板凳，放在瓦盆外边，自己爬上床，把太公扶了横过来，两只脚放在板凳上，屁股紧对着瓦盆的灰。他自己钻在中间，双膝跪下，把太公两腿捧着肩上，让太公睡得安安稳稳，自在出恭；把太公两腿扶上床，仍旧直过来。又出得畅快，被窝里又没有臭气。他把板凳端开，瓦盆拿出去倒了……

读着读着，匡超人的行为让奉琦想念起自己的父亲、母亲和仲仪夫人来，不禁眼圈儿湿润了。

这个细节让细心的治皋给发现了，说道："能九，怎么了？"

奉琦用手背把眼睛擦了一下说道："没什么，就是书中那个匡超人流浪多年后回家来，见到母亲和父亲的小事，让我想起过世的父母亲和仲仪来了。"

"哦！《儒林外史》我读过，我觉得它是当代一部伟大的现实主义小说，特别是对科举、对官场的针砭！"治皋道："《儒林外史》的历史意义不亚于比它晚34年问世的《红楼梦》。两部鸿篇巨著都堪称中国文学史上的杰作。只是吴敬梓和曹雪芹各自的切入点和笔法不一样罢了。"

"嗯！我也觉得。"奉琦道。

奉琦早就从报纸上了解到，当代吴敬梓用20年的时间写成，1750年才得以问世的《儒林外史》，是一部以知识分子为主要描写对象的现实主义长篇讽刺小说。一共五十回的小说，描绘了世间各类人士对于功名富贵的不同表现。一方面真实地揭示人性被腐蚀的过程和原因，从而对当时吏治的腐败、科举的弊端和礼教的虚伪进行了深刻的批判和嘲讽。另一方面热情地歌颂了少数人物以坚持自我的方式对人性的守护，寄寓了作者的理想。

"我们去甲板上透透气何如？"治皋道。

"好！出去透透气！"奉琦道。

奉琦他们还在甲板上，听到服务人员在召唤开午饭了，就进到船舱餐厅。他们四人围坐在一个小桌边，每人叫了一份饭菜盛在一起的便餐，大口大口地吃起来。

"大家觉得这饭怎么样？"缉生边吃边问道。

"还可以吧！"奉琦道："这是四川开到上海的轮船，饭菜是四川味儿。"

"就是，如果到了上海，那味道就不一定了！"选舟说道。

"也是。大家要有思想准备，那下江味儿，怕吞不下去哟！"稍稍老练一点的志豪说道。

"日本的饭菜，就更是两重天了！"奉琦说道。

"肯定肯定！"大家异口同声道。

饭后，大家回房。

"昨晚大家都没有睡好，我们睡一会儿吧！"奉琦是一个细心的人，说道。

"好！"大家响应道。

四个年轻人倒在窄窄的床上，船在水里轻微地浪着，像儿时的母亲的怀抱、像母亲用手轻轻地推着的摇篮，轮船的汽笛时不时地发出的"呜呜"声，也变成了当年母亲口里的催眠曲。渐渐地，他们就呼呼地进入了酣甜的梦乡⋯⋯

三十三

等他们先后醒来，轮船已经过长寿地界，即将进入涪陵境内。

他们或看书，或与乘客冲壳子摆龙门阵，或去甲板上看两岸风光。即便他们知道最美的风光是三峡，但船员说要明天早上才能到三峡。

奉琦继续读《儒林外史》，他想利用这几天乘船之机把这本书读完。他知道，自己读书的速度很慢。只要是他认为应该读的书都读得慢，绝不会跑马观花，读小说亦如斯。因为，他读小说不仅仅读故事情节。他认为大的场景和大的故事情节对一部小说是很重要的；但是，他更喜欢读细节，细节才是生活，才是小说人物塑造的关键——人是活在生活细节中的，细节的真实性和可读性决定一部小说著作的成败。

他读小说，还要问：为什么要设置某个人物？这个人物对于整部小说故事情节的发展有何作用？

他读小说，往往读到后头，又翻过来读前面。他是在看作者曾经在哪里埋下伏笔？后面是怎么照应的；所以，他读小说，总是翻来覆去地读。这种读书方法，使他得以读到书的真谛。包括书的写作方法。

当然，奉琦包括治皋、选舟和缉生也都带了些书在身边，准备日本上学要考试的内容。他们心里都很明白，准备应考是不能等闲视之的。跑了几千公里的路去"留洋"，寻求"救亡图存"之道，不能考不起。考不起，不仅丢人现眼、脏班子，更是拿自己的初心开玩笑啊！

不过，谢奉琦认为，读小说也不完全是消遣。能够了解作者所描绘的时代现象、社会生活。比如《儒林外史》中描写的清代官场腐败、堕落的知识分子众生相，更加激发了他立志改变社会现状的使命感和责任心。

船航行了180公里左右，来到涪陵码头时，天近黄昏。

这时，服务员告诉乘客说道："各位乘客，这里是涪陵码头，船要在这码头停下来过夜，明天一大早再起航。大家可以下船去吃晚饭，但不要走远了，九点前必须回到船上。"

船上一部分人缓缓下船。

奉琦一行都想看看涪陵是个啥样子，再说肚子也饿了，即走出船舱，下了船。服务员告诉他们，必须攀爬上百步笔立陡峭的石梯坎才能有卖吃食的地方。年轻人体力好，他们噔噔噔地往上爬着，忽然，一个看上去年岁较大的男旅客在奉琦前面几梯处摔倒了。

他们四人几步向前，齐声道："摔着没有？摔着没有？"

"哎哟！"摔倒者说道："没事，只是崴了一下。"

人们已经围上来，见奉琦等已将他扶起来，但是走不动了。

"看来，你不能走了！来，我们送你回船吧！"奉琦说道。

"哦，是走不动了。胡能（"胡能"系盐场民间土话，是"谢谢"的意思）了！胡能了！"摔倒者说道。"胡能"二字一出口，就知道是一个盐场人。也就更感亲切。

"不胡能！来，我们帮你！"奉琦道。

于是，四个人搀的搀、扶的扶、牵的牵，把摔伤者送回船上，交给服务员后，才又攀爬上陡峭的石梯，找寻饮食店吃晚饭。

在寻找饮食店时，黄选舟说道："我父亲说涪陵好吃的东西有三宝，油醪糟、榨菜和红心萝卜。"

"来到一个地方，早餐和晚餐，最好就是吃那个地方的特色小吃。"治皋说道。

"榨菜和红心萝卜不能当饭吃。我看，咱们就吃油醪糟，怎样？"奉琦说道。

"要得！榨菜可以买一些在船上吃来耍。"缉生说道。

"油醪糟可以加鸡蛋，能吃饱！"选舟说道。

"还有，我们不能走远了，要在规定的时间回到船上。"奉琦是一个守纪律的人，说道。

说着说着，看见一家叫"名吃"的店子。选舟上前问老板道："老板，有油醪糟么？"

"有哇！"老板答道。

"要加鸡蛋的那种啊！"

"可以！可以！请进！请进！还可以加糍粑！"

"我们吃加鸡蛋的，每碗加两个鸡蛋，好么？"选舟道。

"好哩！请进！请坐！"老板唱道："四碗油醪糟，每碗加鸡蛋两个！"

四个年轻人走进店子，围坐在一个不甚高的四方木桌。选舟说："每人加两个鸡蛋可以吧？"

"要得！"大家齐声道。

一会儿，跑堂的把四大碗油醪糟端上桌来，色彩暗红暗红的，热气喷喷地飘出一缕甜香来。

大家就狼吞虎咽起来，还不停地赞美道："啊！好吃！真好吃！"

一大碗鸡蛋油醪糟下肚，肚子一下子胀鼓鼓的了。此行的财务主管傅缉生开了钱。开钱时他问道："老板，哪里有涪陵榨菜卖呀？"

"涪陵榨菜？这条街上到处都有卖的！"老板抬手一扬回答道。

的确如斯。四人走出"名吃"店，没走多远就看见卖涪陵榨菜的店子了。还是缉生做主买了包榨菜，说道："船上的饭，菜不够下饭。这下好了，榨菜更下饭。"

大家点头支持。

四个年轻人又随意地走走后，提前打道回船。来到陡峭的也修建得比较规整的石梯顶端，望见轮船泊在江心（趸船以外），闪烁着明亮的灯光。码头较远处还靠着几艘货船，看不甚清楚。

上船后奉琦他们还去看望了那个摔倒的人。那人说："胡能你们！只是脚颈子崴了一下，没事，过几天就会好的。"

交谈中得知，此人的确是盐场人，是去上海玩的。这船要几天后才能到上海，到时他的脚也就没事了。

大家回房。九时许，船上除值班室外，灯光全部熄灭。旅客们渐次进入梦乡。一夜无语。

三十四

呜——天还没有亮，轮船拉响汽笛起航了。

乘客们纷纷起床、洗漱、吃早餐。

船员告诉乘客，三个小时后，大约上午九点船要进入三峡，希望大家准备好，甲板上不能有太多人，最好在船的窗口上看。

谢奉琦一行都是第一次乘江轮过三峡，他们早就听说过三峡的美、三峡的险，今天要亲身体悟了。心头不觉有些激动。

"要到丰都了!"和奉琦他们一个房间的一位乘客说。

"哦!"大家应声道:"丰都是一座鬼城!"

奉琦也早就晓得丰都是一座鬼城。小的时候,奉琦母亲喜欢给他讲故事。晚上一家人聚在天井里摆龙门阵时,母亲就说过:"丰都是一座鬼城,上午人赶场,下午鬼赶场。下午丰都城里关门闭户,表面看街道上没有一个人,其实聚集了很多鬼在做买卖、游玩。因为,鬼是无形的……"

当时,谢奉琦就发问道:"娘!啥子是鬼呀?"

"人死了就变成鬼!"母亲笑着回答道。其实奉琦母亲是一个知书达礼的不信鬼神的人。

母亲的话把奉琦和奉琮吓得只顾往大人怀里钻。

及长,奉琦才知道,世上是没有鬼的。后来,才从书上知道,丰都在东汉时期已经为县建制。其鬼城的来历有因道教、因鬼帝、因佛教、因阴长生和王方平成仙而起的四种说法。奉琦喜欢因佛教而起的说法。诚然,他和母亲一样并不相信鬼神。

说是,"阎罗王"是管理地狱的魔王。说他手下有十八判官,分管十八地狱。"阎罗王"又叫"平等王",他能平等治罪,而"阎罗王"住在丰都,丰都也就演变成了鬼都。不信鬼神的谢奉琦,也因"阎罗王"能平等治罪而喜欢丰都。

船到丰都了,舵手将船速减下来,让大家观看这座鬼城。乘客们从窗户、从甲板上往北岸望去,一座不大的城池静卧在群山之间。看上去,很一般般的一座城池,没有"鬼"的迹象、只有"鬼"的感觉。诚然,人是看不见鬼的,只有鬼才能看见人……

又经过一段时间的航行,船员告知船已经进入起始于奉节境内白帝城的三峡了。三峡包括瞿塘峡、巫峡和西陵峡,其航道长200公里。三峡两岸高山对峙、崖壁陡峭、气势澎湃、雄伟壮丽。其间,山峰高出江面1000米到1500米,航道最窄处不足百米,十分险要。

三峡虽然有白帝城、神女峰、牛肝马肺峡诸多看点,但是,江流转弯抹角、水流湍急、礁石潜伏,是整个长江航道最危险的地段。船行三峡,如遇风浪,即成夺命之地。自古以来时有船倾人亡的事故发生。

奉琦他们乘坐的轮船行至夔门的时候,骤然,中流风疾,船触礁石,眼看马上就要倾覆了,舵手惊慌失措,众人吓得高声哗叫。奉琦却危坐不动、神色坦然,大声说道:"安静!安静!不要乱动!会转危为安的!"

谢奉琦的话音刚落,整个船舱里即刻就鸦雀无声了。

值此情此景之下,爱情、亲情、友情、家国情怀等万千思绪涌上奉琦心头。他不禁神情凝重地一字一句地吟咏道:

> 匆匆荡桨下渝关,风雨羁人意往还。
> 回首西蕃无净土,矢心东渡恋神仙。
> 家庭忍系思亲念,途次多亏壮士颜。
> 盼到文明输入后,数年应自谢阿蛮。

黄治皋、黄选舟和傅缉生听了,凝望着奉琦好久好久没说一句话。

此间,在舵手的努力下,在全体乘客的配合下,轮船终于缓缓脱礁,拨正船头,继续航行了。

即使夔门一险,也没有消减大家欣赏神女峰、屈原沱、牛肝马肺峡等美景的兴致。奉琦心想,我这一去就是为了让壮丽的河山不至于变得百孔千疮,一个富强、民主、平等、自由的中国才能保护自己的国土不受列强的侵害、掠夺,让"朝辞白帝彩云间,千里江陵一日还"之景象温暖代代华夏子民……

船出三峡后即如人履平地一般平稳、快速地向前驶去。

船到岳阳时,奉琦想起了范仲淹的《岳阳楼记》。《岳阳楼记》是范仲淹的朋友滕子京贬官到岳阳任知县,第二年那里百废俱兴,重修岳阳楼,"刻唐贤今人诗赋于其上",请他写的一篇文章。他并没有去岳阳楼,但写出了千古美文、奇文。此刻,奉琦在心里默念着文章结尾的句子:

……予尝求古仁人之心,或异二者之为,何哉?不以物喜,不以己悲;居庙堂之高则忧其民,处江湖之远则忧其君。是进亦忧,退亦忧。然则何时而乐耶?其必曰:"先天下之忧而忧,后天下之乐而乐"乎……

奉琦觉着,范仲淹是一个"居庙堂之高则忧其民,处江湖之远则忧其君……先天下之忧而忧"的理想主义者,希望朝廷的人忧民,百姓则忧国。希望是好的、难能可贵的;但是,凭借什么能生成"两忧"呢?范仲淹没有说,许是也说不出来,即是非说不可,也不过是儒家那一套,不可能有进一步的举措。或许,这不能责怪于他——一个闭关自锁的世界里的人亦如井底之蛙。即便这蛙之佼佼者,也概莫能外地只能看见簸箕大的一片天。

第五章　逗留苏州

三十五

虽说，轮船出三峡后顺风顺水，开得更快了；但是，还有奉琦他们乘江轮全程的三分之二路程要走；所以，又航行了四天多的时间才安全地抵达上海吴淞口码头。

到上海后，奉琦一行首要的事是买去日本的轮船票。他们原本想，到了上海，如果能买到船票更好。如果买不到船票就在上海待一两天，看看大上海也好——这一星期左右的乘船已让他们觉得很疲惫。但是，上海开日本的船一周只有一个航班，本周开往日本的船今天上午已经开走了。这就意味着奉琦他们要在上海待一周的时间。

塞翁失马，焉知非福？既然不能立马乘船，他们就调整计划，放慢点节奏。再说，奉琦就可以实现他去苏州跟桀高二叔辞行的愿望，聆听苏州府通判自己亲二叔的教诲。

"我们可以去苏州我二叔那里待两天，"奉琦说道："我原本也想跟他辞行的。"

"好哇！"治皋道："早几天和晚几天到日本也没有多大的差别。"

"就这么办吧。"奉琦道："现在我们的任务是打旅馆。"

"好，入乡随俗，顺其自然！"老练的治皋说道："打旅馆去！"

还是那个原则，住宿的地方要距出行的地方近，越近越好。对于这上海来说，旅馆要在吴淞口船港附近，以便乘船。奉琦四人走了些时间，适才找到一家距吴淞口半把个小时路程的费用不算高的叫"淞然"小旅馆住下了。

跟到重庆朝天门码头一样，他们把行李放在淞然旅馆里后，去大街上找吃的。

"这上海人说话很难听得懂。啥子你侬我侬的。哈哈！"傅缉生说道。

"就是！就是！跟说外国话一样，'经凌钢浪'的！"黄选舟附和道。

因为，奉琦和治皋经常读上海的《申报》和《时务报》，还懂一点儿像日文一样的老式拼音；所以，在跟旅馆老板交流时，大都是奉琦和治皋出马。其实，这个旅馆的老板在给他们几个四川人说话时，都尽量用"官话"，避免用上海土话。但是即便如此，有的话双方都还是听不懂。这时，也有办法，就用笔在纸上写文字进行交流。还好，上海人都早已使用英国人最早发明、西方国家普遍使用的"钢笔"和"铅笔"了。奉琦有一支美国造的派克钢笔，是他榘高二叔送他的。他二叔还说过，这派克钢笔的笔尖是黄金的。

在江轮上，谢奉琦曾说："中国用毛笔有一千多年的历史。西方国家用芦苇笔和翎毛笔也有一千年以上。后来，19世纪初叶英国人发明了蘸水钢笔；19世纪末，美国人发明了具有现代意义的储水钢笔。"

"是的，奉琦说得对。"治皋说道。

奉琦道："其实，从芦苇笔到钢笔也是一次'革命'——完全推翻了原来的架构。人类社会，尤其是中国社会，也需要来一场完全推翻原来'架构'的行动，这'行动'就叫革命！像日本的'明治维新'一样，重新洗牌……"

"是的！不是修修补补的所谓'改革'！"治皋明确了奉琦的意思说道。

此刻，他们正走出旅馆，去寻觅晚餐的馆子。还是那个原则，午餐可以吃丰富点，早餐和晚餐吃简单点，最好是吃那里的特色小吃。

于是，他们在一爿名曰"原汤馄饨"的小店门口驻足。

"啥子是馄饨呀？"缉生问道。

"就是我们富荣盐场的抄手。"奉琦解释道。

"哦！好怪的名字！"缉生感叹道："'抄手'，还有点直观。"

"缉生，你晓得不，云南人的'抄手'叫什么？"见多识广的治皋问道。

"不晓得！"缉生回答道。

"叫云吞！"奉琦没等治皋开口即道。

"好怪的叫法哟！"缉生慨叹道。

"哈哈！怪么？还就是能九说的叫'云吞'哩！"治皋笑道。

"管他叫啥子哟！"选舟说道："肚子都饿了，咱们进去尝尝上海馄饨的味道吧！"

大家进来"原汤馄饨"的店门，找一张四方小桌坐了。即刻，一个穿着白色围腰的年轻漂亮女子操着"官话"问道："几位先生，准备吃点什么？"

四人交换了一下眼色，齐声道："馄饨，一人一碗。"

"好！大碗，还是小碗？"

四人又交换了一下眼色，先后说道："大碗！"

一会儿，四大碗馄饨端上桌来。大家定睛一看，雪白的碗里乳白色的汤里漂浮着切得短短的绿色小葱，十多个大大的抄手透出淡淡的粉红色，一股股勾人食欲的香味从碗里升腾起来。几个年轻人拿起碗里的白色陶瓷调羹稀里呼噜地吃将起来。觉着除却没有姜味外，和家乡的抄手没有多大的区别。

"服务员，有辣椒么？"动口以前傅缉生问道。

"有的！"年轻漂亮女子从厨房里端来一小碟切碎了的红红的生辣椒，说道："要辣椒的先生，请自己动手哈！"

"好！谢谢！"缉生道。

"我的肚子还没怎么瓢饱。"吃完一碗后奉琦说道。

"再吃一碗呀！"治皋说道。

"再吃一碗又多了。"奉琦道。

"你们吃饱没有？"治皋问选舟和缉生道。

"软饱软饱的，嘿嘿！"一个说道。

"有点软！哈哈！"另一个说道。

"那，这样吧，再来两个大碗我们四个人分，怎么样？"治皋出主意道。

"好好！"大家异口同声道。

于是，又喊来了两大碗馄饨四个人分吃。这样下来把几个人的肚子都瓢得饱嘟嘟的了。

吃好后，他们几个人走出"原汤馄饨"店，在街上随意溜达了一会儿就回旅馆了。

三十六

谢奉琦他决定去苏州看望他在苏州任通判的谢垚二叔。上海距苏州很近，水路也就百八公里吧？但一时间不知道怎么联系。发电报么？价钱太贵，也说不清楚事情。写信么？虽然说得清楚，但来回要三两天，等收到回信，他们也该离开上海了。忽然，他想起"电话"来，自言自语道："诶，这脑筋咋子没有扯转哟？"

喜欢看报纸的谢奉琦知道，19世纪中叶，也就是1875年，美国人贝尔发明电话。1876年，获得专利。中国出现电话是19世纪80年代初，也就是1881年，英籍电气技师皮晓浦在上海十六铺沿街架起一对露天电话线，付36文钱就可通话一次，这是在中国出现的第一部电话。不过，那时的电话还只是在像上海这样的大城市内使用。

谢奉琦寻思：现在已经是20多年以后的1904年了，上海与苏州之间可能开通长途电话了吧？如果开通了，苏州府衙里也定会安装电话的。

于是，他走出自己的房间，来到治皋兄弟的房间，有点儿兴奋地说道："二位，我想去苏州看看我二叔。我们一起去吧！"

"好哇！可是，你二叔是府衙当官的，他管的那块儿事多，经常到处跑，要先告诉他，免得扑空。"治皋说道。

选舟接话道："大哥，可怎么告诉二叔呢？"

"我想，打电话是最好的。只是不晓得上海跟苏州有没有通长途电话？上海市内电话是早就有了的。"奉琦说道。

"明天去邮电局问问看，通了，我们就可以成行；没通，就只好在上海待几天了。"治皋说道。

"这是最佳选择！"听见他们三人说话，缉生也进屋子里来了，说道。

当奉琦再次说"我们一起去苏州"时，缉生说道："我们一起见你二叔——苏州府通判？要得不啊？"

"也是！"选舟附和着。

"有啥子要不要得的哟？我二叔人很好，一点儿官架子都没有。"奉琦道："况且，我信上给他说了我们四人一同去日本的事。"

"哦！这样，太好了！"其他三人齐声道。

"那，今天晚上大家早点睡，"奉琦道："明天早点起来，去邮电局打听。"

"好！"言罢，各自回各自的房间休息。

三十七

第二天，奉琦四人起来得很早，收拾停当后去街上吃早饭。也是那个早晚简单点的原则。他们来到一爿卖早点的小店，一看，有豆浆、油条、包子、馒头。大家说吃豆浆、油条。

"没有要求清一色哈！个人所好！"奉琦开玩笑道。

"哈哈！"治皋接话道："是没有要求清一色，但是咱们的认知是清一色的……"

落座不久，四碗豆浆，一大盘四根油条就端上桌来了。他们一看，这豆浆乳白色，黏糊糊的跟家乡的差不多，呷一口，甜蜜蜜的；油条就大大地碾压家乡了——这油条黄金干色的和家乡的差不多，粗细跟家乡的也差不多，可比家乡的要长半截，像抵门杠一样扎实，大家担心会吃不完的。结果由于油条酥、豆浆甜，全部"展扎"了不说，还增加了两根油条。一顿早餐，花钱不多，吃得很舒服、很饱。昨晚的馄饨和今早的豆浆、油条，让他们对大上海产生了好印象。

不过，走出早餐店，他们适才发现多数商店都关门闭户的，邮电局也没有开门。一打听，才知道这大上海除小吃店外，上午要九点钟以后才开门。这就叫一方一俗。无奈之下，他们只好慢慢地在街上逛，压马路。

终于等来了邮电局开门。他们快步进去，一问可以打苏州的电话，由总机接通后去指定的电话间讲话就是。

"请问，你要打的电话号码？"柜台里服务员操着官话问道。

"哦……"奉琦一下子蒙了，心想：我怎么这么傻哟？二叔的电话号码都不晓得，还来打电话。

柜台的服务员看他急得，问道："请问先生，你的姓名？接话人的姓名？要打苏州哪里？"

"我叫谢奉琦，接话人我叔父谢垚，苏州府衙门。"奉琦答道。

"就打衙门行么？"

"我叔父是衙门的通判。"

"通判"二字一出口，柜台的服务员像突然明白了什么一样，说道："好！你等着，总机给你接线。"说话时，用手示意去旁边的一排漂亮的座椅休息等待电话接通。

站在奉琦旁边的三个同学感知了刚才的整个过程，都心领神会地随谢奉琦来到座椅前坐下了。奉琦扫视邮电局的营业大厅，发现除一排柜台、几排座椅外，左边有一排五间小屋。小屋很小，门上有磨砂玻璃窗户（打不开的），贴着1、2、3、4、5表示小屋序号的字样。奉琦猜想：这莫不是为隔音而专门设置的接打电话的单间？

果然。

"谢奉琦，"柜台里的服务员喊道："三号室！"

谢奉琦快步进入标有"3"字的小屋子，将放在一个小台板上的电话拿起来，赓即听到了久违了的二叔的声音……

奉琦给二叔说了整个行程的情况，他二叔很高兴，告诉他说先乘轮船到南京，再乘船去苏州，到苏州后直接去分府衙门找他。然后把电话挂了。

打完电话，去柜台付费108文，比起电报来，还是要便宜些，而且能把要说的话都说完、说清楚。

走出邮电局，奉琦高兴地告诉大家道："咱们明天先乘轮船去南京，再转乘古运河的船去苏州！"

"啊！好哇！"大家几乎是欢呼起来！

三十八

奉琦躺在旅馆的床上，辗转反侧，怎么也睡不着。要去见桀高二叔了，奉琦心里的激动难以言表。睡不着，过往之事萦绕在他道脑际，是那么地清晰、那么地有条不紊。不是吗？他五岁时父亲去世，十五岁时母亲去世。父母亲弥留之际都把自己的四个儿子（奉琮、奉琳、奉瑄）托付给了桀高二叔，并道"最放心不下的是能儿"。此后，二叔也即像亲生儿子一样对待他们几兄弟。后来把奉琮安排到了谢府有股份的隆丰井做事。二叔到苏州府任通判后，还曾为奉琦谋到一个职位，写信叫他去就职，是他志不在此，而婉言谢绝了，并告知二叔想去日本留学。素来体谅侄儿的二叔虽说由于其前景未卜而有点"打腾"，曾在信中说道："能儿，我哥嫂最放心不下的是你，我也放心不下啊！"但最终还是表示支持，并说有啥子要他办的，尽管说。奉琦想着想着，迷迷糊糊地睡着了。

奉琦来到苏州府桀高二叔办公的地方，有点像审案的大堂，谢垚通判端端正正地坐在太师椅上。奉琦即"扑通"一声跪拜道："通判大人，奉琦有礼了！"

通判搀扶起奉琦来，说道："啥通判大人啊？我是你桀高二叔呀！"

"哦……哦！"

叔侄俩遂抱头痛哭起来。良久，桀高二叔道："能儿，我看，你还是不去日本的好！"

"为啥子啊？二叔，您不是答应了的么？"

"先是答应了，现在反悔了！"

"二叔，为啥子呀？"

"为了对我哥嫂负责！"桀高二叔厉声道。

"二叔，不能反悔呀！"

"二叔念其你此一去前途未卜。"桀高二叔声调缓和下来，说道："能儿，留下来吧，二叔在苏州给你安排一个职位……"

"二叔，侄儿平常都听您的，这次要违背您了！"

"不行！就是不准去东瀛！"架高二叔即拿出审案的架势来，厉声道："来人啦，给我带下去打五十大板！"

"哇……"奉琦大声哭泣起来。

奉琦被吓醒了，自言自语道："哦！原来是一个梦。可这梦预示着啥子呀？"

他揉了揉眼睛、抓了抓头皮，起得身来，从衣架上取下一件衣服披上，在房间里走动着，想让怦怦的心跳平静下来。他自我安慰道："日有所思，夜有所梦，是自己想多了。俗话说梦是反的，但愿如斯也！"

他下意识地看了看窗外，晴空万里，碧蓝如玉。一轮圆圆的月亮已挂在西方的天边……

"好兆头！好兆头！"他自言自语着倒下床去，呼呼睡去。

三十九

第二天，奉琦四人早餐后，来到船码头，赶上了去南京的轮船。他们到南京后，又顺利地赶上了去苏州的船。苏杭一带河流（包括运河）交错，四通八达，"出门无船路不通"是这一带交通的最佳注脚。

奉琦四人舒舒服服地坐在船上看两岸田畴、房舍徐徐退去，河里其他的船只哗哗从身边擦过，有时两船上的人还相互招呼来着。此情此景，令他们惬意不已。奉琦的感觉当然更不一样些。他在想：这么美好的大地上的事情，为什么几千年来，就都一个人（皇帝）说了算？四万万人就都那么俯首帖耳呢？为什么不能改变改变，让人民当家做主，让这个国家更强盛呢？为什么世界列强总是虎视眈眈，总要马斗（欺负）我们中国呢？

"能九，昨晚很晚都没有睡么？"治皋问奉琦道。

从沉思中醒来的奉琦回答道："其实，昨晚我上床早，但是紧斗都睡不着。"

"哦！是去见你二叔的心切了吧？"治皋说道。

"是吧！我在回想，这些年来，我二叔对我和对我们家的好。"奉琦说道："他为我们家操心不少。我从小到大，都得到了他的爱、他的殷殷呵护。他也一直支持我的每一次人生选择，上炳文书院、旭川书院、参加富顺科考、不参加复试，包括放弃科举决定去日本留学，从来都没有说过'不'。然而，不知为啥子，我要见他了，却感觉心头没有了底儿，生怕他会阻挡我……后来我睡着了，却又做了个噩梦……"

奉琦简单地把梦境说给治皋听了。

"能九，那是你多虑了。"治皋一本正经地说道："像你二叔这样的人，说一是一、说二是二，哪有朝令夕改的？"

"其实，我也从来没有想过二叔会阻挡我！"

去苏州的船，因有人上下，经过几次靠岸后，安全地到了苏州。

"苏州码头到了！大家拿好行李，慢慢下船！"船老大说道。

奉琦一行下船后，按照在船上打听好的去苏州府的线路，走不多久就来到了苏州通判府衙。在府衙门口，给守门的衙役说明情况后，衙役道："各位，请稍等！"即叫身边的另一个衙役去通报谢大人。

少顷，衙役转来道："各位，请跟我来！"

衙役热情而谦恭地带领他们穿过大堂、二堂去到了谢通判办公的地方。

苏州通判府是苏州府的分府，亦遵循"前衙后邸"的建筑风格而建。即衙署的大堂、二堂为行使权力的治事之堂，二堂之后是通判办公和居住的地方。大堂、二堂有"明镜高悬""光明正大"的匾额，匾额下方有山正、水清、日明的"山水朝阳图"屏风。

谢垚办公的地方是一间宽敞的屋子，陈设着中式案头、柜子、椅子、茶几。正面墙上有一白底黑字装框的横轴曰："勤于政事"。两边墙上挂着字画条幅。整体显得大方典雅。

衙役将奉琦四人带到后，退出。原本在处理公文的谢垚，见奉琦他们来了，即起身迎接。奉琦等行了跪拜礼后，分头坐了。这时，仆人端上几盏茶来，放在茶几上微笑着说了声"请用茶"后转身走了出去。

接下来，谢垚先问了能九侄儿贡井家乡的情况、家里的情况、东游预备学堂读书的情况和此次行程的情况；问了大家为什么要去大日本留学？几个孩子都一五一十地回答了，说道留学是为了寻求"救国图存"之道时，大家都很激动。谢垚称赞能九侄儿和他的同学说道："有理想、有抱负、有志气，我为你们的爱国热情所感动！"

奉琦他们受到谢通判的称赞，心里很高兴。

谢垚接着转过话锋说道："但是，能儿，做事情单有热情是远远不够的。特别是想要做的关乎国家社稷的大事、新事，是很难很难的。这条路上荆棘丛生、虎狼盘踞，弄得不好是要人头落地的。能儿，想听听不？"

"能儿晚辈洗耳聆听二叔的教诲！"奉琦道。

"今天没有外人，就好像在家里一样，可以促膝谈心，"谢垚意味深长地说道："尔等也都是博览群书包括好多西方书籍的学子了，谅必对人类社会的发展历史也有所了解。据我所知，人类对世界的认识和人类社会每前进一步都会有很多人的千般努力、万般奋斗，甚至是牺牲才明白、才实现的。因为，新的事物、真理往往掌握在先知先觉者手里，其他人不知道、不了解以前，很可能被认为是邪说、邪教、巫术，都欲摧毁之而后快。想来，大家都知道勇敢地捍卫和发展了哥白尼'日心说'而被罗马教廷施以火刑的意大利哲学家乔尔丹诺·布鲁诺的故事吧？"

"知道！知道！谢谢二叔！"奉琦四人众口同声道。

"这就是世界历史上阻挡真理的一个典型案例！"谢垚继续说道："还有，18世纪末叶持续了十年的法国大革命，有十五万左右的人死亡……"

"嗯！"大家异口同声道。

"日本最值得我们学习的，除了它的先进技术、经济框架，更重要的是他们没有经历所谓的'革命'，就实现了'维新'；我们的'维新'何以失败？"谢垚说道："我主张社会改革，但不主张流血的'革命'。同为'人'，没有必要置对方于死地，应该允许所有的人，在同一片天空下生存……"

奉琦他二叔是一个心地善良的人，但如果不能像日本"明治维新"那样，比如像中国的"戊戌变法"失败了，又该怎么办呢？遂道："二叔说的是！不过当一个政权不愿意改变自己的时候，又该怎么办呢？"

"恐怕，这就是你们去日本要学习的重要课题了！"谢垚的话显然是坚持自己的观点，也认为日本能做到，我们中国也应该能做到。

奉琦不好顶撞，只得点头表示认同。

谢垚忽然压低了嗓门儿，说道："大家都知道戊戌变法'六君子'等上千人的结局吧！"

"知道！二叔！刘光第就是我们富荣盐场的人！"奉琦道。

"所以，能儿，我要郑重地告诉你们，"谢垚道："要分析戊戌变法失败的原因，去日本留学，寻求'救国图存'之道，很好。他山之石可以攻玉嘛。我们也应该'学于夷'，学习异国治理国家的方法，包括教育理念和方法、先进技术、发明创造、经济发展样式和政治制度设置的诸多方面；分析我们和日本的国情，洋为中用；但是我们学习的目的无须以此来'治夷'。我认为，学习别人的长处，是为了比照自己的短出，以改正之、以提升之；是为了富强自己，不是为了让自己挤入'列强'而惩治别人。凡事不能过激和过极。一定要懂得不可急功近利，懂得物极必反的道理。过激和过极，就会有误事，就不能实现初衷。这是我对你们的最大希望和要求！"

奉琦点头道。他知道二叔是一个正直的人，也有改变现实想法，但是，不同意用过极的方法，又生怕自己的亲侄子有个什么闪失。他不止一次说过："如果能儿有啥闪失的话，我就对不起九泉之下的哥嫂了。"这一直是谢垚的一个心病。但是，奉琦仍然轻声地问道："二叔，如果不用您说的'过极'的方法，又改变不了现状，该怎么办呢？请二叔指点迷津！"

"能儿，这恐怕就是你们此一去要学习的重点了吧！"谢垚通判直接点明道："何以'明治维新'没有'过极'，说白了就是没有流血而成功了，国家发展了，人民的日子过得更好了；可是我们的'戊戌变法'却弄成这个样子？这就是你们留学要寻求的'道'也！"

"二叔！我们明白了！"奉琦、治皋、选舟和缉生颔首道。

"能儿，二叔我在这里给你提出几点希望和要求。好么？"榘高二叔说道。

"好好！请二叔教诲！"奉琦单头道。

满腹诗书、深明大理的谢垚通判慢条斯理地，很坚定地说道："一是，在外国读书，要尊重他国的风俗习惯，不能违背；一定要听学校先生的话，把学科悉数学好。二是，交朋结友、集会结社要中正，既要顺应社会时势，又要远离浪子和不三不四之徒。三是，你已经是有家室的人了，要经常写信回家，报告你的情况，不要断了音信，让家人牵挂；有什么要求尽管给叔叔说，我会尽力去办。"

奉琦不住地点头道："是的！二叔，能儿记住了！"

"我想，"谢垚通判面向其他三人说道："这三点也适合你们吧！"

"是的，是的！谢谢通判大人！"其他三人点头称是。

"今天，我不是什么通判大人，而是你们的家长哟！哈哈！"谢垚笑道。

"嗯！嗯！谢谢二叔！"众人道。

谢垚说道："能儿，你们来了，吃住就在我家里。我家就在这后面，还比较宽敞，有什么需要的，尽管告知你二娘。你二娘听说你要来，很高兴，早已吩咐把住宿的地方打整出来……"

"谢谢二叔、二娘！"奉琦道。

"谢谢二叔、二娘！"大家齐声道。

谢垚道："都说'上有天堂，下有苏杭'。千年古城苏州有好多名胜古迹，值得一去。来了就逛逛苏州，了解了解一座城市的历史，也可以窥豹一斑，了解一些中国的历史。不过，苏州也有好多地方不尽如人意。你们'考察考察'就晓得了。只是我公务在身不能陪你们了。"

谢垚父亲般的教诲和关怀，令四个年轻人感激不尽。奉琦想：榘高二叔的态度根本不像我梦中的那样……还真是多虑了啊！

"能儿，你们把握好时间，好久回上海赶船，不要误了大事！"

"谢谢二叔！能儿记住了！"

正在这时，有衙役报告道："大人，汪大人求见！"

"好，请他进来！"谢垚边说，边吩咐待在一旁的仆人道："来，把我侄儿他们带回家去，照计划安顿好！"

"是！大人！"仆人应允道。

奉琦等四人起身跟随仆人走出去，来到后院谢垚通判的家。但见一个穿着紫色提花软缎旗袍、身材较丰满、仪态端庄、四十开外的女人迎出满月形房门来，不快不慢地用贡井话说道："幺儿啊，二娘终于看到你了！"说罢，眼圈儿都湿润了。

"二娘，能儿来看望您了！"奉琦上前跪倒在二娘膝下。他好久没有听到二娘叫自己"幺儿"了，不禁也泪雨滂沱，哽哽咽咽地说道："请，请二娘，宽恕能儿的不孝之罪啊！"

奉琦二娘弯腰扶起能儿来，说道："幺儿，有啥子罪的哟？听你二爷说，你很发奋、很用功、很有长进哟！"说罢，叫身边的一位身材苗条、衣着得体的丫鬟朱英儿给奉琦四人看座、沏茶。

宾主落座，奉琦二娘问了些家长里短，当说道奉琦父母亲的时候，娘俩不禁又落下泪来。二娘用白手绢轻轻擦干眼泪后，对奉琦的其他三个同学道："孩子们，二娘失态了！"

"没有！没有！"大家都跟斗奉琦称呼道："谢谢二娘！"

少顷，二娘调整好心态后，即兴致勃勃地带奉琦他们去后花园走走、看看。

虽然，这个花园的规模比起贡井谢府的后花园来是小巫见大巫；但是，也种植了不少名贵花卉，仿佛除却白兰花、芭蕉等大型花木没有外，其他的都不缺。当来到一棵花已经凋谢，仅仅剩下碧绿碧绿叶子的栀子花前的时候，奉琦二娘说道："幺儿，还记得你娘最喜欢栀子花不？"

"二娘，能儿记得。"奉琦说道："我娘喜欢栀子花的白净和芳香。她给我不止一次地说过'栀子花的白净是禀赋、芳香是奉献'！"

"哦！幺儿乖！你娘的话是啥子意思，你该懂得吧？"

"二娘，能儿懂得，我一定会这样去做的！"

"哦，那好那好！"二娘不住地首肯道。

走出花园时，二娘对大家说："孩子们，住在我家，就是住在自己家里，有啥子需要给我说、给朱英儿说就是！"

奉琦四人道："谢谢二娘！"

四十

谢垚说的"上有天堂，下有苏杭"，不假。苏州是一座古老的城市，春秋时，吴国就建在这里了，至今已有两千四百多年的历史。它地处长江中下游平原，地势平坦、水系密布、土地肥沃、物产丰饶、城市古老、建筑精巧、名胜古迹甚多。

奉琦喜欢中国古代文化，更是"古迹迷"。准备去哪个地方的时候，他都会做做功课，了解此地的社会风情、名胜古迹情况。去了，除却办正事，就会考察社会、游历名胜古迹。治皋等人与奉琦情趣相投——啥子人跟啥子人打堆。

在上海，决定要来苏州，奉琦就买了《申报》来看，又跟旅馆老板打听了苏州的情况；所以，他知道苏州是一个名胜古迹甚多的地方。比如，沧浪亭、狮子林、苏州园林、拙政园、留园、虎丘、寒山寺和枫桥等。当然，在此之前，他早就晓得苏州有个寒山寺。那是因为唐代大诗人张继的一首诗。

第二天早上，奉琦四人在跟二叔一家早餐的时候。谢垚通判问道："能儿，今天你们打算去哪里玩儿呀？"

"二叔，我想先去寒山寺。"奉琦道。

"先走寒山寺好！"谢垚通判笑道："寒山寺是因为张继而名的。晓得张继就晓得寒山寺，晓得寒山寺也就晓得张继。哈哈！"

得到桀高二叔的首肯，奉琦很高兴。随即开始了今天社会考察、游览名胜古迹的第一站寒山寺之行。

寒山寺位于苏州城西阊门外十里枫桥西南不远的地方。寺庙坐东朝西，山门对着古运河，门前便是官道。既然是"门对古运河"；所以，奉琦他们一行四人决定乘船而去。船行古运河，那滋味就不要摆了！

大家在船上欣赏运河两岸风光、摆龙门阵、抚今忆昔，听船桨的哗哗声，悠哉游哉，何其乐也！

也就半把个时辰，船就到了寒山寺门前，虽然听到的不是"夜半钟声"，距"晨钟"又晚了点，不过依然在船上听到了"钟声"，那是香客在烧钱化纸、撞钟祈福吧？

佛寺里的"晨钟暮鼓"，一般早晚各敲一次，每次紧敲18下，慢敲18下，不紧不慢再敲18下，如此反复两遍，共108下。象征一年轮回，天长地久。这是汉民族在农耕社会时代，人们希望神明保佑风调雨顺、五谷丰登、丰衣足食。

奉琦一行下船，再登上几级石台阶，行数十步即步入寒山寺山门了。

"同学们，我想，为了避免傻乎乎地转，咱们先请这里的法师介绍介绍怎么样？"奉琦道。

"这个建议很好！很好！"大家拥护道。

正在这当儿，看见前面有一个身着袈裟、须发冉冉的和尚迎面走来。聪明伶俐，很能"见子打子"的奉琦即上前，很礼节地双手合十道："阿弥陀佛！"

"阿弥陀佛！"僧人也很礼节地双手合十答道："施主有何见教啊？"

"师傅，"奉琦道："我们几个是四川富荣盐场来的，想听听师傅讲贵寺历史。可以么？"

"哦！远客！稀客！"僧人道："可以！可以！请施主跟我来！"

僧人带奉琦四人来到一间宽敞的布置典雅的客堂落座后，僧人唤沙弥给奉琦他们每人沏了一杯茶水，也给师傅沏了一杯。

"各位施主，"须发冉冉的僧人端起茶来道："这茶是本寺茶园里种的，我们自己烹制的，请大家品尝品尝！"

"哦！"奉琦等人端起茶杯来，轻轻地呷了一口，咽下，抿抿嘴儿。奉琦道："始觉涩，再感滑，末回甜……嗯……好茶好茶！"

僧人听到夸奖，即高兴地仰身笑道："诶！施主还真是品茗高手！"

"哈哈哈……"大家也跟着乐了。

"诶！"僧人恍然大悟般抬起右手摸着又大又圆的光光的脑袋，说道："还差点把正事儿都忘了！"

"师傅，怎讲？"治皋道。

僧人指着奉琦道："这位施主想听听我介绍寒山寺来着啊！"

"是的！是的！"奉琦等四人异口同声道。

于是乎，须发冉冉的僧人打开了话匣子侃侃而谈道——

我们这座寺庙始建于梁武帝天监年间（502—509），最初名叫"妙利普明塔院"。

为啥子叫这个名儿，有一个优美的民间传说。说是，唐太宗贞观年间有两个年轻人，一个叫寒山，一个叫拾得。他们是一对要好的"偏搭儿"（"偏搭朋友"，盐场土话，指从小一起长大的朋友）朋友。成人后，寒山的父母为他与家住青山湾的一个姑娘定了亲。可是，姑娘却早已与拾得互生爱意。一个偶然的机会，寒山知道了事情的真相，心里顿时像打翻了五味瓶，酸、苦、辣、咸、涩，唯独没有一丝儿甜味。寒山左右为难，这拿来咋个办呀？经过几天几夜苦思冥想，寒山终于想通了，他决定成全朋友拾得的婚事，自己则毅然离开家乡，独自去苏州出家修行了。

一晃，十天半月过去了，拾得没有看见过寒山，感到十分奇怪，因为这是从来没发生过的事儿。这天，拾得忍不住对朋友的思念，去到寒山的家里找他。但是，只见门上插有一封留给他的书信。拾得拆开信来，一看，原来是寒山劝他及早与姑娘结婚成家，并衷心祝福他俩美满幸福。拾得恍然大悟，心中很难受，深感对不起寒山。他思前想后，决定离开姑娘，动身前往苏州寻觅寒山，也皈依佛门。时值仲夏，在前往苏州的途中，拾得看到路旁池塘里盛开着一片殷红的荷花，便一扫多日来心中的烦闷块垒而顿觉心旷神怡，就顺手采摘了一支带在身边，以图吉利。

经过千山万水，长途跋涉，拾得终于在苏州城外找到了他日思夜想的好友寒山，而手中的那支荷花依然那样鲜艳美丽，光彩照人。

寒山见拾得到来，心里高兴极了，急忙用双手捧着盛有素斋的篦盒，迎接拾得，俩人会心地相视而笑。今儿，寒山寺存有一通碑石上刻的"和合二仙"图案，就是这两位好友久别重逢时的情景。民间还传说，"和合二仙"为了点化迷惘的世人才化身寒山、拾得来到人间的。寺名也由于"和合"在此喜相逢并成为住持，而更改成"寒山寺"。由于"和合"思想深得人心，加上张继诗句"姑苏城外寒山寺"的广为流传，所以尽管后来在宋朝时，曾将寺名重新改为"普明禅院"，但人们仍习惯地称它为"寒山寺"。一直以来，寒山寺供奉的佛像都是"寒山"和"拾得"二仙。

寒山和拾得两人曾有这样的问答。寒山问拾得："世间有谤我，欺我，辱我，笑我，轻我，贱我，恶我，骗我，如何处治乎？"拾得曰："只是忍他，让他，由他，避他，敬他，不要理他，过十年后，你且看他。"

僧人最后说道："相传，拾得后来远渡重洋，去到一衣带水的东邻日本传道，在日本建立了'拾得寺'。"

僧人这最后的话，像一粒珍珠掉进宁静的碧潭中，让四个年轻人的心湖里荡起一圈圈波纹来——心想，吾侪亦将去日本，只是不是去"传道"，而是去"取道"尔！

继而，四个年轻人很有礼节地谢过僧人，每人把自己的一份心意投入"随喜功德"箱后，信马由缰地参观寺庙。来到张继《枫桥夜泊》诗碑前，不禁久久伫立，不忍离去。为其千古绝唱感动。其诗曰：

月落乌啼霜满天，江枫渔火对愁眠。
姑苏城外寒山寺，夜半钟声到客船。

奉琦他们游览的第二站是"拙政园"。拙政园在苏州城区。奉琦一行即乘船返回苏州城。

他们在园里信步，走走看看，看看走走。知道了拙政园始建于明正德初年，是江南古典园林的代表作品，与北京颐和园、承德避暑山庄、苏州留园一起被誉为中国四大名园，也被称为"中国园林之母"。拙政园分为东、中、西三部分，东花园开阔疏朗，中花园是全园精华所在，西花园建筑精美，各具特色。园南为住宅区，住宅体现典型江南地区传统民居多进的格局。

他们走出园区时，纷纷感慨道：这才是协同自然的中国园林建筑艺术的最佳注释，在富荣盐场、在四川是没有的。

在接下来几天的时间里，他们或游览留园、沧浪亭、虎丘，或走街串巷，看街市风物，跟街上妇孺交谈。

苏州之行，令谢奉琦久久不能释怀的是：在拙政园、在留园、在阊门、在阊门外的山塘街和虎丘等地方游览时，谢奉琦脑海里总时不时地闪现出"红楼梦"几个字儿来——

莫不是因为中国有史以来第一部堪称宏大叙事之伟大现实主义小说《红楼梦》的作者曹雪芹八岁以前就居住在拙政园？

莫不是《红楼梦》开篇第一回，即特别对姑苏城市背景作了清楚交代？曹雪芹写道："当日地陷东南，这东南一隅有处曰姑苏，有城曰阊门者，最是红尘中一二等富贵风流之地。这阊门外有个十里街，街内有个仁清巷，巷内有个古庙，因地方狭窄，人皆呼作葫芦庙。"

莫不是《红楼梦》虽然以京城为中心背景展开情节，却也旁及苏州、南京、扬州等地？《红楼梦》里描写的金陵十二钗中有两正钗是苏州姑娘，一个是林黛玉、一个是妙玉，还写了不是十二钗的一个苏州姑娘邢岫烟。

莫不是曹雪芹在《红楼梦》中极尽描写能事的大观园，植入了苏州园林的精髓，才更令人神往的？

……这些，使得谢奉琦更喜欢批判现实主义作家曹雪芹，更喜欢他的巨著《红楼梦》，也就更加热爱华夏这片土地。

苏州之行，令谢奉琦久久不能释怀的还有：拾得僧人是东渡传经，而我等平头百姓亦即将的东渡则是东渡取经。其反差之大真如和尚头上的虱子——明摆着的。

奉琦一行四人在他椠高二叔家受到了热情的款待。

临了，谢垚说道："能儿，你们即将东渡，除了那天我给你们说的外，二叔我也没有什么好说的了，只是希望你们走正道，做好人，勤于学，学成归来报效家国!"

奉琦说道:"能儿记住了,一定不辜负二叔的希望!"

分手在即,谢垚叫仆人拿出一个二百两银子的封封儿来,递给奉琦道:"能儿,这二百两你先带上,以后需要了,尽管写信给二叔说就是……"

奉琦接过那二百两银子,"扑通"一声跪倒在桀高二叔面前,泪水似断线的珠子一样滚落下来。他桀高二叔扶起侄儿来的时候,两相对视,也泪眼蒙眬了……

叔侄俩的流泪,不知是他们都预感到了能儿的前程未卜,还是别的什么。

四十一

上海到东京大约1900公里,需要好几天的时间。

奉琦早就从报纸上人们写的游记中了解到,乘海轮是一件枯燥无味的、寂寞的甚至是痛苦的事情,而且如果遇到大风大浪,几乎没有一个人不会晕船而呕吐的。

不过,奉琦对此是有思想准备的;再恼火不就几天的时间,有啥熬不过去的?古人云:"故天将降大任于斯人也,必先苦其心志,劳其筋骨,饿其体肤,空乏其身,行拂乱其所为。"一个想要做大事的人难道还承受不了这区区之苦吗?奉琦在心里鼓励自己道:"今儿,吾侪就是假此赴东瀛留学,以寻求救国之道,就是想做大事的人儿啊!"

奉琦四人从苏州回到上海的第二天,搭上了上海开往日本东京的海轮,舱位与甲板齐平,不算好,也过得去,上下甲板方便。

奉琦背着行囊通过趸船踏上海轮的一瞬间,心似乎都要跳出来了一样——这才是真正离东京越来越近了,自己的理想才真的在实现的途中了。他望了望其他的三个同学,发现他们情绪朗朗、兴致勃勃。他回头看了看吴淞口码头,不禁想起登天池山的情景来,遂在心里自誉道:"我中华儿女就是有担当啊!"

开船离开吴淞口码头后,有一段时间里,时不时地可以看见岛屿、航标;但一个多小时以后,就什么也看不见了。

奉琦站在宽阔的甲板上,看见浩瀚的恢宏的苍穹像一顶硕大无朋的、碧蓝碧蓝的大锅盖扣在大海四周的圆弧形的地平线上;莽莽大海像一口硕大无朋的、忽闪着银灰色亮光的大锅头在地平线处与苍穹这顶大锅盖相扣合;他们乘坐的轮船则像一只小小的蜗牛躺在锅底,一动不动——不像江轮两岸有参照物——如果不是轮机发出吐吐吐声音的话,你还以为轮船没有航行哩!所以,站在轮船的甲板上是没有啥子看头的。

奉琦在甲板上伫立着，只是面向前方那个他想要去的国度。此刻的他，亦不过是锅底小小蜗牛身上的一丁点儿尘埃罢了。他不愿继续往下想，就猛然收回思绪，怅惘地回到房间里，拿出一本书来阅读。

喜欢关注时务的谢奉琦从报纸上了解到，1902年至1904年，中国翻译出版西方的各类图书就有五百多种之众。比如，亚当·斯密的《原富》、斯宾塞的《群学肄言》、孟德斯鸠的《法意》、卢梭的《民约论》、科培尔的《哲学要领》，以及《政治学》《经济通论》《美国独立战争史》《独立宣言》《万国宪法比较》和《葡萄牙革命史》等书。

奉琦对赶海轮早做了准备：他在上海买了《申报》《时务报》，还买了卢梭的《民约论》和《独立宣言》两本图书。他想到，这些书报可以在乘轮船的时候静下来好好阅读。对于谢奉琦来说，这是一个难得的机会。

在船上，奉琦首先读的一本书是法国思想家卢梭的《民约论》。他只用了一两天时间就读完了，读的过程中用随身携带的派克钢笔在他认为重要的、必须记住的文字下面画上一条蓝黑色杠杠，以备尔后查阅。读完全书后，他理解《民约论》的中心内容是——

一个理想的社会或者叫国家，应建立于人与人之间而非人与政府之间的契约关系。卢梭认为政府的权力来自被统治者的认可。一个完美的社会是为人民的"公共意志"（公意）所控制的。他建议由公民团体组成的代议机构作为立法者，通过讨论来产生公共意志。社会契约的主要表述是探究是否存在合法的政治权威，"人生而自由，但却无往不在枷锁之中"。他认为"政治权威"在我们的自然状态中并不存在，所以我们需要一个社会契约。在社会契约中，每个人都放弃天然自由，而获取契约自由；在参与政治的过程中，只有每个人同等地放弃全部天然自由，转让给整个集体，人类才能得到平等的契约自由。他认为，国家应保持较小的规模，把更多的权利留给人民，让政府更有效率。人民根据个人意志投票产生公共意志。如果主权者走向公共意志的反面，那么社会契约就遭到破坏；人民有权决定和变更政府形式和执政者的权力，包括用起义的手段推翻违反契约的统治者。

谢奉琦百分之一百地赞成"民约"的思想和主张。在他心目中的一个良好的国度，就应该是如此这般的。那么，怎样才能实现这个如此这般呢……

正当奉琦在思索着怎样让一个国家实现卢梭的设想时，船舱里响起船员急骤洪亮的声音来："请旅客们注意，请旅客们注意，我们的船已进入七级大浪区！"服务员开始将一个个的为呕吐旅客准备的痰盂摆放在房间之间的过道上，好多好多。

　　转瞬间，长天像变脸一样突然晦暗下来，狂风大作，大海仿佛沉不住气的狮虎开始咆哮起来，轮船开始摇晃、颠簸起来，愈演愈烈。旅客们有时仿佛头在下方，脚在上方了一样。有的旅客已经稳不住了拿起痰盂来呕吐了……

　　奉琦一行可能是因为年轻，感觉还好，只是晕乎乎的，还没有要呕吐的迹象。

　　就在斯时，奉琦从窗口看出去，甲板上早已没有了人影儿。可是，在船锚缆绳边有两只麻雀，看样子是一对夫妻。它们依偎在缆绳的缝隙间，两双眼睛儿没精打采的。

　　当风浪小了点的时候，奉琦试图走出去，给两只小麻雀以帮助——其实他自己也不知道自己能帮做什么——奉琦轻轻地走过去，两只麻雀即刻飞起来，飞出船外不远就又迅疾地飞回来了。他心想，这两只麻雀是在这轮船上筑巢的常客吗？但又不像：如果筑巢在轮船上来，遇到风浪它们会躲避在巢穴里的。那么，这两只麻雀很可能是在上海吴淞口码头误上这艘轮船的——它们到船上觅食，船开了没来得及离开。如果如斯，那么在这浩瀚的一个岛屿都没有的大海里，这两只麻雀就只有乖乖地待在船上跟着旅客们去东京了。因为麻雀的翅膀与其身体相比较是相当短小的，所以麻雀一次不能远飞，往往是"跳飞"，也就是飞很短的距离几米、十几米就要落下寻找支撑后再起飞。

　　奉琦想到这里，心里有点不舒服了。于是，再次走出房间去甲板，想看看它们。刚一动步，两只麻雀又立即飞出去，不多远又飞回来落在了桅杆上，四条腿仿佛在颤抖，四只圆圆的眼睛注视着奉琦，其无助的样儿怪可怜的。他怕这无情的海风会把它们吹下来掉进正翻滚着的波涛里葬身鱼腹。即赶紧退到船屋的檐下。两只麻雀像是没有了"站"的力气，滚落到了甲板上。奉琦一个激灵，仿佛明白了什么，倏地回到房间里，从行囊里找出一盒饼干来，取出两片揉碎了，转身来到甲板上。但见两只麻雀还在那里，一动不动。他轻轻往前走，两米、一米……走近了，麻雀仍然没有飞。是它们饿惨了，已经没有力气飞了吧！奉琦连忙把揉碎了的饼干轻轻地投过去。这时，两只麻雀即像小鸡啄米一样地吃起来。

　　在此后的几天里，奉琦除了读书，都准时给两只麻雀投食，一直到东京码头……

第六章　留学生活

四十二

奉琦四人踏上日本这个岛国国土之际，正是明治维新取得巨大成功、甲午中日战争大胜大清帝国、正在中国境内与俄罗斯帝国进行着有利于日本的"日俄战争"之时。

谢奉琦一行四人到东京后，住在一个叫久宝田方的日本友人家里。这是先期去到日本的吴玉章给联系好的。为什么要住在私人家里呢？因为，公派留学的，有中国住东京领事馆负责接待、安排，比如梁启超、康有为、孙中山、郭沫若、鲁迅、郁达夫等即是。而私人自费留学的，比如吴玉章、谢奉琦、黄治皋等，他们在没有考入学校以前，只有凭借关系自己想办法住宿，甚至住旅馆；考入学校了，就可以在学校住宿了。

久宝田方先生是一位对中国很友好的日本人。吴玉章到日本之初也是住在他家的，此人可算日本的富户了。人称九宝先生的他五十开外，身材颀长，面庞瘦削，戴一副近视眼镜，留八字胡须。他为人正派，凯爽大方、和蔼可亲，在东京繁华地段继承了一爿规模可观的带诊所性质的药铺，诊断行医，主营西药，也兼营中国药材。

他原本是东京大学医学专业的毕业生，毕业后留校任教。但由于子承父业

——这一爿药铺是先父传给他的——辞去了在医学院教书的职位，边售药、边行医。他接手药铺后，由于医术高明、国内外的朋友多；所以，求医者众，进货渠道也畅通无阻，使药铺越做越大，在东京小有名气。也由于跟中国买道地中药材，比如，东北人参、鹿茸、怀地黄、怀菊花、怀牛膝、怀山药、杭麦冬、杭菊花、浙元参、延胡索、白术、山茱萸、白芍、浙贝母、山东阿胶、莱阳沙参、安徽丹皮、广东砂仁、广东陈皮、四川炉贝、中宁枸杞，他的汉话说得很流利，曾多次来中国，结识了许多中国朋友，也得到了中国朋友的帮助。他在日本商界、学界，乃至政界都有诸多朋友。所以，他也很愿意为中国朋友的子弟去日本留学牵线搭桥，做些事情，甚至在自己家里接待自费留学的中国青年学子。用他的话来说是"对中国友人的一点点回报"。

久宝田方的家就在他开的药铺后面。是一个三开间两进的院子，中庭较大，植着些花草和一棵樱花树。樱花树树干虬曲，枝叶繁茂，生机勃勃。院子大大小小有十余个房间，住十个八个人没有问题。

谢奉琦一行四人初来乍到，亦即住在久宝田方先生的家里。没两天，奉琦就感慨道："住在九宝先生家，就跟住在自己屋头一样！"

不假。九宝先生对人很好，学识过人，闲暇时还喜欢给奉琦他们一起喝茶闲聊。

一天下午，奉琦他们没有出去，久宝先生兴之所至，叫佣人在院子的樱花树下摆放了一张四方小桌和几张矮矮的凳子，邀请奉琦一行坐下来喝茶闲聊。

大家落座，仆人端出几盏茶来。眼快口快的奉琦发现是四川的"盖碗茶"盏，很兴奋，即道："先生喜欢用四川的盖碗茶具吗？"

"嘿嘿！我还真喜欢哩！"久宝先生说道："为了买川贝我曾经去过成都府……这茶盏还是景德镇制造的哩！"

"哦……"大家很感动。

久宝先生左手端起茶盏，右手揭开茶盖在茶汤里荡了几下，呷了一口道："同学们，这是杭州西湖的龙井茶啊，喝出来没有？"

对茶没有好多感觉的奉琦道："先生，我们喝茶大抵是为了解渴，还真没有喝出来哩！"

"我也是。"治皋道。

"不过，我想，喝茶起码有两种目的，"九宝先生说道："一是解渴，再是消闲，哈哈……"

"先生说的是！"奉琦道。

"嘿嘿，今天我们这种喝茶就是消闲式的。"久宝先生说道。

"对对！"

"所以我问你们喝出龙井茶的豆香味儿来没有？"久宝先生说道："不过，你们中国古人品茶的最佳境界是'无味之味，实为至味也'。哈哈！"

"先生学识渊博！"大家异口同声道。

在闲聊中，不知不觉地转到了奉琦他们留学的话题上来。他们，也很想听听日本人自己谈谈他们是怎样发展起来的。于是，奉琦问道："先生，我们来日本国，是想学习你们富国强兵之道。不知先生有何见教？"

"富国强兵很好！中国原本是老师，不过，近些年落伍了……"

于是，久宝田方先生打开了话匣子——

他说道，你们现在看到的街道宽敞、四通八达、楼房林立、商店连街排巷，商店里商品琳琅满目，大街上车来人往、川流不息的东京，原来可是濒临东京湾的一个小渔村，到19世中期都还很贫穷，是明治维新以后才发展起来的一座拥有一百万人口的世界级大都会。东京的发展，是日本国发展的一个缩影。

他说道，在19世纪中叶以前，日本还是一个弱小的对大清帝国称臣的幕府掌权的国家。公元1853年7月8日，美国政府任命的东印度舰队司令、海军准将培理，带着美国政府要求日本开国友好通商的指令来到日本。培理率领一支远征日本的分舰队，强行驶入江户湾（东京湾）的浦贺港。培理一伙人不顾日本幕府的劝阻，横冲直撞，竟然以开战进行威胁，带领三四百名水兵强行上岸，硬要将美国总统的国书塞给日本幕府的代表。面对来势汹汹的美国舰队，幕府既惶恐又举棋不定，内部意见分歧难以统一。这时培理又带人在江户湾（东京湾）搞深水测量进行示威。江户市内，群情哗然。幕府推故不予谈判，但又惹不起，打不起，只好约定以次年答复为条件接受了国书。川幕府在培理的武力威胁下，于次年3月30日被迫同美国签订《日美和好条约》。国门既然向美国人打开了，日本幕府也没有理由不向西方其他国家开放。自公元1858年7月29日在江户签订《日美友好通商条约》后，其他西方国家如英、法、俄、荷等国接踵而来，纷纷迫使日本同自己签订类似条约。

他说道，这时的日本正在走向半殖民地国家的路上。面对着西方列强的入侵，日本人不得不做出选择，要么像邻邦清朝那样，一天一天地沦为西方列强的半殖民地；要么自己主动改革开放，从经济、制度、文化上向先进国家学习。

他说道，19世纪50年代末60年代初，在日本列岛广泛兴起了"尊王攘夷运动"，就是保护天皇，赶走列强的行动。但列强毕竟比自己强，你赶人家，人家不走，反而伤了自己。怎么办呢？只好起而推翻保守的幕府，将"尊王"的宗旨不变，把"攘夷"改为"倒幕"。正是在这种背景下，早已对中央幕府不满的萨摩藩、长州藩的改革派武士，于公元1867年12月9日（阴历）发动政变，组成以天皇为首的新政府，于次年宣布江户为东京，天皇睦仁举行即位仪式。日本从此走上了现代化的改革维新之路。

他说道，公元1868年开始的明治维新使日本迅速崛起，通过学习西方，"脱亚入欧"，改革落后的封建幕府制度，走上了发展资本主义的道路。同时，日本废除了不平等条约，摆脱了民族危机，成为亚洲唯一能保持民族独立的国家。由此，也使日本走上了对外侵略而"发家致富"的道路。特别是甲午中日战争，打败了东方巨狮，一跃而跻身于世界资本主义列强的行列。

他说道，中日甲午战争以签署《马关条约》而结束，日本得到了价值1亿两白银的战利品和2.3亿两白银的赔款。这笔巨款相当于日本当时7年的财政收入，日本朝野对此欢欣鼓舞。其外相陆奥宗光高兴地说道："在这笔赔款之前，根本没有料到会有几亿日元，本国全部收入只有8000万日元，一想到现在会有3.5亿日元滚滚而来，无论政府还是私人都觉得无比的富裕！"

他说道，反之，在中国近代的反侵略战争中，中日甲午战争是规模最大，失败最惨，影响最深，后果最重，教训最多的一次战争。甲午战败和《马关条约》的签订使中国陷入深重的民族危机，面临生死存亡的关头。而维新变法又以失败告终，就其根本，是没有广大的社会基础，人民的思想还没有得到启蒙，还没有觉醒，民智未开，民心不一，就凭几个精英，谈何容易？

他说道："我理解，正因为如斯，你们中国的一大批热血青年东渡日本，来寻求救国之道。你们四位同学就是这一大批中的一员……我希望你们能学而有成，将来好报效祖国！"

久宝田方先生谈日本、谈中国，说历史、说现今，纵横捭阖，言辞犀利，诚恳坦荡，语重心长，令人折服。

"多谢先生教诲！"四人异口同声道。

"孩子们，无须谢！其实，我本不该说这些话的，又觉得如鲠在喉，不吐不快。还不是因为咱们一衣带水，都是这地球上的'同根生'者啊！"

"谢谢先生！"奉琦道："先生不仅仅是一个日本通，还是一个中国通；而且，心里搁着一个大写的'人'字！"

"好！不说了！喝茶，喝茶！"

四十三

几天以后，谢奉琦他们四人根据各自的实际情况报考了不同的学校而分道扬镶了。

　　这天，奉琦四人在告别久宝田方先生和互相道别的时候，四条年轻汉子终究控制不住内心的感情，齐刷刷地抱头痛哭起来。使得见多识广的久宝田方先生的眼圈儿也红了又红。还是久宝先生借用王勃的送别诗才得以解围。他慢条斯理地吟咏道：

> 城阙辅三秦，风烟望五津。
> 与君离别意，同是宦游人。
> 海内存知己，天涯若比邻。
> 无为在歧路，儿女共沾巾。

　　"此情此景，与当年王勃送别杜甫到蜀州任职是何等的相似啊！"奉琦拭干泪水说道。

　　"我们还会见面的！"黄治皋说道。

　　"但愿如斯啊！"傅缉生说道。

　　"会如斯的！"黄选舟说道。

　　谢奉琦考上的是成城学校，与早几个月进入成城学校的吴玉章和吴秉钧同学。

　　成城学校位于东京都新宿区河田町。该校创办于公元1900年，1903年改名振武学校，是一所专为中国陆军留学生开办的预科军事学校，是日本士官学校的预备学校，为日本陆军参谋本部所属。初期修业1年3个月。毕业后可先下部队见习，再入正式日本陆军士官学校。蔡锷是成城学校的首批中国留学生。后来孙传芳、张群乃至蒋介石也成了成城的学生。蒋介石见习期间分配到新潟县高田町的13野炮联队，主要工作是喂马。此乃后话。

　　谢奉琦在成城学校学习期间认识了熊克武、但懋辛、黄复生和佘英等中国留学生。但懋辛还是荣县观山镇复兴场的人。

　　日本成城学校在接纳留日的各个学校中，无论是其品位，还是声望都很高，并且与中国官方关系极为密切。熊克武、吴玉章、谢奉琦等留学生都认为成城学校是一所"确实水平高、要求严格""对待中国留学生不错"的学校。即便如斯，也发生过令中国留学生不甚愉快的事情。比如"黄龙旗事件"——

　　一次，日本成城学校举办运动会，有两百名中国留日学生参加比赛或观看。进入会场后，但见由五颜六色的国旗组成的万国旗旗阵中，唯独没有中国的龙旗，留学生们大怒，推举了几名代表到学监处诘问是何原因。

学监回答道:"贵国还没有加入万国协会哩!"

学生代表不依,要求立即挂上。

学监说道:"悬挂各国国旗仅仅是一种装饰,无关紧要,本来就没有一定的规则,诸君为何喋喋为呢?"

针对学监的遁词,学生代表反击道:"本校运动会由中国留学生和日本人共同举办,与什么万国协会有什么关系?既然说无关紧要,那就全部取下来如何?"学监不理睬。

于是,全体留学生在大堂,听取代表们汇报,很多人觉得太窝囊。即便是那些平时被视作不学无术、没有节操的南洋、北洋军派遣的官费生们也打破了沉默,一致赞成联合抵制。经再次交涉,日方向学生们表达了歉意,并将"黄龙旗"与日本国旗并立悬挂。

看起来留日学生取得了胜利,但在学生们心里"触发我国家之思,深感无地自容",大清帝国弱到如此之地步,令留学生们汗颜,最终没有一个学生再到场参加运动会。

对待中国留学生相对不错的成城学校尚且发生了令留学生感到耻辱的"黄龙旗事件",那么,日本的其他学校甚至其他国民对待中国的态度就可想而知了。虽然对于一些有"反满"志向的革命留学生来说,"黄龙旗"未必是值得骄傲的标志,它在某种程度上代表着满洲统治;但是,在国外,它无疑就是中国的国旗,是中国的象征。悬挂与不悬挂,不能因为以一己的恩怨来处理,也就是中华民族子民对外是一致的。这"黄龙旗件事",传达出了"没辙"的心情,看似"无独有偶",实则透露出日本对中国的一股轻视心态——有你不多,无你不少——那种"没辙""无奈"和"耻辱"感被深深烙印在了留日学生的心里。

一次,一位出身名门的日本上尉西乡,因为侮辱正在连队实习的刘姓学生引发了中日学生之间的冲突。成城在校的中国留学生抗议道:"我们中国人是为了留学而来到日本,不是倡优。"他们先到留学生总监督处抗议,又到日本参谋部报告、抗议。

日本参谋本部的官员解释道:"日本自古以来就有高年级指导低年级的事情,自明治维新以来,已经发出公告禁止此事,但到现在尚且没有杜绝,你们不必大惊小怪。"同时,这位官员进一步强调道:"日本向来如此,你们不服的话,日后大可不必派遣留学生。"

自尊心受到伤害的学生这样回答道:"这件事不仅我们不能忍受,对你们来说恐怕也不能容忍。数年前,日本一位妇人在美国受辱,你们的留学生和商人愤怒至极,联名致电日本政府,后来美国人道歉,事情才算了结。今刘君留学生也受辱，岂贵国妇人之不若乎？"

学生们采用东洋式的类比方法，不可谓不犀利，但日方心底却一如往常。这是挥之不去的"弱国子民"的悲怆。

聪慧过人的谢奉琦在成城学校学习，勤奋好学，刻苦钻研，进步极快。除却学习学校安排的课程外，他还学习了自己从小就喜欢的拳术、剑术，阅读了大量图书，譬如《二十世纪的支那》、法国资产阶级革命文献《人权宣言》和美国独立战争文献《独立宣言》等。

谢奉琦能背诵《独立宣言》开头的这一段话：

我等之见解为，下述真理不证自明：凡人生而平等，秉造物者之赐，拥诸无可转让之权利，包含生命权、自由权、与追寻幸福之权（原意为：拥有私人资产之权）。兹确保如此权力，立政府于人民之间，经受统治者之同意取得应有之权力；特此，无论何种政体于何时坏此标的，则人民有权改组或弃绝之，并另立新政府，本此原则，以成此形式之政权，因其影响人民之安全幸福至巨。深思熟虑后，当得此论，即建立长久之政府，不应以无足轻重之理由改组，而基于已知之过往，世人宁可容忍积重难返之邪僻。然当连串之滥权者与篡夺者执迷不悟，迫人民屈服于绝对专制下时，推翻此政府，是其权利，是其义务，并为未来之安稳提供新保障。

奉琦读书，喜欢一边往前读，一边回头读。经过几反几复，书之精髓即烂熟于心了。

奉琦读书，喜欢问为什么？刨根问底。然后，再在书上找答案后，才会释然。

奉琦读书，喜欢和自己所处的国度比照。比照的结果就是差距，即欲改变之。

四十四

这天，谢奉琦正在宿舍里看书，有同学敲门。奉琦开门见是詹鸿章。詹鸿章道："玮頯，我走大门过，邮差刚好来，想看看有邮件没有，看见有你的信就带回来了。"在日本，多数同学喜欢称呼谢奉琦的字"玮頯"。

奉琦接过信封道："哦！谢谢鸿章！进来坐坐吧！"

"不坐了，我还有点事要处理。"詹鸿章说着回与奉琦两隔壁的寝室去了。

"哦，那好！"

詹鸿章走后，奉琦一看信封上的笔迹就知道是仲仪夫人的，急急地拆开来看。果然，她娟秀的小楷跃然纸上道：

能九夫君见字如晤：数月不见，十分思念。你在日本可好？今去函为告知夫君，我们的儿子于正月初二卯时出生。谢府上下，欢欣鼓舞。遵照夫君吩咐，将儿子取名智先，又名育贤。我已电告槊高二叔。他很高兴地说"这下，谢氏家族有继承香火的了，可以告慰九泉之下的哥嫂和谢氏家族之列祖列宗了。"隔海以祈，万望夫君，保重身体，学业有成，早归故里，共享天伦……

奉琦抑制不住内心的激动，即刻摊开信笺纸来，用他的派克钢笔写回信道：

仲仪贤妻亲鉴：欣闻我们之子降生人寰，此夫人之大恩、大德也，余将终生以报。余在成城之学习即将结业，后拟报考早稻田大学继续学习，待学成回国与夫人团聚，并报效国家。望呵护育贤娇儿，令其茁壮成长。感谢夫人日夜操劳，守护家园，保重为要，余会为了夫人而照顾好自己，勿念……

写完，又连同仲仪的信读了几遍，遂将信折好，抽斗里找出一个信封来，写了，放进去，走出宿舍，向邮政局走去。

奉琦买了邮票，工工整整地贴上，将信投入邮筒后，心里热乎乎的，忆塑着仲仪和儿子的形象往回走。走着，走着，头上沉沉的辫子摆动着，摆动着，心里又一下子凉下来、烦躁起来。他这样的从愉快倏忽间又转而烦躁的心情，已经有过好几次了。他边走边回想着，这好几次心情的突然不好，似乎都是因为这沉沉的辫子的摆动。正在这当儿，他看见有一爿理发店，对，是理发铺子。他即毅然决然地走了进去，坐在镜前的转椅上。转瞬间，一条拖了二十二年的、被美国人戏称的"猪尾巴"从他的头上给剪掉了。完了，在镜子面前照了照，微微一笑，付了钱，轻松地走出理发铺子。他心想：我终于走出了这一步——剪掉满清的夷俗是小事，宣誓与清廷的决裂是大事。走着，走着，心情好极了的奉琦即默默地吟咏道：

中华百世舛难多，驷马厩中百年窝。
一日扬鞭奋蹄疾，斩除野莽见铜驼。

一个被蛮夷习俗羁绊的人，一旦撩开羁绊，其心其境即犹如起死回生一样了。

不是吗？留辫是女真人的风俗。满清入关后，多尔衮于顺治二年下达剃发令道："今者天下一家，君犹父也，父子一体，岂容违异，自今以后，京师内外，限旬日，直隶各省地方自部文到后，亦限旬日，尽令剃发，遵依者，为吾国之民，迟疑者，为逆命之寇。"此后便开始了血腥的剃发留辫运动，即除了用于编辫子的头顶和后部毛发外，前顶及周边部分的头发全部剃光。中国男人便拖着一条长长的辫子走过了长长的二百多年。满清的这种蛮夷政策之血腥，可谓罄竹难书。

到了公元1840年的时候，人们对这Q字发型经历了由抗拒到被迫接受，然后麻木，最后不再将其视作蛮夷之俗，而将其看作天朝大国之俗的过程。林则徐在澳门看到洋人的装束打扮的时候，曾鄙夷地说道："真夷俗也。"而反观西方人在看待当时的中国人Q字发型时，亦是充满费解与鄙夷。英国人伶俐曾说过这样一段话："许多年里，全欧洲人都认为中国人是世界上最荒谬最奇特的民族。他们剃发、蓄辫、斜眼睛、奇装异服以及女人毁行的脚，长期给了那些制造滑稽的漫画家以题材。"

最早提出革除辫子的是太平天国，与满清入关相似，太平天国将剪辫视作是否归从"天朝"的政治态度，施行了严厉的剪辫留发运动。其推行过程可以说是留辫不留头，留头不留辫。

公元1900年，章太炎在上海当众剪掉辫子，引起轰动。1905年，也就是谢奉琦剪掉辫子的这一年，蔡元培在上海中国公学读书时，学生基本都剪去了辫子；这年，清末重臣爱新觉罗·载泽、司法部部长戴鸿慈到西方考察宪政，40多个随员中剪辫子的占了一半。

鲁迅在日本留学期间的1903年，毅然剪掉象征满清传统的长辫，留起了精神的平头。剪辫子后，他几乎是立马去照相馆拍了一张照片，寄给了好友许寿裳，并随手附上一首小诗：

灵台无计逃神矢，风雨如磐暗故园。
寄意寒星荃不察，我以我血荐轩辕。

公元1905年这年秋，谢奉琦在成城学校完成学业后，没有选择上士官学校，而是考入了日本早稻田大学攻读理化。

四十五

早稻田大学是日本最负盛名的大学之一。学校以"学问的独立""知识的实际应用"及"造就模范国民"为办学方针。主张自由探讨学术，提倡独创的钻研精神，培养具有实际应用知识并在国际事务中具有广泛活动能力的人才。看看吧，在早稻田戏剧博物馆的门楼上就镌刻着莎士比亚的名言："世界是一个大舞台。"

在中国近代史上有着重要影响的廖仲恺、李大钊、陈独秀和彭湃等人都在早稻田大学负笈求学。李大钊先生说过："为世界进文明，为人类造幸福，以青春之我，创建青春之人类。"这种思想与中华民族的贤哲通过观察宇宙万物后提出的重要思想"苟日新，日日新，又日新""天行健，君子自强不息"，共同揭示了中华民族自强不息的民族精神。

公元1882年，伴随着"学问要独立"的宣言声，早稻田大学的前身——东京专门学校诞生在东京郊区的一片稻田里。早稻田大学是一所私立学校，由明治维新时期开国元老之一的前内阁总理大臣大隈重信创立。最初，学校开设有政治经济学科、法学科、理学科、英学科。后来开设文学专业。文学专业开办了研究生课程。公元1905年，学校开办了中国清朝留学生部。谢奉琦即赶上了这个趟儿，成为该校的第一期清朝留学生。

奉琦想，世界列强何以那么强盛，除了他们的政治制度的设计外，还因为他们的科学技术。要拯救国家，必须要有先进的科学技术。所以，他在早稻田大学理学科攻读理化。

奉琦在早稻田就读时结识了革命青年李肇甫、詹鸿章、丁厚扶（又名树屏）和吴文伯等同学。他们经常在一起交流、切磋。好多时间和同学们在化学实验室里做实验，还希望找到制造炸弹的正确方法。

这天，奉琦、詹鸿章和吴文伯三人在寝室里闲聊。

"我国之所以积弱不振，就在于科学不发达。"谢奉琦说道。

"是也！"詹鸿章说道："我也有这个看法！"

"西方列强科学技术先进，军事装备精良，所以每战每胜。"吴文伯说道。

"我有个想法，"奉琦说道："我们大家一起来翻译理化教科书，然后印出来，让更多的国人都能够学习。"

"富国强兵，非科学不可，我等岂能坐视？"吴文伯说道："玮頫之言，先获我心，敢不竭尽绵薄之力？"

"好,"詹鸿章说道:"玮颁于化学擅长,何不独任其事?我与文伯共同翻译物理。"

"也好。我们就在课余的时间去做这件事情。"文伯道:"鸿章,我俩再分分工。"

"要得!全书分成两大部分,一个人翻译一部分!"詹鸿章说道。

奉琦的想法得到同学们的认同,并准备积极实施,令他很高兴,即喜形于色地说道:"这件事如果成功了,对于提高国人科学水平,当不无小补。咱们分头进行吧!"

"好!分头进行!"鸿章、文伯齐声道。

四十六

鲁迅在《藤野先生》里写东京的上野公园:东京也无非是这样。上野的樱花烂漫的时节,望去确也像绯红的轻云,但花下也缺不了成群结队的"清国留学生"的速成班,头顶上盘着大辫子,顶得学生制帽的顶上高高耸起,形成一座富士山。也有解散辫子,盘得平的,除下帽来,油光可鉴,宛如小姑娘的发髻一般,还要将脖子扭几扭。实在标致极了……

鲁迅没有浓墨重彩地写上野,因为这不是他写《藤野先生》的重点。

上野公园位于日本东京市台东区,是日本的第一座公园,历史文化深厚,景色秀美。在上野公园门内,便可看到明治时代大将军西乡隆盛的铜像。公元1650年,修建的供奉德川家康的东照宫建筑宏伟,参道两旁有95座石灯笼和195座青铜灯笼。园内最大的湖泊不忍池是无数候鸟类迁徙停靠的驿站。湖旁分布有大佛宝塔、五条神社、民俗资料馆和博物馆等。每当春季,樱花盛开时,上野是最佳的赏樱地点。园内古老的樱花树多达1200棵。每当春天来临,樱花盛开,如绯红的轻云,在春风中游弋着;似烂漫的华盖,把大地笼罩着。风过之处,落花如雨,色彩缤纷,十分壮观。斯时,人们倾巢而出,前呼后拥,摩肩接踵,川流不息,赏花迎春。恰似欧阳修《醉翁亭记》里的"负者歌于途,行者休于树,前者呼,后者应,伛偻提携,往来而不绝者",日人游也。

是年春,东京上野公园道樱花盛开了。在一个风和日丽的周末,谢奉琦和吴玉章相邀一起去上野赏樱花。他们漫步在花团锦簇、游客熙攘的樱花道上,走着,看看,说着话。

"玮颁,听说你夫人给你生了一个儿子,是么?"玉章也改口称奉琦的"字"了。

"哦,是的。"奉琦道:"玉章兄,你是咋子知道的哟?"

"嘿嘿！东京的中国留学生都是通的啊！"

"哦！"

"大喜，大获！"

"谢谢玉章兄！"

"诶，玮颀兄，你知道林悦葱的情况么？"

"玉章兄，不知道，自从天池山一别就各奔东西没有了往来。"

"我曾邀请他一起东游，可能是他家境的原因吧，到成都后，他没有读东游学堂，而是读了家属中学师范班，以后就失去了联系。"

"哦！我们一起在旭川书院读书时，很合得来的。"

"是的。"

正说话间，两个清国留学生模样的年轻人迎面走来，和吴玉章打招呼道："玉章兄，也来赏樱花哈！"

"是的！"吴玉章道："来，我给你们介绍介绍。这位是谢玮颀，贡井的；这位是吴秉钧，我老家的；这位是罗厚常也是同乡。"

"哦！都是同乡！"奉琦道。

"幸会，幸会！"罗厚常说道。

"哦！玮颀兄，早就听玉章兄说起过你！幸会！"吴秉钧拱手说道。

"还真是，久旱逢甘露，他乡遇故知！"谢奉琦也拱手感慨道："我们都是同路人！太好了！"

"他乡遇故知。难得！难得！"吴玉章提议道："我们找个地方坐坐，摆摆龙门阵好么？"

"要得！要得！"大家异口同声道。

他们来到樱花林里的草坪上席地而坐，热切地交谈起来。风乍起，樱花散落在他们没有辫子的头上、短装制服上，别有一番滋味在心头。他们除了谈留学的琐碎感受外，还集中谈了一件事情，就是美利坚合众国又要与清政府续订《中美续增条约》。这个条约是公元1878年蒲安臣代表清政府与美利坚合众国签署的。其主要内容为：一、两国人民可随时自由往来、游历、贸易或久居。这一规定为美国在中国扩大招募华工提供了合法根据。二、两国人民均可入对方官学，并受优惠待遇；双方得在对方处设立学堂。这一规定为美国传教士在中国开办学校和中国派遣留学生赴美学习提供了法律根据。三、两国侨民不得因宗教信仰的不同而受到歧视。这一规定为使清政府承担镇压中国人民反洋教斗争的义务，以扩大美国在华传教。公元1869年11月23日，中美双方在北京交换了条约批准书。认真分析起来，这是一个丧权辱国的条约。

"据说，清政府又要续订虐待华侨、华工的新约。"吴秉钧说道。

"是的，太让人气愤了！"吴玉章说道："新约中有两条款很让人痛心。一条是华工劳动必须克尽厥力，如或逃走，听凭处治，概不过问。另一条是华侨必须恪守当地法律规章，依从当地风俗习惯，如或不合引起纠纷，亦听凭当地裁决，大清领事，不许干涉。"

吴秉钧说道："这就意味着整船整船的华工将像奴隶一样被骗到美国西海岸，给他们修铁路、开矿山，拿一点少得可怜的工钱维持生命。一天要干十二小时的工作，干不动就挨皮鞭……"

罗厚常说道："生病了，得不到及时治疗，如果逃跑，给抓回去就会被活活打死……"

玉章说道："华侨的命运也比华工好不到哪里去。华侨在华工聚集的地方开小餐馆、小酒馆或洗衣店，也常常受到当地白人的欺侮……哎，真是一言难尽！"

"清政府真是一个卖国政府，窝囊废！"奉琦义愤填膺地说道："再说，所谓民主、自由的美国也不应该这样对待华工、华侨啊！"

"哎！列强就是列强！"玉章感慨道。

"诶，美国是一个以商立国的，"奉琦说道："我建议发动中国人抑制美货。"

吴玉章、吴秉钧、罗厚常都赞同他的意见，并约定分头行动，各自联系在日本的留学生，发起集会商讨如何抵制美货。

后来，他们来到不忍池，观赏刚刚从西伯利亚飞来的黑天鹅、大雁和常住户鸳鸯、野鸭和鸬鹚等水鸟。

奉琦想，候鸟不能改变环境，也不能改变自己来适应环境，但是能长途跋涉去寻找自己适合的环境。作为动物也只有这样"适者生存"了。不过，人和动物不一样，人是能够改造自己所生存环境的，包括政治社会环境……

他把自己的这个想法告诉大家，大家很赞同他的主张，玉章说道："我们学成后回去改造中国人的生存环境吧！"

"好！咱们不是候鸟，咱们是'桑叶国'的留鸟！哈哈！"奉琦笑道。

"对！留鸟！"大家异口同声道。

上野回来后，大家就分头展开了行动。谢奉琦不但联系了许多留学生，并提议由留学生起草一份展开抵制美货活动的倡议书，印刷多份，寄给先生、同学和亲友；或者亲自回家乡一趟，发动一场全国性的声势浩大的抵制美货的运动。

留学生在东京召开了一个"反对美清续订残酷虐待华侨华工新约大会"，谢奉琦在会上发表演说："……同胞们，美国铁路下面都有华工的尸骨，矿石上都有华工的鲜血，每一家华侨都有一本被白人欺侮凌辱的血泪史。美帝国主义敢于如此肆无忌惮地欺侮、凌辱我华侨、华工，都是由于清政府腐败、软弱、中华人民愚昧落后没有觉醒。留学生是人民中的先知先觉者，吾侪唤醒民众，起来抗争，责无旁贷。"

谢奉琦的演说赢得全场热烈的掌声。在这些热烈的掌声中，不乏谢奉琦家乡——荣县老乡留学生发出的。

20世纪初叶，中国知识界掀起了一场出国留学热。地处川南的荣县，去日本留学的学生就有30多人之众。一个县有如此之多的留日学生，在全国实属罕见。从公元1903年起，赴日留学的有吴玉章、吴永琨、谢奉琦、严世芬、黄德纯、吴景英、张国伟、黄松、黄英、黄芝、范蓁、丁厚扶、詹鸿章、肖湘、罗炜、张征英、蓝作栋、张国猷、龚潜、龙鸣剑、吴造陆、周室屏、赵士尚、甘廉泉、但懋辛、赵士昌和李正熙等。他们分别进入早稻田大学、东京大学、帝国大学及成城、弘文和士官等高等学院，依照自己的抱负、志向和擅长，选学军事、政法及理、工、农和医学等专业。包括谢奉琦在内的荣县这30多人，成为荣县最早的一批既受过传统儒家思想教育，又受过现代科技文化教育的知识分子。他们后来在中国政治领域以及经济、文化领域发挥了不可磨灭的作用。

如果不是留学，不是在日本接触了进步的留学生，谢奉琦不会有今天的进步思想，也不会有今天这叱咤风云令人振聋发聩的演说。

四十七

谢奉琦在早稻田大学学习时，非常敬重孙中山，读了些介绍孙中山的资料。他了解到——

公元1866年（同治五年）11月12日，在广东香山县翠亨村一农民家庭出生的孙中山，名文，幼名帝象，字载之，号日新。此人后来领导中国民主革命，推翻了千年帝制，成为中国近代民族民主主义革命的开拓者、中华民国和中国国民党的缔造者、三民主义倡导者。

孙中山成长于一个贫困家庭，在其兄孙眉赴茂宜岛垦荒、经营牧场和商店后，家境有所好转。到了公元1875年（光绪元年），九岁的孙中山才得以入村塾读书，接受传统教育。那时，他们村里有一个太平天国的遗兵冯爽观，常常给孩子们讲述太平军反清的故事。孙中山对此很感兴趣，对洪秀全、石达开等反清人士崇拜有加。

夏威夷的火奴鲁鲁（意为屏蔽之湾）盛产檀香，并大量运到中国，所以中国人叫它檀香山。孙中山十三岁那年，随母亲去檀香山（火奴鲁鲁）。他的长兄孙眉资助孙中山先后在檀香山、广州、香港等地比较系统地接受西方式的近代教育。他"始建轮船之奇，沧海之阔，自是有慕西学之心，穷天地之想"。他认为，西方教学的完美，远胜中国，"课暇与同学诸人相谈衷曲，而改良祖国，拯救同群之愿，于是乎生，当时所怀，一诺使我国人皆免苦难，皆享福乐而后快。"

公元 1883 年（光绪九年），孙中山自檀香山归国。他对祖国的贫困落后颇感不满。居翠亨村期间，在他倡议下，村里采取了一些兴革乡政的措施，如"教育、防盗、街灯、清道、防病，皆为筹办"。为破除封建迷信，他又与同村好友陆皓东毁坏了北帝庙神像。这种亵渎神灵的行为遭到村民的指责，他被迫离开翠亨村去了香港。这年，孙中山在香港加入基督教。

其间，在中法战争中，孙中山目睹清政府的卖国、专制和腐败，开始产生反清和以资产阶级政治方案改造中国的思想，经常发表反清言论，同时与早期的改良主义者何启、郑观应等有所交往，并与一些远去英、美求学的人有所交往，使孙中山有了或直接或间接获得新知识、新思想的机会。

孙中山在香港求学期间，不仅给他以科学训练，还启发了他的政治意识，"外人能存数十年间在荒岛成此伟业，中国以四千年之文明，乃无地如香港，其故安在？"于是，"由市政之研究，进而为政治之研究。闻诸长老，英国及欧洲之改良政治，并非固有者，乃久经营而改变之耳！因遂作一想曰：'曷为吾人不能改革，中国之恶政治耶？'吾国人民之艰苦，皆不良之政治为之，若欲救国救人，非除去恶劣政府不可，而革命思想时时涌现于心中。'"

公元 1892 年（光绪十八年），孙中山毕业于香港西医书院，随后在澳门、广州等地一面行医，一面结纳反清秘密会社，准备创立革命团体。

值得一提的是，公元 1894 年（光绪二十年），孙中山上书直隶总督、北洋大臣李鸿章，提出"人能尽其才，地能尽其利，物能尽其用，货能畅其流"的改革主张，但未被接受。同年 11 月，他从上海去檀香山，组织兴中会，以"驱除鞑虏，恢复中国，创立合众政府，倘有二心，神明鉴察"为誓词。

公元 1895 年（光绪二十一年）2 月，孙中山在香港联合当地爱国知识分子的组织辅仁文社，建立香港兴中会。同年 10 月，兴中会密谋在广州起义，事泄失败。孙中山被迫逃亡海外。

公元 1896 年（光绪二十二年）10 月，孙中山在英国伦敦曾被清公使馆诱捕，经英国友人康德黎等营救脱险。此后，孙中山详细考察欧美各国的经济、政治状况，研究了多种流派的政治学说，并与欧美各国进步人士接触，产生了具有特色的民生主义理论，三民主义思想由此初步形成。公元 1897 年（光绪二十三年），孙中山赴日本，结交其朝野人士。

公元1900年（光绪二十六年）10月，派郑士良到广东惠州（惠阳）三洲田发动起义。义军奋战半月，开始颇为得手，后因饷械不继而失败。戊戌变法以后，因日本友好人士的活动，孙中山与以康有为、梁启超为代表的改良派曾商谈过合作问题，但因改良派坚持保皇、反对革命，合作未能实现。

公元1904年（光绪三十年）11月，孙中山重抵檀香山。20多名华侨青年接受他的倡议，举行会议，成立了兴中会，选举刘祥（商店司理）、何宽（银行经理）分别为正、副主席。孙中山起草了《兴中会章程》，强调帝国主义侵略中国所造成的民族危机的严重性，规定以"振兴中华"作为立会的主要宗旨。他还起草入会的秘密誓词，提出了"驱除鞑虏，恢复中国，创立合众政府"的革命主张。这是中国第一个以建立新制度为目标的民主革命纲领。兴中会成立后又在夏威夷一些地方建立分会，会员增至百余人。在孙中山的领导下，兴中会曾组织会员进行军事训练，向爱国侨胞募集资金，以为反清武装起义做准备。

谢奉琦对比自己大16岁的孙中山崇拜之至，很想谋面，聆听其政治主张。

四十八

奉琦正在寝室里阅读《游学译编》，同寝室的吴文伯推门进来说道："玮颎，有人找你！"

"哦！谁呀？"奉琦问道。

"他在外面。"

奉琦走出寝室门，但见一个四方形面庞，一身材中等、健壮，短发短装，文质彬彬的华人站在那儿。没等奉琦开口，此人即微笑着走近一步，伸出右手来与奉琦相握着说道："我姓黄名克强！"

"黄克强"三字如雷贯耳，奉琦自言自语道："这不就是大名鼎鼎的黄兴吗？"赓即说道："啊！克强兄，久仰久仰！我正在读你们编的杂志哩！"奉琦说时扬了扬手中的《游学译编》。

"这样吧，玮颎兄，咱们去校园里走走，好说话，怎么样？"

"好的！好的！"

于是，二人信步于校园里的一条两排樱花树形成的宁静的林荫道上。

"玮颎兄，我是弘文学院的留学生，习读师范。"黄兴说道："你是四川荣县来的，你们荣县在日本的留学生很多。我和吴玉章、但懋辛很熟。你的大名我早就听说过，知道你是一个血性男儿，我和中山先生一直在关注着你，只是未能谋面而已！"

"哦，谢谢克强兄！谢谢中山先生！"奉琦不无激动地说道。

"这样吧，"黄兴说道："我还是简单地自我介绍一下。"

"好的！兄弟我洗耳恭听！"

于是，黄兴说了自己的简单经历——

黄兴，字克强，亦字廑午，号庆午、竞武，公元1874年10月25日出生在湖南长沙善化县一个殷实的旺族家庭，幼年时思想受湖南明末清初大儒王夫之的影响很深，曾考中秀才。24岁时，被保送到武昌两湖书院深造。斯时，黄兴"笃志向学，而于地理一科及体操尤为精勤"，于"课程余闲，悉购西洋革命史及卢梭《民约论》诸书，朝夕盥诵"。由之，他初步接触到西方资产阶级的民主学说。

公元1902年春，湖广总督张之洞从两湖、经心、江汉三书院选派学生30多人，赴日本东京弘文学院速成师范科留学。黄兴这位两湖书院的优秀毕业生，成为这批留学生中唯一的湘籍学生。这年6月，黄兴抵东京。他到日本后，很快就为留学生界蓬勃兴起的资产阶级民主革命思潮所吸引。同年12月，他与杨笃生、樊锥、蔡锷等创办了《游学译编》杂志，以翻译为主，介绍西方资产阶级的社会、政治学说和革命历史，宣传民主革命和民族独立。黄兴为扩大影响，在年底又与蔡锷、张孝准、杨笃生等发起组织"湖南编译社"，大量从事译述，介绍西方资产阶级科学文化。黄兴还支持湖北留学生创办了《湖北学生界》，揭露帝国主义瓜分中国的阴谋，宣传"排满"的民族主义。他还领导弘文学院的湘籍学生组成"土曜会"，鼓励挺身杀敌，"从事用兵，以破坏现状为出路。"

公元1903年，黄兴为抗议沙皇俄国侵占我国东北，与同学200余人组织拒俄义勇队（后改为学生军、军国民教育会）。同年回国，在长沙邀集陈天华、宋教仁等20余人集会，成立革命团体华兴会，被公推为会长。随后联络会党，拟定于次年秋趁慈禧过70岁生日时在长沙起义。事泄，黄兴逃亡日本。

公元1905年，黄兴在日本通过日本友人宫崎寅藏的引荐结识了孙中山。

"初会中山先生，谈论极洽，大有一见如故之慨！"黄兴说道："后来中山先生会见了我们华兴会的另外一些骨干，决定联合在日本的各革命团体，组织一个统一的革命大团体。"

黄兴说道："7月，中山先生从欧洲重返日本。30日，中国同盟会预备会在东京赤坂区桧町三番地黑龙会本部内田良平宅中举行。有来自湖南、湖北、广东、江西、浙江等十个省的76人参会，包括孙中山、黄兴、宋教仁、汪精卫、陈天华、张继、马君武、朱执信、曹亚伯等人。会议经过讨论，各抒己见，最后确定联合团体定名为'中国同盟会'。其宗旨是孙中山提出的'驱除鞑虏，复兴中华，创立民国，平均地权'。"

"8月13日，日本留学生界召开了欢迎孙中山大会。东京留学生虽然'思想无系统，行动无组织'；但是，'排满'的情绪则如火如荼。我和宋教仁、张继等人在国内发动起义均告失败，所以殷望中山先生予以领导。"

"这次会上，来1000多留日学生，室内室外、阶上阶下到处都挤得水泄不通。中山先生激情澎湃地发表了题为《中国应建设共和国》的演说。他那富有鼓动性的演说，使在场的留学生们听得如痴如醉，时不时爆发出热烈的掌声。留学生们明白了改良主义是行不通的，只有革命才能彻底改变中国的面貌。中山先生的威名即迅速传遍整个华人世界，奠定了中山先生不可动摇的革命领袖地位。"

谢奉琦、吴玉章和熊克武等留学生听了这场精彩的、振聋发聩的演讲后，感受深刻，也备受鼓舞。谢奉琦在心里说道："万万没有想到，自己能在这样一个激动人心的大场面，远距离地与中山先生谋面！"

这年8月20日，孙中山与黄兴等人，以兴中会、华兴会等革命团体为基础，在日本东京创建全国性的资产阶级革命党中国同盟会。当天，100多人到会，孙中山被推举为总理。同盟会机构则按三权分立的形式设执行、评议、司法三部。执行部分庶务、内务、外务、书记、会计、调查六科。黄兴任同盟会庶务总干事，地位仅次于孙中山。马君武、陈天华为书记，朱炳麟任内务，廖仲恺任外务；评议部部长汪精卫，议员曹亚伯、冯自由、胡汉民、熊克武、吴玉章、朱执信、秋瑾；司法部判事长邓家彦，张继、何天瀚任判事，宋教仁为检事。

"玮颓兄，同盟会昨天宣布成立了，"黄兴说道："今天我来找你，是想邀请你参加同盟会。这是中山先生和我的意思。不知意下何如？"

"哦！很好！我很愿意！"奉琦兴奋不已地回答道。

"那好，我们明天举行入会仪式。"黄兴在奉琦耳边说了具体的时间和地点。

"好的！谢谢克强兄！"

第二天，8月22日，也就是同盟会成立的第三天，谢奉琦准时到达东京赤坂区某邸，由黄兴亲自主盟，宣誓加入中国同盟会。誓词："驱逐鞑虏，恢复中华，创立民国，平均地权，矢信矢终，有始有卒，如或渝此，任众处罚。天运巳年七月二十二日（农历），谢奉琦。"

谢奉琦欣然在盟书上签字后，由黄兴授以同志相见的联络暗号："问：何处人？答：汉人。问：何物？答：中国物。问：何事？答：天下事。"

继后，谢奉琦紧紧握住黄兴的手说道："我们现在已不是清朝的人了！"

"咱们共同奋斗，推翻这个腐败无能的政府吧！"黄兴坚定而热情地说道。

第七章　路漫漫兮

四十九

　　清晨，太阳还没有出来，仿佛出不来了。
　　日本东京大森海湾的天空黑压压的，很低很低，好像就要掉在海水里一样；一个身材魁梧的青年男子只身一人伫立海滩上，凝视着前方。他齐肩的黑发被海风吹起，飘散着。四方形面庞，线条明快的五官，在阴暗的映衬下显得很明亮，仿佛散发着淡淡的光芒。
　　这一片卵石和海沙组成的海滩坐北朝南，宽阔而平坦，斜斜地伸向翻滚着一波波、一层层浪花的暗灰色的大海。海滩上除却这个青年男子，没有第二个人，只有几只海鸥在漫无目地飞翔，时而升高，时而下降，时而掠过这青年男子的头顶。海鸥掠过头顶时，发出一阵凄楚的叫声来。
　　这个青年男子伫立良久，之后，掉转头来向西瞩目，久久地瞩目，没有说话，像雕塑一般。倏地，他毅然转过头去，向大海走去，不快不慢地走去，走去。海水淹没了他的腿脚……
　　"天华！天华……"沙滩上跑来一群人，在大声呼喊着。
　　这个青年男子仿佛听到了微弱的喊声，转过头来凝望了一下，就又掉过头去，往前走，往前走……

"天华！天华呀！我们来了！转来！转来呀……"

海水淹没了他的腰身……他的胸口……

"天华！天华！天华转来！转来……"大家呼喊着，有两个人跳进了海水里，往只露出头的青年男子游过去，游过去，猛然一个大浪打来，把这两人推回到沙滩上了；青年男子也消失在茫茫大海里了……

此时此刻，沙滩上已经挤满了好多好多人，有留学生，也有日本人。当得知这个蹈海的青年男子叫陈天华，是中国留学生时，海滩上的人们或泪流满面，或唏嘘不已，或默默无声地捶头蹬脚……

年仅三十岁的陈天华蹈海自杀的这天是公元1905年12月8日。

身为同盟会员，担任庶务部书记的陈天华，出生在湖南省新化县一个贫寒的塾师家庭。他曾入新化资江书院和新化实学堂学习。1903年，陈天华获官费留学日本东京弘文学院师范科。参与组织"拒俄义勇队"和"军国民教育会"，次年回国与黄兴、宋教仁等组织"华兴会"，筹备发动长沙起义。1905年，在东京和宋教仁一起创办《二十世纪支那》杂志；辅佐孙中山筹组同盟会，起草《革命方略》；《民报》创刊后任编辑，参与对康、梁保皇派的论战。为抗议日本政府颁布的《取缔清韩留日学生规则》，在日本东京大森海湾愤而投海殉国，时年31岁。1906年春，其灵柩运回长沙，公葬于岳麓山。所著《猛回头》和《警世钟》成为宣传革命的号角和警钟。

陈天华的死，在当时就引起了很大的轰动。公元1906年的春天，当陈天华的灵柩运回上海后，中国公学为他和另一位投黄浦江自尽的同盟会员姚宏业举行了一次公葬的会议，到会千余人。会上宣读了姚宏业的遗书和陈天华的绝命辞，大家痛哭流涕。会议决定将陈姚灵柩一起送回家乡湖南举行公葬。1906年7月11日，善化（长沙）学生与各界数万人为陈天华举行公葬。

那天，当谢奉琦经由吴玉章告知陈天华蹈海消息后，立即赶到海边。斯时，大森湾海滩上的人们痛哭流涕，一动不动地翘盼着大海，仿佛在期待着陈天华走回来……

"天华兄！我来晚了！"奉琦大呼一声即像孩子般地痛哭起来。

后来，谢奉琦搜集了陈天华的著作《猛回头》《警世钟》，视为珍宝，不时阅读之，以激励自己的革命意志。他每读一次，除了流泪就是义愤填膺。陈天华的《猛回头》曰：

大地沉沦几百秋，烽烟滚滚血横流。伤心细数当时事，同种何人雪耻仇？我家中华灭后二百余年，一个亡国民是也。幼年也曾习得一点奴隶学问，想望做一个奴隶官儿，不料海禁大开，风云益急，来了什么英吉利、法兰西、俄罗斯、德意志，到我们中国通商，不上五十年，弄得中国民穷财尽。

这还罢了，他们又时时的兴兵动马，来犯我邦。他们连战连胜，我国屡战屡败，日本占了台湾，俄国占了旅顺，英国占了威海卫，法国占了广州湾，德国占了胶州湾，把我们十八省都画在那各国的势力圈内，丝毫也不准我们自由。中国的官府好像他的奴隶一般，中国的百姓，好像他的牛马一样。

奉琦曾赋诗凭吊陈天华。诗云：

蹈海天华抗东瀛，清廷无力护国珍。
百年雪耻中华志，直捣黄龙慰忠魂。

五十

陈天华蹈海自绝抵制的《取缔清韩留日学生规则》，是日本文部省于明治三十八年（1905）11月2日颁布的《关于准许清国人入学之公私立学校之规程》。"取缔"乃沿用日文，意即管束。规定中国留学生进入日本各类学校就读时，须持有清廷驻日公使的介绍信；中国留学生居住的宿舍、公寓等，须受日方的"校外之管束"。这个规则的出台背景是，日俄战争结束，双方于8月间在美国朴次茅斯订立以重新分割在中国东北的势力范围为内容的和约。为了诱胁清政府按日俄所订和约，将沙俄割占的土地、铁路、矿藏等从速转让给日本政府；也因为斯时中国留日学生早已突破8000之数，学生中的革命倾向日趋强烈，清廷担忧不已，遂谋请日本政府禁止中国留日学生的政治活动，日本表示顺应清政府约束留日学生革命活动的意愿，遂以颁布"取缔规则"来讨好清政府。"取缔规则"公布后，引起中国留日学生的反感，特别是对其中九、十两条，更持反对态度。视其为镇压革命运动、剥夺留学生就学自由的产物。因而由留学生总会具禀呈请驻日公使杨枢向日本政府交涉，将其取消。日本政府不同意。各学校留学生即相继罢课，展开大规模的反对运动。

11月8日，东京清朝驻日公使馆门前人声鼎沸，群情激昂，一幅"抗议文部省发布《取缔清韩留日学生规则》"的横幅布标在人群中高高展开，聚集中国留学生们高呼"大清国不是日本的殖民地""抗议《取缔清韩留日学生规则》"

等口号。现场群情激愤的气氛使清朝驻日公使馆中的官员极度不安,迫于压力,公使馆决定召开紧急会议,听取留学生们的意见。

谢奉琦、熊克武作为留学生代表进入清朝驻日公使馆,和公使面谈。面对公使"汝等聚众闹事,意欲何为"的责问,两人的回答有礼有节、不卑不亢。

谢奉琦说道:"大人,我等留学生齐聚使馆门前,是请愿而非闹事。大人岂不知乎?日本文部省以殖民地视我,等同韩国,颁布《取缔清韩留日学生规则》。我大清乃独立国家,岂能被日本文部省视为殖民地?此议若行,不仅不利我留日学生求进,而且有碍邦交,关系匪浅,宜早为计,速速开大会,合群力以争,事乃易寝;否则将溃不可收拾。"

熊克武说道:"大人为一国之使,岂能坐视吾辈受人欺凌?今留学生已集门前,宜即召开大会,合群力抗争,促文部省撤销此规则才是。"

公使说道:"尔等身为留学生,宜留心求学,此乃国际间事,自有吾与之交涉,尔等不宜集中闹事,致事态扩大,反使我难于进言。汝等宜各散去,静待此事之解决。"

谢奉琦说道:"日人极其狡猾无赖,见我留学生不起抗议,则大人之谈判恐难得要领,不如由我等留学生为大人后援,彼见众怒之难犯,大人福之以强硬照会,彼即不得不撤销此有辱我国之规则矣。"

公使说道:"汝等且退,容吾三思。"

但是,官方拒不接受此忠告。于是,谢奉琦号召广大留学生掀起来声势浩大的反对"取缔规则"的风潮。12月6日,一万多名留学生在东京各学校开始罢课抗议,以示为国争气。陈天华蹈海自绝,更让全体留学生义愤填膺、怒不可遏,激起留学生的更大愤慨,大家决定以集体回国来反对《取缔清韩留日学生规则》。下旬,谢奉琦、秋瑾、熊克武、黄复生、刘道一等留学生毅然回到祖国怀抱,继续开展反对《取缔清韩留日学生规则》运动。继之,陆续离日返国的留学生达2000多人。

恰恰,这时孙中山和黄兴都不在日本。孙中山去了东南亚募款,黄兴则经由香港回到中国策动起义。因此,同盟会在东京的事务,实际上是由宋教仁在打理。斯时的嗣因一部分留学生如胡汉民、汪精卫等少数持不同意见,倾向于忍辱负重,认为不宜轻言返国,相约组织"维持留学生同志会";力倡罢课返国者,如宋教仁、秋瑾等多数留学生则成立"联合会",有数百留学生登船回国,在家乡闹革命。留日学生内部闹得一塌糊涂,以致最后留日学生总会的干事们不想承担责任,纷纷辞职。这种窝里斗的行径落在日本人眼里,惯于蔑视"清国人"

的日本人不免幸灾乐祸，在报纸上大肆渲染，讥笑中国留学生是"乌合之众"，并恶毒地咒骂中国留学生是"放纵卑劣"的一群。事发至此，就到了整个事件的高潮，以至于发生时年仅30岁的同盟会员陈天华因伤时感事，愤激不能自解，投海自尽，愤而留下一纸万余言的《绝命书》，以期唤醒同胞……

  谢奉琦在回国的一个月时间里，他和熊克武等人，即舟车奔驰于东京、横滨、沪上和苏、宁之间。所到之处，群起响应。在各大报纸发表社论，《每日新闻》《读卖新闻》等报纸均以大字体标题报道此事。中国留学生如火如荼的反日斗争，引起了国际上主张正义的人们的同情，舆论对日本政府越来越不利，包括日本在野党都纷纷发表声明，谴责执政党此行为不得人心，有失强国风度。日本政府迫于国际舆论的压力，不得不答应中国留学生提出的十多项条件，承认了中国留日学生会馆的合法地位。日本文部省终于在报上发表撤销《取缔清韩留学生规则》。于是，东京留学生于1906年1月11日集会协商，议定13日起照常上课。

  这次反《取缔清韩留日学生规则》运动，使年轻的谢奉琦等的革命意志和组织能力初露锋芒。在取得这次活动之胜利后，谢奉琦返回日本东京早稻田大学继续深造。

  对于此次活动，日本历史学家永井算已认为，"反取缔规则"的斗争是留日学生对日本逐渐走上帝国主义的道路，提高了警戒，并试图与之对抗，而且也果敢地同急于勾结日本帝国主义以图自保的西太后政府决战，是留日学生反帝反封建的态度的萌芽。

五十一

  东京的公园不少，其中陆木园被许多人认为是东京最优雅的花园。它是在1702年由封建领主奉命建成的。它是东京花园中最崇高的景观——旨在唤起古典文学和神话般的景象。花园里树木繁茂的人行道、古老的石桥、平静的中央池塘、trick流和木制茶馆。在茶馆里，人们可以一边俯瞰水景，一边喝户外抹茶。尽管花园以深秋的枫叶而闻名，但在陆木园几乎总是盛开着一些花朵，让你忘却了节令。通常在11月下旬和12月初，公园会一直开放到晚上9点。日落之时，树木会被照亮，逆光下拍一张照片，让清晰度轮廓勾画在花木丛中，别有一番情趣。当然，如果是春季，其大垂枝樱花树，就更是亮人眼球，让人欲罢不能了。

  因其有古典文学和神话般的景象，所以中国留学生闲暇时除了去上野外，也都喜欢去这里。再说，公园也是革命者聚会谈事情的好去处——人多的地方往往最安全。

这天，季令已至深秋，陆木园的枫叶红了，昊阳高照，阳光洒在层层叠叠的彩林上，游人也就成了神话故事里的角儿。斯时，正在陆木园的谢奉琦、黄复生、孙性廉、熊克武和但懋辛五人也毫不例外。

他们决定去一座露天茶馆喝茶聊天，也可以说是交流思想、商量实现同盟会总政治纲领需要怎么一步一步地去做的大事情。

茶馆里人很少。他们来到一张临水的、撑着硕大无朋太阳伞的桌前落座后，即有一名服务生走来，欠身问道："请问，几位先生喝点什么？"

黄复生不假思索地问道："有中国的苦丁茶吗？"

"有哇！"服务生欠身回答道。

黄复生目光扫了众人一圈，意思是"你们喝什么茶"？大家会意，异口同声道："苦丁茶！"

谢奉琦补充道："请用四川盖碗茶盏沏茶哟！"

"好的！请稍等！"服务生欠身说罢转身离去。

"我喜欢苦丁茶那苦味儿！"黄复生说道。

"吃得苦中苦，方为人上人嘛！"谢奉琦说道。

"对头！对头！"大家赞同道。

说话间，服务生将四盏茶端上桌来，欠身说"请慢用"，然后转身离去。

谢奉琦五人几乎是一起拿起茶盖来，轻轻地在茶汤里晃荡着，让漂浮的茶叶沉下去，斯时，茶汤的颜色也渐渐变浓了。

"还是中国的茶喝起来更安逸！"荣县人但懋辛端起茶盏来呷了一口，感慨道。

"也是！也是！"大家齐声附和道。

但懋辛又说道："玮頫兄，听说嫂夫人给你生了一个带把儿的，恭喜了！"

"是的，谢谢懋辛兄！孩子半岁了！"谢奉琦道。

虽然他们经常见面，但奉琦喜得贵子的事今天才得以表达。继之，话题转向了——

"各位，我们都是同盟会最早会员，"四川井研人熊克武说道："我同盟会自成立以来，短短的两三个月，发展很快啊！"

谢奉琦说道："是的，现在，海内外的同盟会员已经激增到一万多人了。人心所向，势不可当。我的同窗朋友雷铁厓、黄治皋、黄选舟、傅缉生在日本加入了同盟会，曾昭鲁在国内加入了同盟会。而今，学界、工界、商界、军人、会党无不同趋于一个主义之下。我同盟会的成立，开创了清末革命的新纪元，使民主革命事业上了一个新台阶。"

"是的，"四川隆昌人黄复生说道："正如中山先生说的'自同盟会成立之后，集合全国之英俊，吾始信革命大业可及身而成也！'中山先生有信心，吾辈亦信心满满耳！"

但懋辛说道："令人欣喜的是，我同盟会的机关报《民报》创刊了，中山先生在发刊词中首次提出以'民族、民权、民生'为核心的三民主义。"

孙性廉说："是的，有了自己的机关报，更有利于宣传我会的革命宗旨，团结各界人士，驱逐鞑虏，建立民国。中山先生的发刊词写得好，他就知识分子现状做了分析，同时又分析了欧美各国推行三民主义使国家强盛的事实以及三民主义在当今中国可以实现的途径，表达了中山先生对推行三民主义的愿望。"

他们谈到中山先生正在南洋募捐、运筹，并派人赴长江、两广、川、滇和天津调查，联络学生、会党，尤注意新军。当前，长江各省骚动，或为反教，或为抢粮。同盟会的刘道一、蔡绍南及长沙学生，运动江西萍乡、万载，湖南醴陵、浏阳的会党、旷工起事，众至数万人，东京同盟会员争先回国从军。

然后谈到武器的事情时，奉琦说道："中国同盟会成立后，为武装起义推翻清廷统治，许多党人都在学习军事知识，制造武器。"

熊克武说道："我们使用的武器还很落后，大都是大刀、长矛、火枪，要推翻满清廷统治还得拥有更先进的武器才行。"

"就是！就是！"大家齐声道。

谢奉琦说道："炸弹最好，威力大，便于携带，我在学校的实验室尝试过，都没有成功。"

黄复生说道："对！就是要学到制造炸弹的技术！"

说话间，一群野鸭飞来落在他们座前的树木掩映的池塘里，吸引了他们的视线……

五十二

这段时间，谢奉琦和熊克武都没有在学校居住，而是在外面共同租了两间小屋住在一起，目的就是研究制造炸弹，为武装起义做准备。所幸的是，这小屋的房东是一个同情中国革命的日本友人，不然他们的行为如果被发现，事情就不好办了。不仅炸弹造不成，还会被警察搜缴的。

谢奉琦等人在陆木园说到武器的事后，他们常常在他们住的屋子里研究如何配置炸药，如何制造炸弹。他们屋子里的一张大桌子上、小桌子上，总是堆放着炸药、弹壳、引信；但是，他们已经折腾了好几周了，却老是把握不住要领。

一天，黄兴来到奉琦他们居住的地方。奉琦如此这般告诉黄兴制造炸弹的过程后，黄兴笑道："嘿嘿！二位同志，你们用这种七分木炭、一分焰硝、二分硫黄配出来的炸药，是只能打鸟，不能杀人的！"

"哦！哦！"奉琦和克武貌似恍然大悟。

"不过二位同志潜心研究之志可嘉，只可惜缺乏高人指点。"

"就是，没有遇到高人啊！"奉琦道。

黄兴即道："我收到了中山先生从横滨的来信，要求总部派人去横滨跟一个叫梁慕光的人学习制造炸弹的技术。梁慕光何许人也？广东人氏梁慕光，同盟会评议部委员，是'三合会'首领，夙精炸药制造技术。"

"啊！太好了！"谢奉琦和熊克武齐声道。

不久，谢奉琦等即由黄兴介绍而面见孙中山。

孙中山先生住在横滨市区一栋破旧的阁楼上，条件俭朴、生活艰苦。

这天上午，黄兴带谢奉琦来到孙中山在横滨的寓所门前。黄兴伸出右手，用食指在门铃按钮上轻轻地揿了一下。在等待主人开门的极短的时间里，谢奉琦的心怦怦直跳，就像要蹦出来了一样——他还是在几个月前日本留学生欢迎孙中山先生归国的大会上，远距离地见到过这位威名远扬的革命领袖，没想到今天就要和他近距离地谋面了！

门开了。中山先生见是黄兴等即道："哦，是你们！请进请进！"

走进屋后，黄兴把谢奉琦介绍给中山先生。中山先生即道："哦！欢迎年轻的同志！"

随即，坐下来说话。

黄兴是把总部最近的情况给中山先生汇报后，说到制造炸弹的事。黄兴的话一向较多，好多时候都是他在说。此间，谢奉琦瞟了一下中山先生的客厅。陈设简单朴素，唯其正面墙上的一幅装框横幅格外醒目。横幅的文字曰："天下为公　孙文。"瞬间，谢奉琦即被眼前这位伟人的崇高的品格和富余穿透力的气场彻底征服了，以至于忘了自己在得知要见中山先生而准备要说的一些话来——在中山先生面前，一切语言都是苍白无力的，甚至是多余的！

紧接着，谢奉琦、熊克武和黄复生等自愿接受学习制造炸弹技术这个任务。他们一起来到在横滨山下町梁慕光的寓所，共同研究实验。白天帮着梁慕光接待同志，印送书刊，晚上到地下室里弄炸药。不顾实验的危险，好几次都差点儿出事故，可始终不放弃。最终，逐渐掌握了制造炸弹的要领。

公元1906年初，谢奉琦、熊克武和黄复生他们又结识了大力支持中国革命的日本友人宫崎寅藏。经宫崎寅藏介绍，谢奉琦和熊克武他们进入日人小氏室私人兵工厂学习，适才进一步掌握了制造枪药的技术。

此间，谢奉琦、熊克武和黄复生经常出入于孙中山的寓所，和孙中山先生往来最密，受其教诲和感化最深。谢奉琦、熊克武和黄复生对孙中山先生十分崇敬，一有机会就去看望中山先生，聆听其教诲，帮先生查资料、寄信、联系同志。有时晚了就住在先生家里，第二天在先生寓所继续工作，或回到他们的住所工作。

谢奉琦他们曾经问孙中山先生道："先生，是什么力量支撑着您为革命奔走呼号十多年，吃了那么多苦，遭了那么多难，现在仍是这样斗志旺盛？"

孙中山先生说道："驱逐鞑虏，恢复中华，建立民国，平均地权，是吾革命之初衷，也是吾之坚定信念，不达目的誓不罢休！三民主义在西方能够实现，并使国家富强了，何以在中国就不能实现耳？"

谢奉琦他们点着头聆听着。孙中山先生继续说道："吾相信，革命是一定要成功的，要矢志不渝、不怕失败。吾侪不但要有百折不挠的勇气，还要有舍生取义的精神，才能担负起救国救民的重任……"

孙中山先生对谢奉琦他们这些年轻人的谆谆训示，培养了他们的高贵品质，成为他们开展革命活动的精神支撑和巨大动力。

一天，谢奉琦、熊克武和黄复生去孙中山先生寓所。先生给新加坡的朋友写好一封信，刚刚把信笺工工整整地折叠好，塞进已经写好的信封里，见奉琦他们到了，很高兴地说道："来来！坐坐！呵，你们自己泡茶哈！"

奉琦他们跟在自己家里一样熟悉，很快就泡好了四盏茶，先端一盏到先生座前，每人各端了一盏来与先生对面落座了。

"这茶是上次去新加坡，一个同志送的一袋西湖龙井，"先生道："吾欲付款，那同志道'先生您说笑了'，哈哈哈……"

"先生今天好兴致！"奉琦他们齐声道。

"是啊！群众是非常支持吾党革命的！"先生喜形于色道："新加坡的同志又募捐到一大笔款子哩！"

"都是仰慕先生的大名！"熊克武说道。

"不是，是仰慕我们伟大的革命之纲领也！"先生纠正道。

"对对！"奉琦他们齐声道。

中山先生看见身边这三位年轻人——其实先生也比奉琦他们年长不了多

少——心里感到很踏实、很有底气，遂侃侃而谈起来。他说道：

"综观世界各国体制，封建制度已是强弩之末，即便保有君主，亦必立有宪法限制其专横独断之权力，由选举产生首相负责政府机构，即首相组阁，同时复受两议院之牵制，甚至弹劾，以致罢免。总之，民主共和已成为世界发展之潮流。

"天赋人权，不容剥夺。而清朝君主拥有对臣民生杀予夺之绝对权力，或者昏庸，或者刚愎自用，任人不当均足以导致国家之衰亡。从道光到光绪，莫不如此。故欲挽救中国危机，非推翻此腐败之封建制度，建立民主共和国不可！"

奉琦说道："先生之言，如醍醐灌顶，使我等革命之志益坚，不推翻满清，死不瞑目！"

克武说道"对！不推翻满清，死不瞑目！"

复生说道："对！驱逐鞑虏，建立民国！"

中山先生继续说道："革命必成，民国必建。此历史之必然，不容置疑，我等不过顺乎历史发展之趋势，合乎人民之需要而已。然革命成功，亦不容易。我等革命党人，不仅应树立革命必成之信心，亦应具有大无畏之精神，革命成功乃有希望。不然一受挫折，即心灰意败，一见牺牲，即魂飞魄散，何足以谈革命？"

奉琦坚定地说道："我等誓以身许革命，为革命奋斗终生，哪怕搭上身家性命也在所不惜！"

克武和复生也表达了与奉琦相同的决心。

中山先生说道："革命有你们这样的年轻同志，何愁不成功耳？"

"谢谢先生！"奉琦他们齐声道。

"哦，都十二点了。"中山先生看了看墙上的挂钟，说道："今天高兴，吾等奢侈一回，去操馆子，好久没有'打牙祭'了！我做东！"

"我做东！"奉琦他们一起道。

"天地间，哪有'吃客'的道理哟？哈哈！"中山先生开怀大笑了。

他们来到横滨的"南京街"一家招牌叫小巴蜀的中国人办的小餐馆，落座后服务生拿过来菜谱。奉琦转手递给中山先生，说道："先生，您来点菜！"

中山先生推辞道："不不！你们点了就是！简单点！"

谢奉琦遂问道："先生，来一个四川的回锅肉怎么样？"

"四川回锅肉，好哇！我喜欢！"中山先生说道："你们随便点就是。"

"来个东坡肘子要得不？"这是奉琦听中山先生先说"好久没有打牙祭了"而有意点这道菜单。

"好！东坡肘子！"大家道。奉琦心想：看来大家都好久没有"打牙祭"了。

奉琦又点了一道炒白菜和一道紫菜蛋花汤后，问道："先生，喝点酒不？"

"我不喝！看大家？"中山先生道。

"不喝！不喝！"大家齐声道。

奉琦遂把菜谱递给服务生。服务生说了声"好！请各位稍等！"后，转身离开。

不一会儿，服务生将米饭和两荤一素一汤一道道地端上桌来。大家就稀里呼噜地饿劳饿虾地、美美地吃起来，好像舌头都要吞进去了一样……

奉琦见中山先生狼吞虎咽的样子，既感到亲切，又有些酸楚——不是吗？一位革命领袖上一次馆子都叫"奢侈"！

饭还没有吃完，奉琦借口去盥洗间就顺便把账结了。中山先生知道后，说道："也罢，也罢！但是，如果以后再操馆子就该轮到吾了！"

"要得！要得！"三个年轻人齐刷刷地说道。

他们走出馆子，在街上走着，走着。聆听在此住了些时候的中山先生侃侃而谈，介绍横滨这座新兴的城市——

横滨是日本第三大城市，神奈川县首府，位于本州东南部的关东地方的多摩丘陵南部，东临太平洋东京湾，南面是横须贺港，西面是日本著名的富士山和游览胜地——箱根。横滨原本是东京湾畔的一个小渔村，公元1889年建市。其北、南、西三面为丘陵环绕，东面临海，港阔水深，是天然良港。从野毛町到伊势佐木町是市内繁华地区，有"横滨银座"之称。横滨虽然是一座新兴的城市，但市内有诸多寺庙，比如弘明寺、金泽文库、总持寺、伊势山皇大神宫等。其中，总持寺是日本曹洞宗的总本山，寺内有赦使门、佛殿、太祖堂等多座中国唐宋式样的古建筑物。在横滨市中心有一条"南京街"是华侨聚居的地区。

中山先生说道："此刻，我们就是走在南京街的。"

街两头入口处建有中国式的牌楼，牌楼中央镶有"南京街"三个大字。大街两侧有好多家店铺和饭馆。这些店铺和饭馆全由华人经营。街中心还有一所关帝庙。

"吾曾经在这里成立兴中会分会，现在已经是同盟会分会了。"孙中山先生很认真地说道："康有为在这里创立了大同学校，梁启超在这里创刊了《新民丛报》及《国风报》。吾理解，他们的出发点都是好的，可保皇这条路是行不通的。只有革命，才能实现吾党之三民主义！"

"是的！是的！"走在中山先生左右的谢奉琦他们不住地点头道。

后来，谢奉琦、熊克武和黄复生回到东京，继续读书。

此间，孙中山和黄兴很器重谢奉琦。因其，议事时谢奉琦语必中肯綮，并实而干之。孙中山先生慧眼识英雄，谢奉琦被调查科任书记。

尔后，谢奉琦回忆起在横滨与孙中山先生亲密相处的日子总会激动不已。谢奉琦觉得，和中山先生在一起，每时每刻都能接受到新知识、新思想。他知道，就是在这些日子里，受中山先生的人格感染、思想熏陶，仿佛使自己一夜之间脱胎换骨，成了一个真正的革命者。博学多识、高瞻远瞩的中山先生的教诲，使他更加明白了革命的真正含义，知道了在推翻满清建立民国的革命中自己应该做些什么？真真切切地感受到如火如荼的革命运动，并非一群热血青年的孤立行为，而是中国社会的大势所趋、人心所向。在这种精神的感召和鼓舞下，他更加积极主动地投入到孙中山先生领导的前无古人的革命运动中去。

他很感欣慰的是，在横滨期间，掌握了制造枪药的技术，知道了许多军火知识。在他后来为起义购买军火时发挥了重要作用。比如，他知道什么枪是燧发的，什么枪是用火线点火的。用火线点火的，使用时要考虑天气对点火枪的影响；他知道小的六子左轮是防身的好东西；他知道鄂省汉阳比川北生产的军火更好。

谢奉琦感到，在横滨期间是他生命旅途的一个重要的节点。

五十三

同盟会机关报《民报》创刊前，资产阶级革命派和保皇派之间就有一些小规模的笔战。《民报》创刊后，清楚地认识到自己担负着扫清保皇派思想影响革命发展障碍的重任。因此，公元1905年11月26日《民报》一创刊就以"主帅"的身份，率先与《新民丛报》展开一场中国历史上影响深远的大论战。以孙中山为代表的革命派和以梁启超为代表的君主立宪派双方主要围绕"三民主义"展开。《民报》主张民主共和；《新民丛报》主张开明专制；《民报》强调必须进行民族革命，推翻满清；《新民丛报》认为民族问题已经不存在，不应当再反满、排满；《民报》强调民主革命，主张建立民主共和国；《新民丛报》强调中国今日当以开明专制为立宪制之预备；《民报》强调社会革命，主张实行"平均地权"，反对贫富不均，《新民丛报》认为实行经济改革会破坏社会秩序；《民报》强调革命可以把中国从被瓜分中解救出来，《新民丛报》则认为革命必然招致被瓜分。在论战过程中，资产阶级革命思想得到了广泛传播，很多读者最终站到了革命派一边。革命派与改良派在政治思想上划清了界限，民主共和观念深入人心。从此资产阶级民主革命运动蓬勃向前发展。论战的结果是大批的革命干部得到了锻炼,革命派的舆论阵地也因此得以扩大。就连梁启超也表现出与孙中山合作的意向来,如果不是康有为坚决反对的话。

《民报》的主要撰稿人有章太炎、陈天华、胡汉民、汪精卫、宋教仁、黄侃等。谢奉琦十分关注这场论战,自己坚定地站在革命派一边。通过对论战的关注,他思想提高很大,加深了对三民主义的理解,坚定了革命信心。

公元1906年,是一个不平凡的年头——

一月,李伯元的长篇小说《官场现形记》在上海出版。小说最早在陈所发行的《世界繁华报》上连载,共五编60回,是中国近代第一部在报刊上连载并取得社会轰动效应的长篇章回小说。小说由30多个相对独立的官场故事连缀起来,涉及清政府中上自皇帝、下至佐杂小吏等,开创了近代小说批判现实的风气。小说从捐官的下层士子赵温和佐杂小官钱典史写起,连缀串起清政府的州府长吏、省级藩台、钦差大臣以至军机、中堂等形形色色的官僚,揭露他们为升官而逢迎钻营,蒙混倾轧,可以说为近代中国腐朽丑陋的官场勾勒出了一幅历史画卷。书中一些章节如制台见洋人等,把人物心理刻画得活灵活现,入木三分,读来令人捧腹。谢奉琦抽空读完此书后,在日记中写道:"批判现实主义小说是推动历史车轮前进的动力。"

二月,南昌教案发生,法国传教士王安之凶杀南昌知县江召棠。25日,南昌群众怒毁教堂,杀法国传教士王安之等6人,英传教士3人,发生第二次"南昌教案"。结果清政府竟处死民众领袖龚栋等6人,赔款35万两。谢奉琦在日记中写道:"……此乃颠倒黑白之咄咄怪事也!"

四月,因大批留日学生为抵制日本《取缔清韩留学生规则》返抵上海,没有着落,留学生中的姚洪业、孙镜清等各方奔走,募集经费,在上海北四川路横浜桥租民房为校舍,筹办中国公学。两江总督端方每月拨银1000两,派四品京堂郑孝胥为监督。校务实际由王抟沙主持。革命党人于右任、马君武、陈伯平等任教员。

九月,清廷发布上谕,宣布预备立宪。上谕说:"我国政令,日久相仍,日处阽危,忧患迫切,非广求智识,更订法制,上无以承祖宗缔造之心,下无以慰臣庶治平之望。诸国所以富强者,实由于实行宪法,取决公论,君民一体,呼吸相通,博采众长,明定权限。时处今日,唯有及时详晰甄核,仿行宪政,大权统于朝廷,庶政公诸舆论,以立国家万年有道之基。但目前规制未备,民智未开,若操切从事,徒饰空文,何以对国民而昭大信?故廓清积弊,明定责成,必从官制入手。应先将官制分别议定，次第更张。将各项法律详慎厘定，而又广兴教育，清理财政，整顿武备，普设巡警，使绅民明晰国政，以预备立宪基础。俟数年后，规模粗具，查看情形，参用各国成法，妥议立宪实行期限，再行宣布天下。"谢奉琦在日记中写道："……清之苟延残喘，来不及了！"

十二月，萍浏醴起义是在同盟会影响下的江西萍乡、湖南浏阳、醴陵地区会党和矿工发动的反清武装起义。这是同盟会成立后第一次大规模的武装起义。同盟会会员刘道一等从日本回到湖南联络会党，宣传同盟会纲领，确定了江西萍乡、湖南浏阳、醴陵三处同时发动起义。萍乡方面以安源煤矿矿工数千人为主力。起义军声势浩大，屡败清军。清政府调集湘、鄂、赣及江宁（今南京）数万军队镇压，起义军失败，刘道一等死难。谢奉琦在日记中写道："……革命之火已经燃烧起来，吾等将前赴后继也！"

这年冬天，在民主共和被大多数都国人认可之期，东京中国同盟会总部，孙中山和黄兴主持召开了总部各部门人员会议。会议分析讨论了革命趋势和会党急需做的重大事情。

对全国形势经过充分调查研究的孙中山在会上说道："扬子江流域将为中国革命必争之地，而四川位居扬子江中下游，更应及早图之。古人曾云'天下未乱蜀先乱'。四川人口众多，吾会党势力庞大，而且四川地形复杂，易于潜伏，诚为革命军事起义之好地方。若能夺取两三城市，必然震撼全国，引起全省响应。然后高屋建瓴，顺流而下，革命何患不成功？"

大家一致认为中山先生的分析很透彻，决定首先在四川起事，成功后顺流而下普及全国。

同盟会总部按中山先生的意思，当即在会上调兵遣将，部署大计划，展开大行动。委派谢奉琦、黄复生、熊克武等为四川同盟会主盟人，任命黄复生为成都分会会长，熊克武为重庆分会会长，谢奉琦负责成、渝两分会的组织和宣传工作，佘英负责会党联络工作。

孙中山给谢奉琦、黄复生和熊克武回川的三大员交代道："诸同志的主要任务是设立革命机关，宣传革命大义，吸收党员，组织学生，联系会党，运动新军，发动军事起义，建立革命据点，推翻满清。"

谢奉琦三人先后说道："请先生放心！吾等使命在肩，不敢怠慢！"

孙中山微笑着点点头，说道："好！旗开得胜，翘盼佳音！"

会后谢奉琦他们商量后，决定先后乘不同班次轮船回四川。

隆冬，早晨，大雾弥漫，寒风刺骨。谢奉琦、熊克武和佘英三人登上了东京开往上海的轮船。他们找到舱位放好行囊之后，"呜——"轮船在一声长长的汽笛声中起航了。船刚刚离开码头，太阳即升起来，雾霭消散了。

奉琦他们即走出船舱，伫立船头，望着前方，一动不动，一言不发。

此刻，谢奉琦心里的感受是，此次跟两年前他和黄治皋、黄选舟、傅缉生四人一起从上海出发东渡扶桑是天壤之别啊！两年前的他是一个幼稚的莽撞少年，东渡日本留学是为了寻求救国图存之道，亦如唐僧去西天取经；今天的他，则像唐僧取得"真经"后，受命于孙中山先生而返回祖国，把自己取得的"真经"付诸实践，实现自己救国图存的理想。想着，想着，不禁热血沸腾，巴不得身如彩凤有双翼，快速飞回渴别的祖国、渴别的四川。

"奉琦，太阳好大哟，"也一直伫立在船头的熊克武说道："咱们回船舱里去吧！"

熊克武的话适才让谢奉琦收回了思绪，回答道："好的！好的！"

在轮船上，奉琦思考着回到四川后怎样和熊克武、黄复生和佘英等一道开展工作，以便下好孙中山先生布局的这一盘革命的大棋。

五十四

孙中山给谢奉琦回川布置的重要工作之一是"宣传革命大义"。这令奉琦下意识地回想起曾经在家乡炳文书院一起求学、一起登天池山的雷铁厓来——

两年前雷铁厓从天池山聚会回到石头沟家里不久的一天，偶遇到一个从东京留学归来的人。那人给他说了一些东京留学界的情况。于是，他很想去东京会见吴玉章、谢奉琦这些革命朋友。但是，他的父亲和兄弟们都坚决不同意他去。父亲说："儿啊，外面那么复杂，不能去啊！万一有个三长两短的，怎么是好啊？我们家就够恼火的了，不能再添乱了啊！还是在家造造孽孽地过日子吧！"

父亲的话想来也在理，然而他意向已定，决心冲破家庭阻挠，东渡扶桑寻求革命真理。遂在他母亲陈氏和岳父李玉廷的支持下，于公元1904年9月潜赴泸州，尔后乘船东下，11月抵达上海，会同一批热血青年于第二年元月东渡日本求学，接受新鲜思想，寻觅救国良方。他先后就读于东京大成学校和弘文学院。在此期间，雷铁厓与吴玉章、谢奉琦取得了联系，还结识了许多有志之士，接受了许多革命道理，并从此开始了他的革命生涯。

吴玉章知道雷铁厓就读大成学校后，即邀约他和谢奉琦，在一起聚会于东京上野公园。

他们在一石桌前的石凳上坐下，玉章说道："詟皆兄，还真是'不是冤家不碰头'，咱们又见面了。哈哈！"

"天池一别半年多，今又重逢缘分何？"铁厓道："只为推翻满夷事，心有灵犀一点通。哈哈哈！"

"好！耆皆兄就是诗人，诗人出口成诗！"奉琦道。

"能九兄，不是出口成诗，是心有块垒，不吐不快！"雷铁厓说道。

上野公园的氛围让几个年轻学子心情感觉很好。但是，一想到自己的祖国就又心头沉重起来：何时咱们中华才能如斯焉？

中国同盟会成立后，由孙中山介绍、川籍同学黄树中主盟，雷铁厓在同盟会成立后的第五天即成了同盟会会员。在雷铁厓入会后的第二个月，他就会同四川籍留日学生邓絜兄弟、董修武和李肇甫等在日本创办了四川人在国外出版的第一本宣传革命思想的名叫《鹃声》的杂志，雷铁崖自任主笔，用"铁厓"等笔名，以犀利的笔锋、激进的思想，投身于反清革命的宣传活动中。《鹃声》第一期出来后，即受到广大留学生的青睐。

雷铁厓以"铁铮"笔名，发表了《中国已亡之铁案说》的长文，参加了革命派与立宪派的论战。他的文章痛斥清廷的卖国罪行，坚决主张用革命手段破坏专制政体，"恢复祖国，以建民主政体"。同时，雷铁崖对"立宪派"的保皇面目作了淋漓尽致的揭露。这篇文章还对章太炎在《民报》上倡导利用、改良佛学的主张提出异议，并委婉地进行了批评。为此，章太炎专门写了《答铁铮》一文在《民报》第十四号上发表。雷铁崖在《鹃声》上发表的文章畅达犀利，铿锵有声，很受大家的喜爱，好多爱国青年深受其影响而走上革命道路。

但是，由于《鹃声》的宗旨"主张革命排满激烈"，速速传到北京，清廷惶恐万端，惊呼："此刊若瓦特乱中国。"乃与驻日公使严正交涉，坚决予以讨禁。川督锡良也发告示严禁，"有藏者则比室株连，获主笔则就地正法。"《鹃声》在清廷及其各级官员的强大打压下，仅出了两期就被迫停刊。

在东京创办《鹃声》的雷铁厓，即被留学生誉为"资产阶级民主革命的宣传家和鼓动家"，其鼓吹革命的文章风行于世。孙中山书赠他横幅曰："博爱"，落款曰："耆皆兄嘱　孙文。"

谢奉琦希望自己回川后在"宣传革命大义"的工作上能得到雷铁厓的支持。于是，在离开东京前两天，与雷铁厓相约，在一间小茶馆会面。

他们按照约定的时间在一茶馆门前见面后，一同沿仄仄的木楼梯登上一间小阁楼。这间宁静的小楼阁，木质楼板、木质墙壁，墙上悬挂着一幅不大的日本图画《富士山》。屋子显得古旧而有内涵。窗户视野开阔，窗外风景尽收眼底。

宋代洪迈有云："久旱逢甘露，他乡遇故知。"

谢奉琦在异地他乡见到雷铁厓老乡很是高兴，甚至有点儿激动——即便在一座城市里也不是常常能见到面的，尤其是东京这样的世界级大都会——谢奉琦对比自己大五岁的雷铁厓即如自己的亲哥哥一样。

当一华人服务生来到桌前的时候时，奉琦问铁厓道。"耆皆兄，喝什么茶？"

"就喝下关吧！"雷铁厓凯爽地回答道。

"好！"谢奉琦边答边转而对服务生说道："请来两杯下关沱茶！"

"是！"服务生应声身离开。

"难得一见，今天咱俩弟兄就安安心心地坐下来，摆龙门阵！"雷铁厓高兴地说道。

"对，其他的事都暂时撩开！"谢奉琦附和道。

一会儿，服务生端来两碗"盖碗茶"，很有礼节地放在两位客人面前。雷铁厓一看是"盖碗茶"，就问道："诶，我们又没说，你怎么晓得我们喜欢用这'盖碗茶盏'的呢？"

服务生答道："听你们的口音，是四川来的，四川人都喜欢盖碗茶。"

"嚯！真有你的！谢谢！"奉琦感慨道。

"不客气，请慢用！"服务生欠身言罢后离去。

服务生离开后。奉琦和铁厓即边喝茶边聊开了。

雷铁厓坦荡地将自己鲜为人知的情况告诉了身前这位好友。他回忆道：能九兄，不怕你笑——

清同治十二年（1873）我出生在富顺县石头沟，也就是富荣东场一盐商家庭。兄弟五人，我排行老四，很小就入私塾读书，从《三字经》一直读到《四书》《五经》和八股文。我生性聪慧，学业不俗，很受先生的喜爱。后来，因为我父亲雷云降盐务失败而破产，家里一下子断绝了生活来源，不要说读书，就连每天的一日三餐稀饭都成了问题。我只好辍学，每天上山割草来卖给牛棚，以此帮助父亲"购勺米煮米汤以佐藜藿"，挑起一家人的生活重担。就这样"刈草山中者十众年"，凄苦劳顿地度过本该美好的少年时代。然而，我的少年时代也没有白过，即使在刈草之余，也从没有放弃过读书学习，不仅对中国古书典籍饱览不渝，还搜罗各种新学书籍认真攻读。在我"逾冠"之年，"复思修儒业"。光绪二十年（1894）这才和你、和曾昭鲁等人同学于炳文书院。自己的肚皮痛自己知道，所以在炳文书院就读时，我发奋学习，一点不敢懈息，多数时间都是以每月月考成绩优秀而获得的奖金来维持伙食。我都不知道自己竟然在27岁时，会参加府试，还考取了秀才……后来就到日本了。"

谢奉琦听罢，觉得和身边这位朋友比起来，自己完全是在福窝窝里长大的。遂感慨道："苦了你了！耆皆兄！"

铁厓爽朗地笑道："哈哈哈！也没什么，'天将降大任于斯人也'！"

"好个'天将降大任于斯人也'！"奉琦道。

"是的。我们已经在承担这'大任'了！"铁厓道。

"诶，耆皆兄，我就是为这'大任'请你出来喝茶的。"奉琦道。

"什么意思啊？能九兄！"铁厓有些不理解地问道。

于是乎，谢奉琦把中山先生交给他的任务择其重点告诉了雷铁厓。最后说道："耆皆兄，你是留学生们赞誉的'革命宣传鼓动家'，我想邀请你回四川，咱们一起干大事哩！"

"好哇！能九兄，我也有这个打算；不过，可能要晚些时候。"

奉琦一听，非常高兴，即道："那好！那好！耆皆兄，你决定了什么时候回川，一定告诉我。咱们兄弟俩在家乡干出一番事儿来！"

"好！"铁厓伸出手来握住奉琦的手道："一言为定！"

奉琦道："一言为定！"

瞬间，东京的这间小小的阁楼，定格了中国近代革命史上的一个节点，一个永远不会泯灭的节点。

第八章　奉命返川

五十五

谢奉琦、熊克武和佘英从东京乘海轮到上海，再从上海乘江轮回川。这一路经过十多天的颠簸终于在一天下午抵达重庆朝天门码头。

谢奉琦、熊克武和佘英背好各自的行囊走出船舱，下船，踏上码头的石阶，一级一级地走着。

此时此刻，三条汉子都心潮澎湃，激动不已。谢奉琦心海翻腾，忍不住对身旁的熊克武和佘英说道："二位仁兄，两年前我就是从这里上船去东京的！"

"我也是，只是比你晚些！"熊克武说道："时间过得真快啊，一晃就两年多了！"

佘英说道："我比两位仁兄又要晚点，不过也已一年多了。"

"还真是白驹过隙，日月如梭。两年前，我们一行是四人，有治皋、选舟和缉生，可今天物是人非了……"奉琦心里有点儿失意。

奉琦的话还没有说完，克武仿佛知道了奉琦要说的下文，即抢先说道："这就是人们常说的人各有志吧！"

"嗯，人各有志，不过他们三人在东京也都加入了同盟会，只是他们就读的学校和专业不同。"

"还是同志！"克武道。

"还是同志！"佘英道。

"我看，我们还是先把旅馆打好再作计议吧！"奉琦道。

"好！先安顿下来再说下一步的事。"克武道。

三人说话间，即已来到奉琦赴日前在朝天门码头住过的那个叫远航的小旅馆门前。奉琦心想："莫不是有神明在引导吧？"

"二位仁兄，我们四人去日本前住过这家旅馆。还可以！"奉琦道："价廉物美！"

"好，就住这里！"克武和佘英齐声道。

他们走进旅馆，可是不巧，老板说已经满号了。他们有点遗憾地退出远航旅馆来，另外寻找。走不多远，来到一家叫安居的旅馆。看上去，这安居比远航规模更大，价格也更高些。

"老板，有三人间么？"克武问道。他想，三个人住一间方便点。

"有啊！"老板道。

"那，我们看看。"奉琦道。

老板把奉琦他们领进一个安放着三张单人床的房间，问道："就这间要得不？"

奉琦环视了克武和佘英二人，二人点头，遂说道："好！就这间。"由于十多天的旅途劳顿，他们不想再找了，反正就住一宿，也就认了。即便不是很理想。

老板把房门钥匙留下后离开。他们三人把行囊放好后，洗了一帕脸即已是该吃晚饭的时候了，他们仨的肚子也都咕咕叫了。

"各位，有点饿了，咱们出去吃饭吧！"奉琦说道。

"要得！肚子也在催促了！嘿嘿！"其他二人笑道。

不知道是神明再一次地引导，还是下意识，抑或是为了省钱，甚而至于是为了"照顾"？奉琦仨不知不觉来到两年前在这里吃早餐的锅盔油茶小店门口，说道："二位仁兄，咱们就吃家乡的锅盔油茶，怎么样？"

听说吃锅盔油茶，爱吃"粑粑脑脑"的克武应声道："好哇！就吃锅盔油茶，好久都没有吃到这玩意儿了！哈哈哈！"

"要得！好久没有吃到四川的小吃了。只要吃得饱！哈哈哈！"佘英笑道。

"吃得饱！吃得饱！哈哈哈！"克武笑道。

三人即在安放在街边的四方小桌前坐下来，喊道："老板，四个锅盔，三碗油茶！"

少顷，年迈的老板把锅盔和油茶端上桌来，"盯眼子"看着奉琦说道："诶，这位客官好面熟啊！"

"老板，你忘了！两年前的一天早上，我和几个同学在你这儿吃过锅盔油茶哩！"

老板恍然大悟道："哦！记得啰，记得啰！你们四个小伙儿，还多拿了几百文钱呢！多谢了，多谢了！"

"不谢！生意还可以吧？"奉琦边将酥锅盔一块块地掰来放进滚爆爆的油茶里，边问道。

"诶，托你们的福啊，自从你们来过以后，生意就一天比一天好了。"

"那就好！"奉琦道。

"好！你们慢请，慢请！"老头转身走进屋去，即刻，擀面杖在案板上敲击出清脆的声音来。

这边厢，谢奉琦边吃边小声地把老头儿的遭遇讲给克武和佘英听了。

"太污了！"熊克武咬牙切齿地爆发道："非改变不可！"

"要是我在，就教训教训一下那个混账东西！"佘英武秀才的豪气顿然流露无疑。

吃罢，算账时，老头儿不收奉琦他们的钱，说道："都托你们的福了，这点小意思你们就领了吧！"

奉琦道："老人家，那怎么行？"说罢将一个一百文的铜板放在桌上快速离去，只听得老头儿还在念叨着："好人啦，好人啦！菩萨保佑你们啊！"

奉琦他们回到安居旅馆，刚一进旅馆门厅就有一个人站将起来递给奉琦一个大大的信封，毕恭毕敬地说道："谢先生，这是给您的。"

奉琦接过来，打开一看，是一纸聘书。聘书上写道："兹聘请谢奉琦先生为东川书院山长，年薪银圆五百圆整……"

奉琦将聘书还给来人，从容地说道："我是姓谢，但谢奉琦先生不在这里，他早已回贡井省亲去了，而且，听说他已经接受了贡井的聘请；所以，这份聘请他是不会接受的。"

那人说道："哦！但是，您一定和谢奉琦先生很熟，能不能帮忙联系一下呢？"

"不！我跟谢奉琦不熟，是朋友告诉我这些的。抱歉，我帮不了这个忙了！"

那人有些失望地点点头走出安居旅馆。待他走远了，克武说道："嘿嘿！奉琦兄真会撒谎！"

"嘿嘿！克武兄，善意的谎言，连上帝都会原谅的！"奉琦笑道："我怎么能接受这样的聘请嘛？不是这山长的事做不下来，而是做了山长，就改变了我去扶桑留学的初衷了！"

"玮颓兄矢志不渝，我理解！我理解！"克武说道。

"君子之志，雷之不动也！"佘英道。

回到房间，三人重温了中山先生布置的任务，然后说下一步的具体行动，首先是发展组织。

"各位仁兄，为了发展组织，我得先回一趟贡井，做富荣盐场。"奉琦说道。

"我也先回井研做乐山的组织发展工作。"克武说道。

"也好。明天我乘船回泸县，尽快把根据地建立起来！"佘英说道。

"好！咱们分头行动，然后再相聚商量再下一步的事情。"奉琦说道。

"好！咱们分头行动！"克武、佘英齐声道。

"哦，都十一点过了，明天还要赶路，咱们早点休息吧！"佘英大哥摸出怀表来看了，说道。

"好的，好的！"奉琦和克武齐声道。

三人正脱衣上床的时候，门上有指关节的嗑嗑声。有人敲门。

"哪个？"熊克武问道。

"开门就晓得了！"这嗲声嗲气的，一听就知道是一个操成都口音女人。

"有啥子事呀？"佘英莽声莽气地问道。

"天气这么冷，我想你们需不需要暖暖脚啊……"声音更加嗲了。

奉琦仨一下子像听出了什么来，心倏地收紧了。佘英厉声说道："你走吧！我们什么也不需要！"

"开开门吧……"女人还在嗲声嗲气地说。

佘英向奉琦和克武使了个眼色，大家即屏住呼吸，不说话了——任凭指关节不住地在门上敲。

有一阵子之后，门上没有了指关节声。奉琦仨估计这女人已经走了，才长叹了一口气。

"二位仁兄，这也是我们革命要解决的问题！"奉琦说道。

"对！我们要建立一个玉宇澄清的新社会！"克武说道。

"对！建立一个干干净净的社会！"佘英说道。

"这是我们的初衷，也是我们现在的使命！"奉琦说道。

"对！不忘初衷，肩负使命！"大家好像集体宣誓一样齐声道。

然后，似乎是为了保险起见，奉琦搬来一张椅子放在门跟前将门抵住。熊克武把几个人的行囊集中拢来放在了椅子上之后，三条汉子适才倒在床上呼呼地睡去。

第二天，谢奉琦、熊克武、佘英在重庆分手。

谢奉琦道："二位仁兄，中山先生说'会党是平民革命的基础'，发展党员，建立机关是我们的第一要务，盼望佳音！"

熊克武道："'莫愁前路无知己，天下谁人不识君'，所到之处，定逢知己！"

佘英说道："对！联络会党，发展组织，全心全意，给先生肘起！"

五十六

"二少爷回来了！二少爷回来了！"原本在大门口晾晒衣裳的刘嫂，突然看见谢奉琦背着行囊穿过石牌坊走进来，即高兴地接过奉琦的行囊边往院子里走，边大声地喊道。

一时间，谢府大院的老老少少都集中到了正堂里，好像过节一样欢腾起来，问长问短，喜笑颜开。二少爷的回家，仿佛一下子赶走了富荣西场天池山下院子坝隆冬的寒气，而让这座大院春意盎然了。

此间，有呼能儿的，有呼二哥的，有呼二少爷的，有说瘦了的，有说胖了的，有说晒黑了的……此起彼伏，不亦乐乎。

原本在后花园里和儿子一起玩耍的刘仲仪听见院子里闹哄哄的，遂抱起儿子疾步来到堂屋，看见是自己的丈夫回来了，激动得心膛怦怦直跳，笑着把儿子凑到丈夫前，教儿子道："贤儿，快喊爷！"大家静下来，看着育贤。育贤愣了一眼跟前的人顺即伸出双手扑向奉琦，喊道："爷！爷！"

"呵呵……亲生的就是不一样啊！"众人乐道。

"唉！我的乖儿子！"奉琦抱起儿子来把头紧紧地贴在儿子细嫩的脸上，笑着，笑着，倏地滚出泪珠儿来……

有谁能体悟此时此刻谢奉琦的心境呢？

夜幕降临，院子坝谢府堂屋屋檐下的两只宫灯一如既往地点亮了。院子坝对面黑黝黝的太平山巅，一轮金黄色的月亮冉冉升起来了。鹅黄色的月光，斜斜地洒向院子坝谢府大院，勾画出天井里那棵高大的桂花树的轮廓来。整个大院静静地，似乎所有的杂音都因为奉琦归来而销声匿迹了。

谢府大院东厢房刘仲仪的房间里，灯光不甚明亮，鹅黄色的月光穿过窗户流进屋子来，散漫开去，让屋子没有了隆冬的寒气。此间，仲仪坐在榻上，贤儿已在母亲的怀里听着优雅的催眠曲慢慢地进入了梦乡。奉琦走出书房来，看见仲仪正把儿子轻轻地放到床上，轻轻地盖好柔软厚实的棉被。当仲仪转过身来的时候，发现丈夫正悄悄地站在自己身边，不由自主地一抱搂住丈夫的腰，将头埋在丈夫胸口上，轻轻地喊了声"夫君"，即哽咽着流下泪来……

"夫人……夫人……"奉琦也搂紧了跟前的这位娇贵温柔的妻子也泪雨潸然了。

屋子里除了轻微的啜泣声，静静的，静静的。时间在彼此可以感觉到对方怦怦的心跳中，一秒一秒地过去，过去……

还是男人要坚强些，奉琦轻轻地松开手，将仲仪扶到柔软的榻上并排坐下来，望着仲仪的泪眼说道。"夫人，这两年多亏你了！不知道该怎样谢你？"

"夫君，夫妇间就不要客气了！"仲仪伸出右手从旗袍的右襟掏出一张雪白的手巾来，拭着面颊上的泪水，说道："你回来了就好了！我就放心了！九泉之下的父母亲就放心了！"

"嗯嗯！"奉琦不忍心继续说，但又不得不说道："仲仪，我这次回来，是受中山先生的委派，回四川发展组织，组织起义，推翻满清政府。"

"哦……"当丈夫说道"起义"二字时，仲仪的心一个激灵，半天没有说话。

奉琦知道自己的妻子是一个连鸡都不敢杀的善良的女人。遂转变了话题，问了些井灶上的事、碧九哥和两个弟弟的情况。这当儿，贤儿在床上"嗑"了两声，仲仪知道儿子要尿尿了，即起身来到床前，抱起儿子来对着马桶"提尿"。奉琦看在眼里，痛在心里……

这天晚上，仲仪失眠了，她的脑海里不断出现父亲刘鉴潭给他讲过的"李蓝起义军"发生在贡井的故事——

刘鉴潭说，五十年前，民间叫"李大大儿造反"的李蓝起义军——就是云南昭通的李永和和蓝朝鼎为首的农民起义军，打着"顺天军"以"不交租、不纳粮、打富济贫"的旗号，挥戈北上。其声势浩大，向四川进军。克筠连、占高县、降庆符、攻叙府（宜宾），义军一路旌旗所指、所向披靡。部队直指富荣盐场欲劫富济贫。

咸丰十年（1860）元月中旬，义军部分从宜宾观音铺到富顺后，分别深入贡井和长垰（土地坡一带）屯兵天池寺和谢家松林与清军对峙抗衡。时年二月，义军另一部分由张第才（张五麻子）率队从观音铺寻道来贡井，欲与天池寺义军合伍。为避清军锋芒，义军不渡马跳溪（贡井金鱼河）荣溪河（旭水河）绕道高洞、凤凰桥、经飞蛾山古道，欲从中溪河过桥来贡井与屯驻在天池寺的义军联合。清廷出于对盐业税收饷银关系的重要，急调蜀、陇、秦、晋等地清军赴川镇压清剿义军。驻防在桐垱（自流井）的清军获得探子密报，遂派清将明耀光伏击。明耀光利用中溪河桥是必经之地，以水为障，且两岸灌木林立、席草丛生，易于隐蔽的地貌特点，布兵藏匿其中。苦于奔路的义军，毫无防范准备，当进入瓦窑冲伏击圈后，伺候在河边野地丛林席草中的清兵，倏然跳出岌岌厮杀，猝不及防的三百义军因寡不敌众，惨遭戕害，尸横遍野，血流成河。殉命义军的尸骸，堆埋在中溪河河口田旁边的无名支沟内——向义镇枇杷村位于乌龟山和胡家湾之间地段，好久好久都没有掩埋……

义军得知此噩耗，上下愤慨，誓报此仇。即准备利用豹子山山势，诱清军设迂回路线围歼。同月16日，义军兵分两路袭击清军。一路西出桥头铺袭击住高坳清军。一路到李子桥后再向东进出发诱敌深入。当义军东进行至沙子坡（豹子山旁的山丘）时，路遇清军张万禄的部队，义军同仇敌忾与清军激战厮杀，并用计佯装武不抵众败退，从大路迂回沙子坡、退转唐家坝欲引张万禄入瓮豹子山。张万禄见义军败退，邀功心切，带队上豹子山抄近路时，遭到义军痛击，反被义军步步逼困，围堵在豹子山上，相持久战，清军无援，势单孤守在豹子山顶待清军救援。下午申时，义军施计化装为清军，向山上呼喊："张将军，我们来啦！下来吧！"张万禄不知是计，信以为真，带队下山后才辨认出是"李大大儿"的部队，这个时候的清军知道中计，但已失去地利、被断其后路、陷入重围。义军为报中溪河遭杀之仇，各个义愤填膺，同仇敌忾，英勇厮杀，斩杀清军副将张万禄、参将施家泽、吴都司。清军士卒三百七十余人全军覆灭……

她清楚地记得，父亲最后说道："发生在贡井的起义军和清军的战斗一共死了七百多人，死的大都是普通老百姓，这是为什么呀？为什么要打仗呀？人为什么不能和好相处呀？"

第二天，仲仪还是忍不住问丈夫道："夫君，你不是去日本留学，学习他们发展的经验了么？"

奉琦回答道："是呀，是去学习日本发展之道的。"

"可是，他们从一个弱小的国家发展成强国没有起义呀！"

"是的，是明治维新的结果。"

"那我们为啥不能像他们那样让国家强盛呢？"

"康有为、梁启超他们这样去做了，可是一百天就失败了，包括'六君子'在内的好多人都掉了脑袋。所以，对顽固的政权只有武装起义推翻它，国家才能进步……"

"你说的有道理，但是，中国历史上好多好多的起义不是失败了，就是胜利后又走老路了。"

"孙中山先生领导的起义和历史上的所有的农民起义都不同，我们的起义是革命，是要重造一个新国家，一个共和国……"

"孙先生的理想有可能实现，但是我担心你……"

"夫人，我知道你是担心我；不过，我会保护好自己的！"

"夫君，这个世界是纷繁复杂的，就像你们的船在三峡遇到风浪一样，风险说来就来了。好多时候，自己不一定能保护自己。"仲仪谆谆告诫道："你为国家、为民众做事情，是好事，但风险太大。你晓得，我们家再也承受不起打击了……你还是小心为要！"

"夫人，我会小心的！"奉琦说道。

"夫君，为了我们的育儿，你也该小心啊！"

"是的！是的"奉琦答应道："诶，夫人，今天，我们回打草沟去看看父母亲大人好么？"

"好吧！把贤儿带回去让爷娘看看！"仲仪道："我都好久没有回娘家了。"

"很好，收拾好了就走。"

五十七

奉琦他们离开日本之前，去拜见中山先生，想听听他的指导。中山先生在说了要注意的一些事项后，特别叮嘱道："袍哥在四川有较大实力，又是一股可以争取的力量，你们回川后要借助袍哥的力量开展革命工作。"

四川袍哥又叫哥老会，是民间的反清组织。对"袍哥"这个名称，说法不一。读书人说是根据《诗经》上"岂曰无衣，与子同袍"的含义来的。袍哥兄弟们自己说是根据"三国"来的。说关二爷被逼降曹后，曹操奖予很多金银财宝，他只收了一件锦袍，平时很少穿着，有事穿上，却要把旧袍罩在外面。曹操问他原因，关二爷说："旧袍是我大哥玄德赐的，今受了丞相的新袍，不敢忘我大哥的旧袍也！"因此，这个袍哥组织曾叫"汉留"，含义就是从汉朝遗留下来的精神气节，源远流长地传到明末清初，明末清初的文学志士顾炎武、王船山和曾耀祖等人，暗中联合志同道合的汉族人搞民间秘密组织，以反清复明为号召，这民间组织，一直深入社会下层，蕴藏着潜在力量。故世俗有云："你穿红来我穿红，大家服色一般同；你穿黑来我穿黑，咱们都是一个色。"

中山先生器重的佘英原本就是一位袍哥首领。佘英，原名佘俊英，四川泸州人。1874年出生于一贫苦雇农家庭。童年上私塾，父早逝。母亲以手工劳动维持生计。佘英十二三岁即自谋生计，初学铜匠，继而当雇农。入泸州小市哥老会义字旗公口，又随小市武举人李孝恩习武。1894年中武秀才，声誉鹊起。1897年被会党兄弟推举为小市义字公口舵把子。泸州州官聘其为泸州团练大队长，缉捕匪盗，捍御桑梓。佘英骁勇善战，胆力过人，故奸猾豪强多闻风躲避而屡受嘉奖。佘英既得官府信任，又慷慨任侠，故拥戴者众，一呼百应。故有"任你英雄天下游，难过小市码头"之说。佘英自幼受苦，备尝艰辛，对清廷统治极为不满，加入哥老会后，受反清思想熏陶，目击清政不纲，更增其反清情绪。甲午战后的民族危机，给他以很大震动，八国联军入侵后，签订屈辱的《辛丑条约》，更使佘英受到强烈的刺激。于是乎，佘英弃职归家，在会党兄弟的赞助下，开一牛肉馆，广泛结识四方豪杰，川江一带无不知其大名。他坐镇泸州，声气通于上下游，欲有所作为，官府缙绅对他也无可奈何。

公元1904年，佘英从友人处阅得邹容的《革命军》和陈天华的《警世钟》等革命书籍，大受感动。适才"知道我们汉人，被满清压迫了二百多年"。再据自己的亲身经历，更感"满清是一个腐朽无能政府"。他"眼见我几千年来黄帝之子孙，还有亡国灭种之惨"。他思索："如不起来革命，推翻满清无能政府，除去一般贪官污吏，恐怕不能救四百兆同胞出水火也"。他决意仿效邹容、陈天华"唤醒汉人起来革命"。于是日持《革命军》和《警世钟》二书，到茶馆酒楼讲演，听者如堵，州官示禁。他就到乡场讲演，不稍畏避，差役亦无可奈何。

中国同盟会在日本东京成立后，川籍会员留日学生黄复生和同是川籍留日学生杨兆蓉联名写信邀佘英东游。佘英来到日本，受到革命党人热情接待，并与孙中山、宋教仁等中国同盟会领导人晤谈，思想豁然开阔。他"对革命主义极为倾折"，遂加入同盟会。

孙中山对佘英甚为器重，委任他为西南大都督，付以联络川、滇、黔会党以及沟通长江红帮声气之重任，派他回川，与谢奉琦、熊克武等共同进行四川革命。佘英欣然受命，为表决心，将昔年中武秀才时所得名字佘俊英，去其俊字，以示与清王朝彻底决裂。离日归国前，革命宣传家章炳麟、日本志士宫崎寅藏与之合影留念。宫崎寅藏还赠送佘英倭刀一柄，作护身之用，以申敬爱。

奉琦想：四川袍哥能不能和同盟会并肩战斗，就看西南大都督佘英的了。

五十八

贡井的冬天很冷，如果下点雨就更冷了。谢奉琦回到富荣西场正是数九寒天。连续几天来，天空低垂，飘着似雨非雨、似雪非雪的"雨雪"，寒风透骨。贡井街道上湿漉漉的，行人稀少，店铺冷清清的几乎没有生意。

奉琦回来的第三天是一个星期天，上午来到新街旭云轩茶馆。由于天气寒冷，奉琦没有在靠河的吊脚楼而是在大堂的一个角落里坐下。大堂里没有一个茶客。

"先生，喝什么茶？"幺师问道。

奉琦道："老鹰茶。"

"老鹰茶一碗！"幺师声悠悠地唱着闪进火房。

一会儿，幺师左手端着一铜船子盖碗，右手提着一把长嘴子炊壶来到桌前，将铜船子盖碗放在桌边，用手轻轻地一推。铜船子盖碗即"哗"的一声滑倒奉琦一方，不前不后，不左不右，恰到好处。奉琦刚刚把仰放在盖碗上的茶盖揭开，幺师即在一声"来啰"中提起炊壶来稍稍一倾斜，开水就越过两三尺远不偏不倚地斟到桌子对面的盖碗里了。然后说道："先生慢请！"转身离去。

少顷，丁丁和林锋走进旭云轩，奉琦看见了，即起身向丁丁他们招手道："这里！这里！"

丁丁和林锋来到大堂角落里的奉琦桌前。久别重逢的三位老同窗在一阵热烈的寒暄之后，分别在奉琦左、右方落座。

奉琦问道："二位同窗，喝什么茶？"

"能九兄，你喝的什么茶呀？"丁丁和林锋几乎齐声问道。

"老鹰茶，好久没有喝家乡的茶了。"奉琦道。

"我也喝老鹰茶。"丁丁和林锋先后说道。

"好，"奉琦转向火房方向大声喊道："幺师，再来两碗老鹰茶！"

"好哩！老鹰茶两碗！"幺师声悠悠地唱道。

少顷，幺师左手持两盖碗，右手提着炊壶来到桌前，如前一样地冲好了，离去。

"二位仁兄，咱们一别都两年多了，今天请大家出来，是想叙叙旧。"奉琦道。

"时间过得好快哟，天池山一别都两年多了！"丁丁感慨道。

"在旭川书院读书的情景，却依然历历在目！"林锋道。

"不知二位现在何处高就？"奉琦道。

"我们两个都在教书，"丁丁道："我在贡井两等小学堂教书。"

"我在自流井东兴寺高等小学堂教书。"林锋说道："是炳文书院停办后改办的新学。"

"哦，好好！"奉琦道："东兴寺我晓得；贡井两等小学堂在哪里啊，我还不知道呢？"

丁丁回答道："在文昌宫，就是原来的酌经书院停办后改办的新学校。"

"哦，新学校，很好很好。二位都教授国文课吧！"

"是的，能九兄，"丁丁说道："贡井两等小学堂开设了国文、算术、史地、修身、格致、英文、音乐、体操和说话等课程。我除了上国文课外，教师挪不过来的时候，还要上算术、史地、说话课。"

"东兴寺高等小学和贡井两等小学堂开设的课程差不多,"林锋道:"我主要上国文课,有时教师挪不过来,就要代上其他的课。"

"很好!你们都是全挂子!"奉琦道:"新学校好!去日本,才感觉到中国的落后,东洋走我们前面老远老远了。我们国家长期闭关自锁,'不知有汉',在整个世界的历史进程中,我们掉队了。我们井底之蛙,只看到簸箕大的天,没有走出去看到更加开阔的世界,没有吸收西方国家先进的理念和先进的技术,并通过教育来开启民智,提高国民素质。不过,现在终于有所进步了。亡羊补牢,未为晚矣!我说的有所进步不是指国家,而是指我们有一大批像孙中山先生那样的先知先觉者了。"

"是的,我们也都感觉到了。"丁丁说道。

奉琦趁势说道:"所以,我们应该全学习东洋,学习西方,否则不可能富国强兵,将会被世界列强瓜分。为救国图新,孙中山领导的中国同盟会于去年八月成立了。"

"从报纸上知道了。"丁丁说道。

"当时我们都很激动。"林锋说道。

奉琦在介绍了自己在同盟会的情况后,进一步压低了嗓音说道:"二位仁兄,这次我和熊克武、黄复生、佘英回四川,是受孙中山先生派遣,由我、黄复生和熊克武为四川同盟会主盟人。黄复生为成都分会会长,熊克武为重庆分会会长,我负责成、渝两分会的组织和宣传工作,佘英负责会党联络工作。其主要任务是设立革命机关,宣传革命大义,吸收党员,组织学生,联系会党,运动新军,发动军事起义,建立革命据点,推翻满清。"

"哦!明白了!"丁丁和林锋说道。

"今天,我约二位仁兄出来,是想了解了解我走后富荣盐场发生的一些较大的事情。"

于是乎,丁丁和林锋把自己知道的盐场情况给谢奉琦讲了。谢奉琦也用那支派克钢笔,逐一地记录在了一个小本子上。

奉琦再一次压低嗓音,说道:"谢谢二位仁兄!另外,想发展你俩加入中国同盟会。不知意下何如?"

"我很愿意!"丁丁说道。

"我也很愿意,"林锋说道:"原来想加入,但不知怎么办!"

"我没有猜错,你们一定愿意!手续和宣誓改天再办。"奉琦高兴地说道:"你们入会后,还可以先在盐场的学校发展一批党员,但要绝对可靠的,这点非常重要。"

"嗯！好！"丁丁和林锋喜形于色地说道。

"目前，至于是否在盐场建立同盟会机关，要看发展的情况而定。"

"明白了！"

"今天我们说的事情一定要保密！"

"一定！一定！"

"天气很冷，咱们就散了，改天再聚！"

"好！"

三人走出旭云轩，相视而笑，握别。

五十九

公元1907年春节过后不久，谢奉琦和熊克武先后来到泸州会见佘英。这是他们在轮船上的约定，更是佘英回泸州后拼命工作取得出色成绩而使谢奉琦和熊克武得以成行。

这天，谢奉琦在驿站租了一匹马，准备骑马到邓井关，然后赶乘沱江上的船去泸州。

一路上，灿烂的太阳光洒落在人们的身上暖烘烘的，仿佛春天破例地早到了，不像往年春节过后几天那样阴冷的样子。谢奉琦心情忒好，威武地骑在马背上，一边策马一边扫视着路旁的景致：宁静的田畴上疏落破旧的农舍，明晃晃的冬水田，还没有发芽的树木和偶尔行走在石板铺成的官道上的农人、盐担子脚夫……

奉琦胯下的这匹还算健壮的枣红马似乎也善解人意，时不时轻快地小跑着，钉有C形铁的马蹄，有节奏地敲击着官道上光溜溜的石板发出嗑啰嗑啰的声音，与马儿颈项上的一串铜铃发出的清脆响声相融合，好像天籁在这宁静的原野上铺陈开去……

想着和佘英、熊克武的相会，想着相会后要做的事情，想着中山先生的嘱托，谢奉琦的心热乎乎的。幸好路不长，不到一个时辰就到了邓井关。谢奉琦在邓井关驿站下马后，来到水码头，搭上了去泸州的盐船，可谓一路顺风地就到了泸州。

历史悠久的泸州，夏商时期即具有人烟，后来的朝代曾先后在这里设置巴郡、江阳县、犍为郡领江阳县、江阳郡建置泸州、泸川郡、川郡置泸川军节度。宋、元之际，蒙古军入蜀，泸州城先后迁治合江榕山、江安三江碛、合江安乐山，最终筑城于合江神臂崖，坚持抗战三十又五年之久。元代泸州属重庆路。明太祖洪武时期的泸州，或直隶四川行中书省，或直隶四川布政使司。清嘉庆七年（1802）泸州置川南永宁道。斯时的泸州已是万里长江上的一个大的港口。

谢奉琦第一步踏上泸州的土地是沱江和长江交汇处的小市。

小市在明代称小市厢，是泸州一个比较特殊的地方，是泸州重要的商贸集散地和码头港口。至少从宋代起，小市就因水运而开始繁荣起来。据史记载，南宋以来，临安的粮食、军马以及朝廷的物资全凭四川水运，每年运送的军粮达150万石。从泸州小市各码头发运的粮船达千艘，运量数万石之多。从沱江上游金堂运来的烟叶，资中、内江的糖，邓关下来的食盐，都在小市码头集散中转。永宁河下来的云贵山货、土特产品及朝廷贡品也在小市转川江中盐帮大船。运往邓关、自流井的竹木年达数十万根，各地卖往富荣盐场的牛年过数千头。小市各码头云集运盐大小船只4000余艘，泸州运盐船帮成为朝廷认可的川楚八大船帮之首，船家、船工上万人。运盐船只又分计岸、边岸、楚岸之盐船。盐船也就成了官船，凡出川士大夫、大贾巨商、行旅无不从小市搭乘运盐出川的船而下吴楚，达扬州转运河入京。荣州诗人赵熙笔下的"岁岁官船出故乡"就是这种景象的最佳注脚。

小市特殊的地理位置和四通八达的水陆交通，凭借一江水运托起小市数百年的繁荣，泸州木船盐运和盐关税收造就一大批大贾巨商。小市在沱江口为小河第一大码头，在川江上则是36个大码头中全国性的商业重要集镇。

小市人佘英是小市义字公口舵把子，在袍哥码头颇有影响力。

谢奉琦下船时，一股寒风袭来，身上打了一个寒战，心想：这两江汇合口潮气大，气温就是不一样。他背着简单行囊刚刚登上码头的几级石梯，就有几个大汉儿围拢来。其中一个满脸络腮胡子的人说道："兄弟，创兴汉留为何人？"

奉琦一头雾水，不知所云。

络腮胡子又问道："实行者为何人？"

谢奉琦亦不知所云。

络腮胡子遂道："那，兄弟，请跟我们走一趟！"说着，几条大汉即动手拉扯谢奉琦。

"莫不是碰到码头袍哥了？络腮胡子的问话莫不是袍哥的黑话？"这一瞬间谢奉琦心想："碰到袍哥好办，碰到黑帮就麻烦了。"

谢奉琦跟着几个大汉儿刚刚走出码头来到一条青石板铺成的有些沧桑的街上，就看见前方远远地一个人疾步走来，近了，一看，是佘英。佘英看见谢奉琦前前后后的几个大汉儿，遂喝道："咋子搞的？"几个人见佘英来了，遂跟佘英和谢奉琦拱手后作鸟兽散。

佘英道："玮颟兄，受惊了！没想到你都到了！"

"大哥，没事，"奉琦笑道："我想的是只要是遇到大哥的人，我就受保护了！哈哈！"

"哈哈！可能是他们见你的穿着打扮很西洋气引起的。"佘英道："不过，他们也不会随便下手，我们是有严格规矩的。"

"哦！他们问了我几句话，我一句都答不上来。我该学几句你们的暗语，正像同盟会的接头语一样。哈哈！"

"哈哈！"佘英笑道："就是就是！"

"一场虚惊，"奉琦道："不过，到了大哥的地盘上，我也不怎么害怕，只要说出你的大名来……嘿嘿！"

佘英问道："克武呢？"

"克武也是赶盐船，说他要明天才能到。"奉琦说道。

"哦，那好。"佘英接过奉琦手上的一个包袱说道："明天我们来码头接他。"

奉琦和佘英出得码头，在一条青石板铺成的街上走着。佘英介绍道："这条连接码头的街叫宝莲街。宝莲街有两里路长，是小市的一条主街道。自古以来宝莲街都是州官迎送朝廷官员的官道。宋、明、清代朝廷官员去泸州都是乘运河上的船到扬州，再乘长江上的船到泸州，在小市码头下船。"

"哦，千百年来中国的水路交通都是主力。"奉琦道。

"是的，明清时期，泸州水运的兴旺、商贸的繁荣。特别是朝廷改民运川盐为官运后。富荣盐场的盐船挤满了小市上码头、中码头、王爷庙和水淹土地。"佘英如数家珍般说道。

"富荣盐场的票盐主要靠人挑马驮贩运，而大量远销湘、鄂、滇、黔的引盐的交通工具就是船。"奉琦说道。身为富荣盐场盐业世家子弟的谢奉琦对盐的生产和运销还是比较了解的。

"富荣盐场的发达带动了周边地区的发展，比如，运输业的沱江、川江码头城镇，出产的牛只、木材、竹材、猪只等川南县份，从小市码头上的船只装载的运往盐场的物资上即可见一斑。"

宝莲街上走了不多久，佘英抬起右手示意道："玮颟兄，走这边！"他们往右拐走进一条小街。

走在和宝莲街垂直的这条小街上，佘英说道："这条街叫绫子街，由于卖布匹的店子居多而得名。"

奉琦道："哦！有特色。"

说话间，来到一座大门面街的院落前，佘英停下脚步，说道："玮颟兄，这就是我信上说的邓西林宅。"

"哦！不错！"奉琦见临街的木穿斗门上有一块大大的四周雕花木框的匾额。匾额为黑底金色柳体字书"进士及第"。门柱上有黑底花青文字对联，联曰："雒水北来滋小市，长江东去泽西林"。这座府第是邓西林（邓邦植）的父亲所建。邓西林的父亲曾任山西一知县，由于看不惯官场腐败，而辞官归隐，在当地颇具声望，等闲之人不敢滋事。

奉琦心想：看这对联，就知道这宅主人是何等之心胸宏阔，气宇轩昂耶！这是革命党人最好的联络地。因为，革命党人在此泸州频繁活动，必将引起清政府注意。这西林宅是一个清廷鹰犬不敢随意窥伺之所。

佘英推开半掩着的木质大门，招呼道："玮颍兄，请进！"

"好的！大哥！"奉琦边回答边步入大门。

这是一座典型的川南民居四合院。四合院坐北南向，房屋建筑制式为木穿斗、小青瓦、白粉墙。大门是一个不甚宽但有两丈许深的通道。通道两边临街的房屋已辟作商铺，通道走完是一个较大的黄浆石铺就的庭坝。庭坝里种植着一棵枝叶茂密的桂圆树和一些盆栽花草，其中以兰花居多。有几盆寒兰正开着，散发出淡淡的幽香来。庭坝中央有一口石缸，石缸里有几尾红色的金鱼在游动。走完庭坝是三开间的正房。正房后面是几间配房。庭坝的两方为东、西厢房。整座院子有房屋十数间。应该说其主人是一座富户人家了。

佘英他们刚走进大门时，一中年妇即打招呼道："佘老爷来了！"

"嗯！"佘英给介绍道："这是谢先生，我的好友；这是李嫂。"

"哦，欢迎谢先生！"李嫂道。奉琦点头致意。

"李嫂，我表叔在家吧？"佘英问道。

"在家，他说有点不舒服，躺在床上的。"李嫂回答道："他已经吩咐我把一切都安排好了。"

"哦，好！那就不打扰他老人家了。"佘英道。

佘英他们在堂屋的八仙桌前落座后，崔嫂即端来两碗盖碗茶。茶盏很精致：青铜船子擦得很亮，明如玉、白如纸、透如翼的江西细瓷茶碗上的彩绘图画为《宝琴踏雪》，并有题诗云：

    拥裘呵冻为谁来，折得横斜恰姓梅。
    一片寒香犹易写，千金兔屬果难栽。

有很深古文和古诗词功底的奉琦欣赏着茶碗上的诗画，不禁打了个寒战——

宝琴手上的梅枝告诉人们的就是"若非一夜寒彻骨,哪来梅花扑鼻香"的道理。他想,当今的中国正处于寒彻骨之期,很快就会迎来春花烂漫了,我就是为此而来泸州的啊!

"玮颀兄,喝茶,喝茶!"佘英见奉琦久久地凝视着茶碗若有所思的样子,遂打破沉寂热情地招呼道。

"好的!大哥!"奉琦道:"这家主人……"

谢奉琦的话没有说完,佘英就知道他想要了解的情况了,即说道:"这院子的主人邓西林是我的亲表叔,表叔祖辈都是读书人,表叔的父亲是一位进士,你看到的大门上'进士及第'的匾额,就是中进士后挂上去的。我表叔虽然学富五车,但每试不第,于是经营起盐船运业来,收益也不菲。后交给儿子经营,自己悠闲于家,舞文弄墨。不幸的是,他儿子在一次押运盐船过三峡时,遇大风大浪,船触礁倾覆而遇难。不多久,他儿媳妇患绝症离开人世。他们没有子嗣。我表叔娘去年也去世了。已近古稀之年的表叔身体也不怎么好,一个人住在院子里。李嫂是他家农村的远亲,帮他们家很多年了。表叔家的大凡小事都是李嫂在操持,表叔年迈后更是依赖李嫂。今儿,偌大一个院子只住着他们两个人。我表叔对我的事情很支持,虽说也担心我……"

"哦,是这样的。"奉琦道。

"所以,我有个打算,"佘英说道:"把同盟会泸州秘密机关设在表叔家。详细情况等明天克武来了再做计议。"

"很好!"

"我已经吩咐李嫂收拾了几间屋子。你和克武就住在这里,一人一间,吃住一应事情我都给李嫂交代好了的。就委屈你们了!"

"大哥,看你说的,"奉琦道:"安排得这么好,求之不得呢!"

佘英和奉琦来到西厢房的一间屋子,把行囊放了说:"有什么事情尽管找李嫂就是。我就先回家去了!明儿见!"

"好的!明儿见!谢过佘英兄!"

六十

第二天,谢奉琦和佘英在小市码头接到熊克武后,一起来到西林宅安顿下来。

佘英表叔邓西林家的西厢房有三间宽敞的屋子,谢奉琦住左边一间,熊克武住右边一间,中间的一间布置成客堂,供佘英他们议事用。客堂中间摆放着一张古老的雕花八仙桌、四条长板凳；正对门的一方和左右边摆放着木质座椅、茶几；墙上挂着字画条幅。

安排停当后，佘英他们来到西厢房客堂，四人落座，李嫂给客人们泡好茶后退出。佘英道："二位仁兄，欢迎你们到泸州来！我表叔这里比较简陋，但是很清静。二位都是第一次来泸州，就在这里多住几天。"

奉琦道："感谢大哥精心安排！"

克武道："很好很好！我们三兄弟又会面了。"

佘英端起茶盏来，呷了一口，放低了嗓音，说道："请两位仁兄来泸州，是想一起商量在泸州建立同盟会机关的事。"

"接到大哥的信后，我就很激动！"奉琦说道："这么短的时间，泸州就要建分会了！"

"很好！很好！我们合计合计！"克武道。

于是，佘英把他回到泸州的活动情况作了简单的介绍——

身为中国同盟会会员、孙中山任命的西南大都督佘英，遵从孙中山先生"喻会党以大义，为种族效命"的嘱咐，在返回泸州的一两个月里，走遍了泸州所辖的合川、叙永、古蔺、纳溪等各县。结纳这些县份上的会党领袖、仁人志士，介绍他们加入同盟会。目前川东南一带先后加入中国同盟会者数以百计，其中以会党中人最多。由之，川东南一带革命风潮开始兴起，佘英之名也因此鹊起。

泸州去各县，除合川外，大多数都是旱路，尤其是去古蔺县。佘英星夜奔走，风尘仆仆，历尽艰险。

一天黄昏，身材魁梧的佘英背着一个褡裢，在通往古蔺县城的两山之间的弯弯曲曲的石板官道上匆匆走着。当来到一个仄仄的山垭口时，骤然，黑压压的树林里"呼"的一声蹿出两个手持菜刀的人来，大声喝道："站住！"

佘英一个激灵，心想："遇斗棒客（土匪）了！"但神情十分镇定，说道："请问二位兄弟来自哪路神仙？"

"废话少说，留下买路钱来！"一个牛高马大者说道。

另一个矮个子"横批"（腰身）宽者说道："把褡裢留下！要不，就别想过去！"

江湖上闯荡多年、武功盖世的佘英心想：不敢报码头名称者一定是棒客（土匪），即厉声说道："老子今天就不，怎么样？"

两个人见佘英不肯就范，于是一起将手里的菜刀挥向佘英。说时迟，那时快，武秀才佘英飞起左腿将牛高马大者劈翻在地，顺势右腿一钩将矮个子撂出一丈多远。两人在地上嗷嗷直叫。

少顷，佘英厉声道："给老子起来！"

两个土匪乖乖地爬起来。

佘英又厉声道:"给老子过来!"

两个土匪以为又要挨揍,哆嗦着求饶道:"大爷!不敢不敢!"

佘英道:"啥子不敢?老子叫你们过来!"

两个只好"撒别撒别"(慢腾腾)地来到佘英跟前,手里的菜刀也早已不见了,垂着脑袋,听候训话。

佘英说道:"你们干了几回了?"

"就这一回!大爷!"

"看你两个都是'新式毛头儿'!说,咋要干这个行当的?"

牛高马大者哭丧着脸,说道:"小的是亲兄弟,家里有七十岁的老娘和妻儿,今年天干,租种的地颗粒无收,东家催租,实在没有办法……"

"此话当真?"佘英厉声道。

"如果有假,当雷打火烧!大爷!"两人齐声道。

凭借佘英多年闯荡江湖的经验,认为二人没有说假话,于是产生了怜悯心,遂道:"如果扯谎,当心你们的狗命!"

"小的不敢!大爷!"两人齐声道。

佘英从褡裢里摸出两枚银圆来递给二人,说道:"拿去做点小生意,不要再干这个行当了!"

"谢过大爷!小的不敢了!"两人跪在地上直磕头。

佘英转身扬长而去。走远了,还听见二人在说话来着。

牛高马大者说:"兄弟,今天我们遇到好人啰,不然我俩就没命了!"

矮个子说道:"哥,我们就用这钱起本做小生意,光明正大地过日子吧!"

"好,回去给娘说!让娘高兴!"牛高马大者说道。

佘英讲完这个故事,奉琦说道:"大哥好武功!"

克武说道:"要是我遇到就有点麻烦了!"

佘英说道:"我知道,二位仁兄在日本都练习过武功,对付这种草莽绰绰有余!只是要灵机应变,不给他们一点儿机会!"

克武说道:"嘿嘿!我和玮頵兄都有点武功,但还没有像这样实战过!"

奉琦说道:"还有,大哥心肠很软!"

佘英说道:"不是心肠软,是他们走投无路了,给他们指一条活路罢了!"

克武说道:"如果真的是惯匪,就收拾了再说!"

"对!"三人异口同声道。

接着,谢奉琦、熊克武和佘英逗(统计)了一下分别在乐山、自流井、贡井、宜宾和泸州发展同盟会员的情况，总的也有两百来号人了，泸州最多。三人商量决定成立中国同盟会川南分会，佘英任会长，并呈报设在东京的同盟会总部批准。决定将同盟会川南分会秘密机关设在泸州小市西林宅内，总会未批之前以"筹备组"的形式运行。

根据孙中山先生关于要借助袍哥组织的力量开展革命工作的指令，三人商定加快佘英进行了大量工作的川南会党整合工作，尽快把党会组织纳入同盟会的领导之下。

于是，决定主要由佘英出面，谢奉琦、熊克武幕后策划支持，加快了对川南一带袍哥等会党的整合工作。佘英凭借自己的声望，在袍哥等会党中倡导仁义不分上下，调解会党码头之间矛盾，托名"万国青年会"，把川南一带的会党合而为一。他倡导"万国青年会"无占左占右之分，仁义扯平，专讲会口，得到会党的拥护，"万国青年会"遂成为同盟会领导下的新组织。他们拟定了"万国青年会"的章程，并刊印成册，分发各地会党，并遣人分四道出发，一路集一旅之众，约定为首之人在中秋前夕到叙永商定大计。

第九章 运筹帷幄

六十一

设在日本东京的中国同盟会总会已批准成立同盟会川南分会。

泸州小市，西林宅，西厢房客堂。上午。谢奉琦和熊克武正在客堂里坐在八仙桌前各自清理着资料，佘英走进客堂来，三人寒暄之后，坐定。

这时，李嫂左手端着一盖碗茶盏，右手提着一个景德镇烧制的细瓷短嘴子茶壶，走进客堂来，把茶碗放在八仙桌佘英的一方，翻开仰放在碗里的盖子来，轻轻地仰放在光亮的桌上，左手稍稍地捂住茶壶盖，右手将茶壶嘴子对着茶碗微微倾斜，茶碗即斟满了滚烫的开水，然后拿起盖子来盖在茶碗上，微微一笑，说道："老爷，请慢用！"

"谢谢李嫂！"佘英客气道。

李嫂道："不客气，老爷！"言罢轻轻地退出。

聪颖、干练的李嫂，知道在这里住了些时候的谢奉琦和熊克武喝茶的习好。她每天给二位客人泡茶时，总是拿来谢奉琦第一天到西林宅时的那一套彩绘着《宝琴踏雪》画图和题诗的茶碗；给熊克武泡茶时，也总是拿熊克武第一天到西林宅的那只彩绘着《湘云眠芍》画图和题诗的茶碗。给熊克武泡茶的茶碗上的题诗云：

> 极夸泛彩赏崇光，签上仙葩契海棠。
> 字改石凉文妙绝，待烧高烛照红妆。

熊克武喜欢"字改石凉文妙绝，待烧高烛照红妆"这一联。他的志向就是要"字改"。

而佘英每次来西林宅，李嫂拿出的就总是彩绘着《女娲炼石》画图和题诗的这一套茶碗。这套茶碗上的题诗云：

> 赤纹斑驳迹何疑，辛苦当年构火时。
> 一石未安功所在，人间有此大传奇。

一次，李嫂到客堂冲茶时，谢奉琦曾叫李嫂把细瓷茶壶放在桌上，自己仔细欣赏来着。但见，这差不多一尺高、六寸阔之茶壶上的彩绘是《宝玉悟情》，其题诗云：

> 哥儿公子是行踪，彩服华冠画略同。
> 一曲鸿蒙唱开辟，方知怀抱有愚忠。

谢奉琦对景德镇瓷器有所偏好，除了因为它的白如纸、明如玉、透如翼和绘图、题诗的外在品相外，更是因为，在英文里"中国"写作"China"。

李嫂走后，佘英从怀里拿出一个挂号信封来，不无兴奋地说道："二位仁兄，批准了！请看东京总部的批文！"

谢奉琦和熊克武先看了有孙中山署名和盖有"中国同盟会印"方印的文本，心头说不出的高兴。三人即击掌庆贺。

"我想，能不能开一个川南分会的会员大会？一是宣读总部的批文，再是进一步讲解同盟会的章程。"佘英将茶盖拿起，在茶碗里荡了几下，呷了一口，说道。

"我也觉得可以开一个会员大会，以鼓舞士气，让会员进一步明了同盟会的纲领。"熊克武附和道。

"二位仁兄，开一个会员大会固然很好，的确能鼓舞士气；但是，现在我们分会不算'万国青年会'的成员都有二百余人，"心细的奉琦说道："开大会找不到适当的地方，就是找到了，也太打眼，容易暴露。"

"哦！我只顾高兴去了！"佘英恍然大悟般说道。

"也是！我咋子就没有想到呢？"克武猛醒般说道。

"没事!我们都太兴奋了!"奉琦道："我看，这样行不?开一个骨干会员会议。"

"行！玮颋兄说的可行，开一个骨干会员会议，会后由骨干会员将会议内容逐一传达下去。"克武说道。

"好！川南各县的骨干参加，"佘英道："还有，万国青年会所辖会党的首领都是同盟会员，就这些首领参加。这样算下来也有二十二人。"

奉琦说道："二十二人，不怎么好找地方。"

克武说道："也是，也有点打眼。"

佘英思索片刻后说道："我想到一个地方——洞窝。看要得不？"

奉琦和克武疑惑地望着佘英，想听他的下文。

佘英不快不慢地说道："我的一个好哥们儿，名字叫张锦海，是'万国青年会'下面一个会党的舵把子，也是同盟会员。他在洞窝有一个庄园叫洞海绿林，三二十个人吃喝拉撒和住宿都没有问题。我们可否在那里开会？"

"隐蔽么？"奉琦和克武异口同声问道。

"那里人烟稀少，人迹罕至！"佘英道："只是比较远，距小市有二十来里路。"

"远点好！"奉琦和克武又异口同声道。

佘英如此这般给奉琦和克武介绍了洞窝的情况后，大家决定中国同盟会川南分会骨干会员会议，在洞窝洞海绿林庄园举行。商量了会议议程、具体时间、参加人员名单，以及怎么联络，特别是交通不便的偏远地区的人员。由于参会人员辐射宽，联络和参会需要较长的时间，开会时间定在三月十六日。这样有半把个月的迂回时间。这次会议虽然只开半天，但偏远地方人员要提前到达，吃住都安排在洞窝洞海绿林。并商定，会议由佘英主持；熊克武宣读中国同盟会总部批文，介绍分会情况；谢奉琦在会上主讲同盟会"驱逐鞑虏，恢复中华，建立民国，平均地权"的革命宗旨，并主持讨论发动武装起义的部署等诸多问题。会议筹备工作三人分工合作。其中，佘英主要负责联络等会务工作；万国青年会的张锦海负责后勤和安全等事务。

当说到泸州本地的参加人员时，谢奉琦脑海里忽然冒出"汪蔚然"三个字儿来。那是他去日本前夕，在贡井天池山举行的一次登山会上，黄治皋和黄选舟兄弟带来的邻居毛汪太太的侄儿，泸州人，当时在泸州鹤山书院读书。遂问佘英道："大哥，你知道鹤山书院么？"

"当然当然！鹤山书院闻名遐迩、妇孺皆知啊！"佘英说道。

"那，你知道不知道，在书院读过书的汪蔚然？"

"哈哈，当然知道，"佘英笑道："他还是我们同盟会的会员哩！"

"诶，还是同盟会员？"

"是的，此人是泸州的一个大户人家的子弟，彬彬有礼，读书很上进，科考不第。原因是八股文过不了考官的眼睛。他读了不少西方的书，思想开化，很赞成中山先生的三民主义。我刚从东京回来，他从我手下那里知道我们是同盟会员，就要求加入同盟会。我的手下也很看重他的文采，于是就由我主盟而入会了。入会后，我在整合会党，组织'万国青年会'的时候，他出了大力——几乎所有的文字材料都是他整的……"末了，佘英道："玮颇兄，你认识此人？"

于是乎，奉琦讲了贡井天池山聚会的事。讲完说道："我看，汪蔚然还是一个人才！"

"哦！是这样的！"佘英道："此人可以，这次骨干会也准备把他列入。"

"好！列入！"奉琦和克武齐声道。

就这样，一个上午的时间就耗尽了。如果不是李嫂来客堂说"吃晌午"了，大家还没觉得肚子早已空空如也了。

于是乎，大家来到堂屋，见佘英表叔邓西林已经坐在八仙桌前了。须发冉冉的邓西林今天气色较好。他见几个年轻人走进，即欠身道："来，来坐！"

佘英在表叔左方、奉琦在右方、克武在下方坐下来。

奉琦见李嫂把甑子抱进屋来放在茶几上，连忙起身让座道："李嫂，来坐！"

"她跟我坐一方，"佘英表叔说道："我眼睛不好，她坐我旁边好给我拈菜。"

"哦！那好，那好！"奉琦边说边复回原位坐了。

"佘英，你看，大家喝点酒不？"邓西林说道。

佘英问奉琦和克武道："喝点么？"

"不喝，不喝，下午还有好些事情要做。"奉琦道。

"是的，下午还有好多事的。"克武道。

"表叔，今天下午大家都有事，酒就不喝了，空了再喝！"佘英对表叔说。

"好好！哪天老夫陪你们喝几杯泸州百年老窖！"邓西林开心地说道。

"好！"大家异口同声道。

于是乎，李嫂给大家盛上饭来，也就香香甜甜地吃起来。

"二位仁兄，你们吃出来了没有，这是啥子菜炒的肉丝？"佘英在一个二碗里夹起一筷子菜来，问奉琦和克武道。

奉琦和克武同时回答道："侧耳根！"

"贡井和井研有这道菜么？"佘英笑着说道。

奉琦说道："贡井有侧耳根，但是都是凉拌吃，没有和肉丝一起炒的。"

"也是！也是！"克武说道："这种吃法很独特，但很好吃！"

"哈哈哈！我走了好多地方，只有我们泸州才有这种吃法。"佘英笑道。

"我要回去给仲仪说侧耳根的这种吃法。哈哈哈！"奉琦笑道。

"我也要回去给内人说。太好吃了！哈哈哈！"克武笑道。

"哈哈哈……"满桌的笑声，让堂屋显得特别温暖。

"从这侧耳根的吃法，就可以看出泸州人具有革命精神，"笑罢，奉琦认真地说道："孙中山领导的这场革命，泸州也一定能走在前面！"

"就是！就是！"克武道。

"我们四川都会走在前面的！"佘英道。

"好！四川走在前面！"大家齐声道。

六十二

饭后，佘英离开西林宅回家去。谢奉琦和熊克武在各自的房间里休息了一会儿后，即起床工作。

谢奉琦是一个做事情一丝不苟的人。此刻，他正在自己的房间里准备资料，以便最终形成骨干会的讲话稿。

忽然，门上有指关节轻轻的磕磕声。听其轻重和节奏，谢奉琦知道是李嫂，遂说道："李嫂，请进！"

果然，李嫂轻轻地推开门，跨进屋来，递给谢奉琦两个信封，说道："谢先生，你的信。"

"哦！好！"奉琦接过信来，说道："谢谢李嫂！"

"不客气，谢先生！"李嫂说着话把门带转去离开。

奉琦看信封上的笔迹就知道一封是丁丁的、一封是妻子仲仪的。遂匆匆拆开妻子的信。

夫君亲鉴：

　　夫君离开贡井已有月余，近来可好？家里一切无恙，勿念！只是，自你走后，我们两岁多的贤儿时不时地要找你。一天半夜里，他还在梦里喊"爷"来着。

　　另外，告诉你一件大事：近日，富荣东、西两场工人开始了反对封建把头勾结清政府残酷压榨的大罢工，几乎所有的井灶都停下来了，包括我们谢家有股份的昌洪井、隆丰井和东源井等。这罢工是盐场有史以来最大规模的一次，说是罢工是由帮会和袍哥组织的，同盟会也介入了。局势有点乱。我担心我们的股份……不过，你放心，工人代表正在跟地方政府谈判。

我希望能和平解决。盐工要盘家养口，也难怪。夫君在外，保重为要！谨顺颂春祺。

妻　仲仪即顿　丁未年三月初一日

谢奉琦读罢妻子的信，一阵窃喜。自言自语道："好！开始行动了！"

谢奉琦离开贡井前，包括丁丁和林锋在内，上下两场已经发展了近二十个同盟会员。临走时，他曾经给丁丁等人说过："我是去泸州商量建立同盟会川南分会和开展武装起义的事。盐场的会员目前比较少，力量单薄，你们除随时听候我的通知外，还要根据盐场的形势，联络袍哥等反清组织，见机行事，参与其中，开展工作。"

于是，奉琦拿起他的派克钢笔来，给仲仪写了封回信，也给丁丁写了一封回信。

给仲仪回信表达了对妻儿的思念，对仲仪在家辛劳养育儿子表示感激。他对罢工的看法，写道：

……虽然，富荣盐场盐自太平天国"川盐济楚"以来，生产发展较大。其盐业生产在四川占了半壁河山；但是，盐场工人社会上受压迫，经济上受剥削，渴望改变现状。盐场工人的苦，我在旭川书院读书和几个同学考察东源井就已经感觉到了。你也听到过这样的民歌吧：有女不嫁烧盐匠/日日夜夜守空房/吃的盐水饭/穿的柳条裳/男人得了钩腰病/那一份苦呀苦难当/大的要医病/小的要吃粮/叫我一个妇道人家咋个办/呼天喊地泪两行。

我的仲仪是一个体恤穷苦人的好夫人。正如你说的"盐工要盘家养口，也难怪"。罢工也是革命的一种形式。盐场罢工的矛头是直指封建把头和清政府的。我给你说过的，孙中山领导的革命就是要推翻满清政府。这就是革命的前奏，这是一件大好事。即使我们家的股份受损失，那也是小事，要以大局为重。我相信你……

丁丁的信，主要说了一件事，就是他和林锋等同盟会员联系袍哥参与组织盐场大罢工的详细情况。谢奉琦给丁丁的回信大意是：罢工是革命的一种形式，是大革命在群众中的预演。肯定了丁丁他们参与组织罢工的重要意义。说孙中山很重视反清组织袍哥在革命中发挥的作用，希望他们坚持行动，跟工人代表打气，做他们的后盾。要逼迫当地政府答应工人的要求，否则坚决不复工。然后，通知他和林锋阴历三月二十六日来泸州参加川南分会骨干会员会议,并告诉了详细地址和交通线路。

奉琦写完信,把信封写好后,来到克武的房间,将富荣盐场组织大罢工的情况告诉了克武,并说盐场的同盟会员参与了组织工作。

"哦!太好了!"克武挥着拳头兴奋地说道。

谢奉琦走出西林宅,来到宝莲街的店面仄仄的邮电所,在柜台上买了两张邮票贴好,将两封投入邮筒。然后走出邮电所,大步流星地往东走。走着走着,听见身后有人喊他:"玮颜兄!玮颜兄!"

奉琦转过身去一看,脑子里闪现出两年前天池山的瞬间印象来:身材不高,穿着青色学生装,面庞清秀,灵活地转动着眼珠子望着自己,微笑着不作声……顿即,高兴地伸出手去,说道:"哦!蔚然兄!"

"啊啊!玮颜兄,我们又见面了!"汪蔚然摇动着紧握的手兴奋地说道。

"是呀!没想到在这里谋面!"奉琦道:"你在小市住家?"

"是的!就在宝莲街西头。"

"哦!"

"玮颜兄,能去我家坐坐么?"汪蔚然压低了嗓音说道:"好想听听你讲东京的事情哩!"

做事很谨慎的谢奉琦来泸州好久了,基本上都是在绫子街的西林宅里工作,除了和熊克武去过一次佘英家外,还从来没有走街串巷过。他想,上午佘英说汪蔚然是同盟会员,在组织万国青年会中帮了佘英的大忙,也要参加川南分会骨干会,加上好久没有见面了,去汪蔚然家坐坐也好,也就凯爽地答应道:"好哇!"

于是乎,汪蔚然边介绍宝莲街的情况,边往西头走去。

六十三

宝莲街走完就是庄稼地了。在宝莲街末端街北有一道开向街面的木质大门半掩着,门上一块不大的黑底绿字匾额书"裕庐"。汪蔚然见谢奉琦注视着有些年深了的匾额,遂一边推门一边说道:"很寒酸!玮颜兄,请进!"

"不!不!"奉琦客气道:"很有韵味儿!"

这是一个较小的四合院,石板铺面的庭院里安放着两只大大的青瓷花缸,满满的两缸水很澄澈。阳光下,几盆花卉开始吐新蕊。

裕庐小院有正房三间,左、右厢房各二间,下房和槽门共三间。

"很寒酸!玮颜兄见笑了!"汪蔚然再次说道。

奉琦心想，即便在繁华的小市这小院也是很不错的了，遂赞扬道："不！小巧玲珑！不错不错！"

汪蔚然带谢奉琦往堂屋走时，一位身材姣好的年轻女子走过来，她脚蹬米色高跟皮鞋，身着虾色提花软缎的旗袍勾勒出她身段的浅浅的S形来。她脸蛋如瓜子，肤色似桃莲荷，位置恰到好处的五官秀气而温顺，黑黝黝的头发绾成盘龙髻。这年轻女子微笑着，迈着碎步不紧不慢地迎上来。蔚然即介绍道："这是我内人上官淑媛，这是我贡井盐场的好友谢先生玮颁。"

"欢迎谢先生！"汪夫人欠身喜形于色道："蔚然经常说起你来着。今天终于来了！"

"汪夫人，打搅了！"奉琦彬彬有礼道。

三人相互寒暄后。主人把客人让进西厢房的客堂，宾主围着一张不大的圆桌落座。这时，进来一十六七岁，穿着提花短袄，编着两条青幽幽辫子，辫子尾端扎着红头绳的小姑娘。这小姑娘刚到堂屋门口，即嫣然一笑，没有说话。这时，汪夫人说道："沉琰，去，给客人泡茶来！"并递了一个神秘的眼色，聪慧的沉琰又嫣然一笑转身离开。

奉琦环视堂屋一周：但见，正面墙上挂着一幅较大的名人山水绘画装框横幅，下面是一长长的猪肝色条形案头。案头上摆放着青铜雕塑维纳斯、耕牛和奔马。客堂正中摆放着一张猪肝色小圆桌和数张圆凳，两边各四把猪肝色圈椅和两张茶几。

少顷，沉琰左手端着一茶盘，盘里放着三个玻璃茶杯，右手提着一个铁壳喷花保温瓶不紧不慢地来到客堂，在圆桌上把茶泡了。先端一杯给客人，微微笑道："先生，请用茶！"

然后，把两杯茶放在汪蔚然和夫人面前，嫣然一笑，没有说话，转身把保温瓶放在旁边的茶几上不快不慢地离去。

这屋子的陈设、茶杯、水瓶和铜雕塑，让奉琦感觉到这一家人有活力，充盈着现代感。

"谢先生，你尝尝这茶，怎么样？"汪夫人操着圆润的泸州口音说道。

奉琦揭开玻璃杯盖子，轻轻地呷了一口，抿了抿，说道："好喝好喝！汪夫人，这是什么茶呀？"

汪夫人微笑着不紧不慢地说道："这是庐山云雾。"

汪夫人的话，让细心的谢奉琦思忖：自己先前捕获到汪夫人给沉琰递眼色的一瞬，就是示意要用上等茶叶吧？遂道："好茶好茶！还从来没有喝过哩！"

"玮颁兄，这茶叶不多，等会儿带点回去！"汪蔚然道。

"不不！"奉琦忙道。

"玮頯兄，我们两兄弟，就不客气啦！"汪蔚然笑道："这茶是朋友才从江西带回来的，有两听子哩！我也是借花献佛！"

"我家沉琰很懂事，现开的茶叶听子，稀客来了得嘛！"汪夫人圆润的泸州嗓音在客堂里回荡着。

"哦，受之有愧啊！"奉琦真诚地说道。

"没有！没有！你是蔚然的好朋友呀！"汪夫人起身把旁边茶几上的保温瓶提起来，揭开盖子，再揭开软木塞，给奉琦和自己的丈夫冲了点开水后，说道："谢先生，你们摆龙门阵，我要告退了！"

"哦！好！汪夫人听便！"奉琦道。

汪蔚然笑道："也好，娘们儿在场，我们大爷们儿的，还真不怎么好摆龙门阵哩！哈哈哈！"汪夫人娇嗔道："嘿嘿！我也真听不懂你们男人摆的龙门阵，尤其是同盟会什么的！"

汪夫人转身侧着身子跨出高高的木门槛，高跟鞋即敲着地面，哒哒地往下房走去。下房是厨房。汪夫人是想吩咐沉琰跟客人准备一顿可口的晚餐。

"蔚然兄，家里就只有你夫人和沉琰小姑娘？"奉琦问道。

于是乎，汪蔚然说道："我们汪家曾祖父辈开始做竹木材生意。就是从长宁、江安这些地方收购竹木材来卖到富荣盐场。木材主要是搭天车用的杉木，竹材主要是做输卤枧的楠竹。当然也有其他的木材，比如松木、楠木、香樟等，其他的竹材，比如编制装盐巴的篾包、制作天车'风篾'和牵滕用的慈竹，汲卤筒用的斑竹等。小市做竹木材生意的有好几家，我们家算是其中不大的一家，但每年的收入也不少。我祖父常说，我家是托富荣盐场的福才发展起来的。"

"富荣盐场的发展，也确实带动了周边地区经济的发展。"奉琦说道："但是，盐场也有诸多的不如人意啊！"

"怎讲？"

"盐场的工作条件差，盐工很苦，贫富悬殊很大！"

"哦！"

"这些是需要改变的。但是，在现有的社会制度下是改变不了的。这也是我们要革命的理由之一吧！"

"嗯！"汪蔚然说道："我说的是我们祖辈是发财致富了，但是到我父亲时，他的性格不好，没有摆平帮派间的关系，而把大多数的生意丢了，甚至遭人暗算，死在长宁了，我母亲也气病了……"

屋子里沉静了好久好久。汪蔚然接着说道："我父亲是单传，我也是单传。

现在我们家只有我常年卧病的母亲、我妻子和沉琰。沉琰是个孤儿，我父亲从安溪捡回来养大的，现已二八了……"

"你和夫人没有子嗣？"

"没有！我们结婚四年多了。哎！"

"哦！对不起，蔚然兄，我不该问这些！"

"没什么，玮颁兄，咱们是兄弟，没有什么不能说的！

"嗯！我们说说别的吧！"

"好！说说你在东京的事情吧！"

于是乎，谢奉琦把在东京两年多的事毫无保留地给汪蔚然说了。比如，抵制日本"取缔清韩留学生规则"陈天华蹈海，学习制造炸弹，东京欢迎孙中山先生的大会，在孙中山先生家聆听教诲，同盟会的成立等。汪蔚然听得津津有味，如痴如醉。

"只要同志们努力，一定能实现孙中山先生提出的'驱逐鞑虏，恢复中华，建立民国，平均地权'的同盟会纲领！"汪蔚然说道。

"对，一定能实现！"谢奉琦坚定地说道。

两人在客厅里一边喝庐山云雾茶，一边摆龙门阵，无所不谈，毫无顾忌，真跟亲兄弟一般。奉琦觉得时间不早了，掏出怀表来看了看，遂起身告辞道："不早了！蔚然兄，我该告辞了！"

"还早哇！"蔚然道："吃了晚饭再走啊！"

"不不！我还有事！"奉琦抬起左腿来跨出高高的门槛道。

正当此时，汪蔚然夫人上官淑媛出现在客堂门口，用她圆润的泸州嗓音说道："谢先生，不能走，晚饭都做好了！"

"不不！不能太打搅你们了！"谢奉琦右腿欲抬未抬，推辞道。

"啥子打搅啊？就是一顿便饭！你和蔚然是兄弟，还有，看在和你弟媳妇儿初次见面的份儿上，也该赏脸，留下来呀！"汪夫人机巧的嘴儿甜甜地说道。

奉琦一转念：汪夫人话都说到这份儿上了，谢奉琦还真是不能再犟着走了，遂一边退回到客堂，一边说道："哎！既然汪夫人都这么说了，恭敬不如从命，看来这顿饭是不吃不行了！"

"嘿嘿！这才对嘛！"汪夫人胜利地笑了。

"玮颁兄！咱们去堂屋用餐！"汪蔚然引领道。

奉琦来到堂屋，感觉到了主人的热情：宽大的八仙桌上已经摆满了一桌。客随主便，汪夫人安排谢奉琦坐上方，其丈夫坐左方，自己坐右方，沉琰坐下方。

"诶！还有母亲大人呢？"谢奉琦道。

"我母亲好久都没有上过桌了！"汪蔚然道。

"哦！要多保重啊！"奉琦道。

主宾落座。汪夫人拿起一个酒瓶来，欲给谢奉琦斟酒。奉琦道："汪夫人，不喝酒，不喝酒！"

"谢先生，来到酒城哪有不喝酒的？"汪夫人说道："这可是资格的泸州百年老窖啊！"

"玮頞兄，喝点吧！"汪蔚然劝道。

"蔚然兄，我真的是不胜酒力啊！"奉琦道。

"就喝一点点，谢先生，领个情好么？"汪夫人说道。

"那，汪夫人，来一点点！"奉琦不好再推辞了，说道："还是那句话，恭敬不如从命。"

"这才像兄弟嘛！"汪夫人给奉琦的杯子里斟酒道。

"好了好了！"奉琦急忙喊着，一个一两大小的杯子还是斟满了。

当汪夫人给丈夫斟满一杯后，也给自己斟了半杯，沉琰不喝酒，舀了点汤水在杯子里，然后汪夫人举起杯子来，大家也跟着举起杯子来，汪夫人叫丈夫发话，她丈夫示意夫人发话。

汪夫人也就说道："欢迎远方客人谢先生光临寒舍，干杯！"

汪夫人说罢把自己杯子里的酒干了道："先干为敬！"

汪蔚然也干了。谢奉琦不敢干，只轻轻地抿了一口。

"不行啊！谢先生干了！干了！"汪夫人道。

"汪夫人，兄弟我实在是不胜酒力！"

"淑媛，饮酒随意，就让玮頞兄慢慢饮吧！"汪蔚然道。

"也要得！"汪夫人说罢给丈夫斟满一杯，自己斟了半杯。说道："其实，我从来不喝酒，蔚然晓得；但是，今天不同，稀客到，不能不喝啊！"

奉琦道："汪夫人豪爽！"

"非也，乃舍命陪君子也！"汪夫人提起筷子来，文绉绉地说道："请！请！"

于是乎，大家开始吃菜。高兴了，奉琦道："兄弟欢迎蔚然兄和汪夫人到贡井院子坝来做客，只是我家内人做菜的手艺不如汪夫人和沉琰啊！"

"兄弟谦虚了！我们一定要去！"蔚然说道。

"这是我和沉琰的烹饪技艺，让谢先生见笑了！"汪夫人谦虚道。

"很好！很好！"奉琦大口吃着菜说道："色香味俱佳！"

"听蔚然说过，谢先生诗词绝佳，何不来一首助兴？"汪夫人道。

"来一首，玮頞兄！"蔚然附和道。

"那，兄弟献丑了！"奉琦遂嗖嗖嗓子，逐字逐句，慢腾腾地吟咏起来：

天池一别两年逾，小市重逢宝莲西。
共筑同盟复兴志，临风把酒上官题。

"好诗！好诗！"汪蔚然夫妻齐声赞道："来！干了！"

奉琦离开时，天已擦黑，蔚然夫妇送奉琦到大门口，说要送他回西林宅。奉琦道："多谢二位了！请务必留步，留步！"

蔚然夫妇不好坚持，只望着谢奉琦潇洒的身影消失在暮色里，适才转身把大门关了，闩上。

六十四

泸州洞窝，虽为一个鲜为人知逼仄之地；但却是革命党人秘密活动的最佳之所。

泸州有一条龙溪河，是长江左岸的一条很小很小的支流。龙溪河弯曲蛇行，当水流到距长江不远的时候，河谷陡峭，河床陡然断裂，河水形成壮观的瀑布。瀑布背后是一个巨大的洞，故将此地名作"洞窝"。

洞窝河谷两岸林木葳蕤、草莽丛生，庄稼地不多，三五里路不见一农人房舍。虽然有官道通过，可是路人稀疏之至。一般城里人不会去洞窝修房造屋。不过，几年前，土生土长的洞窝人、万国青年会一会党舵把子张锦海，却在此建了一座偌大的庄园名其曰"洞海绿林"。其人其地其名，令人不假思索即一目了然。所以，谢奉琦、熊克武和佘英决定在洞海绿林召开同盟会川南分会骨干会员会议，谋划推翻清王朝武装起义的大事。

这洞海绿林庄园摆放在洞窝右岸的一块平地上，背山面水，体量宏大。从庄园槽门开始的一条石板大路通向二里以远的官道。

许是为了"不打眼"，洞海绿林庄园朝向龙溪河的木框架、小青瓦、白粉墙八字形大槽门看上去很一般，和一般的农家小院差不多，门上没有匾额和楹联之类的文字。稍稍不一样的是，门前有雕琢工艺粗放的石"门当"一对，后有木质"户对"两道。从槽门两侧开始往四周伸延的围墙不是土墙，不是砖墙，也不是梅花桩竹篱，而是由修剪整齐的、两人左右高的、密密扎扎铁蒺藜组成的"铁篱笆"。这"铁篱笆"围绕庄园及至庄园后边山脚。这"铁篱笆"别说人进不去，就是野兔、野狗也奈何它不得。

进得槽门是一条长长的石板铺成的丈许宽的甬道。甬道两旁是种植着高高低低桃、梅、桂、李、橘、橙、柚、梨、桂圆等诸多花木和果木的大园子。走完甬道，适才真正来到庄园大门。一样的八字形木架构、小青瓦、白粉墙，一样的"门当"和"户对"。只是门楣上悬挂着一块古旧的木质匾额，匾额书："洞海绿林"。左、右门枋上有木质双勾阳刻对联，联曰："洞海朝长江江山作画，庄园接龙水水岸为屏"。

进得大门，是五开间三进，两个大庭，数十间房屋的院落。房屋全是川南民居的建筑制式——木穿斗、小青瓦坡屋顶、白粉墙。院落左后方靠近山脚的地方有一座青砖砌成的碉楼，碉楼比院子房屋高出许多。碉楼是庄园用于防匪盗的安保设施，在川南地区多有之。譬如，宜宾江安的夕佳山大院、荣县龙潭的中坝庄园等等。

洞海绿林最有个性的是，第三进正堂（后厅）除和大多数正堂的布置差不多外，正面靠墙安放着一架高大的木质雕花《猛虎下山》屏风。如果移开屏风，可见墙上开有一道不宽的门，门上有锁，开锁开门进得门去，但见一个不大点的山洞。不过，这山洞能容一人直立行走。山洞直通龙溪河岸边的林莽处，有一道闩着的厚厚的木门，木门较宽处有一条不甚宽大的木船，有桨。洞海绿林山庄的人如遇叵测，可从这山洞逃至木门处，将木船推到河沿，顺流二里路至长江……

这山洞和山庄一起建成，天衣无缝，除了山庄的人，无人知晓。甚至后来的家丁、佣人都不知道。

洞海绿林庄园常年养有家丁、伙房、雇工等十数人，容纳三五桌人的吃喝拉撒住，一点问题都没有。

谢奉琦、熊克武、佘英三人，在同盟会川南分会秘密机关西林宅开会以后的第二天，佘英找到住在城里的张锦海，将会议的决定一四六九地给他说了，最后说道："锦海兄，这次你要多担待了，特别是安保问题！"

"大哥！没事！"张锦海拍着胸口说道："一切包在兄弟我身上了！"

"好！有你的！"佘英在张锦海膀子上重重地击了一拳道。

身材高大、体魄健壮的张锦海是一个做事雷厉风行的哥们儿。他一心想："既然同盟会分会的头儿们决定这次会在自己的庄园里举行，说明头儿们对自己的信任，也说明这次秘密会议的重要性。自己在佘英大哥面前立下军令状，一定要安排得丝丝入扣，除了让参会骨干会员吃好、喝好、住好外，更重要的是做到万无一失，不能有丝毫差池。"为了这次会议，他提前十天就回自家庄园里，坐镇指挥起来。谢奉琦、熊克武和佘英也提前几天就去到洞海绿林庄园帮着张锦海准备。远道如古蔺、永宁、富荣盐场、叙府等地的人员，也提前一两天陆续来到了洞海绿林。

白驹过隙，一晃三月十六日到了。同盟会川南分会的二十二个骨干会员也都到齐了。这天，洞海绿林庄园的火房、雇工、家丁各就各位、各司其职，忙碌起来。但是，外面看上去这庄园依然静静的，和往常没有什么不同，即便高高的碉楼也依然悄无声息地耸立在那里。只是，张锦海安排了两个家丁在碉楼二楼和顶楼里，从瞭望口不停地扫视着庄园周围的动静。槽门口有两个家丁在佯装打扫卫生和修剪铁篱笆。

会议在后厅中堂里举行。大家在宽敞的中堂里围着八仙桌和四周的椅子坐下，二十来个人也不显拥挤。

中堂里一阵寒暄之后。佘英、谢奉琦和熊克武三人在八仙桌前坐下来，中堂里即鸦雀无声了。

中国同盟会川南分会会长佘英开口道："各位同志、兄弟们，大家好！欢迎大家不辞辛劳来到这里，参加中国同盟会川南分的骨干会员会议。今天的会议有三项议程，一是宣读设置在日本东京的中国同盟会总部对成立川南分会的批文；二是讲解中国同盟会纲领；三是议定响应孙中山的在四川武装起义部署，在泸州、江安、纳西、叙府和成都等地举行武装起义事项。请各位注意，这次会议非常重要，具有很强的保密性。下面请熊克武同志宣读中国同盟会总部批文。"

会议按照谢奉琦、熊克武和佘英三月初"西林宅会议"拟订的方案顺利进行并作出了决定意见。

在讨论武装起义时，与会者各抒己见，各出主意，讨论很热烈。

熊克武认为，发动武装起义应该分几路进行，只要有一路行动成功，就会产生震动全川，甚至震动全国的影响力。

佘英认为，武装起义首先要有人和枪。所以，应该争取川、滇、黔一带的帮会势力参加。因为他们势力很大，既有人，又有枪，官府还不敢过问。

永宁人在自流井树人学堂读书时参加同盟会的黄方，提出武装起义的主要力量应该还是同盟会的革命党人。因为，利用帮会势力，固然对革命有利；但是，要注意到其中的不利因素，比如其中人员复杂，良莠不齐，要用他们必须在其中大力斡旋，化解矛盾，统一于革命目标。

黄复生考虑的是武装起义需要的枪支弹药。认为，这不能仰仗别人，需要同盟会员自己制造枪支弹药，这样才能保障供给。

大家就上述同志提出的问题，提出了一些具体的意见和建议。

就在此时，一个家丁匆匆走进会场，在坐在八仙桌旁的张锦海的耳边小声说道："老爷！有几个人在大门口转悠……"

张锦海立马起身跟随家丁急匆匆来到大门口，但见三个背包罗伞者在和一个家丁说话。一问，原来这三个人走迷了路，两顿没吃饭了，肚子饿了，想讨点吃的。张锦海看这三人的样子不是坏人，即叫他们进到下厅，叫伙房弄了些冷饭用保温瓶的开水泡了，抓一碗泡菜来，说道："将就了！抱歉！"

"谢谢大爷！谢谢大爷！"三人边大口大口地吃饭，边说道。

张锦海说道："你们去长江码头，要倒转去，在交叉路口往右再走四里多路。"

"好好！谢谢大爷！"三人异口同声道。

少顷，张锦海送三人到门口，再次说道："出去，三岔路口往右拐！"

"谢谢大爷！谢谢！"

看着三人走远了，张锦海才返回上厅会场。

此间，谢奉琦重点和各位同志讨论了发动武装起义的地点、路线等问题。最后，谢奉琦郑重宣布会议关于武装起义的决定意见道：

"四川武装起义兵分四路；一路为叙府，由谢奉琦、杨世尊、刘永年主持。"

"一路为泸州，由佘英主持，并团结巡防军哨官刘安邦及川滇黔会党首领刘天成、刘子成、刘炳荣、张锦海各部同时并举。"

"一路为永宁，由黄方、杨维、杨兆蓉、马九成主持。"

"一路为成都，由佘切、谢持、龙光、王资军、黎清瀛主持。"

"会议从战略上认真讨论分析了黄方将永宁作为突破口的建议。认为，将永宁作为武装起义的突破口有四个有利条件：一是永宁地处川滇黔要道，山高地险，满清官府兵力薄弱；二是以刘天成为首的会党正盘踞在那一带；三是黄方家在永宁，可以作为革命军活动根据地；四是一旦永宁起义成功，刘天成领导的队伍即可驰赴泸州，内外夹击之下，泸州起义更容易成功，再与叙府起义连成一片，川南就可成为革命的根据地，加上成都的响应，同时在广安和嘉定举事，四川即可以由革命党掌控。

"另外，会议决定由熊克武和黄方联络川滇黔倾向革命党的人士协助起义。凡同盟会员骨干均须遵照孙中山先生指示深入会党之内和各地巡防军内发展会员，掌握其军事力量以配合起义。"

黄复生补充道："武装起义除了发动巡防军、会党势力，利用他们的武装力量外，还要得到广大民众的了解和支持；因而，宣传工作一定要跟上。如果没有广大民众的支持，起义必将失败。"

熊克说道："复生兄的意见使大家梦醒：我们谋划运筹，还差点忘了'民众'这一大块！"

谢奉琦说道:"我想,戊戌变法失败的原因固然很多,但一个重要的原因就是没有充分发动人民群众。维新派基本局限于官僚士大夫和知识分子,脱离群众,没有唤醒广大民众,也就没有牢固的群众基础。从'六君子'在菜市口被杀害时,围观群众的欢呼即可见一斑——你为了他们的利益去斗争,你被杀害,他们还很高兴——人民群众没有觉醒。所以,宣传群众这一环非常重要!"

佘英最后说道:"……关于四路武装起义的具体日期等,待即将举行的成都会议后最后定夺。此间,我们须做好一切准备,包括动员群众,等待命令。"

六十五

川南分会很重视黄复生在洞窝骨干会员会上关于宣传群众的意见。

会后,黄复生也暂时留在泸州,跟谢奉琦、熊克武、佘英他们一起,开展宣传民众的工作。

很快,他们大量编印了邹容的《革命军》、陈天华的《警世钟》《猛回头》、黄宗羲的《明夷待访录》以及《扬州十日》《嘉定屠城记》等单行小册子,并采用各种方式、各种渠道分发到川南各地民众手头。

谢奉琦从印刷作坊里拿到一包一包的散发着油墨香味的小册子时,心情非常激动。他想:这些小册子发到民众手里后,自然会有人继续传播革命思想,让更多的国人觉醒。我们的武装起义就会得到广大民众的拥护,那么成功即指日可待。

小册子果然起了作用。不几天,各地的茶馆酒店,乃至街头巷尾都有人谈《嘉定屠城记》,谈《明夷待访录》等。到处都能听到"满夷也太残忍了""汉人亡国已经几百年了"这样的声音。无疑,在群众的头脑里,已开始萌生"要活下去,要活出个人模狗样来,必须革命,推翻满清政府"的情绪。如果发生推翻满清王朝的武装起义,他们中有的人会积极参加,抑或声援,起码不会倒踢脚。这就是重要的群众基础,是革命之必需。

这些文章谢奉琦都读过,如今重读,越发认识到满人的残酷,其灭绝人性已经达到无以复加的地步。"必须'驱逐鞑虏,恢复中华',"他自言自语道:"纵炮指吾胸,刀架吾颈,此志也不容稍懈!"

当泸州各地的宣传工作进行了一段时间后,谢奉琦、熊克武和黄复生根据会议决定的起义兵分四路,感觉到成都这一路还需要做较多的组织工作。于是,他们三人于四月初匆匆赶到成都召开相关人员秘密会议。为安全起见,会议决定在远离市中心之西郊的草堂寺举行。

在古代，即便清代，中国民居在北方有泥墙、泥顶制式的，有窑洞制式的，也有少数砖瓦式和木结构制式的；在南方有木结构制式的，有砖瓦制式的，在乡间则多为泥墙草顶制式的，叫草房，尤其是在偏远的乡间。而且，草顶都是不完全相同的。比如，四川的川北和川南草房的草顶都大有区别。川南草房的草顶多用走水性不怎么好但"经渥"的谷草，用慈竹剖成两半边，夹住成排谷草的头并捆扎好，再将这"谷草排"从坡屋顶的屋檐处开始，一排压一排地捆扎在梁上，直到屋脊，其厚度在一尺许，其屋顶和屋檐处看上去"巾巾吊吊"的不甚整齐；成都一带草房用的草大都是走水性好但不怎么"经渥"的麦草，铺盖方法与川南大体相同，其厚度也在一尺许，不过屋顶和屋檐很整齐美观。

公元759年冬天，杜甫为避"安史之乱"，携家带口由甘肃陇右入蜀辗转来到成都。第二年春，在为官友人严武的帮助下，在成都西郊的浣花溪畔盖了一间茅屋来居住。他的诗句"万里桥西一草堂，百花潭水即沧浪"写的就是这里。他的《茅屋为秋风所破歌》里的茅屋也指此。杜甫在这里只住了4年，因严武的去世而离开成都，草房也不复存在。现在的草堂是后人多次重建扩建而成的，并名作草堂寺，以资纪念。

由于草堂寺据市中心较远，很幽静，清政府巡防兵也很少光顾；所以，四川同盟会党人黄复生、谢奉琦、熊克武和佘英他们选择在这里聚会无疑是明智之举。

这天一大早，四川同盟会党人谢奉琦、熊克武、黄复生、佘英、佘切、谢持、龙光、黎清澜、杨世尊、刘永年、黄方、杨维、杨兆蓉、马九成、张培爵、黄金鳌、陈伯珩等30余人。陆陆续续来到草堂寺"少陵草堂"亭。亭子不大，但是草堂寺的地标式建筑，参会者便于寻找、集中。人员到齐后即来到西边的一片林子里席地而坐开会。在林子里开会，如遇不测，也便于疏散。

会议由黄复生主持，谢奉琦主讲军事起义部署，然后进行讨论。

黄复生说道："各位同志：今天这个会议，是我四川同盟会党人根据中国同盟会'驱逐鞑虏，复兴中华，建立民国，平均地权'纲领，举行的第一次全川武装起义之准备、动员会。与会者都是同盟会四川各地的骨干会员，会议主要内容是谋划全川举行武装起义事项。下面请奉琦同志主讲全川武装起义的初步意见。"

谢奉琦说道："各位同志好！上月在泸州召开了一个会议，今天到会的人中也有人参加了泸州会议。泸州会议主要内容跟今天一样——谋划在全川分兵四路举行武装起义的部署，并形成了武装起义的初步意见。今天，是在更大的范围内，对这个初步意见做进一步讨论、谋划，使之更加完善，然后形成执行决议，以便按总体部署而分头进行。现在我把泸州会议形成的意见给大家读一下。"说罢，他从口袋里掏出泸州会议意见的稿纸来，如此这般，逐一地读了。

在熊克武对泸州会议形成的意见进行了较细的解说后，与会者展开了热烈的讨论。

当年初由黄复生主盟加入同盟会的富顺人、武装起义成都一路的主持人之一谢持和佘切、佘英、黄方、杨兆蓉等各抒己见，给武装起义提出了许多很好的意见和建议，完善了泸州会议的意见。会议开了大半天，最后形成了决议，然后各路按计划分头发难。

黄复生最后说道："同志们，这个决议将于今天下午印制出来，发给大家带回去，遵照执行。有什么情况，请各路主持处理；如果有大的情况，再行开会议定。"

"好！服从命令，听从指挥！"大家异口同声道。

第十章　喋血四川

六十六

黄复生、谢奉琦、熊克武和佘英,在成都草堂寺会议后的第三天,即奔赴先秦时期即属古夜郎国的疆域永宁策划武装起义。他们一直认为,永宁武装起义可以作为四川四路起义中的突破口的原因很多,但最重要的原因是,永宁有其特殊的地理位置——泸州南面一百余公里的永宁地处四川盆地和云贵高原过渡地带的中低山区。其东北面与四川泸州、合江和贵州赤水接壤,西南面与云南镇雄等地毗邻。也就是说,永宁地处四川、贵州、云南三省的交界处。几个地方的交界处,往往是政权管辖之鞭长莫及处,抑或"三不管"的薄弱环节。地区之间如斯,国家之间亦概莫能外,亦如泰国、缅甸和老挝三个国家之间的"金三角"。

武装起义永宁一路的主要领导者黄方家住永宁城南一座不甚大的院子里。其院子坐南向北,有大小屋子八九间。院子虽显老旧,但布局有序、干净、整齐、幽静。院子背后有一个不大点的凹岩腔。这凹岩腔有一股泉水,终年汩汩涌流。其水质忒好,是烧茶煮饭和制作豆花的最好饮水。

这院子还有个特别之处,就是它坐落在东西走向的一条街道之中段,院子大门开向街面,和其他的房屋相融,看上去,没有一点儿特别之处。如此,即更隐蔽,也即切合如果没有特殊的设施的话,那么"最热闹的地方也就最安全"的道理。

这天,谢奉琦、黄复生、熊克武、佘英和黄方一起在黄方家商议武装起义的事情的时候,黄方说道:"各位仁兄可能还不知道的是,我们永宁这个地方有点怪,它的北部是赤红色的丹霞地貌,而它的南部则突然变成喀斯特(KARST)地貌,而其分界线就在我家院子东西一条街道的南北。街北面的泥土是红色的,街南边的泥土就不是红色的了。如此说来,我的院子就正当坐落在这条分界线上的。"

谢奉琦给黄方开玩笑道:"黄方兄,你可是红白两道通吃的大将军啊!"

思维敏捷的黄方笑道:"那是!那是!我们就是要把革命党人和其他倾向于革命的会党团结在一起,集中用武,不怕鞑虏不垮台矣!哈哈哈!"

熊克武笑道:"哈哈哈!团结更多的人群,就是民间说的'一根筷子容易折,拧成的麻绳拉不断'的道理!"

对于革命形式,黄方分析道:"据我所知,满清地方官员害怕革命党人,更害怕洋人。革命党人一暴动,他们就要丢乌纱帽;得罪了洋人,不但会丢乌纱帽,还有可能被砍头。因而,洋人办宗教,他们就得维护。老百姓信了洋教,当了教徒,地方官员就不敢像欺侮普通百姓那样欺压教徒了。"

谢奉琦马上说道:"黄方兄说得很有道理!我想我们可以利用教会来组织革命宣传和武装起义。"

佘英很赞同二位的意见,说道:"对!我们可以团结袍哥组织'万国青年会',假借基督教的名义进行革命宣传活动。"

黄复生也赞成利用基督教开展活动。

于是,他们进行了分工,谢奉琦、佘英和熊克武负责伴装教会开展工作。黄复生、黄方负责炸药制造。

接着,谢奉琦他们印刷了一大批《万国青年会章程》到处分发和张贴。还以"万国青年会布道演讲"的名义组织袍哥聚会。在聚会上,宣传革命思想。官府眼看着众多的人聚会,以为是基督教的活动,也就睁只眼闭只眼,不予过问。如此一来,同盟会"驱逐鞑虏,恢复中华,建立民国,平均地权"的纲领,就神不知鬼不觉地一传十,十传百地走进千家万户,深入人心了。

永宁北街有一爿当地人开的茶馆,叫作"丹泉"。这家丹泉茶馆店面宽敞,摆放着十多张四方木桌、长条板凳。木桌和板凳的颜色看上去已经有些年深了,但依然很扎实。这爿茶馆自开张以来十多年了,生意都很兴隆。每天喝早茶、下午茶和晚茶的人不少。来丹泉茶馆喝茶的大都是年岁较高之无可事事者;也有许多年轻的,年轻的来丹泉,一般是交朋结友,或外地来永宁经商、办事者。茶馆生意好，有一个很重要的原因，一是这茶馆里每天都有文化活动，不是"讲圣谕"，就是唱柳琴，抑或说评书（怀书）。为此，老板特意在堂子右方靠墙的地方安放了一张比一般桌子更宽大，却稍稍矮一点的桌子，桌子上放了一张不大点条桌、条桌后面靠墙处放着一张木质椅子。这个有点搞笑的茶堂设施是西南地区常见的，也就是给唱柳琴、讲圣谕，抑或说评书（怀书）的艺人准备的舞台。

丹泉茶馆最早是因为"讲圣谕"而聒噪起来的。

什么是"讲圣谕"？话说，康熙九年（1670），康熙皇帝为了规范老百姓行为，颁发了"圣谕"十六条，要求农工士商、平民百姓照此规范自己的行为，以维护清朝的统治。开始的时候，由于这"圣谕"十六条是用言简意赅的文言文写成的，不是读书人都懂不得，须由地方官、军官向老百姓和兵勇讲解，使其心领神会，见诸行动。后来演变成说书人为百姓讲解。由于丹泉茶馆的一个绰号叫"神嘴儿"的说书人能列举古今中外、天南海北的诸多典故、民间传说来讲"圣谕"，很生动活泼，深入浅出，让人听起来津津有味，所以茶馆的生意也就忒红火。

这一天下午，佘英召集万国青年会永宁的人在丹泉茶馆聚会，此时，茶堂里坐的坐，站的站，挤满了人；门口也挤得水泄不通。原来是谢奉琦、熊克武和佘英三人在"布道"。武秀才佘英在堂子里比试了几下的开场白就赢得热烈的掌声；接着，熊克武爬上舞台，不慌不忙地、如此这般地讲了几个所谓的"圣经"故事，在一阵热烈的掌声中跳下舞台；紧接着，谢奉琦飞一样地跳上舞台，拿起惊堂木来"啪"的一声拍在小条桌上，全场即鸦雀无声了。谢奉琦用他响亮浑厚的声音大讲特讲现代"圣经"——《扬州十日》《嘉定屠城》，讲孙中山的"三民主义"。茶堂里的人听得时而咬牙切齿，时而唏嘘不已，时而义愤填膺……

正当佘英、熊克武带头不断鼓掌助威的时候，一个官儿模样的人路过茶馆，见茶馆门口围满了人，一个个地垫脚翘首，听得津津有味。即跟一个看客打听道："这里头在讲什么呀？"

"讲圣经！"看客不假思索道。显然，看客们都以为三民主义就是圣经。

"哦！"这个官儿模样的人"哦"了一声就走开了。

谢奉琦讲完后，佘英和熊克武则把《万国青年会章程》分发给听众。

后来，奉琦他们三人又在永宁县城里的一些地方多次布道讲"圣经"、传播"福音"来着。没过几天，"三民主义圣经"即不胫而走深入永宁百姓家了。

六十七

要进行武装起义，必须要有武器。武器可以买，也可以自己制造。可是，无论买还是自己制造都必须秘密进行。相比之下，买更困难些。黄复生又是在日本学过枪弹制造的，何不自己造炸药。

几天来，黄方家靠凹岩腔的一间后房里，黄复生、黄方和杨兆蓉等人都在抓紧时间制造炸药。因为，没有机械设备是不能造枪的；但是，可以造炸药，然后买来弹壳就可以造炸弹，也可以不要弹壳而制造成炸药包，威力也很大。

在这几个人中，只有黄复生在日本学习过枪弹制造技术。所以，大家都听他安排。他也成了制造炸药的主要"操盘手"。不过也得心应手，经过几天的工作，一批量的炸药已经制造成功。

这天深夜，奉琦、克武、佘英他们在跑了一整天做讲"圣经"的工作后回到黄方家，人已经很疲惫了，还去后房看看黄复生他们制造炸药的情况。

"二位，这些炸药可以装成好多个炸弹了！"复生指着散放在工作台上的炸药，不无兴奋地给奉琦他们说道："一时半时，没有弹壳，就可以制造成炸药包！"

"啊！看到胜利的曙光了！"奉琦说道。

克武、佘英也非常高兴地夸奖复生他们。

"三位仁兄，吃了晚饭没有？"复生问道。

"吃过了！"佘英回答道："我们一个人吃了一碗小面。"

"可要吃饱啊！"黄方道："厨房里还有冷饭，泡热了再吃点吧！

"不吃了！"克武和佘英齐声道。

"嘿嘿！这人也怪，饿过了，倒不想吃东西了！"奉琦道。

"那，你们先去睡觉吧！"复生道："今晚，我们要把炸药装完。"

"好吧！注意安全！"奉琦他们先后说道。然后回房洗漱后休息了。

这天深夜，万籁俱寂。突然，轰隆一声巨响，震惊栋宇。奉琦一下子惊醒过来，制造过炸药的他心想：莫不是复生他们出事故了？立马起身，和衣冲出房间门，佘英、克武也冲出来，一起跑到后房，黄方、杨兆蓉也在那里了。但见黄复生倒在地上，脸上鲜血直流。

"哎呀！炸药爆炸了！"奉琦喊道："复生！复生！"

"没事！没事！"复生自己猛然醒来，大家扶起他来。他摆了摆脑壳，说道："没事，皮面伤！"

克武道："必须马上去药房，看医生！"

"中医不行，也打眼，"奉琦道："马上派人送重庆治疗！"

"好！"佘英说道："我来安排，明天一大早叫革命党人朱之洪护送复生去重庆。

说话间，黄方已把家里唯一的一小瓶红药水（红汞水）拿来给复生的伤口处涂上了。

第二天，天刚麻乎乎亮，朱之洪来到黄方家，和黄复生两人扮成商人，戴上草帽，溜出黄方家，悄悄离开永宁，前往重庆。朱之洪护送黄复生到重庆后，来到一家加拿大人办的医院。经检查，只是皮面伤；虽然伤势重，但无大碍，打了一针，留院观察了两天后，拿了些药，也就出院返回泸州西林宅了。黄复生在失误中大难不死，即将原名"黄树中"改名为"黄复生"。即便此人在本书中一出场就被名作"黄复生"。

后来才知道，这次爆炸是那天深夜，黄复生在收纳包装，收瓶的时候，不知道一个瓶子里留有滤碘余末，误以铁器触之，而发生剧烈爆炸的。

炸药爆炸的巨响也惊动了永宁县署的县官、师爷和地方乡绅。他们明白这是革命党人在试验炸弹。当然担心一旦革命党人试验成功，他们就可能沦为革命的阶下囚。于是，他们加剧了对革命党人活动的调查。他们发现近来城里出现一些手拿《万国青年会章程》的人，鼓动百姓参加基督教布道，明是传播福音，暗地里却是宣传革命。于是，他们先去拜会了洋人，让洋人同意他们搜捕那些传播"福音"的人；然后开始行动。

爆炸发生几天之后，永宁城楼上忽然挂出了鲜血直流的革命党人的头颅。城墙上张贴的布告曰：

……近日忽有革命暴徒制造炸弹，意图不轨，危及我大清长治久安。我大清立国以来德泽在心，岂容暴徒纵乱，扰我太平？本县深受皇恩，职司一方，爰即捕获暴徒，就地正法，以儆效尤。凡我子民，宜当引以为戒，勿为革命狂言蛊惑为要……

一时间，永宁被一种肃杀的恐怖气氛笼罩着，清兵加紧了对黄方宅院的监控和巡逻，城内人心惶惶、人人自危——永宁一路的起义还没有开始就失败了……

将触犯了某群体利益的"罪犯"的头颅割下来挂于城楼示众，是中华民族有史以来即有之的行径。这种行径看起来很威武，有杀鸡吓猴的作用；不过，并不光彩，并不文明，而是野蛮、残忍之人性恶膨胀的象征；也可以说是这个民族的劣根性吧——综观世界，20世纪初叶，大多数法治国家已极度蔑视这种不文明的行径。因之，就从这一点而论，这个严酷、残暴、无丝毫人性的满清政权就不应该存在于世也！

六十八

泸州绫子街。川南同盟会秘密机关西林宅。西厢房。谢奉琦、熊克武、黄复生、佘英和黄方正在开会,分析和总结永宁事件的教训,并商讨下一步工作。

会议开始,佘英提议全体起立,向永宁死难革命党人默哀三分钟。接着,谢奉琦说了开会的主要内容,就是总结永宁事件,提出新的安排。

黄复生痛心疾首地说道:"各位同志,永宁武装起义还没有开始就失败了,还让我们的党人牺牲了,都怪我太大意了!太大意了!如果我仔细点,看看那个装滤碘瓶子里是不是还有余末,就没有这回事了。哎!都怪我啊!"复生说着,即泪流满面了。

谢奉琦则说:"复生同志,你也不要太自责了。你为此也负重伤了。俗话说'智者千虑必有一失'。这种事情哪个都是不愿意看到的。'前车之辙,后车之鉴'。我们现在更重要的是从中吸取教训,加强革命工作的保密性;还有就是一定要转变袍哥组织中冒冒失失、提起脑壳耍的错误的革命态度,防备洋人的出卖,这样才不会贻误革命。"

"各位同志,事情都发生了,这是天意,就不再去纠结了。"熊克武很中肯地说道:"据我这几天来的思索,原本列为重头戏的永宁起义,还没有开始就失败了的根本原因,在于制造弹药的地点选择不当。如果选择在远离城市的深山密林中,山高路迥,人迹罕至,即便发生爆炸,也没人能听见了!"

大家一致认为克武说得很对,即商量制造炸药的地点。最后决定将制造炸药的地点迁往古蔺的铁山煤矿,并遵照佘英的建议,决定由掌握了比较安全的炸药制造方法的革命党人、铁山煤矿技术员税钟麟代替身负重伤的黄复生负责技术工作,熊克武协助其工作。

谢奉琦最后说道:"我还清楚地记得,在横滨的时候,中山先生对我们的教诲'革命必成,民国必建。此历史之必然,不容置疑,我等不过顺乎历史发展之趋势,合乎人民之需要而已。然革命成功,亦不容易。我等革命党人,不仅应树立革命必成之信心,亦应具有大无畏之精神,革命成功乃有希望。不然一受挫折,即心灰意败,一见牺牲,即魂飞魄散,何足以谈革命?'俗话说:'失败是成功之母',只要我们不忘初衷,百折不回,矢志不渝,前仆后继,革命就一定会成功!"

大家先后说道:"不忘初衷,牢记先生教诲!"

佘英最后说道:"各位同志,下来后按今天的决定行动!"

"好！"大家异口同声道。

很快，制造炸药的工作场所搬到了古蔺铁山煤矿——

这铁山煤矿在一座座山均在近两千米高的崇山峻岭间。煤矿规模较小，只有一个出煤的洞口。虽然，这洞口开始较宽大；可是，进入后洞子后即逐渐变窄，到二百米左右的时候，洞子开始分为三条岔洞。挖煤工人即在岔洞里作业，然后用木托船拖出来。挖煤工人都是当地的农民，或城里的无业人员，抑或因犯事儿后潜逃这里的人员。煤矿工人都是清一色的男人。他们一个个赤身裸体、一丝不挂，只在脖子上搭一条污猫皂狗的汗帕，头上戴着一盏矿灯。由于一年三百六十天，几乎每天都在不见天日的煤洞子里作业，其体肤"卡白"得令人害怕。从支洞里托出煤时，只能勾着身子，甚至爬着将木托船拖出来。即便到了人可以站立的主洞，他们也得勾着身子使劲儿，才能把两三百斤重的煤船拖出来。

铁山煤矿的技术员、革命党人税钟麟，中等身材、眉清目秀、脸上有少许络腮胡髭，堪称美鬓公。他为人诚恳，不善言谈，善于思考，勤于劳作，颇受煤矿老板和工人的爱戴。

因为，开矿有时是需要爆破的；所以，税钟麟掌握了炸药制造技术，他又是佘英主盟的同盟会员，他的家就在距煤矿二里路远的地方。由于这诸多的因素，所以由他代替黄复生负责制造炸药的技术工作是再合适不过的了。再与在日本学习过枪弹制造技术的熊克武搭档，就是更加完美了。

税钟麟原本是古蔺城里的人，在重庆读过新学，偏爱地质学。五年前，古蔺铁山煤矿招募技术人员。矿家给出的优厚待遇是高工资，还赠一座宅院。他即应召而被录取了。于是乎，他全家人搬到了距煤矿二里路远的这座院子里。这是一个独院，虽然不大，也有八九间屋子；不新，也能遮风避雨。院子里住着年迈的父母、他和妻子，以及年幼的女儿五人，生活过得滋滋润润的。

在税钟麟家不远的地方有一个废弃了的煤窑，尚有铁骨架门，门上有锁。洞口以内十多米的地方比较高朗而宽阔，安放一两张案头，几个人工作绰绰有余。佘英去古蔺联络会党发展会员时，去过铁山煤矿，也去过税钟麟家，知道废弃煤洞的事，也知道这废弃煤窑的钥匙是掌握在矿里执着技术牛耳的税钟麟手里的。他当时就想过，要是在这神不知鬼不觉的地方制造弹药也就万无一失了。所以，会上说到制造炸药场所的时候，他就推荐税钟麟了，亦即得到了大家的首肯。

熊克武到达铁山煤矿后，很快把废弃了的煤窑利用起来了，他俩夜以继日地工作，很快就造好了几大箩筐炸药。熊克武将这些炸药伪装成粮食，秘密地运到了泸州，为泸州一路的武装起义做准备。

六十九

税钟麟和熊克武在古蔺铁山煤矿紧张地制造炸药的日子里,谢奉琦、佘英、黄复生则常在泸州商西林宅同盟会秘密机关商量着泸州起义的方方面面。

奉琦说道:"永宁武装起义给我们的教训是深刻的,泸州起义一定要做到滴水不漏、万无一失。"

复生说道:"是的。如果我们考虑周到些,特别是从正、反两个方面去推演,起义的成功概率会更大。"

佘英说道:"我们既要考虑到每一个有利因素,又要充分考虑到不利因素。多几个'如果'的设想。"

最终,他们在经过考察,掌握大量的背景情况下,再经过诸多设想的推演,形成了一个较好的方案,决定等熊克武回来之后再研究一次,形成统一意见后正式部署泸州一路的武装起义。

不久后的一天下午,同盟会川南分会决定在绫子街西林宅举行泸州武装起义举事前的会议。当谢奉琦、佘英、熊克武、黄复生、刘安邦、刘天成、刘子成、刘炳荣等革命党人陆续来西厢房客堂寒暄一阵落座后。同盟会川南分会会长、会议主持人佘英发话道:"各位同志,今天我们的会议的主要内容是研究、部署泸州起义。下面请奉琦同志讲前几天奉琦、复生、克武和我几个人商量的初步意见,然后大家讨论、研究,最后形成决议。"

谢奉琦把讲话稿摊在桌上,时而看,时而不看,不快不慢地说道:"同志们!今天参加会议的诸位都是泸州武装起义的领导人。下面,我说说前几天我和佘英、克武、复生等同志对发动泸州武装起义的看法。

"大家都知道永宁一路的情况了。中山先生告诫我们'革命必成,民国必建。此历史之必然,不容置疑……然革命成功,亦不容易。我等革命党人,不仅应树立革命必成之信心,亦应具有大无畏之精神,革命成功乃有希望。不然一受挫折,即心灰意败,一见牺牲,即魂飞魄散,何足以谈革命?'为遵循中山先生的教诲,不忘初衷,继续开展革命斗争,今天,我们在这里研究发动泸州武装的相关事宜。我们认为,发动泸州武装起义有其有利条件。"

"第一,占地利之优:泸州为川南重镇,位于川滇黔边界,地处水路码头,交通方便,背倚长江,无后顾之忧;东扼重庆,顺流可取;西邻叙府,可为声援;北取成都,无关塞之堵。是近可攻,退可守的军事要地,俗有'铁打的泸州之称'。若能攻占泸州建立革命军政府,将震动全国。"

"第二，占人和之优：泸州会党基础好，是佘英同志的老家。佘英同志是帮会著名首领，早年东渡日本，加入同盟会，受总部中山先生之命，回四川发动军事起义。他无论在同盟会内部，还是在袍哥会党内部都有极高的威望，有很强的号召力。"

"第三，占指挥之利：泸州是四川同盟会川南分会所在地。同盟会员人数众多，革命意志坚定，易于集中行动，在此地发动起义，必如挥臂运指。"

"第四，占财源之利：泸州本部运业巨子席成元同志为同盟会员，正在负责筹集军费，可以保障起义军的物资供应。"

"第五，占天时之利：每年端午节，泸州都要举办龙舟竞渡盛会。届时，四面八方，山南海北的人群必来观看，官府也必会前来主持活动。那么，官衙的防卫一定会松懈。若此时起义，里应外合，一定能一举攻克府衙，再打开监狱放出犯人。帮会兄弟又可以在江畔官兵回救时，趁乱擒住州官，命他号令全州官兵放下武器，起义就成功了。"

至此，谢奉琦停下来，端起茶盏来喝了一口，接着说道："我们也有不利因素。现在已是阴历四月下旬，距五月初五，没有多少时间了。而我们的枪支弹药太少。虽然克武从山中运来一批，但还是远远不够，现在加紧制造也来不了。若想从敌人手中夺取，牺牲必定会很大。各位同志，怎么办？"

佘英说道："下面，请同志们对发动泸州起义的意见展开讨论，各抒己见，出谋划策。"

与会者一致认为谢奉琦同志的分析很到位；但是，还要做一个起义的具体步骤、力量安排落实到人头、位置等的实施方案。就像修造一座房屋一样，要有总体蓝图；还要在总体蓝图的基础上，做出具体的施工方案来。

大家认为，在五月初五端阳节发动起义固然很好，但是，巧妇难为无米之炊，枪支弹药不足会大大地影响成功的概率。所以，将起义时间推迟到十月，这样有几个月弄枪支弹药的时间。

会议最后决定：一是将起义时间推迟到阴历十月，二是由谢奉琦、佘英负责起草泸州起义的具体方案，三是由熊克武、税钟麟和黄复生负责组织枪支弹药，四是此间根据情况召开相关人员会议。

七十

公元1907年阴历十月，深秋的泸州小市，天高云淡，落叶满街；绫子街西林宅庭院里菊花怒放。空气中回荡着秋天的<u>丝丝儿凉意</u>。同盟会川南分会在西厢房客堂里召开泸州武装起义第三次会议。这次会议参加者除谢奉琦、佘英、熊克武、黄复生、刘安邦、刘天成、刘子成、刘炳荣外，增加了黄方。

体态轻盈、衣着得体、白皙的满月上始终带着微笑的李嫂给每一位客人沏好盖碗茶后，淡淡一笑离开了西厢房客堂，来到院子里转悠、时不时地来到半掩着的大门边，佯装着打理门扇，抑或打扫清洁——每次同盟会革命党人在这里开会时，聪慧、干练的李嫂总是负责安保工作。在开会过程中，如遇可疑情况，她就会立马用"嘿——嘿嘿"暗号来通报。斯时，与会者就会转移到隐蔽的后堂，待情况解除后，她即会用"哈——哈哈"暗号解除。

李嫂离开后，同盟会川南分会会长、会议主持人佘英宣布会议开始，他说道："各位同志：欢迎大家来到川南分会西林宅机关参加泸州起义第三次会议。这次会议的主要议题是讨论通过依据前两次会议精神而草拟的武装起义方案（草案）。下面请奉琦同志宣读方案（草案）。"

谢奉琦拿起放在桌子上的稿纸来，不紧不慢地宣读了泸州武装起义方案（草案），然后说道："这个草案是由我和佘英同志根据第一次、第二次泸州会议精神和会后大家的意见和建议，经过综合考量后起草的，请大家审定。"

由于起草人考虑周全，充分估计了每一个细节的正反情况，所以大家对方案没有提出异议，而举手通过。

佘英说道："各位同志，下面请奉琦同志宣布泸州武装起义命令。"

谢奉琦操着干脆明快的盐场人口音，看着稿子严肃地宣读道："中国同盟会川南分会泸州武装起义指挥部命令：

"一、命令刘安邦、鲍九成等同志率领巡防军先期于江安起义，引泸州巡防军前往镇压，江安巡防军避其锐气，顺流而下，与各路起义军会师攻打泸州。

"二、泸州方面，责成谢奉琦、席成元等同志领导起义。佘英同志负责部署有训练、有纪律的会党三千人埋伏在泸州城内，举火为号，党人和会党分三路进攻道台、知州、都司三衙门，同时另派一路义军打开城门，迎接刘、鲍部队和城外会党弟兄进城。

"三、命令刘天成率领所部为外援。

"四、熊克武负责通知叙府、成都及时响应。

"五、定于丁未年十月初十（1907年11月14日）发动起义。"

佘英最后说道："请各位同志按照命令，各司其职，各负其责，做好一切准备，准时举事！"

七十一

　　随着阴历十月初十日子的临近，泸州的旅店陆陆续续来了越来越多的旅客。很多旅店都挂出"客满"的牌子。没有什么特殊的理由，本地却一下子出现了这么多的外乡人，这原本就是一种反常的现象，很容易引起官府的注意。而有的旅客在住店时暴露了他们出行的目的——一个参加起义的袍哥未能改掉自己的袍哥做派，住了店拒绝付钱，还口无遮拦地对店员说："等拿下泸州后，会加倍付你房钱！"他的话引起店老板怀疑，马上报告了知州杨兆龙。

　　杨兆龙立即抓捕了这个袍哥房客，逼问其说出来起义的计划。又安排他回到起义军内做了奸细，图谋抓捕佘英。

　　幸好佘英发现迹象，逃走及时，适才没有被捕。

　　与此同时，谢奉琦等起义领导人也发现各地会党人员来到泸州后，有些人纪律观念不强，在当地惹是生非，容易走漏起义计划。于是，召开紧急会议，讨论是否将起义计划时间提前。

　　"我建议将起义时间提前到十月初一。"熊克武说道。

　　大家一直赞同提前起义。于是，谢奉琦当即发布十月初一发动起义的战斗命令：

　　"命令杨世尊率领200人夺取盐局，杨兆蓉率领200人攻占州署，佘英率领200人攻占道署。熊克武率领20人负责联络，往来各路，传达信息。谢奉琦留在指挥部掌握全局，要求各路人马将行动消息及时送达。"

　　一切安排就绪，只待时间一到就可以发动起义了。可是，就在起义前一天，也就是丁未年九月二十九这天。江安城里的老百姓却扶老携幼，背着包袱，挑着行李纷纷出城。清政府衙役发现情况可疑，即找一个老百姓询问道："你们为什么要背包罗伞地出城呀？"这人回答道："革命党人要在江安城暴动了！我们是离城躲兵呢！"

　　原来，革命军中有人将起义消息告诉了家人，让家人外出避难。其家人告诉了邻居，就这样一传十，十传百，最后起义成了公开的秘密。

　　江安县衙知道这个消息后，立马要求所有的衙役警卫集中县衙，听候差遣。先是派人抓捕革命党人，抓到之后立即正法。同时通报泸州州署应对起义。泸州知州杨兆龙立即下令紧闭四门，阻断交通，大街小巷，昼夜巡查，抓捕一切可疑人犯。

　　一时间，泸州城内关门闭户，清兵巡查加紧。城内埋伏的革命党人见状，暗报予熊克武。幸亏熊克武与谢奉琦商量后，决定各路起义军没有命令不得轻举妄动。这次起义又因消息走漏而"夭折"了。

就在这种不利的形势下，同盟会川南分会在西林宅举行了第四次会议，谢奉琦、熊克武、佘英、黄方、杨维、税钟麟、杨世尊、刘永年、王树槐、杨兆蓉和席成元参加了会议。

会议上谢奉琦说道："泸州起义和永宁起义一样，还没有真正拉开就失败了。究其原因，还是纪律不严所致。千里之堤，溃于蚁穴，言之痛心。但是，我革命党人意志坚定、愈挫愈勇，只要认真吸取教训，重整旗鼓，一定能取得成功。

"从前，刘邦斗楚霸王，七十二战，每战俱败，最后一战，困霸王于垓下，终于取得了胜利。古人尚且有如此毅力，何况我们是具有革命思想和钢铁意志的同盟会员乎？"

大家赞成谢奉琦的说法，纷纷表示矢志不渝、不达目的、誓不罢休！

会议最后作出决议：

一、谢奉琦、杨世尊和刘永年做策应成都起义的准备。

二、佘英杨兆蓉仍旧留在这泸州坚持革命。

三、其余同志均赴成都，席成元负责筹款遣返会党人员后也赴成都。

接着，谢奉琦和熊克武他们和成都同志做好响应的部署。

七十二

谢奉琦他们商量的成都起义的计划是：公元 1907 年阴历十月初十日（11 月 14 日）凌晨，总督及下属官吏将在"会府"聚集，举行慈禧太后寿诞庆典。按计划潜伏于"会府"附近的党人借机发难，炸死在场官吏，造成群龙无首局面；分布于东大街、走马街、青石桥和学道街二十几家客栈的四百多同盟会员待命于小天竺、安顺桥和茶店子一带的五六千会党兄弟分路出击，主要目标是城内的衙门和军营。熊克武和谢持负责各路的联系和策应。

虽然，计划做得很周密；但是，革命党人的密谋却被夹江知县熊振威在成都读书的兄弟泄露。11 月 14 日这天，省中大吏临时改变祝寿地点，紧急调兵入城，"护送塞路，警兵清道，如临大敌"。革命党人既不能聚歼清吏，又无法举火发号，埋伏于成都各门的起义队伍，整装待发，等至次日黎明，方知事情败露，只好分散撤退。清吏全城搜捕，革命党人杨维、黎靖瀛、江永成、黄方、王述怀、张治祥6人被捕下狱，人称"丁未成都六君子"。新军中的同盟会员伍安全被杀害。其余革命党人，除张培爵坚持在成都隐蔽斗争外，"或先事他适，或事发亡

走"。

事后,四川同盟会派杨兆蓉经上海去新加坡向孙中山报告情况。总理嘱告:"川中同志,努力勿懈。"新加坡同盟会的《中兴日报》专门发表《成都革命党狱记》一文,报道了成都起义的真相。四川留日学生以《鹃声》为基础,由吴玉章主持在东京创办的、雷铁崖担任编辑和主要撰稿人之一的《四川》杂志第3号刊载政治小说《成都血》,歌颂四川革命党人的行为,揭露清吏镇压革命的罪行。

成都起义失败后,以谢奉琦为首的川南同盟会在叙府召开秘密会议,商议原定四路起义之随后一路——叙府起义计划。

古人临水而居,位于金沙江、长江和岷江汇合处的叙府是一座历史悠久的城市。早在三千多年前的夏朝时期,这里就有僰人聚居。大约在周朝的时候,僰人在这一带建立了僰人国,秦代称其为"西南夷地"。之后,亦称作"僰道""戎州"和"叙州城"等。

叙府城西紧邻一座海拔507米的山。其山平地拔起,气势巍峨,树木苍翠,藤萝倒挂,屏峙于江岸而得名"翠屏山"。山上有唐代石刻千佛岩。登临山顶,可鸟瞰叙府全城;极目远眺,著名的叙府三塔——鹫州塔、白塔、黑塔鼎足而立,气势恢宏。山脚下是街道,其间有一条宁静的小巷叫"北当巷"。巷内房挨房、屋挨屋。有一座看上去很不起眼的木穿斗、小青瓦、白粉墙房屋叫"十八间"。正因为它的"不起眼",才是同盟会党人秘密会议的最佳处所。

谢奉琦主持的同盟会川南分会,筹划加速叙府起义的会议,就在这北当巷很不起眼的十八间召开。

参加会议的人,除了谢奉琦、税钟麟、杨世尊、杨兆蓉、佘英、汪蔚然外,还有成都起义失败来此的熊克武、黄复生和刘永年,以及叙府本地同盟会员罗仲渠、凌体萱和聂次荀等。

在这次以发动叙府起义为内容的会上,谢奉琦说道:"我同盟会在永宁、泸州和成都策划的武装起义都以失败告终,其深刻教训主要是我们的保密工作没有做好,革命党人和会党的纪律性不强,说明我们还不够成熟。应该好好地总结总结,以使在今后的斗争中不再犯。"

"是的。"熊克武说道:"永宁因为制造炸弹的地方没有选好,江安因为革命军给家人走漏消息,泸州因为会党人做派,成都也是因为泄密而使我们最初策划的三路起义失败了。这是血的教训!"

叙府的同盟会员罗仲渠说道:"其实,我们都做好了准备策应泸州和成都的。但事与愿违。不过,不能灰心丧气,要总结教训,前仆后继,把叙府的武装起义组织好。"

汪蔚然说道："叙府的起义是我们原计划的最后一路，一定要加强党人和会党人员的纪律教育，严格要求，一切听从指挥、服从命令，叙府起义一定能成功！"

大家很同意熊克武、罗仲渠的分析和汪蔚然的意见，纷纷表示一定要总结教训，加强党员和会党人员的组织纪律教育，把叙府的武装起义组织好。

谢奉琦说道："对，总结教训，加强纪律教育，把叙府的武装起义组织好。我认为叙府起义是有诸多有利条件的。

"吾观吾川地势之险要，莫过于叙府。叙府北枕岷江，东临扬子江，扼川滇黔军事之要害，为东西南商业之中心，此地一得，可以近窥成都，下临巴渝，进攻退守，无往不胜矣！"

"我等何不效张良，搏浪之一击？此事，我思之再三，由我承担最为合适。一则我非本地人也，一击不成而逸去，无家庭父母之株连；二则我居此有年，地理熟悉，朋友众多，万一不成也易于逃脱；再加上我曾经在日本的兵工厂学习过制造炸弹的方法，熟悉炸弹之用法，以我而往，有利而无害也！"他当即写下《光绪三十三年在叙府诗》。诗云：

> 频年清泪滴沧桑，柳下黄莺噪夕阳。
> 大布衣冠无限恨，搏浪沙里效张良。

在场的黄复生和诗云：

> 多年奔走学扶桑，浪迹西川愧夕阳。
> 大药不成何限恨，运笔争似汉张良。

熊克武也和诗云：

> 金瓯忍缺看蚕桑，夸父匆匆逐夕阳。
> 莫笑淮阴惭胯下，他年亡楚亦何良。

佘英读完他们三人的诗，说道："三位同志就是当代的萧何、韩信和张良。有此三杰，何愁革命不成？"

会议结束时，克武提醒奉琦道："叙府知府宋联奎狡猾狠毒，倘能除去此人，

则起义成功,事过半也!"

奉琦道:"知道了!我有办法!"

七十三

翠屏耸秀,盘踞峙扼高岸于川南扉户。望东来之青衣入大渡,涌湃坐佛跣足而成乐水。继而,九曲欢歌,携姊岷水涤荡千山万壑,汇滇黔连彩云之南,透迤磅礴,腾浪水拍金沙入叙府,狂舞于三江之口,始成长江。融汇一色,滋养这万里长江第一城。壮哉,合江门即为古城叙府之"咽喉",湿风瑞气吹拂青山之锦绣,日月映照转输水路货物码头之繁荣。

叙府是地处岷江、金沙江和长江三江交汇处的一座古老的城市。可以说,没有三江就没有叙府这片丰饶的土地。大江润泽了叙府的山川原野,大江也塑造了叙府原初文化之模型。可以说,几千年来,浸润在叙府人血脉中的第一文化元素就是大江文化。还真个是:"三江滚滚东逝水,西溯僰道金沙开。"

叙府是万里长江金水道的起点。自古以来,叙府之水码头有"六渡八帮"。六大渡口:北关渡、东门渡、合江门渡、上渡口、中渡口和下渡口。"八帮"即八大船帮:干货帮、成都帮、五板帮、叙渝帮、叙泸帮、竹木帮、盐帮和嘉阳帮。由之,叙府的码头文化成为叙府文化的一个重要的支脉,凸显了大江大河对叙府人的影响,走江行船成为商业往来的重要方式。码头文化形式的第一个层级表现在船运业形成了一套独特的文化符号。譬如,物资行情、船运行情、生意接洽、帮规行规,船出港前的祭祀、归港时的庆典,行船途中的禁忌等。码头文化的第二个层级表现为,船运业的行业文化符号扩散到社会各个领域,使社会生活各方面都融进了码头文化的特征。譬如,拜见地方有权势的人物,称为"拜码头";地方上某一群体的老大,称为"舵把子";跑江湖谋生活,称为"跑滩""跑滩匠";明知某事不可为而为之,称为"撑硬头船";处于艰难中,称为"拖滩";等等。尤其是,明清以来码头文化与四川地方上的袍哥文化相融合,形成了一整套行为规则,"嗨袍哥"的第一称谓是"嗨码头",各个地方的帮派就称为各个"码头"。

五千年的中华文明和具有博大精深的中华文化之疆域,三千年的叙府船运业文明,造就叙府丰富的大江文化之土地,不能让腐败无能的朝廷继续统治,这就是谢奉琦他们要在叙府举事的重要原初理念和精神支点。

北当巷会议后,谢奉琦即开始了他们在叙府的紧张工作。谢奉琦对叙府乃至四川的局势,可以说是了如指掌,并有自己的独到见解。他曾经对黄复生说道:

"目前吾党急宜分途共谋，各尽其责。首要在于占地利，并人力，利器械，三者备则事易举。"

在谢奉琦的领导下，革命党人熊克武、佘英等纷纷前往叙府坚持战斗。即便有永宁、泸州、成都起义均以失败告终。

七十四

公元1907年初夏，谢奉琦就开始领导进行叙府武装起义准备工作。叙府为响应泸州、成都起义，在谢奉琦、刘永年和杨世尊领导下，已做了相当的准备。比如，屏山和嘉定的巡防军已由徐岱中、杨世尊和黄农江分别接洽妥当；隆昌云顶寨有洋抬枪数十支——所谓洋抬枪，是四川兵工厂制造的大步枪，需二人抬着发射，革命党同志给取名叫洋抬枪。经黄万里、薛瀛海和郑辉武联系，可以相助；并有谢奉琦、曾省斋联系好刘绍峰、詹树棠，准备发动叙府、宜宾县堂勇起义。

革命党人知道叙府知府宋联奎狡猾狠毒，倘能除去此人，则起义成功在望。谢奉琦刚刚到叙府时，就曾想暗杀叙府知府宋联奎。遇到宋联奎出来巡查的时候，他即带上炸弹尾随其后，想见机行事，刺杀之。但是，由于宋联奎每次出巡时，身边的仆从太多，他跃跃欲试，又害怕伤及无辜，只好怅然作罢。

在革命活动组织过程中，谢奉琦和在叙府的革命者罗仲渠、凌体萱、刘永言和聂次荀等同志会晤时，看见同盟会的同志很少，势单力薄，就委托聂次荀发展党员、联络社会，以便领导叙府屏山一带任务。他说道："革命需要人，需要更多的自己人，可以按照同盟会章程，发展一大批同盟会员。但一定要严格考察，最好能做到知根知底。"

聂次荀说道："我可以在船帮中发展一批。"

谢奉琦说道："好！船帮中的人大都是劳苦硬汉！另外，可以和倾向革命的帮会舵把子联络，增强我们的外围力量。但，一定要可信、可靠，小心谨慎，宁缺毋滥，万无一失！"

聂次荀说道："嗯！万无一失！"

谢奉琦告诉凌体萱率领新参加的党员颜友宇和姚大久于翠屏山会合，聂芹宣和杨功甫联络社会袍哥，于8月18日夜响应叙城。凌体萱离开叙府后，泸州的曹叔实叫何伯宽等人去叙府，将叙府现存的弹药运去分给江安、纳溪、泸州三处准备起事。可是，到了8月18日那天，该运到叙府的炸弹都还没有运到。在万不得已的情况下，谢奉琦决定，只有等到江安、纳溪、泸州三处发动时，再率同志响应。可是，江安和纳溪两个地方由于泄露了机密而失败。所邀约的革命者都被官方迫散。

谢奉琦得知两地的情况后，非常失意。但是，事已如此，无法挽回，只好作罢。于是，谢奉琦函告凌体萱回叙府另谋大计。

此间，由于富荣盐场连续几个月的大罢工，在官府让步的情况下才刚刚复工。谢奉琦夫人刘仲仪在井灶的股份一年没有分成了，她想办法给丈夫汇了一点款，也一时半时没有收到。谢奉琦领导的叙府方面的起义行动经费异常拮据，粮食也朝不保夕。当然，经费问题解决了，粮食的问题也会迎刃而解。

凌体萱到叙府后，知道了这一困境，即毅然将新婚后的衣物典当了三十元，并将其商号里的燕窝变价卖出，适才解了燃眉之急，使叙府起义组织工作得以维持。即便如斯，谢奉琦和他身边的党员们酬志之心没有丝毫削弱，并决定于当年阴历腊月举行起义。

为安全起见，谢奉琦和凌体萱在叙府没有住在一家客栈，而是分开住在距离较远的两家客栈。后来，随着距离起义日期越来越近，为了便于与四面八方前来叙府的党人联系，谢奉琦迁住临江客栈，凌体萱迁住东街一品栈。

此间，谢奉琦和凌体萱持续在府仓巡防军和中央团队中开展工作，分化瓦解清政府反动势力。

谢奉琦还决定让曾省斋动员宜宾县管带刘绍峰、詹树棠加入同盟会，并通过他们发动宜宾县堂勇参加起义。

谢奉琦了解到，聂次荀与屏山巡防军五营统部的哨官李鹏飞有旧交，即派聂次荀和李桂林去屏山巡防军五营发展李鹏飞、李忠臣入盟。这样，革命党人就控制住了屏山巡防军五营。与此同时，联络屏山党人杨功甫、陈迭云、徐岱中、聂德修、陈彩明、凌骏声、袁雪门和聂芹轩等数十人，约定一旦叙府起义，可以调动以上人员和清军配合行动。

这天下午，虽然，叙府天空阴云密布，地上湿漉漉的，翠屏山上寒风刺骨，天气阴冷；但是，谢奉琦、熊克武和佘英三人还是按照约定时间先后来到翠屏山半山腰的一个亭子里。他们要在这里最后商定叙府起义的大事——狡兔三窟，他们没有在平常开会的"十八间"。

"二位仁兄，今天有点冷，有劳大家了！"早到一步的谢奉琦伸出手来握住晚一步到的熊克武和佘英的手说道。

"奉琦兄，不存在辛苦，咱们自己的事儿嘛！"二人先后说道。

"也是，也是！咱们自己的事儿！"奉琦说道。

尽管谢奉琦他们三人都穿着厚厚的棉袄，但还是觉得冷飕飕、缩手缩脚的。

"我们找一间茶房，怎么样？"佘英见状，提议道。

"也行，不过要有单间的。"素来很警觉的奉琦道。

"对，有单间就好！"克武道。

他们三人往山上爬，不多远看见一座房子前茶旗高挑。遂走进去一看，整个茶堂里一个茶客都没有，只有一个头戴青色詹窝儿冒，身穿毛蓝布围腰的幺师坐在靠门口的一张桌前。显然是为了方便迎接客人。

"老板！今天很冷，有没有雅间啊？"佘英问幺师道。

"有啊有啊！请跟我来！"幺师热情地招呼道。

谢奉琦他们跟着幺师穿过茶堂，走进只摆放了一张桌子的房间里，说道："客官，这间要得不？"

"要得，要得！"三人齐声说道。

"三位客官，喝什么茶？"幺师解下栨在围腰带上的抹布来在桌子上擦了擦问道。

"一般的茶！"三人齐声道。

"沱茶，要得不？"幺师道。

"要得！"三人道。

"好的！三碗沱茶！"幺师声悠悠地唱着闪出房间。

转瞬间，幺师左手端着一串三套盖碗，右手提着长长嘴子的镀锡铁皮炊壶走进房间来，将茶碗放在桌上，用左手轻轻一弹，哗哗哗，三套盖碗即滑到三位客人跟前，不前不后、不左不右。三位客人也很配合，各自将仰放在碗里的茶盖拿起来。这时，站在几尺远的幺师提高炊壶稍稍往前倾斜，滚烫的开水就如涌泉一样，滴水不漏地斟进了三个茶碗，接着说了声"三位客官，请慢用"，即将房门带上离开。

幺师离开后，正式开会前，大家闲聊了一会儿。

当说到日本留学生在《鹃声》的基础上，由吴玉章主持创办了《四川》杂志时，谢奉琦感叹道："不知奢皆兄这支犀利的笔杆子怎么样了？1906年，我回国前，他答应过我晚些时候回川一起闹革命的！"

"奢皆兄弟情况，我晓得一些。"克武把他知道的情况简略地告诉了奉琦——

公元1907年初，在日本的雷铁崖收到陈璧君从马来西亚槟榔屿寄来的表达对雷铁崖仰慕之情、希望到东京向雷铁崖求教的信。当时雷铁崖因正准备回川参加谢奉琦、黄复生、熊克武等组织的泸州起义而婉言回信谢绝了。就在这年6月，雷铁崖假借跟日本人合伙做生意，改名换姓回国，拟潜赴巴蜀，参加谢奉琦、熊克武、黄复生等人组织的泸州反清起义。可是，当他刚刚抵达汉口的时候，忽然发重病，滞留汉口治病，不能入川。当他病情稳定下来准备动身回川时，又听说永宁起义、泸州起义和成都起义都失败了。于是，雷铁厓决定返回日本以图发展……

"哦！是这样的！理解理解！"奉琦真诚地说道。

接下来，他们三人即开始"逗情况"、分析问题、研究起义部署，推演行动步骤，最后达成叙府武装起义共识。

一、起义时间定在公元1908年1月26日午后3点。

二、起义前，熊克武和佘英前往井研、荣县和富顺等地号召党人踊跃参加，并在这些地方秘密制造武器炸弹。

三、各地到叙府来的同志，分别住在叙府城外走马街各小旅栈和一碗铺等处。

四、熊克武率一部分党人住在金河（金沙江）对岸。

谢奉琦充满"搅金伐鼓下榆关"之气概，说道："结合南六县会党与叙府城内学生和党人等组成的革命大军，力量甚强，叙府一城不难取得！"

熊克武深思熟虑地说道："我们原计划的四路起义，永宁、泸州和成都三路都失败了。这叙府起义是最后一路，非常重要，不能有任何闪失，一定要取得成功！"

佘英信心十足地说道："这次策划很周密，人员多，川南地区的革命党人和外围组织都发动起来了，弹药也充足。不会有问题！"

"对！尽快部署下去，分头进行！"谢奉琦斩钉截铁地说道。

"好！"克武和佘英语气坚定地回答道。

"已经是吃晚饭的时候了，"谢奉琦说道："我们吃点什么再下山吧！"

谢奉琦话还没有说完，佘英就起身打开房门出去喊了声"老板"，又折回来说道："问问老板，看还卖些啥子?"

在川南一些地方的茶馆，尤其是旅游地的茶馆是要卖小吃的。幺师来了，佘英问道：

"你们有小吃么？"

"有哇！"幺师答道："有燃面、叶儿粑、稀饭……"

幺师这么一说，大家乐了。只要有吃的就好。于是他们一人要了一碗燃面、两个叶儿粑，香香地吃起来。奉琦道："叙府的燃面和叶儿粑闻名遐迩啊！"

"是的！"克武和佘英说道："是安逸！"

"那再来一碗?"奉琦道。

"饱了！饱了！"二人齐声道。

于是，他们付账后走出茶馆下山。

三人离开翠屏山时，夜幕降临。临了，三人没有说一句话，相互递了一个坚定的眼色之后，即分头消失在茫茫夜色里……

可是，就在万事俱备，只欠东风——等待公元1908年1月26日午后3点——的时候，谢奉琦他们叙府起义的全盘计划被中央团队的土豪劣绅雷东垣出卖。1月14日，知府宋联奎闻讯后，即以调虎离山之诡计，把革命党人依靠的城内的叙新之所部巡防军调往屏山。这样一来，革命党人在城内的力量只剩下临时组织的学生军，力量十分薄弱，而叙府城内清吏防范却很森严。

公元1908年1月26日，熊克武等数百人，备有长短枪、匕首、卵形手雷和具有惊人爆炸力的炸药包，按计划准时在城外金河（金沙江）对岸结集，只待城里火光升起即行进攻。可是，等到晚上十点钟左右，仍不见城内动静，音讯杳无。直至第二天凌晨4点过，天已有些发白的时候，谢奉琦得到被出卖的消息。他焦急万分躲过了敌人的搜捕。可是，此时城门已关。他即冒着生命危险从八米高的城墙上缒城而下，来到金河（金沙江）对岸，通知熊克武消息泄露了，刘绍峰、詹树棠等人已被知府宋联奎逮捕。要求熊克武率部脱离，减少损失，以免无谓的牺牲。

谢奉琦与熊克武等同志商定：革命党人必须转移他处，继续奋斗。至此，同盟会川南分会谢奉琦、熊克武和佘英等组织的叙府武装起义就这样"夭折"了。

不久，宋联奎派人到安边逮捕李飞鹏回叙府，于大十字口将刘绍峰、詹树棠、李飞鹏等人斩首示众，死难烈士达200余人。恐怖气氛笼罩着叙城……

第十一章　叙府殉难

七十五

隆冬。月黑风高。寒风透骨。深夜。

贡井盐场该打三更了。蓬头垢面的打更匠提着一口破锣，晃悠悠地，例行公事，敲着"当当当——当当当——"在贡井旭水河两岸市区转了一圈后，回到滩坝头咸宜灶街口那摇摇欲坠的木板门楼上，躺在油渣一样的破棉絮上呼呼睡去。

此刻，贡井盐场死一般的沉静，唯其黑暗中高高耸立的天车上，钢绳摩擦天辊子转动的沙沙声在此起彼伏着，适才感觉到这座千年古城尚在呼吸。

天池山下。院子坝。漆黑一片。

谢府大门前。一个背着不大行囊的人，抬起右手来抓住青铜椒图门环，砰砰砰，敲了三下，又敲了三下，再敲了三下……

打更匠的三更锣声把住在下横房的刘嫂惊醒后，迷迷糊糊的，似睡非睡。忽然听见椒图门环响了几声。稍停。又响了几声。其实，第一次椒图门环的碰触声刘嫂就听到了的，但她没有作声，心想："这三更半夜的不会有人来吧？莫不是风把椒图门环吹动了？"当门环碰触第三次时，刘嫂倏地一转念："莫不是二少爷回来了？"即问道："哪个？"

"我！"敲门的人轻声答道。

刘嫂听出来是二少爷回来了。遂道："好！我来开门！"她立马起身，抓起一件棉袄披在身上，来到门后，左右推开两道门闩，门"吱"的一声半开了。刘嫂说道："二少爷回来了！这么冷啊！"

谢奉琦闪进屋来说道："刘嫂！你去睡吧，我来闩门！"

刘嫂不依："我来我来！二少爷，很冷，你快回房去！"刘嫂说着把门闩了，说道："二少爷，我给你烧热水去！"

"不用，刘嫂！"奉琦说道。

"要，要，天这么冷！"刘嫂说着往厨房走去。

谢奉琦蹑蹑地穿过两个天井来到东厢房门口。东厢房对外的门是开在厢房小客堂。小客堂右边有一道门通书房，左边有一道门通卧室。书房和卧室的窗户都对着天井。

此刻，天井里寒风嗖嗖，把桂花树吹得沙沙作响。居住着仲仪夫人和育贤儿子的卧室，静悄悄的。谢奉琦踏上厢房门前的檐坎，往左走了几步，来到仲仪夫人卧室的窗前。他举起右手来，正踌躇是不是该敲的时候，听见卧室里自己的妻子在说话："能九……怎么啦……能九……怎么啦呀……"不祥的声音越来越大，很吓人。奉琦心想："仲仪在说梦话了！"于是，果断地举起右手来，中指指关节落在楠木雕花窗棂上，发出嗑嗑嗑的声响来。屋子里没有动静。他再嗑嗑嗑地敲了几下。倏地，仲仪问道："谁呀？"

"是我！"奉琦回答道。

"你是谁呀？是巡防军？"显然，仲仪还在睡梦中。

"仲仪！是我！我是能九！"奉琦回答道。

"哦——哦！"仲仪终于从梦中醒来，听出了自己丈夫的声音，翻身起床，抓起一件棉睡袍披在身上，打开卧室门，走出卧室，再打开书房的门……

奉琦刚刚把行囊取下来，刘嫂即来到东厢房门口轻声说道："二少爷，热水烧好了，放在澡堂里的！"

"哦！刘嫂辛苦了！"奉琦道。

"给你弄点吃的不？"刘嫂道。

"不，不！谢谢刘嫂！"奉琦道。

奉琦回答刘嫂后，从衣柜里拿出干净衣裳去到澡堂，热噜噜地冲洗了一番。穿上棉睡袍走出澡堂时，感觉好爽、好舒服。遂自言自语道："还是家更温暖啊！"

奉琦回到卧室，仲仪倚在床头，贤儿在旁边的小床上睡得很香甜。

奉琦脱去棉睡袍，钻进仲仪的被窝里，一种久违了的温暖温暖了他的身体，温暖了他的心扉……

"仲仪，你先前是不是做梦来着？"谢奉琦小声问道。

"是的。"仲仪回答道："你怎晓得我做梦了？"

"我来到窗前的时候，听见你说梦话来着。"

"是么？怎么说的？"

"你说'能九……怎么啦……能九……怎么啦呀……'"奉琦道："声音不祥，很吓人！"

"哦，我梦见你被巡防军追赶，来到一条河边，你就跳到河里了，吓出了一身冷汗。这时，就听见敲窗棂的声音了。"

"没事的。你晓得，梦是相反的。我这不是好好的么？"

"你是好好的，但是，你从叙府回来，怎么会半夜三更的呢？在路上，天黑了该住客栈，第二天再走呀？"

"仲仪，我不是想早点见到你嘛！"奉琦用这话来搪塞道。

"哦！你真好！好吧！睡觉吧，天都快亮了哟！"仲仪说罢，温柔地把头枕在丈夫的肩膀上，柔柔的右手在丈夫宽阔温暖的胸膛上，轻轻地摩挲着，摩挲着，慢慢地进入了黑甜乡……

可是，满脑子的叙府起义的情景让谢奉琦怎么也睡不着。即便如斯，他身子却一动不动，没敢辗转反侧，甚至没敢大声出气；因为，他告诉自己，不能再搅扰身边睡得很香的妻子了……

他知道，叙府起义失败后，知府宋联奎知道谢奉琦是起义的首要领导人，即通电全省，派巡防军引枭雄卒便衣打扮，疯狂追捕，并重金悬赏缉拿起义首领谢奉琦。不过，宋联奎知道谢奉琦有党人支持，又有炸弹在身，敢于拼命，也不怎么敢贸然带兵前去抓捕。他才改名"苏醒"逃出叙府，回到贡井院子坝家中。

叙府起义的失败包括永宁、泸州、成都起义的失败，谢奉琦不知道该怎样给自己贤惠、善良的妻子说。如果照实说，肯定会吓坏她的。他不愿意把自己的苦痛让贤惠的妻子来承受，哪怕是一丝一毫；如果谎说，又对不住她。行事果断的谢奉琦，还从来没有像这样两难过！为之，他第一次感受到自己不是一个称职的丈夫，他对不起仲仪夫人；如果再有什么隐瞒，即便是善意的，也是对妻子的犯罪啊！

他久久地、久久地思来想去，最后还是决定给妻子实话实说，不过，话不能去得"太陡"，要缓缓的，从旁敲侧击开始。思定之后的谢奉琦适才睡着了。不过这时，院子坝对面太平山上的天空已经出现鱼肚白了……

后来，谢奉琦委婉地把永宁、泸州、成都和叙府四次武装起义的经过详详细细地告诉了自己的妻子。年仅二十三岁的仲仪夫人虽然听得心惊胆战，但大户人家出身的她也是一个外柔内坚的女人。她知书识礼、深明大义。她非常理解丈夫所做的一切——即使她原初希望的是中国能够学习日本，以不流血的方式改变这个专制的社会——她知道自己的丈夫是受孙中山先生之命回四川来领导革命的，不是像陈胜、吴广那样因为走投无路揭竿而起，不是为了他个人的利益，也不是为了谢府这个小家的利益。可以说，谢府家境在整个富荣盐场都堪称殷实。谢奉琦他们的革命理想和行动，是为了中国这个四万万同胞之大家的利益，实现同盟会纲领"驱逐鞑虏，恢复中华，建立民国，平均地权"，改变几千年封建帝制的伟大梦想……

听完丈夫讲起义失败的事情后，仲仪夫人通情达理地说道："能九夫君，你们所做的事情是改天换地的，我理解你；但是，不管于你还是于革命事业，你一定要保护好自己。我们的贤儿才三岁啊……"

"嗯！夫人！能九记住了！"奉琦恳切地回答道。

七十六

叙府衙门大堂。

正面墙上悬挂着"明镜高悬"匾额，匾额下《山水朝阳图》屏风赫然而立。屏风前是硕大的太师椅，太师椅前是雕花案桌。案桌上放着"实贴"的紫檀惊堂木。案桌左边放着一张较小的师爷（书记员）案桌。大堂两边竖立着"肃静""回避"的牌子，站立着两排手执"杀威棒"的衙役。高朗宽阔的大堂充盈着一派肃杀气氛。

一切安排"落听"（准备好）后，知府大人宋联奎从帐内迈着方步走出来，正襟危坐在屏风前的太师椅上。但见他举目扫视了一下整个大堂后，右手拿起惊堂木来，突然，"啪"的一声拍在案桌上道："把犯人押上来！"

"威武——"堂内衙役们一起吼出低沉震慑的声音来，在大堂里回荡着。

瞬间，但见两个全副武装的衙役押上一个戴着木板枷的人来，"啪"的一声将其甩在坚硬冰冷的地板上。

"啪！"又是一下惊堂木敲击案桌的声音后，宋联奎道："堂下暴徒，姓甚名谁、家住何处？"

"良民汪蔚然，家住泸州小市宝莲街。"

"把你参加暴乱之事如实招来！"

"冤枉啊！大人！"

又是"啪"的一声惊堂木拍打案桌的声音："汪蔚然，你一个泸州书生跑来叙府何干？"

"大人！小民来叙府探亲！"汪蔚然道。

"探亲？何以参加暴乱？"

"冤枉啊！大人！"

"来人啦！给我打五十大板！"

一时间，只听得满堂的"啪……啪啪……啪啪啪……"板子打在人身上的声音和"哎哟……哎哟……哎哟……"呼叫声。

"汪蔚然，你是招还是不招？"宋联奎气急败坏地吼道。

"大人，小民冤枉啊！"

"来人啦！"宋联奎吼道："带人上来！"

"威武——"衙役们吼道。

但见，两个衙役把一个年轻女子带出来在大堂的左方站了。这女子惊魂未定、面容憔悴，身着藏青色软缎旗袍勾勒出的 S 形腹部的地方已微微隆起。

宋联奎把惊堂木"啪"的一声拍在案桌上，大声吼道："汪蔚然，抬起头来！"

原本趴在地上动弹不得，仿佛死了一样的汪蔚然，听见吼声，抬头一看，惊呆了：是自己已有身孕的夫人上官淑媛呀！即'哇'的一声大哭起来，一边手脚并用往前爬，一边声嘶力竭地喊道："大人！放了她！放了她呀！"

宋联奎道："汪蔚然，只要你招，不仅可以放了她，还可以把你也放了！"

大堂在短暂的肃静之后。

汪蔚然突然大声说道："大人！我招！我招！"

"来人啦！"宋联奎道："把板枷取了！"

两个衙役来到汪蔚然跟前，用钥匙打开了木板枷上的锁，取掉汪蔚然颈上的木板枷后，扶起他来。

"退堂！"宋联奎突然把惊堂木一拍道。

"威武——"衙役们吼道。

两个衙役扶住汪蔚然来到后堂。宋联奎叫衙役给汪蔚然看座，并沏上一碗热茶……

第二天，汪蔚然和他夫人上官淑媛一起走出了府衙。

七十七

俗话说"留得青山在，哪怕没柴烧"。叙府起义失败后，谢奉琦为不能做无谓的牺牲，应保护自己，蓄积力量，东山再起。在匆匆跟熊克武等商量后，即乘星夜，逃出叙府，连夜连晚赶路，于第二天深夜回到贡井，隐姓埋名，深居简出。整个院子坝，没有一个人晓得二少爷回来了。

谢奉琦回家后，四门不出，不敢和盐场的同盟会员联系，即便同盟会员丁丁和高个子林锋等人。对外界的形势也一无所知。但是，他没有丝毫懈怠对革命的追求。每天除却读书看报外，就是分析中国革命的形势，期望风声过去之后再图发展。

公元1908年3月1日，天麻乎乎亮的时候，天池山下开始起雾了。刘嫂一如既往地早早起身，穿好衣服，走出房门，准备去厨房做早饭。忽然听见大门上椒图门环轻轻地碰触了几下。稍停。再轻轻地碰触了几下，她即问道："哪个？"

门外人小声说道："我是同志，快开门！"

"哦，请稍等！"刘嫂十分警觉地把来人"定"在大门外，后即匆匆穿过第一个天井往东厢房走。她来到第二个天井的时候，见二少爷已经在那里锻炼了。于是把来人的情况说了："他说是同志。"

"好！"奉琦说道："刘嫂，你忙去吧，我就来！"

奉琦回房抓了一件衣服披在身上即匆匆来到大门前，在门内小声问道："何处人？"

门外答："汉人。"

门内问："何物？"

门外答："中国物。"

门内问："何事？"

门外答："天下事。"

谢奉琦知道是自己人，遂向左、向右推开两道门闩，右手拉着一扇门，门"吱"的一声开了一条缝，来人闪将进来后，门又合上了。

谢奉琦想招呼来人去客堂坐，但客人拒绝了，从衣襟里取出一封信来，边递给谢奉琦边说道："这是川南分会的密函。保重！我走了！"

"吃了早饭再走吧！"奉琦留客道。

"不了，天马上大亮了！"客人警觉地说道。

"好！谢谢你！请问尊姓大名？"谢奉琦很感激此人冒着危险来送信，说道。

"同志！"客人简单回答道。

"哦！同志！"奉琦稍加思索即道："保重！"

两人即抱拳，交换了一个眼色之后，谢奉琦把门开启一条缝，客人闪出谢府消失在白茫茫的雾帐中了……

客人走后，谢奉琦折转身来到东厢房客堂右边的书房里，坐在宽大的签押桌前，看这封密函。这是一个用牛皮纸折成的信封，信封上没有一个字。他撕开信封，取出一张盖有他熟悉的中国同盟会川南分会四方形图章的信笺来。一整页信笺上只寥寥数语道："内部出了叛徒，近日风声紧急，望速转移。"后面是落款和图章，没有日期。

谢奉琦的视线久久地没有离开信笺。

这时，仲仪夫人已经起床穿好衣服，来到育贤儿子的小床前看看，儿子还在酣然睡梦中。她和往天一样，走出客堂，往天井里走，她知道，素来闻鸡起舞的丈夫一定在天井里晨练。可是，天井里没有人，她即轻声喊道："能九——能九！"

"仲仪！我在这里！"奉琦在书房里同样轻声回答道。

仲仪折转来，来到书房，见丈夫坐在签押桌前发愣，即用温柔的臂膀圈住奉琦，很开心地笑道："咯咯咯！亲爱的夫君，今天怎么这么早就开始攻读了？"

奉琦见夫人很开心，本想附和夫人，也开心地笑笑，可是他笑不出来，而是把签押桌上的密函拿起来递给仲仪道："夫人，你看看！"

仲仪看了，立马心都紧了，说道："能九，出了叛徒问题就大了！"

"是的！"奉琦不无沉重地说道："革命阵营里就怕出叛徒！"

"那，想想看，去哪儿躲躲！"仲仪说道："去打草山躲躲吧！"

"内部出了叛徒"几个字，令谢奉琦沉重的不是自己的安危，而是同志们的安危。一向智多星般的他不知道该怎样来对付了。

"能九，你说话呀！去哪里避避？"妻子见丈夫沉默着，性急地说道。

"哦，仲仪！我不想去那里，"奉琦道："中山先生委派我回四川起义，不幸没有取得成功。大丈夫死就死了！去亦何为？我担心的是其他同志的安危！"

"能九，你说的对！"仲仪说道："但是，你知道韩信吧？学学韩信，只要人还在，就可以东山再起啊！"

奉琦知道仲仪夫人"学学韩信"指的是这样的一个故事：韩信很小的时候就失去了父母，主要靠钓鱼换钱维持生活，经常受一位靠漂洗丝棉老妇人的施舍，屡屡遭到周围人的歧视和冷遇。一次，一群恶少当众羞辱韩信。有一个屠夫对韩信说：你虽然长得又高又大，喜欢带刀佩剑，其实你胆子小得很。有本事的话，你敢用你的佩剑来刺我么？如果不敢，就从我的裤裆下钻过去。韩信自知形只影单，硬拼肯定吃亏。于是，当着许多围观者的面，从那个屠夫的裤裆下钻了过去。

"仲仪，你说的也很对！"奉琦说道："不过，起义失败了，战友们牺牲了，自己图苟且，不是勇者的行为。我想以节义声天下，以振民懦，激励来者。如果我去躲避，必然会有更多的株连。倘若拼一命，以此来纾他人之死。没有因为我而死的同志，看到我之小小的诚意，会继续与清朝斗争，而最终取得成功，复兴中华，建立民国。那么，我死了也等于没有死，这又有什么可惧怕的呢？"他不想逃亡，决定留在贡井……

奉琦的话还没有说完，仲仪就已泪雨潸然而哭出声来了。和奉琦结婚七年的她，非常了解自己的丈夫，他决定了的事是任何人、任何办法都改变不了的。

奉琦将妻子抱在怀里，安慰道："仲仪，我是做的最坏打算，不一定就会那样的！"

"我懂！但是……"仲仪哭得更伤心了。

奉琦即像哄孩子一样，强颜笑道："亲爱的夫人，问题不会那么严重！我还要陪你几十年，一起庆祝洋人说的金婚哩！"

"亲爱的夫君，如果能那样倒好咧！"丈夫给了自己美好的憧憬，心情稍稍好一点的仲仪温情地说道。

在此当儿，卧房里传来贤儿醒来没有看见娘的哭声。仲仪一边擦泪水，一边往卧房匆匆走去。

七十八

光绪三十四年，也就是公元1908年3月10日下午两点多钟的时候，谢奉琦在家的书房里读书读报。刘嫂匆匆来到书房门口说道："二少爷，门口有个人找'苏醒'。我跟他说我们家姓谢，不姓苏。他说，你通报一下嘛，就说我找'苏醒'。"

谢奉琦没有告诉刘嫂他离开叙府后化名"苏醒"，而他一听"苏醒"二字，就知道是自己的同志来了。遂说道："哦！刘嫂，我去看看！"

谢奉琦来到大门口，一看是汪蔚然，就非常高兴地说道："蔚然兄终于来了！在宝莲街裕庐我就邀请过蔚然兄来院子坝做客。"

汪蔚然道："玮颎兄，我终于来院子坝见到你了！"

"蔚然兄，你看，高兴了都不礼貌了，来，咱们进屋说话吧！"

"我住在筱溪街泰祥客栈的，咱们去外面说话吧！"

"蔚然兄，怎么住客栈，不住你姨妈家？"

"我姨爷死后，姨妈回泸州了。"

"哦，那就住在我家吧，让我也尽尽地主之谊！"

"不能太打搅你，还是住客栈好些！"汪蔚然说道。

"那就住新街旭云轩吧，我们家的客人来了都喜欢住那里，距我家也近。"

汪蔚然一本正经地说道："玮頵兄，很好很好！但是我的行李尚在泰祥客栈，请你在旭云轩稍等片刻，我去拿行李过来，我们好好叙叙。何如？"

"很好！蔚然兄，那，我旭云轩茶馆等你！"

"很好很好！我这就去拿行李！"汪蔚然边说边离开谢府。

汪蔚然走后，谢奉琦即来到旭云轩茶馆。这时，谢府在新街开的天生堂药铺的医生江镜伯正在那里喝茶，看见谢奉琦跨进茶馆，即招呼和他一桌坐了，叫了一碗茶。

汪蔚然离开院子坝谢府后，便去在筱溪街泰祥客栈等候的叙府来的便衣差役如此这般地"咬耳朵"（耳语），并着重介绍了谢奉琦的相貌。

不多久，几个差役即来到新街旭云轩茶馆。其中一个身穿破烂，像乞丐一样，走进茶馆，向谢奉琦伸出手来，求道："老爷，行行好啊！"谢奉琦毫不犹豫地拿出几个铜板放在"乞丐"的手心里。此人道："谢谢老爷！"说罢离去。

接着，茶馆里进来两个头缠青丝的人，对着谢奉琦所坐的桌子方向，定睛仔细端详后，一个人用嘴贴在另一个人的耳边，小声说道："那位坐在右方，面貌青秀英俊，戴着一副金丝眼镜的年轻人必定是谢奉琦。"

另一个小声答应道："嗯。"

二位便以当地邻里和家人对谢奉琦的称呼问道："先生，你就是谢玮頵二少爷么？"

谢奉琦回答道："二位会我有何贵干啊？"

其中一个差役说道："我等是叙府衙门里派来的，这里有一张签票，请二少爷看看。"

谢奉琦接过签票看了，一个激灵，但很镇静沉着地对差役说道："知道了，请二位到寒舍歇一宿，待我把行李收拾妥当。再则，我走路不行，还需雇一乘轿子，明日与诸位一起动身，如何？"

差役拒绝了谢奉琦的意见，逼迫他从速启程。并假惺惺地说道："轿子我们已经给你预备在街口上了，你所需的生活用品到了叙府自然都有，不必忧虑。"

这时，江镜伯医生也不断地向差役求情，希望准其回家一趟。可是，二差役绝不许可，而谢奉琦惦记着党人和革命事宜未妥善处理，故坚决争取非回家一趟不可。在差役的极力阻挡下，谢奉琦以拳术奋力拒捕。

此时此刻，事先埋伏好的众差役蜂拥而上，一人用匕首重创谢奉琦左肩。一人从谢奉琦后背重砍了一刀。即使谢奉琦的武功好，但手无寸铁、寡不敌众。然后，拖的拖，绑的绑。有的差役抓住谢奉琦的辫子一扯的时候，谢奉琦的眼镜甩落于地。这时，人们更为惊讶的是，原来谢奉琦是西式发式，辫子是戴在帽子上的假发辫。此刻江镜伯医生才恍然大悟，原来二少爷是革命党人。茶馆里的人们即惶惶不安起来。

一差役向众人宣告道："谢二少爷是革命党人，犯了法，我等是奉叙府文府尊命令，前来捕他到叙府问罪的，各位不必惊疑。"

于是乎，这些清吏爪牙五花大绑地押着谢奉琦，即将出茶馆门时问谢奉琦道："同你一桌喝茶的人是何许人？"

谢奉琦说道："他是我的医生。"

差役道："什么？是你的军师么？"

谢奉琦知道差役听错了，连忙解释道："不是军师，是医生！"

可是，这些愚昧凶残的差役便要来抓江镜伯医生。说时迟，那时快。江镜伯极速向茶馆后楼下吊脚楼翻到和茶馆仅一壁之隔的天生堂药店拿了点钱和衣物，从后门跑出去，然后风驰电掣般逃出富荣盐场，经由内江日夜兼程向川北逃去……

由于，谢奉琦在泸州、成都和叙府的几次起义过程中智勇双全的出色表现；谢奉琦在当地官府、民众心目中涂上了神秘色彩，留下了勇猛过人、武功高强的印象。愚昧残忍的清政府差役误认为谢奉琦有飞檐走壁之功，害怕在押解过程中，他灵机逃脱，竟然凶残地用铁链穿透他的颈项下锁骨，将他由贡井经泸州徒步押解到叙府，一路血迹斑斑。沿途百姓见了无不掩面，不忍观之。

而谢奉琦强忍剧痛，昂首挺胸，向沿途民众怒诉清廷的腐败无能、弥天大罪，宣传革命大义。时不时地大声疾呼："驱逐鞑虏，恢复中华，建立民国，平均地权！"这是谢奉琦在毕生追求中，最后一次从家乡贡井被押往叙府的苦难历程里的一席话，使道路两旁的千百黎民百姓悲愤填膺，潸然泪下。

七十九

汪蔚然去谢府约谢奉琦的时候，刘仲仪陪刚满三周岁的贤儿在后花园里玩。谢奉琦出门时，心想和汪蔚然也交谈不了多久就会回来，也就没有给妻子打招呼。

奉琦出门不久，仲仪夫人从后花园回来，见丈夫不在家里，就问刘嫂道："刘嫂，二少爷呢？"

刘嫂回答道："刚才一个人喊他出去了。"

自从叙府起义失败奉琦回贡井后，仲仪夫人即提高了警觉，问道："什么样

子的人？"

刘嫂回答道："比二少爷矮一点，像一个书生，他开头叫二少爷'苏醒'来着。"

"哦！"仲仪心想，自己的丈夫交往的人不会有什么问题的，知道奉琦改名"苏醒"的也一定是他的同志，也就没怎么在意。可是，到了快要吃晚饭的时候谢奉琦还没有回来，仲仪就有点心慌了。刘嫂把那个人找"苏醒"的全过程仔仔细细地告诉了仲仪夫人。仲仪夫人听罢，自言自语道："是他们的同志找他。没准儿要在馆子里办办招待哩！"

正在这时，谢府药铺天生堂的经理钟金正匆匆忙忙地来到谢府，给刘嫂说有急事要见二少奶奶。刘嫂立马把钟金正带到东厢房。钟金正哭丧着脸哽哽咽咽地说道："二少奶奶，不好了，几个差役把二少爷五花大绑带走了……"

"唉！怎么的呀？"仲仪夫人惊讶地问道。

于是乎，钟金正把自己亲眼见到旭云轩茶馆里发生的事一五一十地告诉了仲仪夫人，最后说道："差役说是叙府来的，还想抓江镜伯医生。幸好他发觉不对头，匆匆从茶馆吊脚楼下的后门逃出去了。"

"哦——哎——"仲仪早已不能自持。

"二少奶奶，"钟金正说道："我想，为避株连之祸，你和家人怕需要去躲避几天才好！"

"啊！谢谢你！"心乱如麻的仲仪夫人说道。

"有什么情况，我会及时告诉二少奶奶的。保重！"钟金正说罢，离开东厢房，走出谢府大门，匆匆向盐店街走去——他想从盐店街回天生堂药铺。

仲仪夫人注意到钟金正关于"为避株连，你和家人怕需要去躲避几天"的话，立马告诉了谢府各房。第二天，谢府各房老幼离开贡井隐居他乡。

谢奉琦被捕的第二天一大早，刘仲仪带着贤儿和少许换洗衣服，冒着浓浓的晨雾，翻山越岭回到了打草山娘家。

刚刚跨进堂屋，其父亲刘鉴潭看见女儿神思恍惚的样子问道："仲仪，怎么了？"

"父亲！女儿……不孝！"仲仪刚刚开口就泣不成声了。

父亲问道："出了什么事么？"

"能九给叙府的差役抓走了……哇……"仲仪大哭起来。

在房间里的仲仪母亲听见哭声，匆匆走到堂屋里抱起贤儿来，问自己的女儿道："这是怎么了呀？"

"能九被叙府的差役抓走了！"刘鉴潭告诉妻子道。

"啊呀……这可怎么是好哇！"仲仪母亲道。

"我都说嘛，起义要出事的！"一向不赞成武装起义的刘鉴潭叹息道："尽管能儿他们的初衷是好的，但是清政府有军队呀，清政府的军队对外是个软蛋，但是对付老百姓是绰绰有余的。哎……"

"爷、娘！"仲仪用手巾擦着眼泪说道："我和贤儿两娘母要在这里躲避几天了！"

"就住下来，再想办法吧！事到如今，只好这样了！"刘鉴潭安慰女儿道。

八十

在剿灭叙府起义的过程中，革命党人刘少峰、詹树堂、李飞鹏等被捕后，很快就被宋联奎杀害了。汪蔚然没有被杀害，是他叛变了，供出了叙府起义的最高领导人谢奉琦。

谢奉琦被押解到叙府后，宋联奎没有立即杀害他。狡猾歹毒的宋联奎不是不想杀害谢奉琦，而是想把抓住谢奉琦这个革命党要人向上司邀功请赏。宋联奎曾"为提讯谢奉琦事"至总督密禀，他想通过威胁、利诱，软硬兼施等手段，让谢奉琦供出革命党同志，以便将革命志士一网打尽，成就自己扑灭革命烈火的头功。

这天，在提审汪蔚然的大堂里，宋联奎一如既往地使用威胁利诱的办法，想让谢奉琦就范。宋联奎道："谢奉琦，今有人密告你是革命党人，只要你说出组织叙府暴乱的革命党人，缴纳二千银圆，本府马上释放你！"很显然，宋联奎这个无耻之尤想一箭双雕、名利双收。

谢奉琦没有被大堂上的惊堂木和衙役的"威武"声吓倒，没有为宋联奎的威吓利诱所动，而是毫无惧色地在大堂上发表演说，纵论世界大势和各国时事，声色俱厉、侃侃而谈，宣传革命道理。谈到时局险恶的地方，谢奉琦即捶胸顿足，激奋之情，不可遏制。

宋联奎怕谢奉琦的演说让衙役们"中毒"，即喝断谢奉琦道："谢奉琦，不得在本府信口雌黄，吹嘘邪说，蛊惑人心。尔应从实招来，本府免你死罪！"

谢奉琦理直气壮地说道："谢某是中国同盟会的革命党人！"

宋联奎诱惑道："若能供出同党，即释汝，不然决死！"

谢奉琦挺身毅然答道："吾死则死耳！可我党人众多，上有孙文、黄兴，下有千万庶民。他们在天涯海角、四面八方。汝有本事就去抓呀，何须问我？"

谢奉琦步步紧逼，变被审为主审，唇枪舌剑，怒斥宋联奎道："汝为汉族，而甘心北面事仇人，差矣！尔若有人心，则速反正，从我去；否则，有死而已！"

宋联奎听罢，吓得瞠目结舌，转而吼道："谢奉琦，还是那句话，只要供出同党、缴纳二千银圆，本府即行释放你，否则必死！"审讯只得草草退堂。

知道宋联奎给出的释放谢奉琦的条件后，面对谢奉琦的处境，贡井这边根本不可能有其他的选择，即便二千银圆是一个巨大的数目。但是，为拯救谢奉琦，他的胞兄谢奉琮、他的夫人刘仲仪和他的战友同盟会川南分会会长佘英在很短的时间里，即凑够了二千银圆送给了叙府知府宋联奎。他们能做的也仅此而已。至于谢奉琦会不会供出革命党同志，只能看他自己的选择了！

在狱中，谢奉琦在印章上刻下了"我不入地狱，谁入地狱"的铭文。表达了他至死也不愿意供出同志的决心。这，让宋联奎无计可施而恼羞成怒，他的邀功请赏的计划破灭了；所以，尽管谢家已按宋联奎的要求送去两千大洋，四川臬台赵藩也想尽各办法营救谢奉琦，能让谢奉琦获得自由；可是，赵尔丰绕过臬台赵藩直接指挥宋联奎行事。

光绪三十四年也就是公元1908年3月27日，这天，天气一反常态，阴风怒号，乌云压城，叙府一洞天街口，清兵荷枪实弹、警卫森严。临时聚集起来的围观群众成百上千。但见，一位胸骨锁着铁链，双手戴枷，双脚被残忍地挑断脚筋，满身血污的年轻人被押赴刑场。这年轻人气宇轩昂地当众号召人们"跟踪继起，推翻满清，建立民国"，并高声朗诵了一首他在狱中用鲜血写成的一首诗：

中原多故祸燃眉，草泽人怀造国思。
富贵勿忘耕陇上，诗成泣下数行时。

一个革命者明知必死而又义无反顾地选择死，是他信仰的支撑。此时此刻，谢奉琦虽然坚贞不屈，置生死于不顾；但是对亲人仍千般依恋、难舍难分。他心里既有着对革命事业未竟的遗憾，也有着对妻儿和兄弟无限的愧疚与不舍。倏忽间，他脑海里闪出父母亲在弥留之际"最放心不下的是能儿"的话来。倏地，他流泪了。但是，这泪水没有流出来，而是融进了他的绝命诗里。

谢奉琦吟罢绝命诗，很干脆地坐上公案，对监斩的官吏和刽子手说道："开始吧！要杀便杀"！并伸出脖子迎向刽子手的刀锋。刽子手即手起刀落，鲜血迸涌一地。接着，刽子手用一块红毯子将谢奉琦的尸体裹了起来……

刑场上很多人悄悄议论道："实在太可惜了，这样一个眉目清秀，看上去知书识礼的年轻人就这样走了……他的家人该如何面对啊？"

斯时，压城的乌云变成了一场倾盆大雨——老天爷都忍不住流泪了。

众人散去后，叙府的几个同盟会员不敢直接到一洞天收尸，而是托街上的混混将谢奉琦遗骸收来掩埋在翠屏山上,并嘱其将坟墓朝向北方——贡井。

贡井盐场一个大户人家子弟,为了实现中国同盟会"驱逐鞑虏,恢复中华,建立民国,平均地权"纲领,就这样如黎明前夜空中的一颗璀璨的流星陨落了……

1909 年 1 月 3 日,谢奉琦兄谢奉琮将烈士遗骨由叙府翠屏山迁葬于时称贡井乡之彭堰塍(建设镇麻柳村六组)祖坟坝。这是后话。

八十一

贡井。旭水河畔。天池山下。院子坝。乍暖还寒,露冷日昏。

谢府大门口青青的竹竿将"望山钱"高高挑起,堂屋正中设置着谢奉琦的灵位,孤灯摇曳,香烛缭绕,凄凄切切。做道场的道士还没有到位。刘仲仪夫人一身灰黑丧服,一脸憔悴哀容,守在谢奉琦灵前。整座院子里的人都为谢奉琦的殉难忙活着。

谢奉琦殉难的噩耗传到贡井,谢府上下悲痛欲绝。其妻刘仲仪更是痛不欲生。她回想起和丈夫结婚七年来,聚少离多的生活,虽然不能长相厮守,却也是"一朝风月,万古长青"啊!

也许,英雄谢奉琦对自己美丽善良、善解人意的妻子,只能说一句"不负天下兮负云卿",这就成了英雄妻子苦涩的宿命——英雄不负天下,却负了一人。天下人的名字英雄都不知晓,因为英雄不期待人家的感恩;可是有一个人的名字英雄肯定会记到来世;因为,亏欠深爱的妻子,是一世不能释然的痛苦啊!

刘仲仪是一位知书达礼的大家闺秀。她是如何对丈夫思念的,除了她自己,任何人都不可能知道的、不可能理解的!

也许,她曾经埋怨丈夫"是谁给你选择的权利,让你就这样匆匆离去?"

也许,她只能把缱绻一时,当作被爱了一世!

作为一个默默支持丈夫留学日本、进行革命的平凡之乡间女子,她可能没有惊世的才华,没有旖旎的梦想,也没有自己丈夫那么崇高的襟怀境界;可是,她信任自己丈夫的选择。对于英雄牺牲换来的受益者和后来者,还能说些什么呢?

忽然,刘嫂来到灵堂报告说:"夫人,熊克武先生来了!"

刘仲仪夫人对"熊克武"几个字很熟悉,即道:"快请他进来!"

熊克武来到灵堂已泪流满面,和仲仪夫人自我介绍之后,"扑通"一声跪倒在战友谢奉琦灵前:"玮颀兄,我来晚了!"熊克武抑制不住撕心裂肺的悲伤,啜泣起来——

自公元 1908 年 1 月 27 凌晨 4 点谢奉琦冒着生命危险缒城来到金河(金沙

江）对岸，通知熊克武："消息泄露了，刘绍峰、詹树棠等人已被逮捕，要求熊克武率部脱离，减少损失，以免无谓的牺牲，革命党人转移他处，继续奋斗。"之后，熊克武将所带人马妥善安排后，去成都设法营救成都起义被捕的黄方等成都"六君子"的事。忽然，惊闻"同盟会四川主盟人、叙府起义领导人谢奉琦被宋联奎杀害"的消息。他得到噩耗的当天晚上即连夜赶赴贡井，到谢奉琦家已是第二天上午。

当熊克武劝泪雨潸然的刘仲仪夫人"节哀顺变"时，自己却也抑制不住无比的悲恸，泪洒胸襟。瞬间，他脑海里出现下面的景象：自公元1904年与谢奉琦在东京相识后，从东京到横滨，从上海到泸州：他们一起宣誓加入同盟会，一起跟梁慕光学制炸弹，一同抵制《取缔规则》，一同聆听中山先生的教诲，一同接受中山先生的派遣回四川开展武装斗争。他们是同志、战友，更是手足兄弟。可是如今，谢奉琦就这么匆匆地走了，留下孤儿寡母，留下未竟的事业，留下同志、战友、手足兄弟，从此阴阳两隔，真个是"峰回路转不见君，雪上空留马行处"啊！

刘仲仪夫人跟熊克武说道："奉琦死得很惨烈，宋联奎听叛徒汪蔚然说他有飞檐走壁的功夫，押赴刑场的时候，怕他中途逃走，就用铁索穿在肩胛骨上，前面两个人拉着，后面两个人押着。尽管如此，奉琦仍然神情自若，从容不迫，顽强地向围观群众发表演说，宣传革命。不少人被当时的情景打动了，有的人咒骂清吏太残忍，有的人夸赞奉琦了不起，有一些妇女和老人目不忍睹，暗自落泪。"说完，刘仲仪夫人拿出谢奉琦在狱中用血写成的绝命诗稿给熊克武看……

熊克武读完绝命诗后义愤填膺地说道："此仇不报，不为人也！"

仲仪说道："谢谢克武兄弟！我叫刘嫂给你安排住宿了。"

"不能住，怕有探子，请嫂夫人理解！"熊克武说道："玮颜兄就是叛徒汪蔚然出卖的。不然不会是这样。"

"嗯！克武兄弟多多保重！"

"嫂夫人保重！革命成功后再来看望你！"熊克武言罢匆匆离去。

在谢府办理丧事的几天中，佘英、丁丁、林锋、曾昭鲁、林悦葱等同盟会员和好友先后来去匆匆地到谢府吊唁。

谢奉琦在新街被逮捕，在叙府被杀害的事，整个贡井盐场满城风雨、家喻户晓。有的人暗暗为贡井出了革命党人而骄傲，认为终于有人觉醒了，这个国家有希望了；有的人为贡井出了革命党人而担忧，怕更多的革命党人被清政府迫害，而祸及平民百姓；清政府的官吏们则为贡井出了革命党人而害怕，不知道哪一天自己会因此丢掉乌纱帽，甚或掉脑袋……

八十二

泸州。小市。宝莲街。黄昏时分。

一个头戴毡窝帽，身穿青布短装的青年男人来到紧闭的汪蔚然住宅裕庐大门前，头向左右望了望，右手伸进衣襟，拿出一个很小的牛皮纸信封来，从门缝里塞进去后，即转身匆匆离开了。

春天，天气开始转暖。裕庐庭院里的几盆花卉开始吐新芽了。

小姑娘沉琰亦如春天的花卉，出脱得更加可人了。她是一个懂事的姑娘，对家里的事情都"理得到"。不管是汪蔚然老爷、上官淑媛夫人，抑或汪母，只要吩咐过一次，她就会记在心头，按部就班地去做，很细心，很认真。比如，烧锅煮饭、端茶送水、扫地抹尘、关门闭户等，样样都做得有条不紊。尤其是汪母非常喜欢她，把她当亲孙女儿看待。

这天，擦黑的时候，沉琰去检查大门的关闭情况时，发现地上有一个信封，遂捡起来一看，信封上没有一个字。于是，她来到堂屋里，递给正在和夫人说着话的汪蔚然道："老爷，有一封信。"

汪蔚然接过信封问道："哪里来的？"

"老爷，我说去检查大门关好没有，就看见地上有这封信。"沉琰回答道。

"哦！"汪蔚然道："好！你去忙吧！"

沉琰走后，汪蔚然撕开信封，抽出一张不大点勾边纸（毛边纸）来，上面写道：

汪蔚然，你出卖了谢奉琦，如若你再干这种丧尽天良的事，熊克武、佘英等大有人在。他们必定要以牙还牙，以血还血，决不饶你！

汪蔚然看信后半天说不出话来。

旁边的上官淑媛问道："蔚然，怎么了？信上写的什么？"

汪蔚然没有说话，只是把信递给夫人。

上官淑媛看后，吓出一身冷汗来，说道："蔚然，他们知道是你出卖了谢奉琦！"

汪蔚然还是没有说话。

上官淑媛道："你这个人真是聪明一世，糊涂一时啊？怎么能供出谢奉琦嘛？人家谢奉琦是一个好人，也对得起你呀！"

"不说了！不说了！"汪蔚然吼道。

上官淑媛不敢说话了。

良久，汪蔚然道："淑媛，看来这泸州我是待不下去了。"

"为什么？"

"革命党人迟早会要我偿命的。"

"为什么？"

"你没看见？上面明明写着'以血还血'！"

"啊！那怎么是好呀？"

"我们离开泸州吧！"

"去哪里呀？"

"去昆明。"其实，没有这封匿名信，汪蔚然都想逃往昆明。

"我不去。"

"为什么？"

"我又没有犯什么事儿。"

"可是，你是我的妻子呀！"

"再说，我都怀孕几个月了，我受不了这路途上的颠簸；而且，我们也不能把病床上的老娘一个人丢在家里呀！"

"那怎么是好呀？"

"我看，你去给革命党人认个错，求个饶，就说以后做牛做马，将功折罪！"

"你想得天真，这不是小事！"

事情也巧。正当夫妻二人在堂屋里说话时，沉琰报告说有人敲门——原来裕庐的大门白天总是半掩着的，自从汪蔚然从府衙回来后，就吩咐沉琰，无论什么时候，大门必须上闩，不管什么时候有人敲门，必须先问清楚来人是谁，并报告汪蔚然，经过同意后才能开门。

这下把汪蔚然吓到了，说道："沉琰，你去给敲门的人说，有什么事明天来，老爷他们都睡了。"说罢，赶忙躲到后房储藏室里的坛坛罐罐间了。

沉琰去到大门口，屏住呼气听，再也没有敲门声了。其实，敲门的人早已走了。沉琰回到堂屋里，夫人还在那里，显然上官淑媛比汪蔚然镇静得多。沉琰说道："夫人，我听了好久，没有敲门声了，可能已经走远了。"

"哦！沉琰，门闩好了的吧！"

"闩好了的。"

"那你睡去吧。"

"好的！"

沉琰走后，上官淑媛来到后房储藏室把丈夫叫出来，一起回到卧室里。

"蔚然，我看找找同盟会的同志，给他们认认错，说以后做牛做马，将功折罪。"上官淑媛还是坚持自己的意见，说道。

"这样吧，"汪蔚然说道："我主意已定，量想他们也不会把你怎么样，就我一个人出去避避吧！"

"不！那怎么行？"

"行！我这就走，你赶紧给我收拾点换洗衣服！"

"那怎么行啊？"

如惊弓之鸟的汪蔚然说道："我想，那个敲门的人就是来报复的！再不走就迟了！"

"啊啊……明知今日何必当初啊？"上官淑媛边流泪，边给丈夫收拾起行囊来。

夜半三更，做贼心虚的汪蔚然趁着夜色溜出大门，来到码头在一条空空的小船上过了一夜，第二天一大早，赶上了去叙府方向的船……

第十二章　清朝覆灭

八十三

　　筱溪街十字口往东是横街子，往北是滩坝头，往西是牛肉街。牛肉街口往东经过一座建在筱溪河上叫"泰和春"的石拱桥是望乡台。望乡台往西到流水沟处，有石板路沿流水沟右面通往南边的石灰窑，以至舒家坳和茅头铺。望乡台前有石板路绕旭水河往西通往田坝头、伍家坡及至长土盐场。

　　这条靠河边的石板老大路距旭水河与筱溪河交汇处百多米的地方，有一座用两块巨石搭成的便桥。这便桥架设在不盈丈宽的一条发源于帽壳山的流水沟与旭水河汇合处。最初，人们把石灰窑、田坝头和望乡台之间的这片土地叫流水沟。后来，因为一个民间传说，人们也就叫它鹅儿沟了——

　　筱溪河流入旭水河的地方，也就是帽壳山与青杠林山峦之间，有一条很小很短的河沟叫流水沟。很久以前，这溪沟里的水清花亮色，水底游鱼历历可数，溪头芦蒿夹岸，鹅儿肠草鲜嫩可人。流水沟东面小山坡上，花朵遍地，气馥香馨。这儿住着祖孙两人。爷爷年逾花甲，体弱多病；孙女儿卢姑年方二七，水灵、乖巧、勤劳、能歌善舞。一家两口靠耕种张升梁佃给的一块地和养鹅为生。

　　每逢端阳节，爷爷总要和孙女儿一起去溪沟旁边摘些芦蒿叶到筱溪集市上去卖给人家包粽子，换回油盐和过节的物品。这年端阳，适逢张升梁打发女，几天前爷爷被东家叫去帮忙了。这天，卢姑背着稀眼背篓，手里拿着根细细的芦苇秆儿，轻扬着把一群雪白的鹅儿赶到溪边去觅食、游玩。她自己则采撷起芦蒿叶来。累了，躺在芦荫下歇息；渴了，捧一捧清水咽下肚去；高兴了，与鹅儿逗乐，边手舞足蹈，边唱起山歌来——

> 我家门前有条河，后面有山坡
> 山坡上面野花多，野花红似火
> 小河里，有白鹅，鹅儿起绿波
> 起了绿波鹅快乐，昂头唱高歌

当她摘了满满的一背篓芦叶时，看看天，已是夕阳西下，残红衔山了。她连忙赶着鹅群回家。她把鹅圈门关好后，自觉疲惫不堪，在灶上拿了些冷苞谷粑胡乱地吃了，就和衣躺在床上睡去了。这时，爷爷有气无力的叫门声怎么也打断不了她的美梦。又过了不知多少时辰，她突然醒来了，自言自语道："哎！遭了！爷爷……"她赶忙起身打开门。

"哦……"她惊呆了。她爷爷躺在门边。她赶忙把爷爷扶进屋去，油灯下，她看见爷爷满脸血污。

"爷爷，这是咋啦？"她哭起来。

好半天，她爷爷说："张……张升梁说我偷吃了他的粽子，就打……打……"

话还没有说完，她爷爷就断了气。卢姑哭得死去活来，她凄惨的哭声使鹅儿也跟着凄鸣，这凄厉的声音使花朵啜泣使溪沟止流……

面对惨死的爷爷，美丽善良的卢姑束手无策了。这时，鹅群中一只头顶着一颗巨大的像红宝石一样红瘤的晶亮的大白鹅现出人形来，说道："卢姑，别怕。我是天上白鹅神，因感你爱鹅之诚，特来相助！"说罢，大白鹅施行法术，溪旁亮如白昼，瞬间就掩埋了爷爷。

大白鹅临走时，取下头顶上的红瘤，一哈气，变成了真的红宝石，递给卢姑说："卢姑，有什么危难，到溪边把它晃三晃，我就会来帮助你的。"

尔后，卢姑的生活失去了欢乐，人们再也听不见她甜脆的歌声了。她唯一的乐趣就是到溪边去晃晃红宝石，邀来大白鹅一起说说话。久而久之，双方即生爱慕之情。当卢姑二八妙龄之际，大白鹅现出人形，到卢姑家住下了。不久，卢姑生下一枚双黄大鹅蛋，三三九个月之后，鹅蛋绽开来，霞光四射，跳出两个胖娃娃来，还是鸳鸯胎———一男一女哩！从此，一家四口，男耕女牧，生活过得倒也逍遥。后来，好多人就把这个地方叫作鹅儿沟了。

一条东西走向的石板路跨越流水沟通旭水河边的便桥，靠旭水河的这条石板路的左边，除了一座较大的里面种植了一棵大黄桷树的大院子外，有一排破破烂烂的小青瓦房子，住着贡井盐场最底层的百姓人家。其便桥的东边的一座低矮的东边与其他房子共壁、西面临桥的小青瓦房子，有不大的两居室和一个"拖偏"的房子是名叫苟建文的家。其朝向旭水石板路处开有大门，进得大门就是堂屋，堂屋后面是卧房，卧房后面是一间"拖偏"房。幸好有这个拖偏，才可以把住宿和"灶门前"分开来。但是，由于房间之间的隔墙没有建到房顶；所以，只要是"灶门前"生火做饭时，整个几间屋子还是乌烟瘴气的。因年深日久，房子的石灰墙壁剥蚀严重，不过尚能遮风避雨。而即便只能遮风避雨的这座房子，也是苟建文跟一个和几个股东经营一口盐井的房东租住的，只是房租很便宜而已。

身材中等、面目和善的苟建文是一个每天挑着剃头挑子走街串巷的代代（剃头匠、理发师）。他和妻子及一个年处黄髫的大儿子苟吉三、一个三岁的二儿子苟松轩住在这所破旧房子里，遭遭孽孽地过日子。虽说遭孽，但由于一家四口和和睦睦倒也快乐着。更因为苟建文有一个梦想，就是拼命剃头，多赚钱，勤俭度日，有一天能甩掉"剃头挑子"，在新街、筱溪街、横街子，或者新拱桥租一间小小的店面来当"坐商"给人剃头。可是，这个梦想，已经想了十多年了，还八字没有一撇。他对自己说道："苟建文，你就认命吧！"

苟建文的所谓"剃头挑子"，即一根木扁担的一头是一个木箱。木箱呈下大上小的梯形。其实，这木箱是可以供顾客坐的一张条凳子。这条凳下有三个抽斗，抽斗里装着剃头刀子、剪子、梳子、篦子、洗脸帕、围帕、磨刀石和小盆子等等工具。挑子的另一头是一个烧杠炭（青杠树木炭）或煤炭的小火炉子，呈圆筒状，下面有可以随意开关控制风量的风门。小火炉子上放着一口小锑锅，锅里装着水。苟建文挑着剃头挑子走街串巷，火炉总是生着火的，所谓"剃头挑子一头热"的歇后语就是这样来的。

苟建文梦想租店面做生意也许正像是这"剃头挑子一头热"吧？即便如斯，苟建文是一个"叫花子可怜讨口子"一样的人——他在走街串巷中，如果遇见穷人剃头，他总是要少收几文钱。

两年前的一天，苟建文挑着担子转悠了半天，才做了一个生意，正常收费十文钱。这十文钱烧杠炭都不够；可是，当他挑着担子走在百宝生巷子时，一道木头破门里一个老婆婆喊住了他。问道:"师傅,小娃儿剃光头好多钱?"

苟建文回答道:"十文!"

"哦!"老婆婆说道:"师傅,能不能少一点?我孙儿几个月都没有剃脑壳了。"

"我都是收的十文,已经是贡井最低的价钱了。"

"要得嘛!"老婆婆把四五岁的孙儿叫来,苟建文先给孩子洗过头,然后用刀子在头上动作起来。这时,旁边的老婆婆说,这孩子的爷娘年初遇到瘟疫都死了。家里就只有她婆孙俩,没有生活来源,就靠她帮人洗衣服、捡破烂来过活……

说话间,头已剃完。老婆婆从破木箱子里摸了半天才摸出十文钱,拿出来递给苟建文。苟建文用手推着老婆婆拿着十个"小钱"(光绪方孔钱)的手说道:"婆婆,这个钱你就留下吧!"老婆婆说道:"那,咋子要得哟?"

"没事的!"苟建文说着挑起担子离开了。

苟建文回到家里给妻子说道:"今天运气不好,剃头的钱不够烧杠炭。"

"咋的,剃头的人那么少?"妻子说道。

"是的,转了几条巷子只有一个人剃头,收了十文。不过,刚说回来,百宝生巷里,给一个老婆婆的孙儿剃头了;但是,我没有收她的钱,她家太遭孽了……"

"哦!做得对,我们都很遭孽,但要'嗷怜'(同情)比我们更遭孽的人!"

"我想好了,以后每一两个月,去给这孩子剃一次头。"

"要得!我们帮不了别人什么,这个还能做到。"

苟建文为什么干剃头这一行?也是没有办法的办法。他父亲送他去跟师傅学剃头时,说道:"儿啊!你想去井灶上当烧盐匠是好,但不是一个人就能去的,我们跟井灶的老板、管事没有关系呀!常言道有艺不孤身,你就去学剃脑壳吧!只要自己勤快,就不会饿肚皮!"即便贡井的井灶很多,帽壳山下鹅儿沟就有地旺井、三宝井、崇善井和咸海井,有好几百人在干活。

苟建文也就认了。他十多年来挑着剃头挑子走街串巷,走遍了贡井盐场的九坝、十三街、六巷、四大口,乃至长土、艾叶和雷公滩。

一条扁担把苟建文的两个肩膀磨起了茧巴,双脚上也打起了厚厚的茧巴——一年四季走街串巷时,大都是打着光脚板走路,只有在冬天非常寒冷的几天才穿上草鞋,或妻子给做的粗布鞋。他克勤克俭,为的是一家人四张嘴巴要吃饭……

这天下午,苟建文正在新街旭云轩茶馆对面五福堂大院巷子口给人剃头。当他给顾客修完面,解开围帕,说"好了",顾客站起来拿了十文钱给他的时候,对面旭云轩哄闹起来了。但见一个文质彬彬的年轻人正在和一群人搏斗,后来这个文质彬彬的年轻人被五花大绑带走了。他听见有人说:"谢二少爷给叙府的差役押走了！"有人说："谢二少爷多好的人呀！"有人说："他是革命党人！"

苟建文看在眼里，听在心里，心想："这个世道就是这个样子的啊！"他挑起挑子往回走，到横街子口时候又做了一个生意后，从新拱桥经过苟氏坡、鸿恩寺转回到鹅儿沟家里，天已经黑下来了。

"回来了，生意还好吧！"腆着肚子的建文妻子关心道："他爷，累着了，歇歇吧！"

"还好，"苟建文把挑子放下，急促地说道："我看见，谢府二少爷被差役捆绑着押起走了。"

"多好的谢二少爷，怎么会呢？"

"才没几天，我还去他府上给剃过头，还多拿了好多钱给我。"苟建文说道："说是他参加了革命党。"

"哎！听说革命党是为穷苦人的好人呀！"

"是呀！"一天到晚走街串巷的苟建文接触的人很多，晓得的事情也就很多。即便有些事情是道听途说，真假难辨的；但是，无风不起浪，也不一定都是假的。

"饭已经做好了，歇一会儿就吃饭了。"苟建文妻子说着转身去门外喊两个正在斗"官司草"的娃儿回家吃饭。

屋子中间放着一张破旧的四方桌，苟建文把小儿子松轩抱上高板凳，大儿子吉三自己爬上高板凳坐了。苟建文叫妻子也坐了，说道："我来添饭！"

但见桌子旁边有一张矮矮的四方凳子，凳子上放着一个大大的瓦缸钵，缸钵里是红苕稀饭。苟建文给每人舀了一大二碗，自己也舀了一碗端上桌来。桌子中间是一大碗切细了的泡酸菜。

"娘，今天的酸菜好好吃哟！"大儿子吉三说道。

"好吃么？"儿子他娘问道。

"好吃！好吃！"三岁的松轩说道。

"老大、老二，你们说说，为啥子今天的酸菜更好吃呢？"苟建文故意问两个儿子道。

"娘放了油油！"两个娃儿异口同声道。

母亲和父亲会意地笑了，说道："嘿，你们的嘴嘴儿还真行哈！娘今天用油油炒了一下！"

吃完饭，天已经黑了。母亲在房间里招呼两孩子上床睡觉；父亲照例在堂屋里的高板凳上磨剃头刀子，为明天的走街串巷做准备——剃光头的刀子可要"飞快"啊!

夜深了,苟建文躺在用毛蓝麻布做帐子的床上,想起白天见到谢府二少爷的一幕,久久地不能入睡。

夜深了,鹅儿沟万籁俱寂,唯有帽壳山下的几口盐井天车上钢绳带动天辊子转动的沙沙声和对面陶嘴上平锅灶房一阵阵喳喳的巴盐起锅的声音划破寂静,让人感觉到烧盐匠们为了那一口饭,为了活着,还在灶房里辛勤劳动着。

八十四

这天夜里,天空晴朗,清澈如汪洋大海,下玄月像一只小船游弋在眨巴着眼睛的繁星之间;贡井旭水河八里秦淮上白天千帆竞渡的盐船、渡船、客船已经靠岸,静静地躺在水面上睡去了;清冷的星月之光洒在平静的水面上,让河水变成了一面巨大的曲面镜子;不时有流星从镜子里划过⋯⋯

此时,鹅儿沟数十座或独立,或连体的黑黢黢的房屋躺在流水沟的两岸,不能窥其细节,只能见其轮廓,如剪影一般;房屋里的男男女女、老老少少都该已进入各自的梦乡了,唯其旭水河畔陶嘴上平锅灶房里起巴盐的镗镗声,帽壳山下流水沟旁的几口盐井天车上钢绳带动天辊子转动的沙沙声,仿佛千年历史的跫音,还在一如既往地、一次次地、有序无序地打破着夜的宁静,宣示着这座古盐场重镇悠久延续的生命⋯⋯

当鸡叫头遍的时候,苟建文的妻子把身边的丈夫摇醒来,说道:"他爷,我肚子痛了好几道了,怕是娃儿要出来了!"

"那,我去老街子喊王接生婆来!"苟建文说着翻身起床。

"不了!你不记得我们的大儿子是王接生婆来接的;可是生老二时,来不及了,就是我们自己弄的?"

苟建文记起来了,生松轩时,他还没来得及出门,孩子都呱呱落地了。于是乎,他连忙照妻子说的剪下脐带用棉线扎了⋯⋯孩子一样活鲜鲜的。所谓"照妻子说的",是因为妻子亲见了王接生婆是怎样剪脐带的,也就学到了这一招。

"可,有接生婆更放心啊!"苟建文说道。

"我看,和生老二时一样,恐怕也来不及了。你去灶门前烧一锅热水,把我缝好的棉包裙和片子、毛巾、草纸、剪刀这些拿出来就是。"能干的妻子吩咐道。

"那好吧!"苟建文来到"灶门前",抓起旁边的一把谷草来绾成一坨,划燃一根火柴将谷草点燃了放进瓮炉灶膛里,一只手铲了从井灶倒出的煤渣堆里捡回来的煤炭花,慢慢地倒在燃烧着的谷草上,一只手用大大的篾巴扇往灶下的风口处不停地扇风。这时,"灶门前"乌烟瘴气,其他两间屋子也烟雾尘尘。等煤炭花烧红后,烟子散去。苟建文即将一口大铁锅放上瓮炉灶,从篾条编的瓢篮里拿出一把木瓢来,从大大的瓦缸里舀了几瓢从旭水河里挑起来的水将瓮炉灶上的大铁锅氽满了,盖上木质锅盖。苟建文再折身去卧房的柜子里把妻子为婴儿缝好的衣物拿出来,把放在屋角的木桶、放在柜子下的大大的木盆拿出来,洗干净了,预备着。

苟建文坐在灶门前的一条凳上,时不时地一边用扇子往炉灶的风口处扇几下,一边在想:这老三是儿子还是女儿呀?要是个女儿,两儿一女就圆满了。俗话说"有儿无女半边孤"。不过,儿女都一样,哪有啥子孤不孤的?

"他爷,快来!"苟建文妻子在房间里喊道。

苟建文走进房间,妻子已经把孩子生下来了。孩子哇哇哭着,是一个儿子。他连忙用双股棉线扎紧脐带的一端后,用剪刀剪下了脐带,把孩子放进木盆的温水里洗净,用棉包裙把孩子包裹起来,放在已躺在床上的母亲身边——谢天谢地,大人娃娃都安好无恙。还真个是,穷苦人家有穷苦人家的办法,穷苦人家有穷苦人家的保护神。上帝是不会绝人之路的!

这边,苟建文收拾打整完毕后,给妻子煮了一满碗醪糟糟蛋送到床前。妻子有气无力地说道:"我等会儿吃!今天就不去剃头了,你也该躺一会儿了。"这时,天已麻呼呼亮了。

这是苟建文的第三个儿子,他给孩子取名"永芳"。不知是不是冥冥中有神在点醒,没有多少文化的苟建文知道"永芳"这两个字最适合给他们的第三个儿子?

苟永芳出生这天是公元1908年3月24日(阴历二月二十四日)。

八十五

雷铁厓在东京闻讯谢奉琦牺牲的消息后,悲愤不已,遂主动向同盟会总部请缨回国,宣传革命、发展盟员。他主要寓居上海,但也奔走各方,包括四川、新加坡和马来西亚等地。公元1908年年底,雷铁厓回到富荣盐场石头沟家的当天,把行囊一甩就翻过太平山直奔贡井院子坝谢府来看望谢奉琦夫人刘仲仪。

他在谢奉琦遗像前三鞠躬道:"玮颇兄,我来晚了!在东京,我答应过你回川来和你一起进行反清起义的,没料到东京上野公园小茶楼之别,竟然成了我们两兄弟的诀别……"言罢即泪雨潸然了。

然后,坐下来听仍然穿一身孝服的仲仪夫人讲述谢奉琦英勇就义的前前后后。每每说到关键处，雷铁厓都会感到十分惋惜。尤其是谢奉琦收到"密函"后，如果去哪里避避就没有这回事了。但是，英雄为了不让更多的人受株连而选择了留在家里束手就擒"以节义声天下"，所以让雷铁厓嘘唏不已。

"如果没有汪蔚然的叛变，也就没有这回事！"仲仪夫人说道。

"汪蔚然我见过一面，就是我们去日本前在天池山聚会时他来了，"雷铁厓说道："还真看不出来，那天，这个泸州书生给大家的印象都很好，真是人心隔肚皮！"

"还真是人心叵测，知人知面不知心啊！"仲仪夫人感慨道。

"是的！"雷铁厓说道："嫂夫人，玮顏兄牺牲后，我一直在思考一个问题，叙府差役越境抓人那天，如果茶馆里的人和看客们，特别是有袍哥带头，一齐和那几个叙府衙役周旋，理由是外地人到贡井来抓人，没有得到贡井当局的允许，要他们去分县衙署拿手续；要是他们动手，我们的民众蜂拥而上，也许玮顏兄就能在众乱中逃走。"显然，雷铁厓受古典章回小说中某某人"在混乱中逃走"描写的影响，希望民众出来干预，希望谢奉琦能够逃离。其想法是可以理解的。

"我们的民众怕事，没有那样的意识，可以理解。"

"如果民众有革命思想，结果会不一样的。"

"也许吧！"

"所以，我们还需要启发广大民众的革命意识。"雷铁厓说道："当然，玮顏兄在众乱之中，也不一定会逃走。这是他的品德决定了的。哎！这就是英雄的宿命吧！不过我还是想做一件事情，来让我们的民众觉醒。"

"耆皆贤兄所做的事情，我都很理解！"

"谢谢嫂夫人！"

接下来雷铁厓问了仲仪夫人生活方面的一些情况，然后说道："请嫂夫人多多保重，只要我在贡井就会常来看望你的！"言罢匆匆离开谢府。

第二天，雷铁厓邀约炳文书院的同窗、被富顺中学聘为教习的李宗吾去自流井灯杆坝的一家叫作"井源"的茶馆喝茶。这是一片很普通的茶馆，不同的是有楼上、楼下两个茶堂。楼上茶堂小间小间的，便于说话商量事情。

雷铁厓和李宗吾如期而至，来到茶馆楼上，叫了两碗下关沱茶。

"宗吾兄，久违了！"雷铁厓说道。

"是的，离开炳文书院我们就没有见过面了，知道你去日本了。"李宗吾说道。

"你知道炳文书院的同学谢奉琦被害的事吧？"雷铁厓问道。

"知道，知道！"李宗吾说道："以节义声天下，壮哉伟哉！"

于是，雷铁厓说了他头天在谢府跟仲仪夫人说过的话，意思是必须开民智、唤醒大众，中山先生给同盟会制定的纲领才能实现。然后，他说道："宗吾兄，我想在谢奉琦家乡贡井开一爿书社，购买一批图书，订些新文化方面的刊物和报纸。既作为文化人聚会之所，又可供社会人士尤其是年轻人阅览。不知意下何如？"

"詟皆兄，你的想法很好。把书社开在贡井，也是我们对谢奉琦的一点点致意。"李宗吾说道："我想，我们需要商定几个问题：书社名称、地点、经费来源、参与组织的人员等。"

经过反复商量，最后商定：书社名称"禹贡书社"，地点谢奉琦被捕的贡井新街旭云轩茶馆对面，经费由大家捐资，组织者建议由雷铁厓、李宗吾、雷民心、王稚衡和杨泽甫组成。

"我想，趁热打铁，明天，我们五个人就在这里聚会。"李宗吾说道。

"很好！"雷铁厓说道："我通知雷民心和杨泽甫，你通知王稚衡，行不？"

"行！明天下午两点在这里。"李宗吾说道。

事情商定后，雷铁厓说道："时间不早了，我们去吃点东西再回家吧！"

"好！"李宗吾说道："吃啥子呢？"

"吃郑抄手怎么样？"雷铁厓说道："郑抄手，皮儿薄，肉嫩，肥而不腻，几年前去东京，这是第一次回家乡，想吃家乡美味儿！"

"好！郑抄手！"

他们穿过牛屎巷来到开在三生桥的"郑抄手"吃得饱嘟嘟后握手言别，各回各家。

翌日下午，雷铁厓等五人在井源茶坊聚会，商量敲定了头一天雷铁厓和李宗吾商量的事项。谈到捐资的事情时，雷民心说道："各位仁兄，我想，书社的经费除我们几个人捐资外，还可以发动盐商捐资，比如胡慎怡堂、王三畏堂、颜桂馨堂、李四友堂等。他们拔一根汗毛都比我们的腰杆粗实。"

李宗吾说道："民心兄的建议很好，但有的盐商不一定热心于这样的文化公益事业。"

居家贡井的杨泽甫说道："我可以先找贡井慎怡堂的掌门人胡汝修试试。"

"泽甫兄的建议很好。"雷铁厓说道："只要能动员一两户盐商，我们的书社就能很好地运转。"

"我可以找大善人三畏堂的王德谦试试。"王稚衡说道。

"很好很好！如果经费足，我们可以多订一些报刊、多买一些书籍；甚而至于还可以在灯杆坝或者在宗吾兄居家的汇柴口开分社，扩大影响，让更多的盐场人了解中国的现状，了解世界社会的进步。"雷铁厓不无兴奋地说道。

"很好！千里之行，始于足下。"李宗吾说道："我们先各自捐一点把禹贡书社的门面撑起来，找这些盐商，就更有说服力了。"

"对，宗吾兄说得对，先干起来再进行下一步！"雷民心说道。

谁落实门面，谁订购报刊采购图书，谁负责财务，哪一天开社等问题商定后，雷铁厓他们离开井源茶坊，分头进行工作。

在很短的时间内除却雷铁厓他们各自捐资一些外，胡慎怡堂和王三畏堂都出了点血，就有了一笔较丰厚的创办经费，接着落实了地点，购买书架和一批图书后，在一阵鞭炮声中，由书法家雷铁厓榜书的"禹贡书社"牌匾挂上书社的门楣而开张了。

苟建文的剃头挑子路过新街时，恰逢禹贡书社成立，正在放鞭炮。他即把挑子从肩头上放下来，驻足于街边和众多群众一起看热闹。当"禹贡书社"匾额挂上去时，他明白了是一个文人的场合开张了。苟建文这个把贡井的旮旮角角都走高（走完）了的剃头匠心想：在贡井我见过的招牌好几百，就还没有见过有"书社"两个字的。于是，跟站在自己旁边的一个看上去像读书人的看客打听道："先生，这书社是做啥子的场合哟？是不是学堂呀？"

"不是学堂，是大家可以在里头看书的场合！"那人回答道。

"哦！大家都可以去看书的场合！"苟建文说道："是县丞办的吧？"

"不是！县丞才不会办这种场合呢！"似乎什么都晓得的那人说道："听说是谢奉琦的同学雷铁厓他们几个人办的。"

"哦！"苟建文"哦"了一声，心想：革命党谢奉琦是个大好人，但是死得好惨啊！莫不是谢奉琦的这些同学想在贡井宣传谢奉琦的革命精神？正想着的他，看见一个身材魁伟的人站在书社门口大声说道："各位街坊邻里，欢迎大家随时来我们的书社免费看书看报……"他的讲话迎来一阵掌声。旁边那个人说道："这讲话的就是雷铁厓！"

"哦！"苟建文又"哦"了一声，心想：好汉身旁无懦夫，这雷铁厓又是一个大好人！

禹贡书社开张后，大家涌进门去，但见书架上、案头上摆满了《浙江潮》《新民报》《民报》和《独立宣言》《民约论》《猛回头》《警世钟》《革命军》《满洲问题》等书刊报纸。整个书社呈现出一派气氛新鲜的氛围来。这是千年古盐场重镇贡井开办的第一个书社，是新文化在贡井的第一次输入，开启了贡井新文化运动的一道崭新的门扉。

从此，禹贡书社既成了富荣盐场文化人的聚会的场所，也成了人们尤其是青少年学生趋之若鹜、吸收新知识的场所。基本上实现了雷铁厓他们预期的效果。

八十六

早春。贡井鹅儿沟的清晨，大雾弥漫，几步以外看不清来人。旭水河躺在白茫茫的纱帐里还没有醒来，就有船桨划水的哗哗声有节奏地响起，偶尔能听到"划过来"之乘客招呼客船的声音。这时，客船艄公"好哩"的回答声就会把岸上和河里联系起来，让船划过去，把乘客接上船来，然后哗哗地划桨前行。

流水沟注入旭水河处，石板小桥东边的陈旧房子里的主人苟建文早已起床为一家五口人做早饭了。说是早饭，其实很简单：先把瓮炉灶发燃，安上铁锅，在铁锅里氽两瓢水，打半盒米淘了倒进锅里，再拿起一个海碗来，舀两汤瓢苞谷粉，加上一点点盐，用少许清水调了，待锅里的清汤寡水的稀饭将要起锅时，用小调羹把调好的苞谷粉一调羹一调羹地舀进开爆爆的锅里，时不时地，用篾巴扇对准瓮炉风口扇几下，一缸钵孩子们爱吃的"汤粑儿稀饭"就煮好了。然后，再泡菜罐罐里抓起一把酸菜、泡萝卜或泡姜来，一顿早餐就做好了。

与此同时，苟建文已经把剃头挑子一头火炉里的火生好了。然后，拿出一个粗瓷大碗满满地舀了一碗，掂些酸菜、泡萝卜或泡姜即稀里呼噜、津津有味地吃起来，吃完两大碗后，嘴巴一抹，朝房间里大声说道："他娘，饭做好了哈！我走了！"

"嗯！"妻子回答道。她已经在房间里招呼老大吉三起床了，因为吉三已在他外公任塾师的石灰窑村塾念书。即便老二松轩和老三永芳还在甜甜的黑甜乡里徜徉。

自从家里添丁后，苟建文肩上的担子更重了。那不，一家五口人要吃，要穿，要用，还要盘儿子读书；开年后，老大就要上小学，老二也该上村塾了。所以，他更加起早贪黑，脚步不停、双手不住地找钱养家糊口。

他将挑子放在肩上朝屋里说了声"我走了哈"之后，出门踏上石板路往望乡台方向走着。白茫茫的雾罩让他的"寸头"和眉毛上挂满了亮晶晶水珠儿；哈出一口气来立马变成一串喷雾。但是，他身上不冷，不仅不冷，还热乎乎的哩！

当他顺着鸿恩寺上了一段不规则的石梯来到苟氏坡往盐店街走的时候，走在他前面的两个大男人在"大声武气"地说着话。

一个人说道："换代了，光绪皇帝死了。"

另一个说道："慈禧太后也死了。"

"是呀！三岁的溥仪继承皇位，改元宣统了。"

苟建文每天奔走在贡井盐场，看的听的很多。包括贡井盐场在内的富荣盐场自太平天国时期因"川盐济楚"，而红火了一段时间之后，由于淮盐恢复运销赣、湘、鄂等地，即逐渐走下坡路——由于盐产过剩，卖不出去，好多井灶关闭，盐业生产萧条。靠盐生存的贡井人，失业者众，出现了贡井历史上的一波维艰时期。

苟建文和大多数老百姓一样有"期待明君"的情结。他心想：改朝换代了也好。新官上任三把火，看新皇帝能让我们老百姓的日子好过点不？

其实，正像老百姓说的三岁的溥仪"屎都不晓得臭"，能做什么呢？大权还不是掌握在光绪之弟、溥仪之父醇亲王载沣摄政王手里。载沣明说继续推行梁启超他们主张的君主立宪，实际上采取集权措施，积极推行由皇族独揽国家大权的政策，大肆提升载涛、载询等满族亲贵之官职。在载沣担任摄政王一年之后，一度对他执政前景相当乐观的西方媒体就改变了判断。同时满洲亲贵和汉族官僚之间的矛盾急剧加深。

公元1911年5月（宣统三年），也就是苟永芳三岁这年，清政府发布内阁官制，成立以庆亲王奕劻为总理的内阁。13名国务大臣之中，汉人仅4人，满人9人，而满族中的皇族竟有5人，引起立宪派的强烈不满。但立宪派还没有绝望，又以各省咨议局联合会名义上书力争，说道："以皇族组织内阁，不合君主立宪公例，请另简大员，组织内阁。"但得到的回答是："黜陟百司，系皇上大权，议员不得妄加干涉。"立宪派纷纷感到失望，一部分人开始转向革命阵营。

这一年，在中国大地上先后爆发了广州起义、立军起义、惠州起义、浏醴起义、黄冈起义、七女湖起义、廉防城起义、南关起义、廉上思起义、南河口起义、州新军起义、花岗起义和立宪运动等武装起义，最后导致了推翻满清王朝、结束中国几千年帝制之革命党打响辛亥革命第一枪的武昌起义。

6月17日，成都各团体2000余人聚会，组织成立了以"破约保路"为宗旨的四川保路同志会，受到全川各地各阶层的积极响应。自流井6月26日成立保路协会，富顺7月23日成立保路同志会。

可是，富顺县知县孙锡棋以自流井盐场"五方杂处"，易生变乱为由，于9月10日，遂强迫解散富顺县及自流井保路同志会。

斯时，荣县同盟会员龙鸣剑、王天杰等人根据8月4日资州罗泉井"攒堂大会"关于组织保路同志军开展反清武装斗争的决定，以民团训练所学生有百余人为基干，组织民团千余人、枪数百支。龙鸣剑以民团总团长名义，在五保镇宣布革命武装起义，组成荣县保路同志军。

接着，王天杰派人到贡井所辖长土、艾叶滩、姚家山、寨子岭等井灶集中地，通过袍哥组织，动员盐工参加荣县保路同志军。

当时，在长土继成井干活的青年山匠（锉井工）、哥老会成员熊伯和即带头响应，发动、组织包括他的胞兄堂弟熊清和、熊敬和等在内的一些临时工和失业盐工参加了同志军。赓即，在短短的几天内就有300多个盐工自愿参加了保路同志军。

9月中旬的一天，300多个盐工齐聚寨子岭内牛棚马厩外的大坝子里开会。会上，荣县保路同志军首领龙鸣剑说道："同志们好！盐工们好！现在，我代表县军部宣布荣县保路同志军贡井盐工队正式成立了……"他的讲话，赢来了一阵阵轰鸣的掌声。

接着，龙鸣剑委任荣县军部派来的、武术高强的陈克清和年轻力壮、有私塾文化、聪明睿智的熊伯和为领队，并分发了少数枪支、弹药。其余的武器布置队员自找自备。结果，几天之内就找到了鸟枪、马刀、梭镖、铁棍等古老器械几百件，将贡井盐工队装备起来，在寨堡里展开训练。这些人，很快就由盐业工人转变成了同志军士兵，待命攻打清军，参加具有划时代意义的辛亥革命。

公元1911年9月25日，同盟会骨干吴玉章、王天杰在荣县向清政府打响了辛亥革命第一枪——宣告荣县独立、成立军政府。10月10日孙中山领导的武昌起义成功。

荣县军政府的建立，成为成都东南路同志军的根据地。为了保卫革命政权，促进川南各州县的独立，10月27日，县东路同志军兵分三路，从荣县、威远向贡井、自流井的清军进攻。但是，由于准备不够充分而被清巡防军击败，只好退回原地待命。11月初，同志军部分队伍从龙潭场、桥头铺方向进攻贡井。然而，由于对敌情不甚清楚，在长土狮子山遭到清巡防军伏击，便绕道撤退到程家场。清军追至，将场上店铺洗劫一空而去。

荣县同志军撤回县城，进行短期修整，总结经验教训，决定集结大量兵力进攻贡井清军；并下令调集贡井盐工队前往军部整编。

遵照军部命令，贡井盐工队在摸清敌情后，全体战士身着青布短汗套儿，手持刀枪棍棒，脚蹬粗草鞋，于11月12日拂晓，从驻地寨子岭出发，威风凛凛，快步向荣县城方向奔去。队伍刚到程家场，就迎来了从县城开来的同志军大队人马。同志相会，喜庆万千。会师后的同志军达3000人马，在首领王天杰等人的率领下，浩浩荡荡地东征贡井和自流井。

鉴于贡井盐工队熟悉贡井的地形、了解贡井清军的情况，遂被指定和荣县来的部分士兵一起组成了800余人的前锋队。

当天下午，同志军接近艾叶滩的黄泥塘时，正好碰上贡井开来的清巡防军数百人。敌我双方立即交火。同志军人人勇猛，个个顽强。从砖房子、石磙冲、古佛寺、艾叶滩场口四面围攻清军，打得清军落花流水。

为防止清军败退威远，断其逃路，同志军首领王天杰立即派出数百人在蒙子坳、天池山两地阻击。清军虽然有武器优势，但寡不敌众，顾此失彼，当即战死十数人，伤者不计其数。战斗进行到13日下午，清军大败。这次遭遇战，同志军缴获一批武器和战马。贡井盐工队第一次参战，就打出了队威，受到了县军部的赞誉。

贡井西边的寨子岭和韭菜嘴两个制高点隔河对峙，谁控制了这里，谁就控制了贡井城区之西大门，自古为兵家必争之地。就在同志军与清军在黄泥塘激战的同时，荣县军部命令前锋队部分士兵跑步奔向寨子岭，以火力封锁旭水河对面的韭菜嘴，痛打溃逃的清军。

从艾叶滩溃逃的清军在韭菜嘴受挫后，经石菩萨沟头、腰滩子、泥塘湾仓皇逃窜到天池山下的天后宫清巡防军营址和井神庙清安定营营址龟缩起来。

14日，同志军从艾叶滩、寨子岭和长土挺进贡井。由于贡井街上风声很紧，行人稀少，苟建文没有出去剃头，在家磨剃头刀子和帮着妻子做家务，亲眼看见在鹅儿沟后面的帽壳山上的同志军开炮打清军。同志军瞄准旭水河对面的清军驻地天后宫，架起几门罐子炮，一声令下，轰隆轰隆的炮声震天响，旭水河上浓烟滚滚，吓得清军魂飞魄散，许多士兵爬上天池山，向陈家湾方向通威远的小路逃跑；但受到同志军的阻击，只好举手乖乖地投降。巡防军头目牛管带见四面八方都是同志军，恐被围歼，下令打出"汉"字旗，表示起义。随即带着残兵败将退回自流井。此间，荣县贡井分县县丞携钱财逃遁。贡井地区被同志军占领。

为了防备自流井巡防军前来侵犯，同志军派代表廖泽宽和杨澍与清军统领徐甫辰谈判休战。徐见同志军人多势众，部下军心不稳，不得不同意暂时休战。

荣县保路同志军进驻贡井，受到民众的热烈欢迎。真可谓"箪食壶浆，以迎同志之师也"。一些倾向革命的上层人士也纷纷表示拥护。比如，贡井长腰滩人、同盟会员、留学日本归国的何德方，清末秀才、贡井两等小学校长林悦葱，清末秀才、盐商刘景贤，辛亥革命先驱谢奉琦族人、保定军校毕业、曾在外地任知县后归故里行医的谢均知等人。由这些社会贤达出面捐款，协同维持地方治安，慰问同志军将士，提供生活物资等。

　　当然，当时贡井的富绅中也有反对同志军的。比如号称"新四大家族"的黄敦三就骂同志军是"乌合之众""滥杆队伍"，并威胁盐工说："哪个敢造反，老子就倒他的甑子！"倒甑子，就是解除工作。

　　同志军士兵知道了，气愤之下，进入黄敦三的"黄宜堂"庄园，把堆放的粮食和钱财统统分发给了附近的贫苦工农大众，还一把火烧了他的房子。吓得黄敦三逃匿他乡。

　　荣县独立之后，清廷派钦差大臣端方带领入川的鄂军与巡防军，准备会师围剿荣县。

　　为牵制清军，寻求外援，荣县军政府吴玉章于11月21日离开荣县去内江与鄂军中的革命党人接头，约定天马在资州诛杀端方。25日，端方在资州被起义士兵斩杀。26日，内江宣布独立。27日成都宣布独立。在这样的情势下，四川保路风潮已彻底转变为推翻清王朝的革命。

　　根据革命形势的变化，荣县同志军立即命令一部分队伍返回荣县，一部分队伍驻防贡井，大部分队伍由王天杰率领东下，配合各路同志军占领了自流井。就在成都宣布独立这天，以王作甘为代表的自流井、贡井盐商召集盐场绅商在贡井禹王宫（湖广庙）开会，宣布反正。巡防军统领徐甫辰眼见大势已去，便打起"汉"旗，佯装起义。徐当众脱去帽子，露出剪去发辫的光头说："诸位，我徐某已经脱离清廷……"假以麻痹同志军。第二天（11月28日）徐趁机率部抢劫自流井浚川源银行（大清银行）和正街、八店街大商店后，向成都方向潜逃。

　　县军部得到这一消息后，命令驻防贡井的部分同志军赶赴资州拦截徐部奸兵，追回财物。当贡井同志军赶至资州陈家场的时候，前方来报说：徐部已被银山镇义军包围全歼，贡井同志军即行回师。

　　就在巡防军头目徐甫辰宣布脱离清廷的同时，富顺县自流井分县县丞逃遁。自流井地方无主，社会秩序混乱，人心惶惶。为稳定社会秩序、盐场生产正常进行，经自流井、贡井两场盐商共同商定后，于12月20日，在自流井新街井神祠召开会议，宣布成立"自贡地方临时议事会"，行使地方行政、司法权。

　　公元1912年1月1日，中华民国在南京成立，孙中山宣誓就任中华民国临时大总统，开启了中华民族的新纪元。

　　这时，荣县军政府、荣县同志军首领认为，清王朝已被推翻，中华民国已经成立，革命已经成功，便动员遣散5000多同志军战士回家。贡井参加同志军的300余名盐工，在战斗中，虽有伤亡但不大，也就返回井灶寻工。一些穷困伤病战士，领到了一笔救济金。军政府向贡井盐工队各级领队颁发了《保路同志会荣誉状》。

八十七

谢奉琦、熊克武、佘英和黄复生在四川领导的多次武装起义，乃至包括黄兴领导的广州起义等在内的全国多次武装起义，虽然都以失败告终，但是它却严重地打击了清政府的反动统治，吸引和鼓舞了相当广大的人民起来坚决地参加对清朝反动统治的斗争，并用事实向广大人民群众证明：只有实行武装起义革命，才能推翻清朝政府的反动统治，这是唯一的道路。至于在起义中无数英雄、志士和先烈抛头颅、洒热血，牺牲个人的一切之大无畏精神，为中华民族的历史写下来光辉的篇章，永远值得天下后世的人们歌颂和铭记。

中华民国元年（1912），在南京的川籍党人熊克武、黄复生、吴玉章等召开了四川革命烈士追悼会。孙中山先生参加了追悼会。会后，黄复生等呈文孙中山请求追赠四位烈士。呈文曰：

四川公民黄复生、李肇甫、吴永、林启一、廖炎、张懋隆、淡春、陈一、彭丕昕、王夏、李功照、吴国祯、吴鳞、冯赞、鞠奎、郑谦、尹侗、胡国栋、藏霆、藏锡、李为伦、方贞吉、佘荣、李沛、方南、锡昌楫、向迪琮、罗用生、袁朝左、作功、杜关、万树芳、翁之舫、邓主之、戏骨功、武鸿俊为呈请优恤以彰忠烈事：

窃维自川路风潮暴起，双方相继响应，数月之间，民国遂以奠定者，其成功非一手足之烈，其种因实在十数年之内。蜀人士奔走革命自献自靖尝恐为天下之后，前后起义死难者不知凡几。期间功绩卓著者应首先衰恤者：厥有邹容、谢奉琦、喻培伦、彭家珍四人。

谢君甲辰（1904年）留学日本，历任同盟会调查评语各要职。丙午（1906年）还蜀，运动起义，数月来，往返成渝间凡十数次，各县机关以组定，方图大举，竟为宵小所卖，被获不屈而死。

……，……

此四君者，或以学说激发人心，或以实行，洒其热血，或阐明利器以充发难之军实，或除大憝，以收统一速效，率皆功在民国，身先朝露，老亲弱息，室家凄凉，属在后死，尤为寒心。今民国大定，前比死义诸烈士如吴樾、杨笃生、陈天华、吴禄贞等，皆蒙赠恤附祀，昭示来兹。民国酬庸之典，自当视其功绩之白细，不当以生前名位之尊卑而有所轩轾。拟请授吴禄贞烈士例，将邹容、谢奉琦、喻培伦、彭家珍四烈士照陆军大将军阵亡例赐恤，并请崇祀忠烈祠，以慰忠魂，而垂不朽。是否有当，伏乞鉴核批示施行。此呈。

孙中山先生收阅呈文后，立即批示大总统令陆军部抚恤邹、谢、喻、彭四烈士文（黄复生等呈）：

项据川人黄复生等呈称：四川前后起义死难者甚众，以邹容、谢奉琦、喻培伦、彭家珍四烈士功绩最为卓著，请照陆军大将军阵亡例赐，并请崇祀忠烈等因前来。案查邹容，当国民醉生梦死之时，独能著书立说，激发人心；喻培伦则阐明利器，以充发难军实。彭家珍则奸除大憝，以收统一速效，所请赐崇祀各节着即照准。惟谢奉琦（1906年）在蜀运动起义，组织各县机关等因，虽詹功以民国不小，究与邹、喻、彭略有区别。着改照陆军中将左将军阵亡例赐，仍准崇祀以慰忠魂，而不朽，除批示外，含行令仰该部知照。原呈并发。（南京临时政府公报第五十一号）

也是在这一年（1912），孙中山以中华民国临时大总统身份颁行恤典，追赠邹容、喻培伦、彭家珍为陆军大将军。被南京临时政府追赠为大将军的有11人，均为陆军大将军。这些人大都是辛亥革命前为推翻封建统治而牺牲的先烈，并非全是军人。

谢奉琦为左将军，开民国政府追赠军衔之先河。发给谢奉琦恤赏年金，追赠陆军中将，谥左将军，崇祀忠烈祠。据孙大总统令示，民国元年（1912）四川军政府一次就发给烈士夫人刘仲仪1200块银圆。此后，每年发给700块银圆，至国民党蒋介石独裁统治后而终止。

谢奉琦夫人刘仲仪拿到国民政府官员亲自送到府上的颁行恤典公文和银圆时泪雨潸然、泣不成声，不知是为国民政府对自己夫君革命功绩的认可，还是为自己的青年守寡？抑或皆而有之吧！

叙府人民为了纪念辛亥革命、叙府起义和谢奉琦烈士，将原设在城南一洞天街口的清王朝住叙府守卫部队的"千总衙门"（民间称"总爷衙门"）改建为谢将军祠。其所在的一洞天街，随之改为"谢将军街"。之后，人们逐渐将其简化而称"将军街"。这一条街道，是叙府资产阶级民主革命斗争的一大见证。提起"将军街"，人们会记得和谢奉琦一起组织、发动、参加起义先后英勇牺牲的还有刘绍峰、詹树堂等二百多人。

在民国中央政府敕封谢奉琦为中将左将军后，赠匾烈士在院子坝的故居为"谢左将军府"。将贡井最繁华、漂亮的新街以烈士奉琦之号"玮颇"名之曰"玮颇路"。

贡井的一重古建筑就是一座贡井人智慧的丰碑。

贡井的一条古街道就是一个杰出的贡井人！

八十八

三年前，做贼心虚的汪蔚然如惊弓之鸟半夜溜出自己的住宅裕庐后，在泸州小市码头的一条小船上过了一夜，第二天赶上了去叙府的船。后来辗转到了云南昆明他的一个熟人家，借房子躲雨。隐姓埋名，深居简出，惶惶度日，不敢跟泸州家人联系。

其妻上官淑媛娘家家境殷实，丈夫逃走前也有一定家底；加上，熊克武、佘英等革命党人通情达理，一人做事，一人当，没有为难上官淑媛；所以，上官淑媛在泸州的日子也过得去，只是不知道丈夫身在何处。在汪蔚然逃走后几个月，也就是这年代三伏天，上官淑媛生了一个女儿，汪蔚然也不知道。后来汪蔚然母亲去世了，上官淑媛也想把这些告诉自己的丈夫，但是告知无门。她心想：莫不是死在哪里了也有可能，也就作罢，和女儿、沉琰一起过着平平淡淡的日子。

汪蔚然逃走后，尤其是辛亥革命成功后，泸州革命党人四处打听汪蔚然的去向，终于探知汪蔚然潜藏在云南昆明羊方坳的一所偏僻的小学校教书。于是乎，同志们巧设计策，引诱他回泸州老家探亲——汪蔚然教书学校的一个要好同事也给他说天下已经太平，可以回老家看看了。汪蔚然心想：时间已经过去三年，多病的母亲怎么样了？妻子生下的孩子是男是女？也该有两岁多了……

于是，汪蔚然启程回川。他最终按泸州党人设计的指定日子，乘船来到泸州小市码头。他上岸一看，吓得面如土色。原来，谢奉琦烈士的牌位庄严肃穆地设立在他的面前。熊克武、佘英等革命党人将他团团围住。叛徒汪蔚然吓得屁滚尿流、趴在地上，向党人连连磕头道："汪某我不是人，我还有妻儿，饶了我吧，我会做牛做马、将功抵罪……"

斯时，时任蜀军第五师师长的熊克武脑海里闪过他对仲仪夫人说过的"此仇不报，不为人也"，即干脆地答道："叛徒汪蔚然，无耻之尤，出卖同志，危害革命，血海深仇，不共戴天，岂能饶你！"

佘英说道："汪蔚然，谢奉琦邀请你去院子坝，你就是这样去的么？无耻之徒，是可忍，孰不可忍！"

汪蔚然趴在地上不断求饶。既知今日何必当初？于是，熊克武实现了他对生死与共战友的承诺。在他的主持下，叛徒汪蔚然终于受到应有的处罚：活祭烈士英魂！

熊克武与谢奉琦均东渡日本求救国之方，共同受孙中山之命回川组织革命武装起义，可是内部出现歹人，使一对战友生死两隔。然而，善有善报，恶有恶报，此乃万世之真谛，无人能改变，无人能旁绕哉！

熊克武等革命党人之诛叛徒汪蔚然合天意，顺人心。正是：

  人约黄昏后，有情如婉歌骤起，拂荡心堤；
  携手创未来，朋友缘五湖四海，共抒豪气。

第十三章　帽壳山下

八十九

辛亥革命成功，中华民国建立后的中国并不太平——

公元1912年1月1日，中华民国南京临时政府举行临时大总统就职典礼，孙中山正式就任中华民国临时大总统。但是，第二天清将领姜桂题、冯国璋等十五人电内阁，誓死反对共和。1月3日，陆征祥等驻外各使节电请清帝退位。1月12日王公会议，奕劻主依优待条件交出政权，载泽、载洵、善耆及恭亲王溥伟反对，并与良弼、铁良、毓朗等决组宗社党与南方对抗。1月16日，在养心殿的东暖阁里，袁世凯对隆裕太后讲了法国大革命中，法国皇室遭遇的屠杀，提出了退位的问题。当天，袁世凯在下朝的路上，在东华门丁字街遭到京津同盟会分会组织的炸弹暗杀，炸死袁卫队长等十人，袁幸免于难。1月20日，南京临时政府正式向袁世凯提交了清帝退位优待条件。1月22日，隆裕召开御前会议，载泽、溥伟等宗社党成员仍竭力反对共和，他们建议隆裕用宫中金银作犒赏向乱党开战。隆裕并未同意。同日，英国公使朱尔典会同法、俄、日公使声明赞成清室退位。美国不愿干涉内政，不曾参加。1月26日，在袁世凯授意下，段祺瑞率北洋将领共47人联名致电内阁、军咨府、陆军部和各王公大臣，提出民军已答应对清朝皇室、王族及满蒙回藏各族的优待条件,陈情"即此停战两月间,民军筹饷增兵,布满各境,我军皆无后援,力太单弱,加以兼顾数路,势益孤危",要求"恳请涣汗大号,明降谕旨,宣示中外,立定共和政体"。段祺瑞率北洋将领46人联名电奏,要求立定共和政体。当天,宗社党强硬派良弼被革命党人彭家珍炸死。此后,亲贵们或请假,或出走,来上朝者寥寥。当时部分王公跑进了东交民巷,奕劻父子带着财宝和姨太太搬进了天津的外国租界。到2月2日为止,各方请求清帝退位的联名增加到50人。

2月2日,清廷举行御前会议,会上决定退位,以取得革命党人的优待条件。2月3日,隆裕授予袁世凯全权,与南京临时政府商定清朝皇帝退位条件。要求共和的第二电专致"近支王公、诸蒙古王公、各府部院大臣",声言"谨率全军将士入京,与王公痛陈利害"。2月10日,南京参议院通过《清室优待条件》和张謇起草的《清帝退位诏书》。

12日,隆裕太后携六岁皇帝在养心殿举行最后一次朝见仪式,颁发逊位诏书。直至这天早晨,仍有人想阻止退位上谕发布。隆裕对内阁全体说:"我们先办了这事,我再见他们,免得又有耽搁。"于是将逊位诏书盖印发出。

13日,孙中山提出辞呈,向临时参议院推荐袁世凯接任。2月15日临时参议院选袁世凯任临时大总统,议决临时政府仍设在南京,并电袁前来受职;未受任前,政务仍由孙中山继续执行。袁世凯以北京兵变为由,坚持迁都北京。3月8日临时参议院又通过《中华民国临时约法》(简称《临时约法》),试图通过内阁制对大总统的权力加以限制。10日袁世凯在北京宣誓就职中华民国第二任临时大总统。4月1日,孙中山在南京解任。4月2日,临时参议院议决临时政府迁往北京,4月4日临时参议院议决该院迁往北京。外国列强在支持武昌起义之后,在中国有重大利益的外国列强保持了观望态度,并试图从北京政权或武昌政权中寻找到最能符合各方利益的一派来支持。直到此时,各强国才开始陆续承认中华民国。8月,宋教仁牵头组成了当时中国人数最众、规模最大的政党——中国国民党。

中国首次根据《临时约法》的规定,进行国会选举。国民党所得议席最多,预备由宋教仁出任内阁总理。公元1913年3月20日,宋教仁在上海遇弑身亡,袁世凯被认为是背后策动暗杀者。宋教仁之死激起了极大的轰动。他的被刺使革命党人在辛亥革命之后的建设计划几乎破灭,国民党也一时分裂和没落。

公元1913年7月,孙中山发动二次革命,武力讨伐袁世凯,但被袁击败。10月6日,袁世凯经国会选举,正式当选中华民国总统。袁就职之后,坚持一个强有力的中央政府，断绝了一些革命党人分省独立的企图。同时袁世凯积极与列国交涉，保全了中国对蒙古和西藏的主权。袁世凯于公元1915年废共和称帝，遭到反对，引发护国战争。做了83天皇帝的袁世凯旋即宣布取消帝制。尔后，中国进入军阀割据的时期。公元1916年6月6日袁世凯病死，黎元洪继任大总统，孙中山则在广州多次组织护法政府（"三次革命"），中国出现南北分治局面，乃至于军阀混战，这就苦了黎民百姓了。真个是：

    共和建立，纷争又起，赤县多舛难；
    革命功成，国难未纾，黎民奈何天。

九十

  历史演进到公元1914年，中华民国已经成立两年，新的地方政府也没有什么作为，贡井盐业生产还是没有恢复元气，井灶关停较多，失业工人增多，社会矛盾加剧，社会秩序混乱，民不聊生。

  盐业生产的不景气，波及各行各业，乃至理发服务业。那不？原本每一个月剃一次头者，由于囊中羞涩，可能改成两个月或三个月才剃一次头。看起来，是一件小事，但作为一个剃头匠来说可就是大事了。苟建文原来每月可以赚两三百文，一家人过日子都"遭遭孽孽"的，这下每月只有一两百文乃至更少的收入，那就是一个灾难了。即便苟建文挑着剃头挑子跑得脚板翻，他们这个五口之家还是处于极度贫困状态。就连烧锅煮饭用的煤炭花、柴火都买不起；所以，苟建文妻子和几个孩子，一有时间，都要到炭渣堆子上去捡"煤炭花儿"来烧锅煮饭。他们家用瓮炉就是因为买不起柴火、买不起煤炭，而这种瓮炉灶可以烧煤炭花，即便是很小颗的。

  贡井筱溪街北头和滩坝头街相连的地方有一条用黄浆石板铺成的斜坡小巷叫"水巷子"。近两丈宽的水巷子口有一座木牌楼。所谓木牌楼，其实是一家叫咸宜灶的烧盐灶房的大门，也叫栅子。这一丈多高的栅子用四根粗实的木头支起来，上面有楼，是贡井打更匠的住处。虽然不能避风，但能遮雨。

  由于咸宜灶的老板经营有方，这座用荣县煤炭烧锅熬盐的灶房还没有歇业，而且貌似很红火。烧盐灶房用水量大，长期雇用几个白水客从平桥处的旭水河里，每天挑上百挑水到灶房使用。用一挑有百多斤的大木桶挑水，行走中、换肩时，难免会浪出水来抛洒在地上，所以这条石板铺成的小巷一年四季都是水淋淋的，因此叫水巷子。

这烧荣县煤炭的咸宜灶，每天早上有几担出渣匠用大大的炭渣包子抬出几十包炭渣来倒在平桥头的石滩上，日积月累，炭渣堆积如山。炭渣抬出来时，就有人去捡煤炭花儿。不过，和灶房里有关系的人才能捡"头道"（大毛）和"二道"（二毛）。头道炭花儿很大颗，二道次之，二道之后就很小颗了。

捡煤炭花儿的人都有两样工具，一个稀眼背篼和一块用楠竹削成的前尖后宽的刨敲。当出渣匠抬出一包子炭渣倒在堆子上时，捡头道的人即开始在前面往后边刨边捡，捡二道的人就在后面也边刨边捡，等这两道的人走后，就任谁哪个都能捡了。因为，苟建文和咸宜灶的管事没有任何关系；所以，他的妻子或孩子们去捡煤炭花儿，只能等捡头道、二道的人都离开后才能去捡，这时捡到的煤炭花儿就已经很小颗了，不过尚能生火烧锅煮饭，只是不"熬灶"——不像煤炭或大颗的炭花儿那样烧得久。贡井贫苦人家烧锅煮饭，如果不是山草、谷草、柴火，就是捡免费的煤炭花儿。

咸宜灶的炭渣堆子，一到洪水季节就会被冲走。然后又堆积如山，又被冲走。不过，如果哪里修路，这炭渣可是不要钱的上等材料了。更有意思的是，如果哪家哪户修房造屋，要打"三合土"地面，这炭渣也用得上，只是要用炭灰筛子过筛后才能用。

苟建文妻子无意中听邻居说，大码头的煤炭花儿有时没有人捡，就是有人捡，剩下的也更大颗。她就决定第二天去。鹅儿沟到大码头有四里多路，她天不见亮就起来了，丈夫还在烧锅煮红苕苞谷"拷拷儿"，她就背着背篼，拿来刨敲准备出门了。

"吃一碗'拷拷儿'再走吧！"丈夫苟建文说道。

"不了！回来再吃！"她回答道："来不及了，去晚了，大颗的别人都捡了。"

这天适逢"月黑头"，天上没有月亮，没有星星。她一个人走在一条沿旭水河边的石板路上，心头吓兮兮的。看见前面黑梭梭的，如果风吹动那团黑梭梭的东西，就会让人感到毛骨悚然，吓出一身冷汗来。沿河路边住家房子很稀少。当快要到大码头时，突然一条恶狗窜到她面前来汪汪直叫。她吓惨了，立马将背篼取下来对着恶狗左右晃动着往大码头方向退着走。恶狗撵了一阵，见没有机会下口，即偃旗息鼓。她来到大码头炭渣堆时，天刚麻乎乎亮。如山的炭渣堆上没有一个人影儿。这时，两个出渣匠抬出一大包子炭渣来倒了，折回去；接着又有两个出渣工抬出一大包子炭渣来倒了，折回去……

她暗喜：今天运气好，没有人捡煤炭花儿！遂蹲下来，左右开弓：右手用刨子刨，左手在炭渣中选出炭花儿捡起来放进倒放着的稀眼背篼里。她感觉到这煤炭花儿还是热噜噜的，心里一阵窃喜——今天捡的炭花儿，怕可以烧好多天了！

当天大亮后，又来了几个捡炭花儿的，来人也没有说什么，大家一起捡起来。

直到灶房里的出渣匠再也没有抬出炭渣后，她也捡到了大半背篼大颗大颗的煤炭花儿，背起来往回家的路上走。

她把炭花背回来时，丈夫已挑着担子出去了，三个孩子也都读书去了，锅里的"拷拷儿"也已冷了。她扯了一把谷草绾紧了，划燃一根火柴点燃放进瓮炉灶里，一把谷草燃完，"拷拷儿"也热了。她铲起来，稀里呼噜地，三两下就把肚子馕饱了。

这天傍晚，苟建文一家人在一起吃饭时，老三永芳问父亲道："爷，早上的'拷拷儿'咋子那么好吃哟？"

"好吃得很！"老大吉三和老二松轩齐声道。

"哈哈！这可是新花样儿呢！"一向乐观的苟建文笑道。

"他爷，这新花样，你是咋子做的呀？"苟建文妻子问道。

"这可是祖传秘方哟！"苟建文卖着关子道。

"啥子祖传哟？"妻子笑道："不就是红苕加点苞谷粉？"

"哈哈！也是也是！"苟建文继续卖关子道："不过，一般人是做不出这个口感来的哈！"

苟建文说的祖传秘方，也不假，至少在他们苟家，是他母亲发明的——将红苕削皮后切成半寸见方在油锅里炒后，氽入清水煮。斯时，这边将苞谷粉在大碗里用开水调成"二流二流"的浆待用。当红苕半生不熟时，在锅里放入盐和少许白糖继续煮，直到红苕软了的时候，将调好的苞谷浆缓缓倒进锅铲不停搅动的红苕汤里。待锅里起"果子泡"时，熄火，舀起来，祖传红苕"拷"苞谷的美味就做成了——穷人有穷人的美食！

"味道好不好，关键在盐和糖两样东西的比例，"苟建文说道："盐少了淡味，不香；糖多了也不香。但最关键的是红苕要用一点点菜油，记住是菜油，先炒一下后再氽水煮。"

"你咋子今天才这样做呢？"苟建文妻子问道。

"早都想这么做了，但是舍不得油和糖！"苟建文说道。这话说得也实在，苟家一年都用不上一两斤油和糖。

虽说，穷人有穷人的美食；但是，穷人最怕的是生病。这不？苟建文的妻子，在大码头捡炭花儿后没几天饭后，突然觉得肚子绞痛。家里只有她一个人，不知怎么是好。邻居听到她的呻唤声,来到苟家,见她手捂住肚子叫声连连,痛不欲生。邻居马上叫在望乡台摆摊行医的宋烂眼儿师生来看病。宋烂眼儿看了说道:"好像是绞肠痧。"

"医生,咋子办?"邻居问道。

"跟我来,拿点药。"

好心的邻居垫钱把一种粉剂药拿回来了,喂了。病人觉得好一点点。这时苟建文回来了,见状直跺脚。

接着,病人又大声呻唤,还要拉肚子。

接着,三个孩子回来了,见状即吓得哇哇哭起来。

就这样,待到半夜子时,苟建文妻子溘然长逝。弥留之际,她对丈夫说道:"看来,阎王是要我去了。你把幺儿也送学堂再盘点书吧,不要像你这样做被人瞧不起的剃头匠!"

苟建文含着眼泪回答道:"嗯嗯!我会的!你就放心去吧!"

三个孩子直哭,虽然他们并不懂得"死"是怎么一回事。

其时,苟永芳六岁。

九十一

作为剃头匠的苟建文深谙没有什么文化的苦楚,所以希望孩子能够读书识字。其实,当自己的小儿子苟永芳四岁时,苟建文就送他到他外公任塾师的石灰窑村塾发蒙念书了。其读的书也不外乎《三字经》《增广贤文》《万物杂志》《幼学琼林》之类。但苟永芳聪颖过人,读书很上进,在书塾读了两年就读到了《述而》《孟子》《告子》等。苟永芳读过的这些书,他都能背诵,但是书中所言者何?他大都不甚了了。而且,这些书都与辛亥革命后的新时代有些格格不入了。所以,苟永芳母亲去世后,苟建文送六岁的他去糍粑坳加拿大人办的福音堂上初小。由于苟永芳有读村塾的底子,到福音堂读的是初小二年级。

贡井筱溪至自流井的老大路上,新拱桥左边上坡至虎头桥下坡的一段路叫糍粑坳。固然"糍粑坳"得名时,这虎头桥还没有修建。

大凡称"坳"之处,都是一个上坡后的一段平缓地段。糍粑坳老大路建在狮子湾北坡上,用不规则的黄浆石板铺成路面,宽一丈左右。这宽度,在古代算得上是"大路"了。由于两边有店铺,甚至可以用"街"称之。只是弯弯曲曲的、坡坡坎坎的,不甚平整,故而称之曰"坳"。又由于这段路是过路行人、商贾、盐担子、油脚子、驮马夫们或路过，或歇脚喝水解渴，或歇脚馕饱肚子的地方，而且有好几家卖香喷喷酒米（糯米）糍粑的幺花店子。路人到达这里，把担子放下，坐下来歇歇气，叫幺师扯坨糍粑来，蘸了芝麻白糖面美美地吃着，擦着额头上的汗水，其画面是很生活的。于是，人们就把这地方叫作"糍粑坳"了。这段老大路的特点也就凸显出古老的饮食文化气息来。

"糍粑"可称得上是华夏民族以稻米为主食的人群的最喜爱的饮食之一。其做法是用酒米（糯米）经过"蒸""打"——舂，最好是用芦篙棒舂——再蘸上加了芝麻粉的白糖而哜的饮食，也可待冷后切成块放油锅里炸来吃。据称，自从有糯米以来就有"糍粑"之美食。

古人给地方取名儿，颇能抓住"可视"的特点，是故，以"糍粑坳""糍粑街""糍粑巷"等称谓之地者几乎遍及神州大地，单单富荣盐场就有好几个地方叫糍粑坳的。不过，贡井盐场这一颇具东方饮食文化特色的糍粑坳还有它更独特的地方，那就是在20世纪初叶，西方文化也越洋万里，抵达了这僻远的地方——在这区区一小段古老的石板路上，北美洲的加拿大人在这里建立了一座福音堂——也在新街建了一座福音堂——它虽然是西方文化"入侵"的例证，却也是对中国古代统治者长期以来闭关自守，夜郎自大而使国力日衰的封建主义的一个挑战。这不一定是坏事，因为包括西方宗教在内的西方物质文明与精神文明给了沉睡中的东方睡狮一个大大的唤醒！

福音堂建在糍粑坳老大路的西头，坐北向南，临街高高的一排五间两分水木串架小青瓦、石灰墙房屋，和川南民间无异。居中的一间开有足足一丈高的六扇大门，平时大门只开启靠西边的一扇让人进出，如遇礼拜、节气抑或什么活动的时候，则所有门扉全部洞开。大门后面就是门厅。门厅很宽敞，空荡荡的，什么东西都没有放，坚硬的黑灰色规整的长方形石板地面打整得很干净，亮堂堂的，仿佛石板都能照出人影来。一个人进入这宽敞的门厅，会有一种冷清清的感觉。穿过门厅，又是六扇大门，和前门一样，平时只开启靠西边的一扇让人进出。进出门厅的两道门槛都很高，足足有一尺五寸。门厅东面的两间宽敞的屋子是放秋千、梭梭板、跷跷板等设施的儿童游乐室。西边的两间屋子是教室。正对门厅有一条两三丈长五尺左右宽的铺了石板的庭径（甬道）。庭径的西面是小小的种有几棵洋槐和一串红等花草的花园；庭径的东边是一座成转角形的较大的花园，花园里种植着月季、玫瑰、栀子、桂花、腊梅等好些花木，一年四季都有花开可赏、花香可闻。花园的北边是教室数间，再北边是教员办公和工作人员膳食的用房。庭径正前方是有一百多平方米宽的高大明亮的礼拜堂。进礼拜堂大门，安放着西洋图画的木质屏风；礼拜堂的正北面有宽大的木楼讲台，讲台高一尺五寸，前面呈半月形。讲台油漆成红棕色。讲台正墙上悬挂着巨大的耶稣受难十字架。礼拜堂两边开着木制小方格窗户，窗户用什色玻璃镶嵌。四周墙上挂着印制精美、色彩浑厚的圣经故事绘画。青黑色的方块石板地上整齐地放着干净的木质小座椅。整个礼拜堂显得简洁、敞亮、肃穆、庄严而神秘。

礼拜堂背后连着一楼一底的几间教员住宿的屋子。上二楼的楼梯在室外，不甚扎实，且乍一看还有点儿寒酸。

整座福音堂建筑都是木串架小青瓦白粉墙，纯粹的川南民居制式。只是建筑高大、里面的布置和设施带点儿神秘色彩罢了。如果不走进去，你是感觉不到一丝一毫的西洋气息来的。

福音堂开办有幼儿园和初小班。班级不多，学生稀少。原因是，只有贫穷人家的孩子才能免费上学，而且认定非常严格。当然富家子弟也可以去上学，可学费却昂贵得令人咋舌。

福音堂每周都有"礼拜"仪式。到时，什么人都可以去观摩。那些高大的洋人貌似很客气，直用汉语叫你道："弟弟，凳凳坐！""婆婆，凳凳坐！""妹妹，凳凳坐！"

做礼拜那天，凡是去的人（特别是孩子）都能够得到一份礼物———张印刷精美的小画片，其大小跟明信片差不多，都是西洋名家的画作，很珍贵。画片的题材大都是关于《圣经》的，又大都是中世纪的大画家画的，比如波提切利的《维纳斯的诞生》，达·芬奇的《蒙娜丽莎》《最后的晚餐》，米开朗基罗的《创造亚当》，拉斐尔的《西斯廷圣母》等杰作。

一次做礼拜，苟永芳得到一张小画片《最后的晚餐》，作者是意大利的达·芬奇。他不知道这幅画是什么意思，周一拿去问班主任柴佩然先生。这位身着洋装的体态丰满、满月脸的中年女性柴佩然先生很热情地给他讲了《圣经》中耶稣遭到罗马兵逮捕的故事，最后说道："叛徒比敌人更坏，因为敌人在明处，而叛徒在暗处，在内部……"

虽然，苟永芳对故事不甚了了；但是，记住了叛徒的名字犹大。

又有一次，苟永芳得到了一张画片，是大卫的雕像，作者是米开朗基罗。苟永芳不理解为什么要把大卫雕刻成全裸？拿去问柴佩然先生。这次，柴先生说道："歌德曾说'不断升华的自然界的最后创造物就是美丽的人'。人类最热爱、感到最亲切、最能触发创造激情的视觉对象恰恰是人类自身的肉体——灵魂之所寄托的生命实体，这个实体具有无比的创造力……"

这位气质典雅、学识丰富的柴佩然先生还给跟前的这个身材矮小但脑袋瓜儿灵敏的小学生讲了和"认识你自己"相应的一个神话故事——斯芬克斯之谜。她觉得有点深,但就是想给这个孩子讲。她道:"从前,有个叫斯芬克斯的怪物,提出来一个问题:是谁早晨用四只脚、中午用两只脚、晚上用三只脚走路?很多人都猜不到。终于,一个叫俄狄浦斯的猜出了谜底'人'。认识自己是人类追求的至极……"

苟永芳听罢,似乎懂了,又似乎没有懂;可是,在他灵魂深处种下了人是伟大的万物之灵、尊重人、让人有尊严活着的种子。

可能是由于能够得到小画片,也是由于能在"礼拜"时看到蓝眼睛、卷头发、高鼻子洋人,所以做礼拜那天,福音堂热闹非凡。因为,平时福音堂里是没有洋人的,都是当地的人在教书、管理,只有礼拜天,洋人才骑了"打屁车"(摩托车)来贡井,把车停放在新拱桥去糍粑坳老大路的陡峭的石梯边,步行去福音堂。至于"礼拜"时牧师说些什么,唱诗班唱些什么,一般人是"默默儿不知天"的,但是"小画片"和"洋人"总是稀奇得具有强大诱惑力的。

"福音"就是"好消息"的意思。福音堂全国各地都有。即便人们不知道福音堂是洋人的文化渗透,还是洋人的菩萨心肠周济华夏子民?但是,苟永芳去福音堂念小学是免费的;因为他们家的确太贫穷了。

在福音堂出来几丈远的路边的一户人家在门口摆了个小摊子。摊子上卖些针头麻线之类的小百货,也卖些鸡骨糖、扇子糖、麻秆糖、炒米糖、回饼、金弹子糖之类的糖食。尤其是用面粉做成的马儿、手枪状的上面画有红色和绿色线条的饼干,小朋友特别喜欢;当然像铁扇公主用的芭蕉宝扇形状红红的扇子糖,也非常吸引孩子们的眼球。

六岁的苟永芳每天挎着母亲手工缝制的毛蓝布书包去上学时,看见摊子上的这些小食品就不想离开,但不得不离开,因为他荷包里没有一文钱。

一次,放学时,他和班上的一个男同学一起走出福音堂的大门,路过小摊子时,同学用一文钱买了一个扇子糖。他就快步离开摊子,往前走。同学三两步赶上了,将扇子糖递到他嘴边说道:"'咀'(jǔ 下同)一下嘛!"苟永芳用手把扇子糖推开,说道:"不!不!"

那同学好心地一定要苟永芳"咀",他也就"咀"了一下。他舔着小嘴儿心想:"哇,好甜啊!"

同学"咀"了一口后,又把扇子糖递到他嘴边。这次,他毫不犹豫地"咀"了。就这样,同学俩边走边你一口、我一口地"咀"扇子糖,还没有到新拱桥,扇子糖就只剩下一根细细的竹签儿了。

那天晚上，他把这事给父亲说了。他父亲心里很痛……

第二天上学前，父亲拿了一文钱给苟永芳。放学后他和那个要好的同学走出福音堂，来到摊子跟前，用那一文钱买了一个饼干食品"马儿"，将其掰成两半，和同学一人一半，边吃边走在回家的路上，其愉快的心情溢于言表。

福音堂的初小开设有国文、算术、英文、图画、体育、唱歌和说话等课程。少年苟永芳读书十分刻苦，常常是读到深更半夜，才吹熄煤油灯上床睡觉。他父亲看在眼里，痛在心里，关切地说道："三儿，莫把身体弄坏了啊！"苟永芳回答道："爷，古人尚且头悬梁、锥刺股，我读书晚点睡，没得事。"苟永芳天资聪慧，又勤奋好学，过目不忘，除各科考试成绩在全班都名列前茅外，还常常向先生提一些稀奇古怪的问题，有的问题先生都不知道怎样回答，比如为什么有的人那么有钱，有的人还在路边讨口要钱？比如，洋人为什么不收学费都要让他读书，还要发那么精美的画片？因而，苟永芳赢得先生的喜欢，被"福音堂"里的先生们称作"神童"。

二年级下学期，一次上说话课，先生在黑板上写了这节课的题目《父亲》。每一个同学都要说，时间不能超出两分钟。他们班有二十八个学生。先生晓得有的学生说一分钟都难，所以估计一节课的时间每个学生都能上台说话。

说话课的程序是：以座次先后轮流上讲台—向大家行礼—问好—说主题内容—向大家行礼后走下讲台。

轮到苟永芳时，他不慌不忙地走上讲台，给大家行鞠躬礼后开始说道：

先生好！同学们好！我的父亲是一个剃头匠，他的工作很平凡，但是大家都需要，他为大家做了好事，所以我很爱我的父亲……

苟永芳的"说话"赢得了柴先生和同学们的一阵掌声。可是，在这次说话课后，有两个富家子弟就另眼相看苟永芳了。当苟永芳考试全班第一时，这两个同学就当着他的面说闲话道："拽啥子哟，剃头匠的娃儿！""长大了还不是一个剃头匠！"放学后，这两个同学还拦住他讥讽，甚至动手动脚，在他头上乱摸。苟永芳很想还手，但是那两人比他高大许多，好汉不吃眼前亏，惹不起，还躲不起么？但是，他仍然于心不甘啊！

"爷，我不想去读书了。"经过好多次这样的被欺侮后，苟永芳跟父亲说道。

"三儿，读得好好的，为啥子呀？"他父亲感觉很突然，一向非常喜欢读书的老三怎么会这样？

于是，苟永芳哭着把事情的原委说了一遍。最后说道："我很想约几个同学收拾收拾他们。但是，我不能跟爷惹祸……"

原来，自己的儿子受人欺侮都是因为自己干了剃头这一行，苟建文流泪了。说道："三儿，听话！这学期就要'撒过'了，你就忍住点，不要理他们，下学期爷就给你转学。书读好了，就不会当剃头匠了！"

苟永芳用右手背擦着泪水说道："爷！我听你的话！"

九十二

民国时期，以旭水河为界，贡井地区旭水河东也就是筱溪坝地方设敦睦乡，旭水河西也就是新街、老街地方设贡井乡。行政建制是很明晰的，但是，老百姓却没有什么隔阂，都以"贡井"呼之，上学等日常生活亦如一家人一样。

苟永芳在福音堂读完初小二年级后，父亲将他转学到贡井乡立小学上初小三年级。这公办的乡立小学也很通情达理，也给苟永芳免费，只是书本费要自己出。不过，除书要掏钱买以外，作业本没有统一要求，可以用自己在文具店买勾边纸来剪裁了，用棉线缝成本子写作业，再不好的纸张，甚至写过字的纸翻过来写作业，只要批阅的先生看得清楚就行。

虽说，贡井乡立小学与苟永芳家隔河相望；但是，苟永芳上学必须经由望乡台、筱溪街、过平桥、腰滩子，即新街济元桥口往西沿旭水河的一段路，才能到达。也可以经滩坝头过济元桥经腰滩子去乡立小学，但要多走半公里的路。所以，六七岁的苟永芳去乡立小学读书一般都应经过平桥过去。可是，过平桥是很危险的。

在咸丰末年（1861）贡井修筑济元桥——民间叫大桥——以前，古老的平桥是连接贡井和筱溪的唯一桥梁。它横跨于瀑布上游几丈处，是一座用坨石砌成间隔两丈左右的桥墩，再用两尺左右宽、一尺五六寸厚、两丈多长的两块巨石架在桥墩上形成的。

由于平桥修筑年深久远，由于人，特别是运盐驮马铁蹄长期的踩踏，桥面的两块巨石被踩出两道凹槽来，使桥面形成W状。每当下雨的时候，凹槽里就会积满雨水。人们过桥时很不方便。如果遇上驮队——马驮队、黄牛驮队，人们则只好在桥的两头等候驮队过完后再通行。有时，人行在桥中间，来了驮队，只好退回来等驮队过完再过桥，很不方便。不仅不方便，而且由于桥面不平，稍稍不注意，踩虚了，就会掉到河里。如遇涨水天，掉下去的人就会被河水冲走，甩下三丈左右高差的瀑布，掉进深不可测的鸭儿凼。这种情况时有发生。对于像苟永芳这样六七岁的孩子来说，过平桥显然是最危险的。所以，苟建文常常叮嘱儿子："三儿，不要走平桥，走大桥，转点就转点。去上学早点走就是！"

很听话的苟永芳点头道："爷！我晓得！我都是走的大桥！"不过，有时天气晴朗，桥上人少的时候，苟永芳还是会从平桥过河去上学。

贡井乡立小学办在陶嘴上的文昌宫所在地。所谓文昌宫者，乃供奉儒教传人文昌夫子的庙宇也。所谓文昌夫子者，乃唐代写千古绝唱"姑苏城外寒山寺，夜半钟声到客船"《枫桥夜泊》的诗人张籍也。张籍，字文昌，贞元进士，曾任太常寺太祝，因其家境穷困，眼疾严重，故孟郊称他为"穷瞎张太祝"。他对文学的社会作用的认识与白居易相近，其乐府诗颇多反映民生疾苦的篇什，甚受白居易的推崇和黎民百姓的拥戴，死后封文昌帝君，各地均有祭庙。

因贡井为分县，不能建文庙，只以"文昌宫"代行祭祀——宫内也设有孔子牌位。文昌宫坐北向南，占地较宽，有一山门面朝筱溪与旭水河的汇合处而开，经数十级石梯可抵旭水河边；有大殿一重、祭祀堂一重、厢房数十间、大花厅一座、住房十数间。建筑虽不甚雄伟，却制式美观，错落有致，层次分明，幽静深邃，颇似川南大户民宅。

旭川书院曾开办在文昌宫大花厅里。光绪二十二年（1896），旭川书院迁河街子裕崇号后，文昌宫又办起了酌经书院。四年后酌经书院停办。旋即，在这里开办两等小学堂。"两等"迁郭家湾天后宫后，文昌宫又办起了贡井乡立小学。开办乡立小学时，对校舍进行了较大改建。

从平桥沿河边往西走一百多米后的北面有一个宽不盈丈、数十级高差的用规整的石板筑成的梯坎。走完梯坎是一道圆拱形的大门，门旁挂着"贡井乡立小学校"的木牌。门的两边是围墙。大门进去是一个操场，操场约有四个篮球场的面积。由于复次办学，文昌宫校舍几经改建。到乡立小学时，操场东面上几级台阶后有一作为通道的花厅。花厅两边各有宽敞的房屋四间，是高小学生的教室。走完通道再上几级台阶，有三间正房，其中间的房屋供奉着文昌夫子泥塑彩绘坐像，两边的房屋为教书先生办公之所。操场西边下几级台阶有一个院子。在这个院子里有八间初小教室和用作教书先生住宿的几间配房。

苟永芳在乡立小学上学时，教室就在操场西面的院子里。乡立小学初小开设的课程和糍粑坳福音堂差不多，只是政府不准开设英文课。在福音堂被称为"神童"苟永芳，在乡立小学上学更是得心应手，不仅各科成绩一如既往地名列前茅；而且，作为插班生的他被选为班长，在组织能力上初露锋芒，受到先生们的赞许和同学的拥戴。

一天，上体育课后回到教室里，一个叫汪向明的同学发现自己的书包不见了，就吓哭了找班长苟永芳，说道："班长，我的书包不见了！上体育课前我放在课桌里的。"

小小年纪的苟永芳，不假思索地说道："不哭！我想，书包不会是其他年级的同学或校外的人偷走了，很可能是我们班的同学给藏起来了。"于是，他就站在讲台上大声说道："同学们，汪向明同学的书包搁失迷了，请大家给猜猜看，如果哪个同学猜到在哪里？请告诉我或汪向明同学哈！"说罢，他匆匆离开教室。这时，一个同学就屁颠儿屁颠儿地跟着他走出教室，在他耳边小声说道："班长，我猜想，汪向明的书包可能在那里？"

"哦，很好，请说！"苟永芳说道。

"可能在黑板背后的。"黑板是放在木架上再斜靠在墙上的，其间有空隙。

"哦，很好，谢谢你！"尽管苟永芳一听就知道书包是这个同学藏的，还是感谢他道。

这时，下一节课的预备铃打过了。苟永芳折转身去告诉汪向明说道："你的书包在黑板背后。"

汪向明即从黑板背后拿出了自己的书包，破涕为笑说道："谢谢班长！"原本的恶作剧，被苟永芳的智慧化解了。这时上课铃声响起，先生走进课堂来，全体起立……

20世纪初叶，无论是塾师还是新学先生都常用"打"来体罚不听话的学生。大多数家长也都认同"不打不成人，黄荆棍儿出好人"的俗语。

那不？乡立小学下学期的一天下午，苟永芳这班一个男生做了大错事——和同学吵架时竟然脱裤子——不仅不认账，全班大多数同学还帮着这个男生起哄。这下安逸了，把教数学的班主任女先生降香雯给惹毛了。一气之下，身材矮小的她决定体罚全班同学——打满堂红。即女生每人打十个手心，男生每人打十个屁股，没有例外。体罚的工具是二指宽的篾片，体罚程序是：女生先排好队，一个个地来到先生跟前，伸出手来让先生打十下；再是，叫那个做错事的男生把一条长板凳端来放在讲台上，扑在板凳上让先生打十多个屁股，然后排好队的男生一个个地来到长板凳前扑在板凳上，由先生打十个屁股。有的男生和女生被打得嗷嗷叫。

轮到苟永芳时，他勇敢地扑在板凳上了。这时降先生举起篾片来，犹豫了一下，依然打了下去。其实，降先生是不忍心打跟前这个聪慧、懂事、守纪律、成绩优秀并很有组织能力的班长的。苟永芳起身时，看见先生的眼睛里噙满了泪水……

这天晚上，苟永芳把全班受体罚的事情告诉了父亲。父亲说："永芳，你在学校，可要听先生的教诲啊！"

"爷，我晓得！我们的降先生是一个好先生，她严格要求我们，是为了我们好！但是，有的同学就是调皮，不认真读书……"

初年级的院子靠围墙的一方有两间小屋子，其中的一间是初小学生每天必须去报道的。上乡立小学后，每一个学生都会得到一个印刷简陋的小本子。这个本子上印有日子。每天上学时，学生都要到一间小屋子里让大人给盖一个红红的"早到""迟到"或"请假"的章。当然，请事假的章是头天就要盖的。为了盖一个红红的"早到"印章，苟永芳每天都去得很早，如果哪一天出门晚了点，他就会跑步去学校。所以每学期他的小本子上全是满堂红的"早到"。

这间小屋子还有一点很吸引学生们。就是这间小屋子里有一个门开在上面的木质柜子，柜子里放着如福音堂门口摊子上的"进口"货。学生拿一点小钱就可以买来爽口。但是，由于苟永芳家境十分贫寒，所以几乎没有让盖章的大人打开过柜子。他盖"早到"章时，看见有的同学买回饼、扇子糖之类的饮食，很是艳羡；不过，他能忍住——每当看见同学们买小吃的时候，他就走得远远的。回家后也从来没有跟父亲说起过盖章的那个具有诱惑力的柜子里有饮食卖的事。其实，苟建文知道这个柜子，也想过给儿子一点零花钱，可是，他实在无能为力——一家人有时连稀饭都吃不饱啊！

九十三

因利聚人，因人兴市。从20世纪初叶开始，旭水河东岸的筱溪街即逐步发展成可以与旭水河西岸的新街媲美的街道。在这条长两三百米的街道两边，排列着木穿斗、小青瓦、白粉墙的楼房商店：鸿达商号、永昌源烟行、大同茶馆、三乐商行、鸿泰商行、仁寿堂中药铺、三和西药房、益园钱庄，还有牛王庙、咸宜灶、几家打米厂和川主庙米粮行等。

筱溪街白天人流、马帮、驮牛和板板车来来往往、川流不息。筱溪街的夜市更是热闹非凡，俨然一座小小的不夜城。一到黄昏时分，街道两边檐坎上就摆满了火鞭子牛肉、白水兔、腌腊猪头、卤鸡卤鹅、节节香（猪尾）等肉食掌盘，还有饭摊、面担、花生糖果、白糖罗汉、油炸糍粑、米浆粑、绿豆粑、豌豆粑、红苕粑、鱼鳅粑、浑水粑、醪糟、汤圆、花生、甘蔗、水果……只要是入得嘴的都应有尽有。

掌盘上、饭摊面担上、水果摊点上都插着"亮壶儿"（油灯）。不过，逢年过节时，有个别大摊贩也将透亮透亮的"煤气灯"挂在屋檐下做生意。他这一挂，几乎照亮了半条街。虽然，平时整条街显得幽暗昏黄，但来来去去熙熙攘攘的人却也不少，一直到二更过后，人们才渐次在摊子上买一根两根扦藤杆儿——用竹篾编成的辫子一样的用于点火照明——点燃了举着照着路慢慢散去。也有用洋手电筒的，不过就稀少得可谓凤毛麟角了。

体量庞大的川主庙坐落在筱溪正街东侧，坐东向西。其戏楼下是山门，有数十级石梯直通大街。内有两重殿宇及厢房数十间。庙宇重重叠叠，石砌台廊，瓷嵌灰塑中锥、飞檐、翘角，制式古朴，气势恢宏。川主庙早已开辟作贡井当最大的米行，粜售大米、苞谷、高粱、胡豆、豌豆、绿豆、茶尖儿（茶豆）、米豆。但是大殿里仍然供奉着李冰等神像，香火断断续续，不甚频繁。川主庙里米行里，供小商小贩用箩筐盛大米和五谷杂粮而粜。这些粮食在箩筐里垒成尖塔形，插上在竹篾上用毛笔写着品种、价格的标签，用盒、筒、升、斗量粮，待价而沽。大商贾则用囤包、围垫盛粮食。所谓囤包，即瓮口大箩，一囤包可装一两吨粮食；所谓围垫，即在巨大的篾制一丈左右簸箕上，用两尺左右的篾折一圈一圈地如螺旋一样围起来，粮少少圈，粮多多围几圈，高可丈余。一围垫能够囤积粮食数十吨。

自民国建立以来，整个富荣盐场，盐井停推、盐灶停煎者众，盐场生产濒临瘫痪，盐工大批失业。公元1917年，富荣西场联合富荣东场盐工要求提高待遇、增加工资，举行了三天罢工，迫使盐商答应工人的要求。虽然取得了胜利，但是人民经济生活的困难没有得到根本改变，甚至一天不如一天、一年不如一年。此间，军阀混战、时局不稳。川主庙的粮价飞涨，小商贩换标签都来不及。老百姓则戏言曰："川主庙里粮价乱，一天几道屙尿变。"因此，筱溪街上"舀米"和川主庙"箅米"的事时有发生。

这天中午，苟永芳放学回家，在筱溪街上看见前面有一个人用箩筐挑着米在前面走，突然一个比他大的娃儿窜到挑米人的后头，将一个布舀筛儿在箩筐里舀起一筛儿米，爬起来就跑。当挑米的人放下担子来的时候，那个娃儿已经跑远了。挑米的人只得骂一句："狗杂种！要抢人啦？"像这种情况，苟永芳不止一次看见，每次看见他都心里一颤——怎么会这样呢？这是要不得的呀！

他回到家里跟父亲说道:"爷!今天我又看见舀米的了!"

他爷说道:"哎!已经乱套了。可能是他家太穷了,大人纵容干的!"

"这样子也不好呀!"苟永芳说道:"跟抢劫一样了!"

"对!富贵不能淫,贫贱不能移。通过自己劳动得来的才正当!"苟建文说道。

其实,贡井筱溪街的"舀米"已经从一个侧面反映出贡井盐场人的生活境况。比之更严重的事态又让苟永芳看见了,再一次大大地刺痛了他幼小的心灵——

也是他放学回家路过川主庙米行时,看见好多人拥进米行,或牵起长布大衫的前襟筦米粮,或用围腰筦米粮。然后,大摇大摆地离开,好像是自己家的粮食一样。斯时,筱溪街上,像开锅的糊糊,乱作一团。苟永芳听着热闹的大人说道:"不能挑,不能抬,不能用背筐背,只能'筦'。"有的说道:"老百姓太遭孽了,走投无路了!"

在川主庙里外荷枪实弹的警察有好多,但也只能瞪着大眼维持秩序,直到人们把整个米行里的粮食一扫而空。

事后米行里、梯坎上乃至大街上到处都抛撒着米粮……

苟永芳回家时,父亲已经做好饭,就等儿子们回来。

"爷!川主庙米行被人筦了!"苟永芳边放书包边说道。

"我都晓得了!哎,老百姓也是没得办法了!"

"爷,你没有去吧?"

"我剃头去了,就是没有剃头我也不会去的!"

"那就好,"苟永芳说道:"其实,做生意的也不容易。"

"你怎么知道的?"

"降先生讲过,做小生意的人都是不容易的。"

"哦,降先生是个好先生!"

九十四

贡井人为了用板板车运盐、运煤,去年开始修的从望乡台经由田坝头、伍家坡到长土一条马路这年竣工了。这是一条简易的马路,在路基上先铺一层从帽壳山开采的油光子(石灰岩)片石,再铺一层油光子(石灰岩)石子,最后铺一层炭渣。虽然是一条简易马路,但比起原来的石板路来是宽敞多了;可以在上面走两轮木板板车了。这样,运盐、运煤或运其他物资就更省事了,筱溪街到长土就方便多了。

修这条路的主要办法是有钱出钱、有力出力。盐商、富户大都出钱，贫苦百姓大都出力。为家乡建设，无论出钱、出力，大家都很乐意。

这条路修筑时把流水沟埋在了路基下面，成了涵洞。路面的雨水通过水箅子注进涵洞里，最后注入旭水河。

这条马路的修通，贯穿了盐马路、筱溪街、鹅儿沟、伍家坡和长土。好些商家看准商机，在马路两边修建房屋作为商店，鹅儿沟即开始形成一条街道，并渐次热闹起来。这条街道两边的木穿斗、小青瓦、白粉墙房屋都比较低矮，很少有楼。其店面开向马路，多扇木门白天全部"下走"，使店面洞开；晚上又把门全部"上起"来，十分方便。这店面的风格和新街、老街、筱溪街、横街子一样。鹅儿沟街上先后开了锅铧厂、油灰店、麻巴店、磨腐店、槛子房（为井灶制作篾制品）、保健所、诊所、铁器店、杂货店、糖果店、栈房和理发店；但是，苟建文依旧是挑着担子走街串巷的剃头匠。

鹅儿沟至长土这条马路修通后，其靠旭水河的石板老大路走的人就少了。苟永芳家人的出行也都走大马路了。

但是，鹅儿沟公路修通时，去舒家坳还没有公路。流水沟右面通往石灰窑的石板老大路的地方是一大片杂草丛生的斜坡地旱地。斜坡左面是一个大坝和水田，坡右下面七八丈的地方就是地旺井、三宝井、崇善井、咸海井四口盐井的井场，井场背后是帽壳山。

靠近流水沟的坡叫马掌坡，其旁边有几间平房，其中靠坝子的一边有马掌铺、马房店和兽医店。

清代，贡井的票盐，都靠骡、马、牛力贩运到外地销售。特别是在川盐济楚时期，不仅发展到大量用马搞长途贩运，甚至发展到用马，拉大车汲卤，有的还用骡马拉车运输卤水，绞车提水等都曾有用马。贡井盐场曾因牛瘟牛缺而大量使用马力，马蹄声声踏遍鹅儿沟地区、长土地区、艾叶滩地区和蜂子岩地区。咸丰九年（1859）贡井地区开始采汲三迭系嘉陵江岩层的黑卤。黑卤井集中在伍家坡，部分以骡代牛推卤。形成青杠林—鹅儿沟—伍家坡—艾叶滩产盐卤带。由于贡井水多火少，烧盐主产区东移自流井。要把大量的卤水通过枧杆往自流井输送，得采用三级提高卤台高差送卤。则用大量的骡马运水、提水。因此，在一个时期的鹅儿沟，到处是马群、马房、马店、马厩、马架、马镫、马料、马车棚、马掌铺形成了马的天地。到处都有马叫、马屎、马尿、马蹄声，一个时期的鹅儿沟差点儿就成了"马儿沟"。

在马掌坡旁边有一爿钉马掌的铺子，铺子旁边有专门拴马的地方，铺子前有个小坝子，坝子中间用木棒做的形似体育双杠的架子是用来钉马掌的，将马牵到这双杠架子之间套牢才能钉马掌。铺子门前的一根高高的木杆上挂着写着"杨马掌"几个大字的白旗。开杨马掌铺子的两口子是陕西过来的人。虽说，钉马掌这门手艺是个苦活行当；但是，也很来钱。倒C字形的马掌铁有一分多厚，上面有五六个钉孔。学徒要给马钉马掌，须在死马蹄上学会钉掌，出师后才可以在活马蹄子上敲钉马掌。在马掌坡每天牵来钉掌的马很多，这些人多数都是搞票盐贩运的。贡井还有几家钉马掌的，但生意都没有"杨马掌"好，原因主要是他这铺子地方很宽敞，马掌钉得很稳当，管的时间长。

前几天下了雨，这天早上天放晴了。吃过早饭，苟建文给几个儿子交代了些事情后就挑着担子出门走街串巷去了。

这时，苟家吉三大哥给松轩和永芳说道："今天是星期天，我们去帽壳山捡木耳要得不？"

"要得！"松轩和永芳异口同声回答道。

于是，他们各自拿了一个竹篾编制的小筼儿就出发了。

他们来到马掌坡时，看见好多马儿拴在马掌铺前，很兴奋。对什么都很感兴趣的小弟永芳说道："大哥，我们去看钉马掌怎么样？"

大哥也是个孩子，即道："要得，我们先看了钉马掌，再上山捡木耳！"

于是，三个孩子到了马掌坡的坝子边，看钉马掌。

但见，木架子中间"横夹十字"地拴绑着一匹棕红色的马，马的三条腿都捆绑在木上，只有一条腿没有捆绑。一个人坐在矮矮的污猫皂狗的木凳子上，将马的这条没有捆绑的腿抬起来抱在胸前，用抓钳取下马蹄上已经"磨遇"（磨损）了倒C形铁，然后用很锋利的"皮刀儿"（直板钢刀）将马蹄上的老茧削去一层，使其平整后，再将新的倒C形马蹄铁放在马蹄上用铁钉一颗一颗、一锤一锤地钉上。此时，每敲击一下，马蹄就要颤抖一下……

"给马的脚上钉钉子，马儿不痛吗？"在爬帽壳山时，苟永芳问二位哥哥道。

"钉钉子时，可能很痛的！"苟松轩说道。

"不会很痛吧，马蹄是角质，没有神经的。"苟吉三说道。

"我还是觉得马儿好遭孽啊！"苟永芳说道："只是，它受制于人,反抗不了！"

"也许是吧！"苟吉三说道："马吃的是草，却为人类做了很多事情。"

"战马，为人类打战出力；驮马，为运输出力。功不可没啊！"苟永芳说道。

"还有，马死了，人们还要吃它的肉……"苟松轩说道。

"我们先生教了一个新成语'汗马功劳',昨天国文课上的!"苟永芳说道。

说着,说着,他们已上了帽壳山顶,在石头边、草丛中寻找着木耳,捡起来,放进篾筐里……

"今天中午我们有木耳吃了!"苟永芳说道。

"就是!捡了这么多!"苟松轩说道。

"今天我来做木耳这道菜!"苟吉三说道:"给爷一个惊喜!"

"大哥,木耳这道菜要加姜米子和蒜苗才更香啊!"苟永芳说道。

"哈哈哈!别小看,幺弟还是一个美食家哩!"苟吉三笑道。

"哈哈哈,当然,当然!"苟永芳笑道。

"哈哈哈,哈哈哈……"三个孩子笑开了花。

第十四章　锋芒初露

九十五

仲夏。黄昏。贡井盐场。天乌地黑。

忽然狂风大作，吹倒了树木，吹翻了房顶。大街上没有了行人，商店关门闭户，人们都躲进了屋子不敢出来。鹅儿沟居家的人们或在大门口挂上一杆秤，或用手抓起一把把米来向外抛撒，打躬作揖，口中不断地念叨着："观音菩萨保佑……观音菩萨保佑……"

狂风稍息，即下起瓢泼大雨来。

鹅儿沟苟建文租住的房子，由于屋顶坡度不够，年久失修，瓦稀且多烂瓦，雨大走水不赢而倒灌；所以，外面下大雨，屋子里下小雨，没有干处。为防屋顶垮塌，苟建文找来矮凳子和三个儿子抱团在桌子下面，勉强能遮挡点房顶的漏雨。大风、大雨、大雷电整整一夜，直到天亮才风停雨住，并升起一轮火红的太阳来。

苟建文叫醒斜歪歪睡在桌子下面的孩子们后，说道："菩萨保佑！我们家的房子没有垮下来！"

苟永芳说道："爷，昨晚好吓人啊！我哪个时候睡着了都不晓得！"

苟建文说道："你们没多久就睡着了！"

三个孩子齐声问道:"爷,你睡着没有?"

苟建文说道:"没有,我哪能睡得着呀?万一房子垮下来……"

虽然,风是停了,雨是住了;可是,贡井盐场一片狼藉——店招被风雨打落在地的不计其数,房檐的瓦被风吹落的不少。更有甚者,有的井灶天车的"风篾"(拉天车的篾索或钢绳)被吹断而停推、停煎。鹅儿沟这条石个子炭渣路被雨水把炭渣全冲走了,路面只剩下白生生的石个子。筱溪河涨水了,旭水河涨水了,平桥淹没了。

地势较低的乡立小学门前的幺滩子路被淹了,苟建文心想:"荣县的水还没有下来,到时候水会涨得更高。"他给孩子们说道:"今天不剃头,等我把屋子打整好后,咱几爷子去看看水好么?"

三个孩子齐声道:"好哇!"

苟建文为什么会有这样的兴致,领孩子们去看水?一是今天剃头不会有生意,二是贡井人都喜欢看涨水,怕没有大人在孩子去看水不安全。

当他们几爷子把门关了,来到滩坝头时,荣县的水已汹涌而至——幺滩子至石佛寺一带全淹没了,滩坝街上进水了。咆哮的旭水河上,漂浮着无数的木料、没有散开的房架、猪、牛,甚至"水打棒"(死人)。木头、房架冲到济元桥时,把桥洞给堵塞了,于是乎河水逾桥而过……

这就是后来荣县人说的又一次"水打南门坝"。

这时,苟家几爷子看见济元桥上横躺着好多具尸体,有男人、女人,惨不忍睹!

苟永芳问道:"爷!怎么会有人被冲走啊?难道涨水了这些人不晓得跑?"

父亲说道:"肯定是发现涨水已经来不及跑了!"

苟永芳说道:"那么大的水,这些死人是咋子弄起来的呀?"

"死人漂浮在水上,水翻桥的时候,贡井的好心人就把这些尸体弄起来了,你看还有猪……"

几个孩子说道:"太吓人了!"

父亲说道:"这条河的每年都要涨洪水,但今年最大!"

苟永芳说道:"这是人的灾难啊,爷,有办法阻止这灾难么?"

父亲说道:"我活了几十年了,我看人们没有丝毫的办法。"

苟永芳叹道:"我们不可以预报么?先生讲过天气预报的。"

父亲说道:"可是,我们没有做!"

苟永芳说道:"为什么不做呢?

父亲不知道该怎样回答了。作为一个成天价给人剃头赚钱来养家糊口的他,不知道要进行天气预报也是一件很复杂的事情——要有测定天气的仪器，要建立气象台、站，而且不是一个地方有气象台、站就行的。

苟永芳接着说道："虽然有'人定胜天'的说法；但是要胜天，首先就要知天。先生说过，这是科学！"

孩子的话让父亲感到吃惊，小小年纪怎么会有这么多的想法？

洪灾过后，筱溪街上出现了几次在孩子褴褛的衣襟上插着个草圈圈的事情——"插圈圈，卖娃儿"。即当一家人贫困得走投无路、无可养活孩子的时候，用篾条或谷草绾成一个小圈圈，插在孩子的衣襟上，表示出卖这个孩子……

贡井盐场官方和民间在一场洪灾面前几乎没有丝毫的抵御能力，民者之奈何天？让年幼的苟永芳看在眼里，记在心里……

九十六

贡井发生洪灾这年是公元1918年。这年，10岁的苟永芳已初小毕业考入自流井雨台山华西高级小学读高小。

发源于荣县的旭水河穿越贡井后在威远玛瑙山下与威远河交汇后称釜溪河。釜溪河进入自流井市区后往东流淌。在沙湾以北两华里左右的地方有一座不甚高的山峦叫雨台山。相传早年因久旱不雨，人们曾在山上设台点灯求雨，故名雨台山。

雨台山与南边从夹子口望去形似佛台称之佛台山遥遥相望。雨台山斜坡而下的雨台路和石塔上路与新街、正街衔接，并和滨江路交会形成十字口。即便两座山遥遥相望，但雨台山到佛台山隔着釜溪河，只能通过一座低矮的石板桥才能到达佛台山脚。

佛台山的南坡，有一条河叫洗脚河。洗脚河虽然是一条小溪流，但周年四季流水涓涓，每逢夏季下大雨，洗脚河还会洪水奔腾，湍急不息。洗脚河下游平缓段有一座小有名气的桥叫"会妻桥"。会妻桥的得名还很有趣的，说是桥修好了，出资修桥的几个东家请来一个秀才给取名儿。秀才随口说了几个名儿，大家都不很满意。正在犹豫不定的时候，两乘抬着新娘子的花轿相向来到桥头准备过桥。于是乎，修桥的人让两位新娘子下轿"踩桥"。这下，秀才脑袋瓜儿一个激灵，说道："叫'会妻桥'何如？因为……"秀才的话还没有说完，大家齐声道："好好！就叫会妻桥！"

介乎釜溪河和洗脚河之间的佛台山，北可鸟瞰自流井盐场市区、雨台山，南可眺望一对山周遭的风光。

第十四章 锋芒初露

苟永芳到雨台山华西高级小学读书后，听人说自流井有两座山叫一对山的很有来头，还说登上佛台山就能看见。对什么事物都很感兴趣的他在一天课余，约了张博诗、王楠、王谷、何泽培几个同班同学去登山。他们过了下桥后，经由炎帝宫旁的汇柴口登上佛台山。

佛台山上苍松翠柏，藤萝倒悬，山岚袅袅，有几座低的青瓦房静静地安放在林木之间。苟永芳他们看见在一座房子门口的坝子里，一个白发银须、道骨仙风的耄耋老翁正在聚精会神地舞剑。他们不好打搅老翁，遂站在远处观看，看着看着，貌似自己都进入了老翁的境界。当他们看见老翁做"收式"动作时，知道是这一"套"剑术结束了。即上前打拱问道："老爷爷，哪儿能看见一对山呀？"

"孩子们，你们想看一对山，想不想听一对山的故事呀？"老翁微笑地问道。

"想啊！"孩子们齐声回答道。

"那，孩子们，我先给你们讲故事，然后带你们去看一对山！要得不？"老翁用给自己的亲孙子说话的口气说道。

"要得，要得！"孩子们又异口同声道。

于是乎，老翁叫孩子们从屋子里搬来几张小凳子，在坝子里围住他坐了。他就讲起故事来——

在很久很久以前的一天夜里，济公、鲁班和孙悟空三人打赌，一夜之间各自在富荣盐场做一件事情。

济公说道："那，我在王风坳修一座济公寺，让往来于东、西两场的路人，中途有个歇脚的地方。"

鲁班说道："东场只有一座下桥，那，我在釜溪河芦厂坝的地方修一座上桥，以方便过河的人。"

济公和鲁班俩都是好心肠。可是孙悟空不喜欢盐巴，尽管经常在小猴子身上找盐粒放进嘴里。他说道："我挑一对山来把王爷庙下的夹子口堵了，不让盐船下行。"

他刚一说出口，济公就说："那怎么可以？"

鲁班跟济公眨了眨眼睛，蛮有信心地说道："要得，要得！可是以什么为准呢？"

孙悟空说道："鸡叫为准！"

"好！鸡叫为准！"

于是，三人开始行动起来。济公和尚开始砍木头修庙子；鲁班菩萨开始打石头修上桥；孙悟空则在峨眉山下找到两座差不多大小的山，从耳朵里取出一根针来，吹了吹即变成了金箍大棒，一头穿起一座山挑起就往富荣盐场跑……

观世音菩萨知道了这件事，一整夜没有睡觉，在半天云中观察着三人的行动。因为，她心想："人家济公和鲁班都是做好事，唯有这泼猴儿心眼儿大大的坏了，无论如何不能让他得逞。"

观音菩萨一直注视着孙猴儿的行动。当她看见悟空挑两座山已经来到佛台山下，翻过佛台山，就是夹子口了；可是，鸡还没有叫。她心急了：夹子口一堵，富荣东场不就成了汪洋大海了？

说时迟，那时快。观音菩萨倏地心生一计，立马把鼻子一捏，学起鸡叫来：咕咕咕……咕咕咕……

三人听见鸡叫，立马停工。所以，一对山还没有挑拢夹子口，就被放到佛台山南面仅隔一条洗脚河的地方了，不信你看两座山半山腰的洞就是金箍大棒穿了的；济公寺的门还没有弄好，济公和尚就随手抓了一把"刨花儿"把门抹上，不信你看门背后还有刨花儿痕迹；上桥还有一孔没有修好，因此用一条船来把桥连接起来。

苟永芳和同学们听得津津有味，故事都讲完了，还傻乎乎地望着老翁。老翁即道："孩子们，走，我带你们去看一对山、夹子口……"

在夹子口，老翁吟咏了清代副榜、程家场人氏蓝尧夫描绘釜溪河夹子口风光的诗。但见他摇头晃脑地、旁若无人般地吟咏道：

天生峡口险犹奇，裂石横从水面支。
数点渔歌明了夜，一声巴调夕阳时。
停桡大约捕鱼后，鼓枻偏教撒网迟。
怅望江边寻圣地，王爷庙里好题诗。

20世纪初叶，加拿大基督教会在自流井雨台山上一片较为平整的地方，用青砖修建起几幢一楼一底洋楼，开办了华西高级小学校，校长名白达。公元1918年，十岁的苟永芳在贡井乡立小学初小毕业后，考入了这所洋人办的学校念高小。不过，苟永芳在这所学校是一名贷读生。所谓贷读生，就是毕业后必须为教会服务，以此来偿还贷款。这就是，天上是不会无缘无故掉下馅儿饼来的。苟建文送儿子去上华西高级小学时，所想的是：贷读就贷读吧，总比没有书读的好。

华西高级小学高年级开的课程除国文、英文、算术、体育、音乐等以外，还开设了与教会相关的课程，其中有《圣经》课，由洋人讲《圣经》。虽说，这是一门有文化入侵之嫌的课程，但是包括苟永芳在内的学生们还是很喜欢听。因为，所谓《圣经》，其实都是一些小故事，只是，这些小故事都有一定的思想性罢了，特别是里面的一些警句。譬如——

爱是恒久忍耐，又有恩慈；爱是不嫉妒，爱是不自夸，不张狂，不做害羞的事，不求自己的益处，不轻易发怒，不计算人的恶，不喜欢不义，只喜欢真理；凡事包容，凡事相信，凡事盼望，凡事忍耐；爱是永不止息。

这是基督教神学思想的核心。这里的"光"指的是耶稣基督，"生命"指的是永生。战胜死亡，获得真理。

我知道我的救赎主活着，末了必站在地上。我这皮肉灭绝之后，我必在肉体之外得见上帝。

这讲的是人的信念。无论承受多么巨大的打击、多么绝望的境遇，都不可放弃希望，放弃信仰。

苟永芳从相对较逼仄的富荣西场，来到相对较繁华的富荣东场读书，似乎顿即眼界大开。他看见，有钱人脑满肠肥，衣着华丽，财大气粗，生活花天酒地，一掷千金。无论男女，来去不是乘轿子，就是坐黄包车，甚至还有"私车"，滑杆当然就被"打在下十排"了。所谓私车，其实也是一种人力黄包车，只是这种黄包车车篷用的上等布料，车门有流苏，车杠黄亮亮的，还有安装在乘车人脚下的车铃铛，有需要的时候用脚轻轻地一踩，铃铛就会发出嘀铃铃的响声来，免省了车夫高喊："来啰，来啰……"他去雨台山上学要路经牛栏湾、王风坳、土地坡、上桥骑坳井。他看到土地坡总是跪着一排衣不蔽体的男女"要饭"（讨口）；他看见贩夫走卒一个个面黄肌瘦，衣不掩体，挣扎于饥寒交迫中。小小年纪的苟永芳不禁为这社会的不公平而愤懑不已，常常感叹道："还真是'朱门酒肉臭，路有冻死骨'啊！"遂在心里萌生了改变这个社会现实的想法，虽然还很幼稚，不过这是"人之初，性本善"的第一注脚。

苟永芳在华西小学上学后的这年暑假时，师生离校时，将他们的衣物堆置锁存在一间屋子里。可是，学校趁假期维修校舍，没有告知存衣物的师生。一些工人随意毁门入室，完工后也不予关锁，以致衣物被盗一空。师生们知道后返回学校，推举教师刘天健为代表向校长白达交涉，要求赔偿。

"校长，我们师生的一屋子衣物被盗了，你知道么？"刘天健找白达校长说道。

"不知道啊！"白达说道。

"这衣物是放在学校的,学校在修缮房屋时被盗了,我们要求学校给以赔偿。"刘天健说道。

"衣物总是中国人偷的,我是外国人,不负赔偿责任,"白达说道:"你们去找中国人赔偿吧!"

"衣物在学校被偷,你是一校之长,没有责任吗?"

"是你们没有保管好,责任不在我,而在你们自己!"

刘天健先生把白达的话告知师生后,大家非常愤慨。于是,大家推举苟永芳和张博诗二人为代表,开列失物清单,再向白达交涉。苟永芳说道:"校长,这是师生被盗东西的清单,请过目并予赔偿,不然请交出偷东西的'中国人'来!"

白达火冒三丈,将清单扔之于地,蛮横地说道:"你们中国人偷了东西找我这个外国人赔偿,有道理吗?"

"那,我们从明天起,停止上课!"苟永芳和张博诗说道。

"哪个敢,我就开除哪个!"白达厉声说道。

苟永芳和张博诗把面见白达的事告诉同学们后,大家愤慨非常,即结队去自流井法院控诉。可是,他们得到检察长屈稚丹的答复是:"中国法律管不了外国人。"

接着,白达通知自流井法院,要求派人保护学校驱逐学生。屈稚丹也认为学生据理请求并不违法,仅派人到学校劝导学生不可有殴打行为。

可是,白达强令不上课的学生立即离校,凡贷款学生必须全额退款。因此,部分学生只得被迫返校。苟永芳等同学为争取社会支持,先后发布七次"宣言",其中一次是用英文写成的。并具文呈川南道尹杨森请求处理。杨森批示:已令富顺县视学在雨台山附近另设高小一所收容师生。

当刘天健据此到富顺跟视学何治周洽商时,何治周的答复是因没有款项而无法另设高小。无奈之下,苟永芳、张博诗和其他八十九人,经由教师刘天健、刘天祥和蓝瑞祥等向公立东兴寺小学林海容校长洽商,先借得玉皇庙小学校址,组织露天课堂上课。这些学生,后来转入光绪三十年(1904)炳文书院停办后兴办的公立东兴寺小学继续读书。

在与白达斗争期间,苟永芳与张博诗、王楠、王谷、何泽培等二十余名同学,相约在自流井济公寺庙内,拈香结盟,宣誓:"同甘苦,共患难,誓志为救国效命。"

九十七

公元1912年2月15日,袁世凯取得中华民国临时大总统一职,3月10日在北京就职，又逼南京临时政府迁往北京，这标志着民国史上北洋政府统治的开始。北洋政府对外依靠帝国主义支持，对内主要代表国内封建势力，以北洋军队为统治支柱，镇压人民，排斥异己，在全国建立起军事化的统治。

公元1917年8月14日，北洋政府加入"协约国"，向德国宣战，成为第一次世界大战的"参战国"，并成为战胜国。可是，公元1919年1月4日，一战中胜利的协约国为缔结合约在巴黎凡尔赛宫召开会议。会上各战胜国最终签订了《凡尔赛和约》，但美、英、法三国会议决定：德国将山东的所有权益让与日本，日本将德国租借地及其他政治性权利交还中国，但保留经济性权利。由于日本反对，最后的条约文本只写明德国将其让与日本，而"于交还中国一层不提一字"。4月30日，由于大会将战前德国在山东的特权交给日本，损害了中国的利益，中国代表拒绝在合约上签字。当时，中国首席代表陆徵祥就山东问题致电北京政府："此事我国节节退让。最初主张注入约内，不允……改附约后，又不允；改为临时分函声明不能因签字而有妨将来之提请重议云云。岂知至今午时完全被拒。此事于我国领土完全及前途安固，关系至巨。祥等所以始终不敢放松者，固欲使此问题留一线生机，亦免使所提他项希望条件生不祥影响。不料大会专横至此，竟不稍顾我国家纤微体面，曷胜愤慨！弱国交涉，始争终让，几成惯例。此次若再隐忍签字，我国前途将更无外交之可言。"对于巴黎和会关于山东问题的最后决定，即使中国代表没有在巴黎和平会议上签字，这并不代表中国的利益和权益能够保留下来，相反，刺激了日本吞并中国，排挤其他列强的速度。这不能不说是中国外交交涉的失败。

于是乎，5月4日，在北京爆发了一场以青年学生为主，广大群众、市民、工商人士等阶层共同参与的，通过示威游行、请愿、罢工、暴力对抗政府等多种形式进行的爱国运动。这是中国人民彻底的反对帝国主义、封建主义的爱国运动，称"五四运动"，亦称"五四风雷"。

"五四运动"的这惊雷很快响彻全国，也波及了地处偏僻的富荣盐场。富荣盐场各阶层爱国人士、社会贤达，尤其是学校的进步师生，积极投身到这一场中国人民彻底的反帝国主义和封建主义爱国运动的革命洪流之中。

此时，年仅十一岁的苟永芳已担任华西小学学生会主席，在思想意识和组织能力上已初露锋芒。他在进步教师刘天健的启发下，逐步认识到社会的不公是社会制度的不公造成的；人民不仅生活在食不果腹、衣不蔽体之饥寒交迫中，而且处于日趋沦为"亡国奴"的境地。

"五四运动"的爆发，让苟永芳心中久蓄的愤懑和疑惑，瞬间转化成了满腔沸腾的热血。一天上午，教国文课的班主任刘天健先生上完课，来到苟永芳座位前说道:"苟永芳,你来办公室一下!"刘天健先生言罢走出教室,但是他并没有回办公室,而径自往一林荫小道走去。聪颖的苟永芳知道此"办公室"非彼"办公室",而是学校林荫小道深处的一座凉亭,也就跟随而去。

到了凉亭,没等苟永芳开口,这位身材魁梧、说话爽朗的刘天健先生即道:"永芳,北京学生上街游行、示威了。你是华西的学生会主席,有何打算呀?"

苟永芳回答道:"先生,我们正在想上街游行的事哩!"

"好哇!"刘天健先生鼓励道:"永芳,你以学生会的名义,把全校同学发动起来,明天下午就上街游行,要得不?"

"要得,要得!"苟永芳说道:"可是,游行要拉横标,横标上要写字,还要草拟游行时的口号……"

"横标布我来准备,横标上贴的字我来写,"刘天健先生说道:"口号就你们拟吧!"

"先生,我们可以拟口号,"苟永芳说道:"可是,为了不出差错,口号拟好后还是请先生给过过目!"

"要得!"刘天健先生说道:"那就加紧准备吧!明天下午两点,准时从学校出发,游行线路是:雨台路、石塔上、新街、正街、三圣桥、竹棚子、灯杆坝、王家塘、珍珠寺等,然后回到学校。"

"先生,我记住了!"

一切准备妥当后的第二天,苟永芳带领全校同学拉起横标走上大街举行了自流井小学生首次上街的游行示威。

华西小学的游行队伍浩浩荡荡地走在大街上。在游行中,苟永芳总是走在队伍的前头,用报纸卷成"话筒",带领同学们高呼口号:"反对二十一条!""还我青岛!""抵制日货!"来到市中心正街时,还登上桌子演讲,鼓动群众。他有时慷慨激昂,有时声泪俱下:"同胞们,我们中国受列强的侵略,可是政府腐败无能,我们的国家将要被日本帝国主义灭亡,如果亡国了,我们中国人就要做亡国奴。同胞们,我们誓死也不做亡国奴啊!"这时,台下学生和围观的群众就会应声而高呼"打倒日本帝国主义!""不做亡国奴!"

公元1921年5月,年仅十三岁的苟永芳,在刘天健等进步教师的支持下,率领华西小学学生队伍参加了声势浩大的清查日货斗争。

"老板,你们有没有日货,我们要检查检查!"苟永芳率领的日货清查组几个同学来到新街的一家叫昌荣的布匹店时,苟永芳对老板说道。

"我不是老板,我只是一个店员。"坐在柜台里的一个人说道。

"把你老板喊来,就说我们要清查日货!"苟永芳说道。

说话间，布匹店里屋走出一个五大三粗的人来大声吼道："你们要干什么？"

"请问，你是谁？"苟永芳有礼有节地问道。

"我是这里的老板龙伯良！咋子嘛？"五大三粗的龙伯良吼道。

"我们要清查日货！"几个同学齐声道。

"嘿嘿！清查日货？"五大三粗的龙伯良用玩世不恭的语气说道："兔崽子们，老子这里没有日货，就是有也不让你们这些长不大的娃儿清！"

龙伯良的出言不逊，激怒了苟永芳和同学们。苟永芳说道："同学们，上！"话音刚落，十多个孩子就搭着板凳查起货架上一个个的布匹来——刘天健等进步教师告诉过孩子们，每匹布上都打印了出厂印记的，学过英文的孩子们一看就晓得是不是日本国的货物。

这时，龙伯良老板见学生们七手八脚地翻弄布匹，心虚之下暴露了他鲁莽的天性——对孩子们大打出手。孩子们也不示弱，叫喊着，抱腿的抱腿，扯衣的扯衣，乱作一团。大街上的路人见状一下子围拢来，愤怒地说道："龙老板，你这就不对了，他们还是孩子啊！"

"孩子？孩子来老子店里捣乱，还不是大人指使的！"五大三粗的龙伯良吼道。

这时，往来于正街和新街指导学生们清查日货的刘天健先生也赶到了，但见龙伯良正高高扬起手臂来准备给死死抱住自己腿的孩子打下去。说时迟，那时快。身材魁梧的刘天健先生一个箭步冲上去，将龙伯良高扬的那只手擒住，厉声道："住手！"龙伯良适才软了下来，但是有两个孩子已经受伤了。

原来，这昌荣布匹店的老板龙伯良就是一个奸商，还是匹头行业的老大。他店子里大多数都布匹都是日货。学生清查日货受伤的事，在广大爱国群众声援压力之下，自流井地方法院被迫责成龙伯良向进步师生赔礼道歉，并赔偿医疗费用，保证他自己及匹头行业不再卖"仇货"。此事引起上级官员的惊恐，急电令富顺县知事："克日驰往自流井，仿泸县办法，旧有日货定价拍卖，以免别滋事端。"

清查日货的斗争取得胜利，极大地鼓舞了师生们的爱国热情，苟永芳等进步师生无不欢欣鼓舞。

九十八

公元1840年鸦片战争以后，国际资本主义、帝国主义的势力侵入中国。中国的社会性质由封建社会逐步演变为半殖民地半封建社会。从鸦片战争到"五四运动"，中国人民为了反对帝国主义和封建统治进行了英勇不屈的斗争，其中主要的是太平天国农民起义和资产阶级领导的辛亥革命，但都相继失败了。历史证明，中国的农民阶级和资产阶级由于历史局限性和阶级局限性，都不能领导民主革命取得最终胜利。随着帝国主义的入侵和现代工业的发展，中国产生了无产阶级，而且在不断发展壮大。无产阶级的产生、发展和"五四运动"为中国共产党的建立奠定了阶级基础。

中国共产党的最早组织首先是在上海建立的。1920年8月，上海共产党早期组织正式成立。参加者有陈独秀、李汉俊、李达、陈望道、俞秀松等，陈独秀任书记。上海共产党早期组织成立后，实际上成为各地建党活动的联络中心，起着中国共产党发起组的重要作用。10月，由李大钊、张申府、张国焘三人发起成立北京共产党早期组织，推选李大钊为负责人。罗章龙、刘仁静、邓中夏、高君宇、何孟雄、缪伯英、范鸿劼、张太雷等先后加入，成员大多为北京大学马克思学说研究会的骨干。这年秋，董必武、陈潭秋、包惠僧等在武昌秘密召开会议，正式成立武汉共产党早期组织，推选包惠僧为书记；施存统、周佛海等在日本东京建立旅日共产党早期组织，推选施存统为负责人。这年秋冬之际，毛泽东、何叔衡等在长沙，以新民学会骨干为核心秘密组建共产党早期组织。这年年底至公元1921年年初，王尽美、邓恩铭等在济南建立共产党早期组织。是年春，在与无政府主义者组织的"共产党"分道扬镳后，陈独秀等重新组建广州共产党早期组织，成员有谭平山、陈公博、谭植棠等，陈独秀、谭平山先后任书记。是年，张申府、周恩来、赵世炎、刘清扬等在法国巴黎也建立了由留学生中先进分子组成的共产党早期组织，张申府为负责人。

中国共产党第一次全国代表大会于公元1921年7月23日至8月初在上海法租界望志路106号和浙江嘉兴召开。上海的李达、李汉俊，北京的张国焘、刘仁静，武汉的董必武、陈潭秋，长沙的毛泽东、何叔衡，广州的陈公博，山东诸城的王尽美、邓恩铭，旅日的周佛海，以及由陈独秀指定的代表包惠僧13名代表出席会议，代表全国50多名党员。共产国际代表马林和尼克尔斯基也出席了大会。陈独秀和李大钊两人均因事务繁忙，未出席会议。7月30日晚，会议召开中，一名陌生的中年男子突然闯入会场，又匆忙离去。具有长期秘密工作经验的马林立即断定此人是敌探，建议中止会议，大部分代表迅速转移。随后法租界巡捕包围和搜查会场，结果一无所获。由于代表们的活动受到监视，会议无法继续在上海举行。之后，代表们分批转移到浙江嘉兴，最后一天的会议在南湖一艘游船上召开。

公元1922年年初，苟永芳等同学到东兴寺小学上学后的一天，听说大名鼎鼎的恽代英率领泸州川南师范师生巡回讲演团要到学校来演讲，非常兴奋，即奔走相告。他给张博诗说道："恽代英要来我们学校演讲，济公寺拈香结盟的同学都要参加哈！"

张博诗回答道："是的，大家都晓得了，还让他们发动了好些同学都要参加。"

苟永芳说道："那就好！"

恽代英到自流井东兴寺小学演讲这天，地冻天寒，但学校的一间大课堂里座无虚席。主持演讲会的东兴寺进步教师蓝瑞祥将恽代英介绍给师生们。

恽代英出身武汉一书香家庭，在武昌中华大学毕业后留校任附属中学教务主任。公元1919年"五四运动"时，为武汉爱国学生运动主要领导人，带领互助社等青年团体的学生写宣言，发传单，创办学生周刊，领导进行罢课、罢工、罢市的"三罢"斗争，调查并抵制日货，以实际行动声援北京学生的反帝爱国斗争。同年9月，加入少年中国学会。次年，在武昌创办利群书社、利群毛巾厂，并先后创办《互助》《武汉星期评论》和《我们的》等进步刊物。创办利群书社，传播新思想、新文化，并开始学习和传播马克思主义。因此，他由信奉改良主义和空想社会主义转变为信仰马克思主义，研究马克思及其学说、唯物史观、布尔什维克和劳动问题。公元1921年7月，他领导建立"以积极切实的预备，企求阶级斗争、劳农政治的实现，以达到圆满的人类共存为目的"的共存社。11月，主张将少年中国学会改造为布尔什维克团体。不久，恽代英加入中国共产党。

当年仅二十七岁、气度非凡的恽代英走上讲台时，全场响起热烈的掌声。

当恽代英讲到鸦片战争后世界列强侵略中国时，全场学生义愤填膺。

当恽代英讲到谢奉琦、熊克武和佘英领导的四川武装起义均以失败告终时，全场师生唏嘘不已。

当恽代英讲到孙中山领导的辛亥革命虽然成功了，但大权旁落，战火又起，国无宁日时，全场师生悲愤交加。

当恽代英讲到"五四运动"时，全场爆发出一阵热烈的掌声。

置身在群情激昂中的苟永芳，如饥似渴地倾听后，被恽代英那浅显易懂的革命宣传感染。他感到恽代英的演讲，给自己指明了一条道路。他从恽代英的演讲中，感觉到了这条道路会是荆棘丛生、坎坷不平的；但是，他想只要自己决心走下去，一定会寻找到革命的真理，到达理想的彼岸。于是，他在日记中写道：

革命前程满迷雾，东兴听讲方向明。
吾身志愿为民请，大业功成九州清。

这年秋天，苟永芳在老师和同学们的帮助下凑够十二块银圆，和张博诗、王楠、王谷、何泽培等几个同学一起到荣县中学应试，被录取为荣中第十四期学生。可是，一学年读完后，苟建文再也不能支撑苟永芳继续读书的学费了。

古诗有云"山重水复疑无路，柳暗花明又一村"。就在苟建文无能为力的时候，一天，他挑着剃头挑子转悠到院子坝时，被谢将军府的刘嫂叫住了，说是给孩子们剃头。他很高兴，因为谢府几大房的孩子多，还有开的钱比一般的都多好多，尤其是仲仪夫人。在给孩子们剃头的时候，他从仲仪夫人口中知道谢将军的好友林悦葱在荣县中学任教，并说就住在南华宫旁边的德庐。回家时即问苟永芳道："三儿，你们荣中是不是有个先生叫林悦葱？"

"爷，是的！"苟永芳答道："林先生上我们班的国文课。他对我可好了，常常叫我在课堂上朗读课文，还几次叫我去办公室指导我的作文……"

"哦，林先生晓不晓得你是贡井人？"

"晓得呀！"

第二天，苟建文带着苟永芳来到南华宫旁德庐林悦葱家。父子给林先生打躬作揖后，苟永芳开口说道："林先生，打搅了。我是苟永芳的父亲苟建文，多谢林先生对孩子的教诲。"

"不用谢！"文气十足的林悦葱说道："孩子多读点书有好处！永芳也很聪慧、很上进！"

"林先生，不怕你笑话，"苟建文说道："去年上荣中学费十二块大洋是永芳在东兴寺小学的先生和同学帮着凑够的，今年就没有着落了……"

"哦！"大有爱才之心的林悦葱稍加思索后说道："我看这样吧，我给校长说说，叫苟永芳边读书，边做些抄写文件、讲义和管理图书的工作，以此权当学费。你们看怎么样？"

父子一听，感谢万分，连连说道："很好，很好！谢谢先生！"

林悦葱说道："不过，还要看校长的意思。"

苟建文说道："这就要麻烦先生了！"

林悦葱摸着苟永芳的头，说道："好吧！我去做做工作！"

两人辞别林先生，走出德庐时，父亲说道："林先生是一个好先生啊！三儿，你可要好好读书啊！"

苟永芳直点头道："爷，我会的！"

林先生摸自己头的这个动作让他回味不已、永世难忘。

第二学年开学了，林悦葱跟校长的工作也做通了。苟永芳很高兴，因为这半工半读不但免交学费，还能看到许多文件、讲义和书籍，开阔自己的视野，培养自己的管理能力。

求知欲望十分强烈的苟永芳在荣中就读期间，利用管理图书的机会，如饥似渴地阅读了好多好多的书籍，特别是《创造》和《新青年》等进步刊物。从这个窗口，他知道了俄国十月革命，初步懂得了阶级和阶级斗争、压迫和反压迫的革命道理。在荣县中学，苟永芳和进步同学刘一先、曾莱、罗全等互相鼓励，互相启发，他们的共同信念是：矢志参加革命，重新改造中华。苟永芳因成绩优异，思想进步，在同学中威望颇高，不久即担任荣县中学学生会主席和荣县学生联合会主席。

斯时，正值国共合作的北伐战争时期，大革命浪潮汹涌澎湃。"首义实先天下"的荣县古城，再一次发出了"打倒军阀""打倒帝国主义"的怒吼。苟永芳和同学们还经常一起深入农村进行社会调查，宣传孙中山先生的"联俄、联共、扶助农工"三大政策，以此唤醒民众。他们的行动，在荣县广大农村播下了革命火种，对日后荣县轰轰烈烈的农民运动，起到了很大的促进作用。

九十九

公元1926年，十八岁的苟永芳中学毕业后，得到师友的资助，考入成都高等师范学校英语部学习。这是一所公立学校，比读中学的费用还少，在校的生活费得到了解决——中国公立师范学校有一个传统，就是学生免交生活费的。即便这样，困难依然很多，苟永芳为减轻家里和亲友的负担，一进学校就去教务处联系帮教务处做点事情。

这天，苟永芳来到学校教务处，有些忐忑地说道："主任好！我是新生苟永芳，我家里很贫穷，希望主任能给我些事情做。"

"哦！你能做些什么事呢？"教务主任和蔼可亲地问道。

教务主任的和蔼可亲给了苟永芳信心，说道："我在荣县中学时，抄写过文件、讲义，管理过图书。"

"哦！你会刻钢板么？"

"会！主任！"

这时，教务主任拿出一块钢板、一支铁笔、一张刻废的蜡纸来，让苟永芳在钢板上刻两句诗"铁肩担道义，辣手著文章"。苟永芳很快刻好了，主任拿起蜡纸来对着光看刻的字，一笔一画，字迹工整，点点透光。满意地说道："好！明天开始，下课后来教务处工作，每刻一张蜡纸有100文的报酬！"

"嗯！谢谢主任！"苟永芳欢喜得打顶锅盖，跳梭梭地走出主任办公室。

就这样，苟永芳每天下课后，就去教务处刻一两张蜡纸的讲义或文件。有时，讲义多了，刻到天黑才收工。他将所得报酬作为购置日用必需品和假期的生活费。

苟永芳进成都高等师范学校读书时，国共合作的北伐战争节节胜利，师范学校的政治空气非常浓郁。学校内组织了一个政治社团叫"导社"。领导人有张秀熟、袁诗尧等先进人士。苟永芳和张博诗以及自贡同乡王楠、张湘、罗继含、艾宇眉等都加入了导社。"导社"是秘密接受共产党领导的学生进步组织。"导社"以国民党左派政治团体公开活动，同国民党右派势力在该校组成的"惕社"针锋相对地进行斗争。

苟永芳和张博诗等人加入"导社"后，担任了主要领导职务。开会时，苟永芳常常担任主席。与进步同学雷显扬、苟祥柯等组成了坚强的领导核心。

苟永芳在成都高师时，遇事沉着、冷静，斗争中勇敢、坚定。他们白天读书，晚上印刷传单，到处散发张贴。"惕社"诬蔑孙中山的"联俄、联共、扶助农工"三大政策是内（共产党）外（俄国）敌人的阴谋；还在学校贴出启事，主张"读书救国不问外事，不谈政治，不受利用"。苟永芳和"导社"社员一起，积极发展组织，针对"惕社"提出的各种谬论和不实之词予以驳斥。他和同学们一起出壁报，办油印刊物，向报社投稿，以笔调犀利的文章作匕首、投枪猛烈地向国民党右派势力发起进攻，致使"惕社"后来一蹶不振。

1926年9月5日下午，英国一艘"嘉禾号"装甲轮穿过重重关卡来到万县。这本来是一件平常的事，在那个年代，会从万县经过的商业轮船多不胜数。但是，这艘"嘉禾号"的目的，可不是商运路过那么简单。船内偷偷潜藏了400余名英国海军，目的是要去到万县，夺回"万通"和"万县"号两艘轮船。

于是，当"嘉禾号"抵达万县后，立即与原来就停泊在万县的英舰"柯克捷夫号"和从重庆开来的"威警号"，一同围向在万县城下长江上停泊的"万通"和"万县"号两艘轮船。英方派出20多名士兵上船，想要强行将其开走。

可是，这两艘轮船上的中国的守军自然不可能让英军的强横行径得逞。当发现英国的阴谋时，他们英勇抵抗，毫不退缩，在战斗过程当中，中方以死亡30余人的代价打死英方20多个士兵以及一艘舰船的副舰长。

虽然，英国想要强行开走两艘轮船的目的未能达到；但是，这也是万县悲剧的直接导火线。英国人恼羞成怒，却又不能损伤"万通"和"万县"两艘轮船，于是便将炮口对准江岸的万县城区。

突然，一枚炮弹从天而降，在城内炸响开来，离得近的人们惊慌失措，四处逃散。可是接着，越来越多的炮弹向着城区炸来，人们奔跑躲避，乱作一团，却不知何处安全？接近三个小时的狂轰滥炸让这座小城到处是废墟、硝烟、火星、鲜血。真是一片狼藉，目不忍睹。万县居民死亡604人，伤398人，被毁民房千余间。万县城民，就这样成了英国撒气的对象。

英国军舰驶入长江炮轰万县城，发生"万县惨案"的消息传到成都高师后，同学们无不义愤填膺。苟永芳通过"导社"团结广大师生，掀起了反英雪耻运动：召开各种集会，组织学生上街示威游行，旗帜鲜明地呼出了"打倒英帝国主义！""为万县惨案受难者报仇雪耻！"等口号。

一〇〇

公元1927年4月12日凌晨，停泊在上海高昌庙的军舰上空升起了信号，早已准备好的全副武装的青洪帮和数百人，身着蓝色短裤，臂缠白布黑"工"字袖标，从法租界乘多辆汽车分散四出。从1时到5时，先后在闸北、南市、沪西、吴淞、虹口等区，袭击工人纠察队。工人纠察队仓促抵抗，双方发生激战。蒋介石收编的孙传芳旧部国民革命军第二十六军开来，以调解"工人内讧"为名，强行收缴枪械。上海2700多名武装工人纠察队被解除武装。工人纠察队牺牲120余人，受伤180人。当天上午，上海总工会会所和各区工人纠察队驻所均被占领。在租界和华界内，外国军警搜捕共产党员和工人1000余人交给蒋介石的军警。

4月13日上午，上海烟厂、电车厂、丝厂和市政、邮务、海员及各业工人举行罢工，参加罢工的工人达20万人。上海总工会在闸北青云路广场召开有10万人参加的群众大会。

大会通过决议，要求收回工人的武装，严办破坏工会的长官，抚恤死难烈士的家属，向租界帝国主义者提出极严重的抗议，通电中央政府及全国全世界起而援助，军事当局负责保护上海总工会。

会后，群众冒雨游行，赴宝山路第二十六军第二师司令部请愿，要求释放被捕工人，交还纠察队枪械。游行队伍长达一公里，行至宝山路三德里附近时，埋伏在里弄内的第二师士兵突然奔出，向群众开枪扫射，当场打死100多人，伤者不知其数。宝山路上一时血流成河。

当天下午，反动军队占领上海总工会和工人纠察队总指挥处。接着，查封或解散革命组织和进步团体，进行疯狂搜捕和屠杀。在事变后的3天中，上海共产党员和革命群众被杀者300多人，被捕者500多人，失踪者5000多人。优秀共产党员汪寿华、陈延年、赵世炎等光荣牺牲。4月15日，广州的国民党反动派也发动反革命政变，当日逮捕共产党员和革命群众2000多人，封闭工会和团体200多个，优秀共产党员萧楚女、熊雄、李启汉等被害。江苏、浙江、安徽、福建、广西等地区也以"清党"名义,对共产党员和革命群众进行大屠杀。奉系军阀也在北京捕杀共产党员。4月28日,李大钊和其他19名革命者英勇就义。

这就是蒋介石"四一二"反革命政变。"四一二"反革命政变标志着中国阶级关系和革命形势的重大变化。以蒋介石为首的国民党反动派从民族资产阶级右翼完全转变为大地主大资产阶级的代表。从此,蒋介石和他的追随者完全从革命统一战线中分裂出去。革命在国内的部分地区遭到重大失败。

"四一二"反革命政变后,苟永芳和张博诗领导的"导社"被迫处于半公开状态。5月1日,"导社"还坚持举行了纪念活动。而成都的《民利日报》却以"陈独秀、蒋介石、汪精卫谁能解决中国问题"为题,叫大家投票表态。苟永芳看到这条消息后,非常气愤,将拳头重重地击向案头,大声呼道:"岂有此理!"遂立即撰写檄文,在《商务日报》发表文章进行揭露,指出这种玩花样的做法,"实质是少数向多数人专政,根本不能代表真正的民意"。

"四一二"的腥风血雨、白色恐怖笼罩全国,一些曾经向往革命、与革命者同过一段路的人,动摇了,退却了,有的人甚至投向了敌人的营垒。可是,真正的革命者则认为跌倒算什么?爬起来,揩干身上的血迹,继续前进。苟永芳则在大革命的疾风骤雨中经受了锻炼,更加坚定了继续开展斗争的信念,更加勇敢无畏地投入到艰难困苦的斗争中去。也正是经受住了这种严峻的考验,公元1927年8月,苟永芳在成都高师秘密加入中国共产主义青年团,次年1月,正式转为中国共产党党员。至此,苟永芳决心把自己的一生献给伟大的共产主义事业。

加入中国共产党后的苟永芳担任团川东特委书记。在党的直接领导下,苟永芳在高师领导"导社"开展政治斗争的同时,还带领"导社"同学积极参加了中共川西特委领导的"争取教育经费独立""反劣币斗争"和支持省立一中拒绝国民党右派分子杨廷铨就任该校校长的"择师运动"。

公元1928年2月14日,省立一中学校为反对杨廷铨武装接管学校,众怒之下将杨廷铨打死抛入井中。中共川西特委分析了当时的斗争形势,认为军阀刘文辉等必定会进行血腥报复,便通知苟永芳、张博诗、袁诗荛、周尚明等骨干暂时回避。

第三天,也就是公元1928年2月16日,苟永芳一大早就离开学生宿舍,去茶店子联系转移一事。他刚刚离开,几个全副武装的军人闯进高师附中和高师学生宿舍,把附中教师袁诗荛和高师学生张博诗等14名中共党员及共青团员强行捆绑起来,并用绳索将14人一个连一个,连成一串,走在成都的大街上示众,到下莲花池后,未经审讯,即开枪射击,14名革命者壮烈牺牲。

有围观者悄声说道:

"还那么年轻,好遭孽哟!"

"煮豆燃豆萁,豆在釜中泣。本是同根生,相煎何太急。都是中国人啊,为什么要自相残杀呀?"

"这就是一个不把人当人的民族之劣根性的下作啊!"

"哪有什么劣根性,都是无良的社会制度逼的!"

原来,逮捕枪杀袁诗荛、张博诗等14人的事是四川军阀所为。蒋介石叛变革命后,四川军阀邓锡侯、田颂尧和刘文辉所组织了"三军联合办事处"对革命师生实行的血腥镇压,还在成都大学等学校逮捕学生100余人。

当苟永芳办完事回到高师学生宿舍时,艾宇眉急切地悄声对他说道:"你还回来?还不快点走?张博诗他们都被逮捕了……"

苟永芳立马收拾了几样东西迅速离开高师。后来,他才知道袁诗荛和张博诗等14人已于当天遇难。他心如刀绞、义愤填膺,悲痛不已,也更加坚定了他的革命信念!

袁诗荛、张博诗等14名革命者殉难后,成都高师特具棺木,丛葬于武侯祠旁边。

第十五章 三杰翘楚

— ○ —

在中国革命史上的大革命时期和土地革命时期，贡井的荀永芳、资阳的余国祯和广安的饶耿之被誉为四川"少共三杰"，而荀永芳又名列第一。

荀永芳逃出虎口后，受中共川西特委派遣到彭县任中共彭县特支书记。他化名尹大成、村益山在彭县开展工作。

彭县是一座具有3000年历史的小城，因以岷山导江，江出山处，两山对峙，古谓之天彭门，因取以名。由于其地点位置，而成为古巴蜀族立国的原始核心地域。历朝历代都十分重视这一要地。公元1921年，中共成立后赓即在此建立组织，开展革命活动。

荀永芳到彭县后，根据彭县党组织的现状，从整顿党组织入手，先后两次召开党员骨干会议，对党员进行党性教育。

他在会上说道："蒋介石叛变革命，白色恐怖笼罩全国，各地军阀加紧了对共产党人和革命人士的镇压。成都的'三军联合办事处'，就是一个镇压共产党人和革命人士的反动组织。我就读的成都高师2月16日有100多人被捕、14人被枪杀，证明了敌人的疯狂和肆无忌惮，对我们来说则是一个血的教训。但是，我们不能因此灰心丧气，更不能改变我们的初衷。我们应该矢志不渝坚持革命、勇敢斗争、不达目的誓不罢休。只是，要提高警惕，千万不能掉以轻心。因为，敌人就在我们身边，只有保护好自己，才能继续战斗。"

苟永芳给大家讲了成都"二一六"惨案的一些情况。他说，张博诗跟他都是富荣盐场的人，从高小开始就同学同班，曾在济公寺庙内拈香结盟，宣誓"同甘苦，共患难，誓志为救国效命"。可是，在接到中共川西特委通知他们回避，正在联系去处，还没来得及离开时，就被敌人逮捕杀害了。他说："这是血的教训！所以，我们既要勇敢，又要机智，保存自己，才能做好党的革命工作。"

他的话既鼓舞了大家的士气，也给大家提了个醒儿：怎样勇敢机智地进行革命工作。年轻共产党人苟永芳的革命意志和善思善作素养受彭县共产党人和革命群众的尊敬和爱戴。

苟永芳到彭县后，根据党的方针，组织开展工人、农民运动，发动工农群众团结起来，反对地主加租加押，反对资本家残酷剥削。根据上级指示积极准备武装暴动，夺取地方政权，建立苏维埃政府。经过短时间的整顿，恢复了党的组织，并建立了一批工会和农会组织。在全县发展党员80多人。因此，彭县特支改为县委，因苟永芳卓越的工作业绩被任命为彭县县委书记。

此间，国家主义派分子王崎生窃取了彭县中学校长一职后，出牌告，严禁学生集会集社，"如经查出，决予斥退"。叫嚣"要以爱护'党国'为宗旨"，不能违背，动辄搜检学生信件、书籍，随意挂牌斥退进步学生，引起师生公愤。为打击王崎生的嚣张气焰，决心把王崎生驱逐出彭县中学。苟永芳召开县委会议，决定发动一次驱王学潮，并派团支书记、学运负责人直接领导，这次学潮坚持一个多月，最后王崎生被迫离任，取得了斗争的完全胜利。

苟永芳在彭县工作期间，为了广泛发动农民起来斗争，化名为村益山，经常化装成农民，深入乡村，鼓动农民，组织农民参加革命活动。

这天，太阳很大，天气有点热，苟永芳戴上草帽，独自一人去九陇乡间考察。当他来到丹景山下时，看见一座茅草房，门前有一个坝子，房门口坐着一个穿毛蓝布短衫的老者在用麦草扎着扫帚，就上前打招呼道："老爷爷，你扎这扫帚是拿来卖的么？"

"是的！"老爷爷回答道："小兄弟你是？"

"我是外地人，来彭县做事，到九陇走走看看。"今天没有乔装农民，但穿着朴素的苟永芳说道："口渴了，想给你讨口水喝！"

"哦！"老爷爷停下手上的活路道："我家可没有开水啊！缸子里有井水，可以么？"

"可以呀！"苟永芳回答道。

"那好！你坐下歇歇，我打水去。"老爷爷起身，招呼苟永芳在房门口另一边的一个依然垫着草团子的四方形石凳上坐下后，自己走进里屋去了。

苟永芳看见这是一座低矮的土墙茅屋，斑斑驳驳，显得有些年深日久了。大门进去的屋子放着一张四方桌子、四条长板凳，也都很陈旧了。还杂乱放着些编扎好的扫帚和麦草。

"小兄弟，这水是没有烧开的，我们都这样喝！"老爷爷走出来，将手头的一个装满水的粗陶二碗递给苟永芳说道。

"没关系，我在家也喜欢喝凉水。"苟永芳说道。

老爷爷坐在原来的石凳子上，继续扎他的扫帚。

"老爷爷，"苟永芳找话题跟老爷爷聊道："这九陇是啥子意思哟？"

"九陇可有来头了，"老爷爷说道："九陇就是九陇山，包括伏陇、豆陇、秋陇、龙奔陇、走马陇、骆驼陇、千秋陇、较车陇、横担陇等九条黄土丘陵、台地。"

"哦，老爷爷，"苟永芳边喝水边问道："你家有几口人呀？"

"就我和孙子两个人。"老爷爷说道："不过，我们家原来也人丁兴旺过的。可是饿的饿死了，病的病死了……"

"哦！苦了你们了。你孙子多大了？"

"二十五岁了。"

"还没有娶媳妇儿？"

"哪里有钱娶媳妇儿哟！"

"他在家里么？"

"下地干活去了。"

"是自家的地么？"

"不是，租东家的地。"

"哦，还好吧？"

"如果碰到天干水涝，收成不好，交租子都不够。"

"唉！穷苦人家经受不起天灾人祸啊！"

"所以，我扎点扫帚卖点钱来帮补帮补！"

"诶，老爷爷，我还忘了问你尊姓呢？"

"我姓杨，木易杨！"

正说话间，已经中午时分，一个年轻的汉子扛着一把锄头回来了。老爷爷说道："先生，他就是我孙子，叫杨廷角。"

"哦！你好！"苟永芳自我介绍道："我叫村益山。"

"哦！你好！"

"我住在县城里的，今天出来转转。渴了，给爷爷讨水喝来着。多谢了！"苟永芳说着起身准备告辞。

老爷爷即道："都晌午了，喝碗稀饭再走吧！"

"兄弟，我爷爷说得好，喝碗稀饭再走吧！"

苟永芳也就留下来了。后来，苟永芳成了这家人的常客。有时帮杨廷角锄地薅草，晚了就住在杨廷角家里。

当苟永芳了解到受苦受压迫农民杨廷角有要求进步的思想，他便主动与杨廷角交朋友、谈知心话，用革命的道理启发他。

这天夜里，晴空万里，月亮很明，虫声唧唧。苟永芳和杨廷角在坝子里清理老爷爷编扫帚要用的麦草，高兴了，苟永芳唱起歌来：

谁养活谁呀，大家来想一想，
没有咱劳动，哪里来的瓦和砖？
吃穿用度，没有咱们做不了，
五更起来，半夜眠，
全能是我们的血汗造，
地主不劳动，粮食堆成山。

唱完，苟永芳问杨廷角道："廷角，你说是不是这样的？"

杨廷角点头道："就是！就是！地主不劳动却丰衣足食！"

苟永芳趁机说道："所以，我们革命就是要改变这种不合理的现实！"

后来，杨廷角由苟永芳介绍入了党，他干脆住在杨廷角家，白天帮助村里的农民种地，晚上当起教书先生，从"人、口、手"开始教农民识字，跟农民讲述组织起来"打倒地主分田地，消灭土豪保安宁"的道理，并教农民唱革命歌谣：

农民哥，农民哥，背天晒日缺衣禄。

百日辛苦两手空，累断筋骨还是无法活。

农民哥，农民哥，农民组织起来有下落。

打倒地主分田地，消灭土豪才有好生活。

一〇二

四川自秦汉以来就生产井盐，在乐山王村、马踏井（井研县境内）一带凿井垒灶，熬卤煮盐。历唐、宋，逐渐开发，元代称"永通厂"，明继之。至清乾隆中叶（1756—1786），井灶发展至五通桥附近，称"五通厂"。因五通桥隶属于犍为、乐山两县，故又名"犍厂""乐厂"。其井卤量丰咸重。横贯五通桥的岷江和茫溪河等上下游盛产烟煤，熬盐燃料丰富，故而，一个时期五通桥的盐产盛于富荣盐场，故有"金犍为，银富顺"之说。至道光年间（1821—1850），富荣盐场发现瓦斯、岩盐，成本降低，产量猛增，犍、乐两厂遂降居富荣之后，于川盐中名列第二。至公元1914年，改厂为场，称之曰"犍乐盐场"。

中共四川省委看到了盐对国计民生的重要性，于公元1927年8月，派员来五通桥，在盐工中开展工运工作。10月，在瓦窑沱召开了第一个工人代表大会，产生了临时执行委员会和总代表会。

翌年秋，苟永芳被调到乐山地区工作。他奔走于眉山、夹江、犍为等地，并深入五通桥、牛华溪盐场从事工人运动。他常同盐场工人一起推水、烧盐，和工人打成一片，并用讲故事的方式向工人讲述国内外形势及工人阶级的历史使命。启发工人的思想觉悟，引导工人团结起来进行革命斗争。他深入浅出的讲解，使工人们明白了许多道理，也因此获得工人的爱戴和支持。

五通桥和富荣盐场一样，基本上是用牛力拉动大车提卤，但如果牛力不足，就用人来拉动大车提卤。

这天，身材瘦弱的苟永芳和工人们一起拉大车提卤。虽然，已是秋天，天气开始凉快了；但是，拉大车是强体力活，大家光着膀子，肩上搭一条毛巾，只穿一条裤衩，还是拉得汗流浃背。休息的时候，苟永芳趁此机会用讲故事的方式，深入浅出地讲马克思主义的剩余价值理论，讲资产阶级、地主阶级对劳动人民的剥削和压迫，讲无产阶级革命，工人弟兄们都听得懂，使工人们明白了一个道理，只有工人兄弟团结起来革命才能改变自己的命运。

苟永芳讲到盐场工人社会上受压迫，经济上受剥削，渴望改变现状时，声悠悠地唱起富荣盐场的歌谣：

> 有女莫嫁烧盐匠，
> 日日夜夜守空房，
> 吃的盐水饭，
> 穿的柳条裳，
> 更怕的是男人得了钩腰病，
> 那一份苦呀苦难当。
> 大的要医病，
> 小的要吃粮，
> 叫我一个妇道人家咋个办？
> 呼天喊地怪爹娘……

工人们听得津津有味，感同身受，革命思想得到启蒙；大家也很喜欢苟永芳这个小伙子，把他看作工人阶级的一员。

蒋介石叛变革命后，各地对共产党和进步人士的活动都查得很严。一次，苟永芳去盐场的中途，几个反动军警突然吆喝道："站住！"

苟永芳一个激灵："莫非要搜查逮捕我？"仍然很冷静地问道："长官，有什么事么？"

"请跟我们走一趟！"反动军警说着就推推搡搡地将苟永芳往局子带。

途中，机智的苟永芳趁反动军警不注意，将随身带的一份文件塞入口中嚼碎吞入腹中。在监狱里，苟永芳在敌人的各种刑具面前，毫不畏惧。因为敌人抓不到把柄，查无实证，也因为地下党曾莱（荣县人）、赵代州和李可清闻讯后，积极设法，多方营救，并以大笔款项打通关节；苟永芳适才被释放。

公元1928年6月18日至7月11日，中国共产党第六次全国代表大会在莫斯科近郊兹维尼果罗德镇"银色别墅"秘密召开。出席大会的代表共142人，其中有表决权的正式代表为84人。中共六大是在特定历史时期和历史条件下召开的具有重大历史意义的会议。六大认真地总结了大革命失败以来的经验教训，对有关中国革命的一系列存在严重争论的根本问题，作出了基本正确的回答。它集中解决了当时困扰党的两大问题：一是在中国社会性质和革命性质问题上，指出现阶段的中国仍是半殖民地半封建社会，引起中国革命的基本矛盾一个也没有解决，现阶段的中国革命依然是资产阶级性质的民主主义革命。二是在革命形势和党的任务问题上，明确了革命处于低潮，党的总路线是争取群众，党的中心工作不是千方百计地组织暴动，而是做艰苦的群众工作，积蓄力量。这两个重要问题的解决，基本上统一了全党思想，对克服党内存在的"左"倾情绪，实现工作的转变，起了积极的作用。

这年10月，苟永芳调任中共川东特委宣传部部长兼共青团川东特委书记。他坚决执行党的"六大"决议，积极开展工作，使川东的团组织很快得到壮大和发展。翌年5月，苟永芳调团省委工作。10月，团四川省第一次代表大会在重庆召开，苟永芳在大会上作了筹备工作报告，大会选举他为团省委委员。公元1930年8月，党团工会合并为各级行动委员会，苟永芳任省"行委会"秘书。

鸡公车（独轮车，下同）是成都的一大特色。它载人、载物很方便，不仅是城里短途运输的重要交通工具，还能走长途，如灌县、汉州、郫县、龙泉驿、中和场等处。苟永芳注意到，鸡公车每天都要将城里的大粪运出城，一是解决农村肥料问题，二是解决城里卫生问题。可是，驾驶鸡公车完全是一个体力活儿，鸡公车工人累死累活，却收入微薄。苟永芳看到了这方面的不公平。他想，如果发动成百上千的鸡公车工人罢工，一是可以为鸡公车工人争得福利，二是可以震撼反动政权，唤醒民众团结起来，与反动派斗争，改变自己的命运。于是他通过精心策划，领导了成都北门外鸡公车工人的罢工斗争。

成都北门外，原来鸡公车咿咿呀呀不绝于耳的声音，这天早上突然鸦雀无声，大街上、去乡间的公路上没有一辆鸡公车的影子。一时间，要赶车的人急了，要运货物的人急了，特别是城里各商各店、各家各户放在门前的马桶里的屎尿没有人来运走……

于是乎，人们涌向官府。官员们着急了，派人在军警的保护下，到北门外鸡公车工人聚集的地方，厉声呵斥道："你们真是吃了豹子胆了，竟敢罢工！赶紧复工，否则拿你们是问！"

几百个鸡公车工人蔑呵呵地看着说话的官员，一动不动。

官员见硬的不行，就来软的，说道："你们有啥子要求说呀？"

几百个鸡公车工人还是蔑呵呵地看着说话的官员，就是不动。

一时间，围观者成千。混在工人中的苟永芳感觉时机成熟了，就给身边的几个工人递了个眼色，工人们就呼起口号来："增加工资！反对压榨！揪出把头！"

瞬间,"增加工资!反对压榨!揪出把头!"的口号声此起彼伏,响彻云霄。原来,这鸡公车也是让人包揽了管理权的,把头欺侮、压榨工人已是家常便饭。

这官员气得吹胡子瞪眼睛,很想叫警察抓人,但怕事态闹大,就说道:"弟兄们!好说好说!先开工吧!有啥子要求慢慢谈!"

"现在就谈!"工人们齐声说道。

官员没有了办法说道:"那!你们推选几个代表坐下来谈!但是,得先开工!"

"先答应要求,再开工!"工人们又齐声呼口号似的吼道:"先答应要求,再开工!"

官员没有了办法,于是工人派出几名代表,管理鸡公车的老板和官员一起去到官府里谈判去了。这边厢依然一辆鸡公车都一动不动地等待着谈判结果。

罢工持续到当天傍晚,迫使政府和老板答应了工人代表提出的全部要求后,鸡公车才又咿咿呀呀地转动起来,城北适才回复了往日的热闹,包括运走了一车车的大粪……

城北鸡公车工人罢工的全胜,再一次地印证了苟永芳卓越的组织才干。

这年年底,省"行委会"撤销后,苟永芳担任团省委书记。

一〇三

公元1929年10月26日共产国际致信中共中央,断言"中国进到了深刻的全国危机的时期","现在已经可以准备群众,去实行革命的推翻地主资产阶级联盟的政权,而建立苏维埃形式的工农独裁,积极地开展着并且日益扩大着阶级斗争的革命方式"。认为"盲动主义的错误,已经大致纠正过来"。翌年1月11日,中共中央政治局通过决议,表示:"日前全国的情形,正如国际来信所指出确已进到深刻的全国危机的时期""革命形势的速度,即实行武装暴动直接推翻反动统治的形势的速度""我们必须如国际所指示,在现在就准备群众,去实现这一任务,并积极地开展和扩大阶级斗争的革命方式"。

是年5月,蒋冯阎大战爆发,这是规模空前的新军阀大战。主持中共中央工作的李立三等认为革命危机已在全国范围内成熟。6月11日召开的中共中央政治局会议,通过李立三起草的《新的革命高潮与一省或几省首先胜利》的决议案。以李立三为代表的"左"倾冒险主义在党中央占据了统治地位。这次"左"倾错误在中共党内统治的时间虽然只有三个多月,但为此付出了惨痛的代价。国民党统治区内,许多地方的党组织因为急于组织暴动而把原来的有限力量暴露出来,先后有十一个省委机关遭受破坏,武汉、南京等城市的党组织几乎全部瓦解,红军在进攻大城市时也遭到很大损失。

由于"左"倾路线的错误指导,共青团和其他青年组织也曾一度遭到较大破坏。在困难时刻,苟永芳毫不气馁,以坚韧不拔的毅力、极大的革命热情、卓越的组织才能、深入细致的工作作风,使被破坏的组织很快得到恢复和发展。苟永芳经常深入成都各学校发动群众开展工作,很快恢复了在"左"倾冒险主义影响下,成都学校被破坏了的进步学生组织和共青团组织。是"青运"工作杰出的组织者和领导者。苟永芳乐于和青年交心谈心,他们一起谈思想、叙衷情、交朋友,建立了深厚的革命情谊。青年学生都视苟永芳为良师益友,享有极高的盛誉,称他是四川共青团最杰出的领袖。

这年,富荣盐场党组织在"左"倾错误路线指导下罢工、罢市、罢课和农民运动相继失败,贡井地区保存下来到党组织只有长土和贡井两个支部。苟永芳奉命风尘仆仆地到川南视察。视察工作在结束后的一天下午,他路过贡井,来到鹅儿沟,见鹅儿沟和以前没有多大变化,沿街房屋依旧破破烂烂。只是在望乡台背后的一座民居院子里办起了一座"流水沟小学"。当他来到鹅儿沟自家房子背后的街上的时候,看见父亲街沿设摊为人理发。后来知道,是父亲患有严重的眼疾,不能走街串巷了,只好把剃头挑子放在自家屋后的街沿做生意。可是,因为他的眼睛不好,找他理发的人越来越少了。

"爷!"苟永芳走到剃头摊子前,喊道:"我回来了!"

苟建文定睛一看是永芳三儿回来了,如此从天而降的喜悦,一下子让他的泪水像断线的珠子一样滚落下来了。明明看清了是三儿子回来了,却仍然问道:"啊!三儿,是你回来了?"

"爷,是我,永芳回来了!"

"哦,哦!回家!快回家!"

苟永芳帮着父亲收摊了摊子,回到那石板桥边的家里。他走进熟悉又陌生屋子后,扫视了一下,感觉和他离开贡井时没有什么变化。只是父亲明显的没有过去那么"利势"(精干)了。父亲叫儿子在屋子中间的那一张几爷子曾经躲过雨的陈旧的四方桌前坐下来。自己打开旁边方凳子上"棕桶"厚厚的盖子,提出一个陶瓷茶壶来,给儿子倒了一碗老鹰茶。说道:"早上烧的开水,都冷了。现在都时兴温水瓶了,可是太贵了。"

父亲"太贵了"几个字像穿心箭一样狠狠地刺痛了苟永芳。他想:"都啥时代了呀,父亲还在用陶瓷茶壶?"苟永芳他记得,陶瓷茶壶装的开水在"棕桶"里面只能保温一两个小时。想到这里,他热泪盈眶了……

"三儿啊,你终于回来了!"苟建文颤抖的声音打断了儿子的思绪。

"爷!恕儿子不孝,"苟永芳泣不成声地说道:"让你担心了……"

"回来了就好!"苟建文说道:"回来了,在贡井找个事来做吧!"

"爷!哥哥他们还好吧?"苟永芳故意转移话题说道。

"哎!你两个哥哥都成家了。"

"哦!他们住在贡井么?"

"他们都住在贡井。"

"他们还好么?"

"不好呀,还是穷得叮当响啊!"苟建文说道:"只是他们有自己的家而已!"

"哦!"苟永芳沉默了,心想哥哥他们虽穷毕竟有自己的"一窝篼儿";可是,父亲一个人住在这里,眼睛又不好,该有多难呀?遂道:"哥嫂他们要回家来看望你吧?"

"要。但是,他们有他们的事,很久才回来一趟,坐一会儿也就走了。"

"哦!"苟永芳说道:"这世道,穷人家的日子不好过!"

"诶,三儿,你都二十二岁了,也该成家了!"

"爷,我有对象了。"

"哦,姑娘叫什么?是哪里人呀?"

"她叫郭瑶芝,真姓蒋,三台人,比我小一岁,也是贫苦人家的女儿。"

"是做什么工作的呀?"

"她在成都火柴厂上班,也从事妇女工作……"

苟永芳告诉父亲什么是"从事妇女工作",说他俩志同道合,有着共同的理想、信念和追求。他们互相勉励,互相支持,为革命做了大量工作,准备这次回成都后就结婚。

"哦,很好很好,"苟建文从箱子里摸出一个小青布袋子,将布口的麻绳解开,拿出一枚银圆来递给儿子,说道:"我也想抱孙子了!可是,我没有什么拿给你们的,就只有祝福你们和和睦睦、白头偕老!"

"谢谢爷!"苟永芳从父亲手里拿过那小布袋子将银圆放进去还给父亲,说道:"这钱你就留下吧,有你的祝福就是我和瑶芝的最大幸福了!"

第十五章 三杰翘楚

"这一块钱，我存了几年铜元才换来的，是我的一片心意呀！"父亲索性把装着一块银圆的小青布袋子递给儿子，说道："这布袋子是你娘手工缝的，我一直放在箱子里的。今天给你了，以后你们看着它，也就等于看着我和你娘了！"

苟永芳心接过父亲手里的小青布袋子，泪水唰地一下滚落下来了，说道："我和瑶芝多谢爷娘了！"

父亲见儿子泪眼蒙眬，就转移了话题道："三儿，你和瑶芝有共同志向，干革命工作很好，但是千万要小心啊！"

"爷，我晓得！"

"我给你说过，我们贡井院子坝谢府跟随孙中山干革命的谢奉琦左将军，那年，在你出生三天后，被敌人砍头牺牲了。"

"是的，谢将军是我们贡井的一位革命者先行者！"

"后来革命成功了，政府每年给谢奉琦夫人七百块银圆的抚恤金；可是，蒋介石上台后这抚恤就断了……谢奉琦和他的夫人刘仲仪可都是贡井的大好人啦……"

"爷，我们干革命就是继承先烈的遗志，要把蒋介石打倒，要改造这个国家，让老百姓过好日子！"

"三儿，你干革命，我没有说的；只是太危险了；爷还是想，你能回贡井找个事做，把瑶芝接回来，过平平安安的日子，哪怕艰苦点。"

"爷，你的想法我理解，可现在我是党的人了，我要为党的事业工作，解放全中国受苦受难的人民……"

"那，那，你就在家多住几天吧！"

"爷，明天早上我就要走。"

"哦……"

"爷，恕儿子不孝，这点钱你拿去买一个温水瓶吧！还有，去西药房看看眼睛吧，那个宋烂眼儿医生是治不好病的。我娘的病如果不是宋烂眼儿，也许就不会死……"苟永芳把组织发自己的生活费全拿给父亲了，都很少很少。他很想多拿点钱给父亲，哎，没有了啊！其实，他身上还带着些钱；可那是公款，不能动的，出差没用完，要如数退还的。

这天晚上，苟永芳躺在谷草垫底、上面铺着草席的床上，久久不能入睡。他清晰地听见鹅儿沟井灶的天车时不时发出钢丝绳摩擦天辊子的声音来。他能从声音的缓急或大小中，分辨出是在将盛满卤水的卤筒提起来，还是在将空卤筒放下盐井中去。他听见旭水河对岸盐灶上平锅起巴盐的嚓嚓声。他能从声音的清爽或沉闷，分辨出是开始将巴盐起锅，还是锅里的巴盐即将起完。对于苟永芳来说，这是多么熟悉而又陌生的声音呀！他就是在这种盐场独有声音中来到人间的，又是这种盐场独有的声音伴随他慢慢长大的。后来，他去雨台山、东兴寺上学，听见这声音的时间就少了；再后来，去成都读书就再也没有听见过这熟悉的声音了——一时间，家乡仿佛在他的记忆里消失了。但是，一经回到富荣盐场，回到古老破烂的鹅儿沟，这声音就复活了。仿佛自己的心一下子就平静、踏实了许多，立马就找到了家的感觉。可是，愈有这种感觉，愈是感觉到自己肩上担子的沉重，也就愈想早点回到成都去……

就这样，苟永芳在家里住了一夜，第二天一大早就起身回成都了。

苟永芳回成都后不久的一天下午，火柴厂收工后，在不甚宽敞的食堂里，郭瑶芝和几个同事正在把四张八仙桌拉拢来拼在一起，四周放上条凳。然后从碗柜里拿出一摞陶瓷盘子来，把买好的糖果、瓜子、花生和水果装在盘子里，很有规律地摆放在桌子上。已陆陆续续地来了些女人和男人，以女人为多。他们在说说笑笑着。看这样子，是跟郭瑶芝要好的同事们要为苟永芳和郭瑶芝举行一个别开生面的结婚仪式了。

这时，苟永芳走进食堂来，准备开口还没有开口时，有人即大声说道："啊！新郎官来了！"

大家就拍着巴掌说道："新郎官来了！"食堂里一下子热闹起来。

"请大家坐好！"一个一看就很有点号召力的邵姓中年女工说道："我们的会马上开始了！"

一二十人即围着桌子坐下了。中年女工说道："今天，是我们火柴厂部分同事为苟永芳和郭瑶芝新婚燕尔举行的祝贺会；糖果、瓜子是新郎官和新娘子买的，所以也是他们举行的新婚招待会！"

"啊！好哇！好哇！"大家拍着巴掌齐声欢呼道。

"我先来说两句要得不？"邵姓中年女工说道。

"要得！邵大姐尽管说！"大家鼓掌欢腾起来。

这邵大姐嗖嗖嗓子有板有眼地说道："古人说，百年修来同船渡，千年修来共枕眠。首先，我代表火柴厂部分同事，祝我们的新郎官和新娘子恩恩爱爱，白头偕老！"大家热烈鼓掌。

接着，邵大姐说道："下面请我们的新郎官说说他们的恋爱史，要得不？"

"要得！要得！"大家鼓掌齐声道。

"非常感谢兄弟姊妹们！"苟永芳大大方方地说道："其实没有什么恋爱史，只是我和郭瑶芝还真是'千里姻缘一线牵'。我是富荣盐场贡井人，瑶芝是三台人，我们在成都相识、相爱，是我们共同理想和志趣的结果，也是在座的兄弟姐妹们支持关爱的结果。所以，我在这里表一个态：我和瑶芝将互敬互爱，患难与共，直到终了，以此来报答朋友们的关爱！"

"啊！好哇！"屋子里又一阵热烈的掌声、欢呼声。

"下面，请新娘子讲恋爱史！"邵大姐说道。

"啊！新娘子讲恋爱史！"大家热烈鼓掌、欢呼。

郭瑶芝有点羞涩地说道："很感谢大家，我有今天是大家呵护、关照的结果！至于恋爱史，永芳都讲了。我就表一个态吧：好合良俦无尽福，兴家立业出人前。"

"好哇！瑶芝还会作诗呀！"大家鼓掌、欢呼道。

接着大家边吃糖、嗑瓜子，说话，然后愉快地散去。苟永芳和郭瑶芝的结婚仪式就这么简单而热闹。

入夜，苟永芳和郭瑶芝这一对新人回到猛追湾租住的屋子里时，依然抑制不住激动的心情。古人所说的"洞房花烛夜"还真那么诱人，那么让人陶醉的——夜色已深，秋虫唧唧，宁静而安谧。一对新人依偎在新买的白木床头，呢喃细语着，亲昵而温婉。

"瑶芝，你怎么会喜欢我呢？论身材，我身体羸弱，一点儿也不'登度'；论财富，我囊中羞涩，就差点儿到'身无半文'的地步！"苟永芳轻声问道。

"永芳，我一不看外表，二不讲贫富，我看重的是一个男人的气质和才干！"郭瑶芝燕语呢喃般回答道。

"我有什么气质能打动瑶池芝兰般的仙女儿呀？"苟永芳貌似开玩笑般地问道。

"嘿嘿！你第一次来火柴厂就把我迷住了，"郭瑶芝说道："心想，要是每天都能跟这个男人在一起，该有多好哟！"

"诶！我有那么好么？我的瑶池芝兰！"

"后来，你常常来我们厂子和我们谈民族、国家、革命什么的，嘿嘿，我就剃头挑子一头热了！"

"我的瑶池芝兰，你怎么会是剃头挑子呢？其实，我见你的第一眼就感觉到瑶池芝兰的芳菲了！"

"哦！看来咱俩是心心相印了！"郭瑶芝一抱搂紧了自己的丈夫，把头埋在丈夫的怀里温柔地说道："咱俩，还真是千里姻缘一线牵啊！"

"嗯！千里姻缘一线牵！"苟永芳说道："瑶芝，我好想跟你一起回三台拜见岳父岳母大人，看看李白的故乡哟！"

"永芳，我也想跟你一起回贡井看看父亲，看看天车林立的盐场是啥样的？"

"可是，我身不由己啊！"

"嗯，我们都身不由己！"

"不过，一有机会，我们就动身吧！"

"好的，让这个机会早点到来吧！"

"瑶芝，不早了！"

"是的，不早了！"

一对小夫妻就这样唧唧哝哝着进入了温柔乡……

第二年，他们生育了一个女儿。这爱情的结晶给这对革命夫妻在战斗生涯中平添了一抹天伦之乐。

一〇四

苟永芳领导的"导社"中，自贡同乡较多，比如张博诗、王楠弟兄、张湘、罗继含和艾宇眉等。他们之间相处很好，尤其与出生在流井珍珠山的张博诗和出生在自流井汇柴口李宗吾故居旁的艾宇眉过从甚密。

公元1930年，成都"二一六"惨案发生，张博诗等14人壮烈牺牲，苟永芳逃出虎口，"导社"其他成员或转入半地下，或远走他乡。艾宇眉与苟永芳失去了联系而去了成都东北方向几十公里以远的广汉，在广汉中学做教员。该校校长陈守请，训育主任曹培金（曹荻秋）。10月，中共中央指定时任广汉中学训育主任的曹荻秋和廖恩波、刘连波等组成中共广汉前敌委员会，领导广汉起义。起义军掌控广汉后，中华苏维埃共和国广汉苏维埃政府宣告成立。但是，国民党第二十八军在第二十九军的支援下，以五六个团的兵力，在德阳、什邡、绵竹等县民团的配合下"围剿"起义军。起义军虽经顽强奋战，但伤亡较大，处境危险。"前委"审时度势，指挥起义队伍撤向汉旺。在撤向汉旺的途中，突然遭国民党正规军、民团和土匪武装的截击，部队伤亡很大。"前委"决定外来的干部就地分散隐蔽，起义士兵发给路费返回各自的家乡——广汉起义最终失败。

敌人复掌广汉政权后，大肆清查与起义有关的人员，艾宇眉即涉嫌被捕。后来，经人保释出狱，怆然回到成都，在一所中学当教员，居住在新东门外的一条小巷里。

公元1931年深秋的一个星期天下午，艾宇眉上街准备买点东西。突然，有人叫他的名字："宇眉——艾宇眉！"

他转身一看，喜出望外道："苟永芳！是你呀！"

"宇眉，好久不见了哟！"

"是呀，有好几年了吧！"永芳，去我家叙叙，怎么样？"艾宇转身眉说道："就在前面的巷子里。"

"好！"苟永芳毫不迟疑地答道，并悄声在艾宇眉耳边说道："我现在叫'王明远'了，嘿嘿，你晓得的！"

"哦，晓得，晓得！"

于是，身材清秀的艾宇眉放弃了要买的东西，和同样身材青秀的苟永芳折身往巷子里走去。

这是一座很小的院子，大门进去有五六间屋子，住着艾宇眉夫妇、儿子和也是教书的艾宇眉之兄两户人家。房子是跟成都当地人租的，虽然比较陈旧，但是租金不贵，且很清静，适合像艾宇眉这样的教书先生居住。

两人走进院子时，阳光斜射进天井里，照射在一盆黄色的药菊上，发着金灿灿的亮光，让这菊花散发着一股别致的香味来。

"这是药菊，我喜欢菊花，"艾宇眉吟咏道："花开不并百花丛，独立疏离趣未穷。"

"宁可枝头抱香死，何曾吹落北风中。"苟永芳接着吟咏后，说道："我也很喜欢菊花。"

这时，屋子里噔噔地跑出一个孩童来喊"爸爸"。艾宇眉抱起孩童来说道："明远，这是我儿子！"

"哦！好乖哟！多大了？"

"两岁多了！"

"哦，我们分手时，你还没有结婚呢！"

"是的。"

说话间，一个年轻女人来到天井里，但见她身穿午夜蓝金丝绒旗袍、满月脸蛋、青秀头发绾成螺髻，螺髻上别着一支青玉簪子，步态轻柔，尽显出华贵姣好的少妇味儿来。

"这是内人王曼云！"艾宇眉介绍道："这是我的同乡、同学王明远兄弟！"

"嫂子好!"苟永芳向王曼云点头致意道。

"明远兄弟好!"在幼稚园任教的王曼云粲然一笑,用有点嗲味儿的成都口音道:"欢迎来寒舍做客哟!"

"谢谢嫂子!"苟永芳很有礼节地回道。

当王曼云接过丈夫怀里的儿子后,两位好友走进书房,坐下来谈天叙旧。这时,王曼云拿来两套青瓷盖碗放在茶几上,用纤纤玉手提起温水瓶来,缓缓倒出滚烫滚烫的开水来,然后把茶盖盖上,柔声说道:"明远兄弟,请用茶!"

苟永芳回应道:"谢谢嫂子!"

王曼云点头粲然一笑后,退出书房逗儿子玩去了。

这边厢,艾宇眉把三年前"二一六"惨案发生后去广汉中学教书、广汉起义、自己被逮捕入狱等情况详细地告诉了苟永芳。

苟永芳很信任自己同乡、同窗,也把这几年的情况,包括最近和郭瑶芝结婚等都详略得当地给艾宇眉讲了。他最后说道:"兄弟今年8月,奉命任中共四川省委宣传部部长,由余国桢接任团省委书记一职。"

"永芳真行!真是士别三日,当刮目相看哩!"艾宇眉说道。

"共产党人,为党工作,理当听从指挥,服从安排,不辞劳苦,尽心尽责!"苟永芳说道。

"比起你来,我就自惭形秽了!"艾宇眉说道。

"可别这么说,教育工作也是非常重要的啊!"苟永芳说道:"宇眉,我曾经想过,文化要是能遗传该多好啊!哈哈哈……"

"哈哈哈,我也曾这样瞎想过。但是,不可能!"

"将来,革命成功了,还需要大量的像你这样的教书匠呢!哈哈哈……"

"哈哈哈,看来教书匠还是不可或缺的!"

这天,艾宇眉留苟永芳在自己家吃了晚饭,然后送苟永芳走出巷子,分手时,艾宇眉说道:"明远,以后要随时来啊!要把弟媳妇也带来让哥子的看看哟!"

"好!"苟永芳恳切地回答道。艾宇眉很欣慰地点着头,见苟永芳转身走出院子大门,消失在茫茫夜色里后才把院门关了、闩上,回到房里。

"宇眉,我看你这明远兄弟气宇不凡啊!"艾宇眉妻子夸奖道。

"曼云,你说得对,明远兄弟的确气宇轩昂,非同等闲之辈!"艾宇眉回答道。

在尔后的日子里,苟永芳一有闲暇就和夫人郭瑶芝去艾宇眉家走走,说点知心话,摆点闲龙门阵。艾宇眉的子侄都亲切地称呼苟永芳"王叔叔"。

此间，苟永芳的住处时常变动；但在变换住处时，都会告知艾宇眉。有时，苟永芳约人在茶馆里相会，先去等人的时候，也把艾宇眉拉到来同桌一起喝茶，等到苟永芳邀约的人来了，艾宇眉才离开。有时，苟永芳稍稍有点空闲时间，还会邀约艾宇眉去少成公园喝茶聊天叙旧。一是休闲，再是通过艾宇眉了解一些民众的情况，特别是教师中的情况。既可看出同乡、同学的思乡情结，又可以看出苟永芳和艾宇眉是互相信任的莫逆之交。

在省委工作期间，苟永芳目睹处于险境的四川革命形势，曾大声疾呼："为什么暴动一次，失败一次啊？"可是，由于种种历史的局限，中共四川省委无法从政治路线、斗争策略上去找到圆满的答案。苟永芳有所不知，或者说知之而无能为力的是中央出了"左"倾路线问题。

公元1933年，苟永芳担任了中共四川省委宣传部部长职务。宣传工作是苟永芳最擅长的工作。自公元1931年以来，四川省委许多宣传鼓动性的小册子、传单等都是他亲手撰写的。他写出了党向群众阐述的革命道理，写出了人民群众心里要说的话。他还编写一些反映市民反战、士兵厌战的生动小唱本，收到了很好的宣传效果。对此，军阀们为之大为恼火，而革命群众为之欢欣鼓舞。

此间，苟永芳去上海参加过党关于宣传工作的会议。这对他思想觉悟的提高、宣传工作的方法的改进和提高大有裨益。上级曾拟调苟永芳去江西苏区工作，但因四川工作需要而未能成行。

这年10月，省委书记廖世民（廖恩波）去中央苏区江西瑞金出席中共六届五中全会并留苏区工作，苟永芳（化名方明）代理省委书记。

一〇五

成都有大城（府城）和少城（满城）之分。清康熙五十七年（1718），成都府城西修筑了一座城曰"满城"，又曰"少成"。这座城是专门为旗人修筑的。每旗官街1条，披甲兵丁小胡同3条。八旗官街共8条，兵丁胡同共33条。俯瞰之，形似蜈蚣。其将军街居蜈蚣之头，引领大街1条直达北门，这条街即如同蜈蚣之身；各胡同左右排列，如同蜈蚣之足。城内景物青秀，花木葳蕤，空气清新，街衢通旷，鸟声树影，令人神往。

公元1911年，驻防成都的将军玉昆与四川省劝业道道台周善培于祠堂街兴建公园，开放少城。修建迎禧楼、观稼楼、松韵楼、湖心亭等，面积50多亩，并收门票，任人游观。从此，四川成都便有了有史以来的第一个公园。由于公园占地在当时的少城，市民约定俗成称之为"少城公园"。

少城公园建成三年后，尹仲锡策划扩建之。这时，南充人氏、中国民主同盟的创建人之一的张澜和颜楷等联名提议修建"辛亥秋保路死事纪念碑"，以此纪念保路运动中的死难烈士。纪念碑仿照北京白云寺、山西凌云寺塔形，熔中外文化于一炉。纪念碑全用砖石结构，碑座高约10米，有月台式的平台，台前雕嵌"中华民国二年川路总公司建"的汉白玉石板。碑体四方则用不同书体书写"辛亥秋保路死事纪念碑"，每字约1米见方，皆出自名家之手笔。高31.86米的整座纪念碑呈方锥形，犹如一柄巨剑直指苍穹，庄严、肃穆、雄伟。

公元1924年，杨森主理川政，邀著名实业家卢作孚到成都任教育厅厅长。卢作孚在公园建通俗教育馆、陈列馆、博物馆、图书馆、音乐演奏室、游艺场、动物园、运动场等场馆，并从小南街引金河水经后荷花池、君平街、绕芙蓉清溪转北汇合于半边桥，凿渠之土均堆于东南隅而成为人造山。

这时，少城公园里有诸多茶社，譬如鹤鸣、枕流、浓荫、绿荫阁、永聚、射德会等。成都各行业人士大都按照各自的职业和地位在某茶园内聚会。如枕流多为学生、绿荫阁多为士绅、永聚多为富商、射德会多为体育界人士。而鹤鸣系教师聚集之所。"五四运动"时期，少城公园是成都各进步团体演讲、演出、聚会、募捐的首选之地。

一天午后，艾宇眉应苟永芳之邀约，来到少城公园喝茶。艾宇眉先到一步，在大门口见面时，两人握手，艾宇眉道："明远兄弟今天得空哈？"

"也是，也不是！"苟永芳回答道。

"此话怎讲？"

"等到茶社后，我慢慢给你道来。"

"好的。"

他们买了门票，走进公园，往常去的鹿鸣茶社方向走去。

夏末的少成公园湖水清澈，树木葱茏，各种花卉竞相开放，五彩缤纷，一派勃勃生机。

当他们来到"辛亥秋保路死事纪念碑"的时候，亦如每次路过这里一样都会稍稍驻足、凝目，即便不说话。可是，今天不一样，不知为什么，苟永芳在雄伟的纪念碑前昂首伫立，久久地不想离去。

于是，艾宇眉开口道："明远，想起了什么来着？"

"是的,"苟永芳说道:"我注意到了这个'秋'字儿!"

"哦!你一定想起了家乡的保路同志军来。"艾宇眉猜测道。

"是的,"苟永芳说道:"那年,我三岁多。一天,突然听见轰隆隆的炮声不断,炮弹从我家的屋顶上飞过,房子都震动得哗哗响。我和两个哥哥都吓傻了眼。父亲告诉我说,是荣县保路同志军贡井盐工队的战士们在帽壳山上打罐子炮,袭击住在天池山下天后宫的清政府巡防军。"

"我比你大两岁,"艾宇眉说道:"亲眼看见同志军进攻自流井,把巡防军打败了。"

"后来,我父亲给我讲了同志军占领贡井、自流井的过程,说这是辛亥革命的先声。"苟永芳说道:"我父亲挑着剃头挑子走街串巷,听的、见的很多。他还给我们几兄弟讲了贡井院子坝谢奉琦的革命事迹,让我对谢奉琦左将军崇敬得五体投地。"

"是的,我也有对英雄谢奉琦有高山仰止的感觉!"艾宇眉说道。

"当时,我就有长大了要为谢奉琦报仇雪恨的想法。"苟永芳说道:"可是,辛亥革命牺牲了那么多人,也已经过去20年了,我们这个国家还是一个烂摊子……"

"乍一看,辛亥革命是成功了;但是,这个国家又被封建权贵和资产阶级权贵把持了!"

他们怅然离开纪念碑,来到鹤鸣茶社,找了一个僻静的地方坐下来。竹椅木桌盖碗茶,满满的成都味。

苟永芳右手拿起盖碗茶的茶盖来,在淡淡的茶汤里晃荡了几下,然后呷了一口,缓缓咽下喉咙后,对艾宇眉说道:"宇眉,今天约你出来,是想了解一下你们学校教师的情况和你住地周围市民的一些情况。嘿嘿,这就是,我先前说的'也是,也不是'的注脚。"

"哦!"艾宇眉回答道,遂逐一回答了苟永芳提出的好些问题。

末了,苟永芳说道:"宇眉,以后,这几方面的情况要不断地提供给我。"

"好的。"

他俩各自端起茶碗来,呷了一口后,离开茶社,走出少城公园。斯时,天色已晚,遂默默点头,分道而行。

尔后,过了几个月,也就是中秋节前几天,艾宇眉因好久都没有见到苟永芳而去他家探望。可是,只见屋子里空空如也,即问邻居道:"老太婆,请问你隔壁这家人搬家了么?"

"搬走好久了！"老太婆回答道。

"你看见他们一家人一起走的么？"

"这个，我就没有注意了！"

"他们搬哪里了，你晓得不？"

"不晓得呀！"

"哦。谢谢！"

艾宇眉只好怅然离去。他在回家的路上想："苟永芳是不是搬家了呀？每次迁居，他都会告诉我的。诶，该不是出了什么事儿吧？"但立马又自责道："艾宇眉，你可不能这么乱想呀，苟永芳是一个很机敏谨慎的人！"

不过，艾宇眉的"乱想"，还是真的：就在苟永芳和艾宇眉少成公园一起喝茶后没多久，遂宁的中共党组织被军阀李家钰破获。叛徒供出党的省委机关设在成都少城内牌坊巷，敌人获此情况后，派出大批军警四处侦捕而无果；因为，所谓设在牌坊巷的机关，其实也就是一间普通民居，不开会的时候什么都没有。

公元1933年11月1日这天早上，苟永芳离开家时对妻子瑶芝说道："瑶芝，今天我去开一个重要会议，中午可能不回家了，你做点好吃的和孩子一起吃吧！"

郭瑶芝回答道："好的！注意安全！"说罢和苟永芳拥抱了一下，目送着自己的丈夫跨出门去……

苟永芳在少城公园一茶社主持召开四川省委常委会议部署革命工作。会议刚刚开始不久，苟永芳的话还没有讲完，一伙十数个荷枪实弹的军警即闯入茶社，用枪对准开会的几个人吼道："不准动！"

苟永芳及到会的人员共7人全部被捕。

后来，艾宇眉在报上看到一条消息"……破获一共产党机关，被捕的首要分子有苟永芳"。

第十六章　血染校场

一〇六

成都。新东门外。一条小巷的一座小院里。黄昏时分。

艾宇眉一家三口在堂屋里吃晚饭，尽管王曼云做了一道丈夫最喜欢吃的红烧狮子头，但见自己的丈夫没有什么胃口，即开口道："宇眉，今天你怎么不开心啊？"心思细腻过人的妻子王曼云操着甜润得有点嗲的成都口音对艾宇眉说道："是学校里有什么事儿么？"

"哎！学校倒没啥事儿，"艾宇眉回答道："是苟永芳出事儿了！"艾宇眉说道："报纸上说'近日破获一共产党机关，被捕的首要分子有苟永芳'。"

"哎呀……"王曼云惊讶不已，说道："这可怎么办呀？"

"我也不知道该怎么办了！哎……"艾宇眉叹息道。

"你们是要好的兄弟，要想办法营救啊！"

"可是，永芳关押在哪里都不知道，怎么营救啊？"

"你的好友，还有永芳的好友知道么？"

"不知道哟！报纸是昨天的，今天才看见。"艾宇眉说道："'近日'，也不知道是哪天？"

"那，先联系一下你的朋友吧！"

"哎！只好这样办了，"艾宇眉说道："永芳素来很机敏的，怎么会这样呢？"

"是的！"王曼云说道："看得出来，永芳是一个聪慧机敏的男人。"

"是智者千虑必有一失，还是党内出了叛徒？"艾宇眉说道。

"凭我的直觉，估计不是智者千虑的一失，很可能是出了叛徒。"王曼云说道："你跟我讲过，你们家乡的谢奉琦也聪敏过人的，可也是内部出了叛徒，这叛徒比敌人要可怕得多！"

"是的，"艾宇眉说道："如果不是汪蔚然出卖，谢奉琦是不会死的！"

"不管怎样，永芳被捕了，"王曼云说道："我们得想尽一切办法营救他！"

"是的！曼云，你是我的好夫人、好帮手！"艾宇眉说道："我想此事得急办，我这就去见刘天健先生。你知道他是我和永芳在雨台山上高小时的老师，后来到了成都高师附中任教。看他知不知道永芳的情况。"

"刘先生住在哪里？"王曼云问道："如果远了就明天去吧！"

"刘先生住在梁家巷，我去过，不远，"艾宇眉说道："二三十分钟就到了。"

"晚上不安全，我陪你去吧！"

"不，你在家照料好孩子就是。"

"好吧！一定要注意安全，而今的社会很不太平啊！"

"嗯，我晓得！"

艾宇眉"三扒两爪"吃完饭就出门了。他匆匆来到刘天健家。刘天健见艾宇眉气喘吁吁的，即问道："宇眉，有什么事么？看你累得……"

"先生，是有事，"艾宇眉小声地说道："苟永芳被捕了，你知道不？"

"知道了！"刘天健说道。

"你是怎么知道的？"

"报上，刚才看见。"

"先生，我们得想办法营救永芳。"

"是的，我也这么想，是要营救。"刘天健说道："但是，永芳是哪方面的人抓的？是军阀刘文辉、刘湘抓的，还是成都警备司令部抓的？关押在哪里？我们都一概不知啊！"

"我来就是想看看先生知不知道？哎……"

"不知道王余生、李南僧他们知道不？"刘天健说道："我们可以联系他们，他们又可以联系一些人，多方联系、打听，总会打听到一些蛛丝马迹的。这样，才好想办法营救。"

"先生说的是！"

"这样吧，我联系王余生，你联系李南僧，"刘天健说道："明天就开始行动,明天下午晚些时候我们一起说说情况。"因为,王余生和刘天健同在成都高师附中教书;而李南僧和艾宇眉又同在一所学校教书。

"好的!"艾宇眉说道:"明天晚饭后我来先生家。"

"这样吧,明天你早点来,在我家吃晚饭,不然你回去太晚了,不安全。"

"要得。谢谢先生!"

两人握手道别后,艾宇眉走出刘天健先生家,回到东门外自己家里时间已经不早了。

房间里,孩子早已睡着,王曼云和衣倚在床头,等待着丈夫。她听见院子槽门上可可的响声,知道是丈夫回来了,即起来走出房间,穿过天井,把门闩抽开,打开门。突然一条黑影窜到门口。艾宇眉夫妇吓了一跳,刚要开口问"什么人"的时候,艾宇眉看清楚了,是苟永芳的妻子郭瑶芝。即说道:"瑶芝!快!快进来!"

郭瑶芝闪进院门来,王曼云把门关上、闩了。三人匆匆穿过天井,来到堂屋檐下,艾宇眉想让郭瑶芝进去坐下说话,可是郭瑶芝却急促地说道:"不进去了,就两三句话。你们知道不?永芳被捕了!"

"知道了,报上的消息。"

"哦!"郭瑶芝接着说了遂宁党组织被军阀李家钰破获,叛徒供出党的机关设在成都牌坊巷,随即苟永芳等七人就被捕了的一些情况。然后道:"宇眉兄弟,你是永芳的好兄弟,拜托你想想办法营救永芳吧!"

"我们会尽力营救永芳的!我刚从刘天健先生那里商量这事回来……"

"哦!多谢你们了!"

"瑶芝,你知道永芳关押在哪里么?"

"说是关押在成都警备司令部监狱的。"郭瑶芝说道。

"哦!我们会尽力想法营救的!"

"那,先谢谢兄弟们了!"瑶芝急促地说道:"敌人也注意到我了,我走了!"

"哦!你可要早点转移,多多保重,不要断了联系!"

"多谢你们了!我走了!"

"瑶芝妹子,多多保重!"王曼云说道。

艾宇眉送郭瑶芝出院门外,看见她匆匆消失在夜色中,适才转身回屋。

这边厢。艾宇眉回到房间里。出门时衣着单薄的艾宇眉双手合拢,哈着气说道:"有点冷了!"

"是的。说是'十月有个小阳春',可今年比往年要冷好多!"王曼云从衣柜里拿出一件呢子大衣来给丈夫披上,说道:"瑶芝好可怜啊!"

"嗯！一个女人家……"

"哎！天健先生那里有消息么？"

艾宇眉摇摇头说道："没有，他也是今天才从报上看到永芳被捕消息的。"

"哦！那怎么办呀？"

"我和天健先生商量了，我们分头找熟人打听。他联系你哥哥王余生，我上班时联系李南僧。明天晚饭后我再去他家碰头。"

"哦，但愿能有好消息。"王曼云说着走进与厨房两隔壁的一间小屋子里，从洗脸架上拿起一个搪瓷洗脸盆来，进厨房舀了点冷水，再从温水瓶里倒了点热水，伸出右手食指和中指在水里试了试，取了一张洗脸帕放到盆里，端进房间里来，放在凳子上，用手捞起洗脸帕来，揪干了，递给丈夫说道："来，洗洗！"

艾宇眉接过洗脸帕说了声"谢谢夫人"，即在脸上擦起来——这是南方人洗脸的动作——完了，王曼云将洗脸盆拿走，并说道："宇眉，来，泡泡脚。"艾宇眉跟着妻子走进隔壁的小屋子里，坐在一张矮木凳上，妻子在丈夫跟前放了一个杉木脚盆，然后舀了点冷水，从另一个温水瓶里倒入些热水，也伸出右手食指和中指在水中试了试,说道："可以了!"丈夫随即脱了袜子将双脚放进脚盆里……"完了，艾宇眉和王曼云倒下床去，钻进温暖的被窝里去。

"曼云，今天的被窝好暖和啊！"艾宇眉感叹道。

"你没有注意到？"王曼云说道："今年第一次用'汤婆子'（烫壶），是想你回来晚了，一定很冷！"

"哦！我的好夫人！"丈夫说着，在妻子的苹果脸蛋儿上深情地亲了一口……

一〇七

第二天下午四五点钟的时候，艾宇眉如期而至刘天健先生家。两人在书斋里坐下后，没等刘天健先生开口，艾宇眉即说道："昨天晚上，我回家时，永芳的妻子瑶芝来了，匆匆忙忙地说了几句话就走了。"

"她说什么来着？"刘天健问道。

"她说遂宁党组织被敌人破获后叛徒供出了党的机关设在成都牌坊巷，随即苟永芳等七人被捕了，现在关押在警备司令部监狱，希望我们能想办法营救。"艾宇眉说道。

"哦！"刘天健问道："宇眉，怎么样，李南僧那里有消息么？"

"天健先生,我和李南僧是上午在学校的静思亭见面的,他说一点消息都没有。"

"哦……"刘天健陷入了沉思。

艾宇眉问道:"先生,王余生那里有消息么?"

"没有,他和我们一样,只晓得苟永芳被捕了,也都是在报上看到的消息。"

"哦……"

两人都沉默着,没有说话,他们都在绞尽脑汁地思考着,怎样营救苟永芳;但是,都想不出一个道道来。

还是刘天健打破沉默,说道:"宇眉,我们都想想,我们的亲友中,有没有跟警备司令部的人有联系的?或者富荣盐场有没有人在警备司令部做事的?最好是和当有一官半职的人。"

"我就是在想,"艾宇眉回答道:"这脑子哟,还真是,要用它的时候却'卡'起了!"

"不是'卡'起了,是我们心急了,急中无计,"刘天健说道:"我看这样吧,有郭瑶芝这条消息也很重要,最低限度让我们知道苟永芳目前还活着,且知道了他被关押的地方。下一步我们就能围绕这个做工作。"

"先生说得是!下一步就是围绕警备司令部找关系,找很硬的关系。"艾宇眉说到这里,起身道:"先生,我就告辞了,现在还早。"

"吃了晚饭再走吧!"刘天健说道。

"不了,现在还很早。"

刘天健摸出怀表来看了看说道:"也好,也好!"于是,把艾宇眉送出门外。

艾宇眉回到新东门外自己的家,一跨进小院的门,听见堂屋里有人在说话。

"宇眉,"王曼云见丈夫回来了,迎上来说道:"来客人了!"

"是谁呀?"艾宇眉问道。

艾宇眉的话音刚落,一个人跨出堂屋门,说道"是我!"

"是南僧!"艾宇眉问道:"你怎么来了?"

"想来贵府看看哟!"李南僧神秘兮兮地说道:"说你家的菊花开得正旺哩!"

"不是吧?"艾宇眉做出根本不信的态势来:"我家只有一小盆菊花,能惊动南僧先生的大驾么?"

"嘿嘿!我没有来你家时,压根儿不知道你有一盆菊花呢!"李南僧道:"其实是有要事找你。"

"我就说嘛,"艾宇眉说道:"南僧大哥是无事不登三宝殿的!"

"我看,二位去书房坐着说话吧!"站在一旁的王曼云操着甜润得有点嗲的成都口音说道。

"要得,要得,"李南僧说道:"还是兄弟媳妇更人性化,哈哈……"

艾宇眉笑道："嘿嘿，高兴起来就忘了礼节了！南僧大哥，这边请！"

两人来到书房，王曼云给二人沏茶后，离开书房去厨房里忙活去了。

这边厢，李南僧从怀里拿出一个不很规整的纸封封儿出来，不无激动地说道："宇眉，上午我俩分手后，中午就收到永芳托人带来的信了，是写给我们两人的！"

"哦！太好了！"艾宇眉打开信来一看，但见一张不大点的白色川贡纸上，密密麻麻地写着细小的不甚明晰的字。

信中，苟永芳说被捕后，先单独关押在军阀刘湘的清共委员会所设的监狱中，后来转到成都警备部监狱。

信中，苟永芳说，是和他一起被捕的叛徒贡井人陈健骧供出了苟永芳的真实身份。

信中，多数是驳斥国民党污蔑共产党杀父共妻、不讲道德等种种谬论的。

信中，说了这信是怎么样托人带出来的。这人是成都警备司令部管理监狱的贡井人氏胡姓副官。这胡副官同情苟永芳，并念其与苟永芳是同乡而愿意为其带信。

信中，希望能给艾、李二人借一两块钱，以供狱中买咸菜下稀饭度日。信的最后写了"望能设法营救"六个字。落款"永芳"，没有写日期。

"信是一个不认识的中年男子送到我家里的，"李南僧说道："看信后知道这中年男子就是胡副官。胡副官说，如果要回信，他明天傍晚来取。"

"哦，他是好人！"艾宇眉说道："这下可好了，和永芳联系上了，就能知道他的一些情况了。"

"只是，我们怎么营救永芳呢？"李南僧说道。

"是的，没有和警备司令部或更高层的官员有很硬的关系是不行的。"艾宇眉说道。

"哎……"李南僧叹息道："我们都想想吧！"

"南僧，回永芳的信，我今晚起草，明天上午给你，你最后完成。"艾宇眉说道。

"好！"李南僧很剀切地回答道："永芳是一个从来不叫苦的人，他开口借钱，看得出来，监狱里的生活是怎样的不要人活了！"李南僧说道。

"是的，不当人'打整'啊！"艾宇眉说道："我们把回信写好，我俩凑点钱，让胡副官取信时带给永芳。"

"我也是这么想的。"

"好！就这么办！"

"那，宇眉，我就告辞了！"

"好，也不早了，南僧，注意安全！"

艾宇眉把李南僧送出小院门外，两人握手告别，说道："南僧，明天上午学校第二节课下课后，在静思亭见哈，到时我把信稿和钱拿给你。"

"好的！"李南僧回答道。

一〇八

成都警备司令部监狱进门就是一个坝子，两间牢房围在坝子的左方及左前方，坝子的后方是一列稍高的长厅。穿过长厅进入后院，又是一个坝子，审讯室就在这个坝子的两旁。长厅正中，有一张铺着大红桌围的公案。这张公案，平时是不用的，只有要杀人时才用。

警备司令部管理监狱的胡姓副官名贡生，贡井人氏，是大盐商胡慎怡堂的本家。他身材魁伟、行动干练，为人爽快，操一口地道的贡井话。一个月前，他在监狱犯人名单中突然发现苟永芳是贡井鹅儿沟人的时候，心里一咯噔："同乡啊！"后来，他就有意识地注重苟永芳的情况，特别是上面来人提审的情况。在查监时还问过苟永芳家庭情况，同情之心油然而生。因此，在他的睁只眼闭只眼下，苟永芳能在监狱里偷偷地写信、写诗文，其他的狱警也就不管了。

一次，胡副官假借训诫犯人，叫苟永芳去他的办公室。苟永芳趁机讲了他的全部身世，只是没有讲他是中共四川省委宣传部部长代省委书记。

"少城公园和你一起被捕的陈健骥已经叛变，他供出了你是省委宣传部部长、省委代理书记。"胡副官说道。

苟永芳吃了一惊，说道："陈健骥丧了贡井人的德！"

胡副官说道："还有，少城公园被捕的七个人，有六个都叛变了，你不知道吧！"

苟永芳心里一惊，但没有表现出来，也没有回应胡副官的话，只是呆坐在那里。

胡副官见苟永芳不开口，说道："这些与我个人没有什么关系，我干这个行当只是找钱养家糊口，我的责任只是把犯人看管好，不出越狱、自杀、打架斗殴等事情就行。可是，作为同乡，我还是忍不住想为你做点事情。如果需要的话。"

"谢谢胡副官！"苟永芳迟疑了片刻说道："我想给我的老同学写封信，给他们借点钱。可以吗？"

胡副官稍微思索了一下，说道："虽说，上级规定只要是政治犯一律不能与外界联系；但是，我可以悄悄地帮你这个忙。"

"哦！感谢胡副官！"

于是，胡副官拿了些川贡白纸和一支钢笔给苟永芳放进荷包里，说道："写信时，不要让狱警看见了！"

"嗯！晓得了！"

第三天，胡副官又叫苟永芳到自己办公室里来接受"训诫"。苟永芳知道"训诫"是借口。于是，把这两天来写的信揣在荷包里来到了胡副官的办公室。

胡副官大声说了些训诫的套话后，问苟永芳道："信写好了么？"

"写好了！胡副官！"苟永芳从荷包里拿出信来，递给胡副官道："地址是李南僧的。"

胡副官晃了一眼用白纸折成的信封，说道："这李南僧是你什么人？"

"我的老同学，他是自流井李四友堂的后人。"

"哦，知道了，都是富荣盐场的！"胡副官说道："你放心吧，我会替你带到的！"

"多谢胡副官！"苟永芳说道："如有来生，我将涌泉相报！"

"不要那么悲观啊！"胡副官说道。

言罢，苟永芳离开办公室，回到监房里。就这样，两个贡井人在监狱的不同位置上有了绝世的人性大美的故事。

胡副官在成都的家距李南僧的家不远。但是，每次带信胡副官都是穿着便装，只在李南僧家大门里站着悄悄把信件塞给李南僧，递一个眼色，一言不发，然后望望门外，即闪出门去悄然离开，神不知鬼不觉。

帮苟永芳带了几次信之后的一个星期天上午，胡副官来到李南僧家门口抬起右臂来用中指在有些陈旧的木门上轻轻地慢敲了三下，再轻轻地快敲了三下。李南僧知道是胡副官来了，即打开门来。果然。说道："是贡生兄来了！请进！"经过几次带信后，李南僧即和胡副官称兄道弟起来。瞬间，李南僧脑海里闪过胡副官每次来的时间都是黄昏，而今天却是上午，是不是有什么紧急事情？当胡副官从怀中取出一个纸封封儿塞给李南僧时，李南僧遂试着问道："贡生兄，今天休息吧？"

"是的！南僧兄弟！"

"那，贡生兄，屋里坐坐好么？"

胡副官瞟了一下门外，回答道："好哇！"

李南僧万万没有想到胡副官会这么"剀切"地答应，心头涌起一股喜悦来，说道："贡生兄，请！"

李南僧把胡副官领进书房宾主落座后。李南僧给胡贡生泡了一碗茶，说道："贡生兄，这是蒙顶山的毛尖茶，朋友送的，你看喝得惯不？"

"谢谢了！毛尖，好喝！"胡贡生拿起茶盖来在茶汤里晃动了几下后，没有喝，盖上了。李南僧想，这胡家老乡还真有点富荣盐场人喝茶的风范啊！

"南僧兄弟，家里就你一个人？"胡贡生的问话真让李南僧佩服。不是吗？他不愧是警备司令部管理监狱的副官。

"贡生兄，家里就我、内人和孩子仨。"李南僧回答道："内人是土生土长的成都人，今天带着孩子回娘家去了。"

"哦！成都女人很温柔的！"

"贡生兄夫人也是成都人吧？"

"不，她是成都旁边金堂的。"

"哦！金堂隔成都不远。"

这时，李南僧从茶几上提起彩印着红梅花的铁皮温水瓶来，胡副官知道要给自己的茶碗里兑水，即取开茶盖来呷了一口，谦虚道："谢谢南僧老乡！"

"是老乡，就不要客气了！"

"南僧兄弟，常回家乡吧！"

"好多年都没有回去了！"

"教书老师有寒暑假，可以回去看看呀！"

"可是，内人是棉纺厂的，走不了！"

"也是，也是！"

说了些闲话后，李南僧试图打听他最希望知道的苟永芳的情况。遂试着问道："贡生兄为苟永芳所做的一切，令人钦佩。"

"虽说风险很大，但只要做得密不透风，也没什么。"胡贡生说道："我也曾帮助过一个政治犯和家人联系，家人通关系后，释放了……"

"哦！贡生兄的德行，让兄弟我钦佩！"李南僧说道："不知苟永芳情绪怎样？能不能坚持下来？"

于是乎，胡贡生把苟永芳的情况简单地跟李南僧讲了——

苟永芳被捕后，一进监狱，他就在狱中宣传革命道理，他向难友讲："我与你们都是受剥削受压迫的人，革命的初衷是为了给大家谋幸福，我们应该站在一起。"

苟永芳还在狱中组织难友每天晚饭后，大家都动手挟着前面的人的肩膀挤成几层同心圆来"散步"，随着镣铐声的节奏，教唱《国际歌》《少年先锋》《囚徒歌》等革命歌曲，既锻炼了难友们的体魄，又鼓舞了大家团结一心的斗志。

"看来，苟永芳能挺过去的！"李南僧说道："贡生兄，我有个小小的请求，不知可不可以？"

"什么请求，说吧，只要我能办的。"胡贡生"剀切"地说道。

"我想去看看苟永芳。"李南僧说道。

"苟永芳是重要犯人，照理是不能探监的，"胡贡生有点为难，但仿佛人性的光辉倏地照亮了他的灵魂一样，赓即转口说道："可是，看在我们都是同乡的份儿上，我来找机会吧！"

"哦！好！非常感谢同乡！"

"不谢！等我的消息吧！"

几天以后，李南僧得到胡贡生的通知，去了成都警备司令部监狱。李南僧在胡副官的引领下，来到一间很小的屋子，这是用于探监的屋子。胡副官叫李南僧在一条桌前坐下后，悄声说了几句话，大概是谈话要求之类，随即离开。少顷，李南僧看见身体羸弱，但神情高昂的苟永芳在一个狱警的跟随下，随着镣铐的窸窣哗哗声走过来，走过来，然后很艰难地跨越门槛……

狱警叫苟永芳和李南僧面对面坐下后，退了出去。

"永芳受罪了！"李南僧刚一开口，泪珠儿就掉下来了。

"南僧坚强点！"遍体鳞伤的苟永芳爽朗地说道："你看，我这不是好好的么？"

"嗯！嗯！"李南僧有千言万语，但不知道该说什么好。

苟永芳却谈笑自若，说他好久好久被捕的，好久从军阀刘湘的清共委员会所设的监狱中转入成都警备部监狱。说他在法庭上敌人先后多次对苟永芳进行审讯，时而严刑逼供、威胁讹咋，时而诱以高官厚禄，劝其投降反共。但他始终毫不动摇，坚贞不屈，痛斥无耻的叛徒，历数国民党反动派罪行，常常使审讯无法进行。一些审讯者被他驳得哑口无言，面红耳赤，只好溜走。一次，审讯他的就是他领导过的一个叛徒。叛徒想现身说法，以叛变后可以享受高官厚禄、荣华富贵来引诱苟永芳变节投敌。可是，他怒斥道："你的如意算盘打错了！没有坚贞不屈、凛然正气、初衷不改的精神，像你这样的败类，只有当叛徒的份儿，没有资格做共产党人！"

叛徒咆哮如雷吼道："苟永芳，老实点，不准在这里宣传共产党！"

他义正词严地斥责道："汝等无耻之尤，没有资格审讯一个堂堂的共产党人！倒是革命成功后，汝等将受到人民的审判！"

连法官都奈何他不得，悄声感叹道：共产党是不可征服的，共产党人还真是光明磊落的大丈夫！

苟永芳最后提出："要杀便杀，要我投降变节是不可能的；不过，如果不杀，可作俘虏交换。"因为苟永芳知道，红四方面军俘虏有川军的师、旅、团长。但是，反动军阀以苟永芳是共产党内重要人物，不肯把他作为俘虏交换而释放……

狱警走进屋子来，说道："时间到了！"

苟永芳对李南僧说道："南僧，不要把我被捕以及狱中的情况告诉李师古，他是投机分子。"李师古富荣盐场人，叛徒。

"嗯！"李南僧说道："保重！我还会来看你的！"

苟永芳点头致意后，拖着沉重的镣铐离开了……

李南僧哪里晓得，这次狱中相见会是他与苟永芳的诀别？

一〇九

公元1934年1月，一个夜黑风高的夜晚，天寒地冻，室外蟋蟀声如泣如诉，为防止苟永芳在犯人中宣传革命，给他开的"单仓"（单独牢房）里，一盏昏暗的豆灯忽明忽暗。戴着沉重镣铐的苟永芳徘徊于斗大的窗前，思绪潮涌。他想起了家乡贡井苍莽的天池山、蜿蜒的旭水河、林立的天车、蒸腾的灶房，想起了帽壳山同志军震耳欲聋的罐子炮，想起了福音堂摊子上的扇子糖，想起了乡立小学的降香雯先生，想起了一对山的民间传说，想起了自流井大街上检查日货的情景，想起了刘天健先生指导的示威游行，想起了济公寺同学们的结盟，想起了成都高师、彭县九陇、乐山犍为盐场、北门外鸡公车、少城公园，想起了刘天健、张博诗、艾宇眉、李南僧……想起了早逝的母亲、年迈的父亲、兄嫂和妻女……一幕幕往事，历历在目萦回于明镜一样的心湖……

冥冥中，苟永芳似乎预感到了什么，不禁涕泪俱下，自言自语道："二十六岁的苟永芳啊，你的人生途程是如斯之短暂而又如斯之漫长呀！"

于是乎，戴着特制刑具的他拿出胡贡生副官给他的纸笔来，在囚室的木枷下，艰难地写了遗书三封——

致其父书曰："儿将被屠杀，父勿悲而忧无子，共产党终必成功，继后必有许多青年认你作父，幸福的日子就在将来也……"

致其妻书曰："你为党中最忠实分子，无烦我叮嘱，以后勿以我死而心灰意冷，忘却前进……还有，你要保存好母亲亲手缝制装着父亲给的一个银圆的小布袋子……"

致其女书曰："汝父将于某日被军阀屠杀，汝将永记此日。长大后，为党效忠，为父报仇。"并作一诗赠女儿，诗云：

> 你如果问你爸爸为什么死的，
> 我说，是为无产阶级革命而牺牲的。
> 孩子，快长大吧！

> 长大了，不要忘记你的爸爸，
> 更不要忘却你爸爸的事业！

另外，还给王楠、张杜若、艾宗夷的信，是用一张川贡纸写的，其内容曰："东兴拜别，已经十年……曾从先生读过正气歌，今日敢不自勉……官方再度要其投降变节做官，我决不能允……红军必定能渡过嘉陵江，其时必是我被杀之日……枷锁在身，草此不恭。"

第二天，副官胡贡生查监时，苟永芳把这几封信放在一个自己折成的信封儿里，悄悄递给胡副官，说道："副官先生，拜托你把这个带到李南僧家，请他转给艾宇眉的妻子王曼云，再请王曼云送给我的妻子。"

"好！"胡贡生接过信封儿时，一股凄惨的感觉油然而生。

一一〇

公元1934年2月15日即阴历大年初二，深夜。狱卒"哐当"一声打开了牢房门锁。当苟永芳看见狱卒开门时心慌手颤的神情时，便泰然自若地说道："我知道了。"他立即脱下身上的毛线背心，对同牢的一个难友说道："我已无用，送给你。"出牢后，苟永芳沿途高呼"救火！救火！"以警觉难友和群众，揭穿敌人秘密杀害共产党人的阴谋。

成都东校场。天乌地黑。寒风凛冽。苟永芳面对敌人高呼："打倒军阀！""打倒国民党！""中国共产党万岁！"突然，枪声响起，一个羸弱而刚毅的身躯倒在了血泊里……

当艾宇眉听说苟永芳被敌人枪杀于东校场并暴尸三天的消息之后，立马赶到东校场，却未见苟永芳遗体。经打听得知"打更匠掩埋了"。于是，艾宇眉找到打更匠，问清楚了掩埋的地方，然后买好棺材，和他的哥哥、子侄等同打更匠和两个下力人一起，趁天未见亮的时候，悄悄地把苟永芳的遗体取出来。艾宇眉脱下自己的衣服给苟永芳穿上，埋葬在新东门外天祥寺旁。此地距艾宇眉住处不远……

艾宇眉作诗以记。诗曰：

> 传闻系狱久，今日竟云亡。
> 遗体亲将殓，故人只益伤。
> 一棺殊草草，千古恨茫茫。

卜葬居邻近，寒泉展奠觞。

苟永芳牺牲时，其女儿才两岁，不久生病而夭折了。

苟永芳牺牲后，其夫人郭瑶芝去过艾宇眉家几次，每次都悲恸不已。一年以后，郭瑶芝也被捕了。从此，艾宇眉与郭瑶芝失去了联系。

苟永芳生前曾和他夫人郭瑶芝、女儿照了一张相，送给艾宇眉一张。这天，艾宇眉翻检出这张照片来，瞩目良久，热泪盈眶。作诗一首，诗云：

一睹遗容泪泫然，弃藏箧底几经年。
只今翻视增重恨，忆昔收尸葬九泉。
地下英灵应未泯，怀中孺子痛先捐。
茫茫宿草悲陈迹，寒食谁从扫墓田。

尾 声

太阳恍若不知道人间发生了什么一样,一如往常地从太平山顶缓缓升起,浑圆如一枚硕大的蛋黄,转瞬间这蛋黄发出金色的芒辉来,无私地洒在大地上。

于是乎,横陈在贡井盐场西边的睡美人般的天池山醒来,唤醒天池寺的悠悠晨钟,荡漾在城市上空。

于是乎,贡井盐场鳞次栉比天车上的一直没有停息过的天辊子,借过太阳的芒辉来,旋转成铿锵的乌金色骊歌。

于是乎,旭水河上以水为铺的船只渐次醒来,于欸乃声中,开始了它们又一天的穿梭忙碌。

于是乎,街道上商铺开门,人来人往,你呼我应,熙熙攘攘。

于是乎,这一切,一切的一切,恍若都那么自然,那么顺理成章。

于是乎,这一切,一切的一切,恍若都只知道今天,忘掉了昨天。

即便,这一切的一切都忘掉了昨天;但是,天池山下院子坝的刘仲仪不会忘记昨天;但是,帽壳山下鹅儿沟的苟建文不会忘记昨天;但是,贡井盐场的历史不会忘记昨天。

——刘仲仪和良心还没有泯灭的人们永远不会忘记,昨天,谢奉琦为了推翻千年帝制让每一个华夏子民活成一个像模像样人而英勇奋斗,殉难叙府。

——苟建文和良心还没有泯灭的人们永远不会忘记,昨天,苟永芳为了斩除军阀割据,建立一个没有剥削和压迫的新国家而肩负使命,血染东校场。

——贡井盐场的历史上镌刻着谢奉琦、苟永芳闪闪发光的名字，镌刻着谢奉琦、苟永芳可歌可泣的英雄事迹。

谢奉琦、苟永芳和所有为华夏人谋幸福而以身殉志的英灵将千古流芳！

2021年8月17日开笔
2021年12月19日收笔
2021年12月29日第二稿

跋

　　公元 2021 年 7 月 25 日，笔者在自流井参加一个民间的小型聚会。与会者有邓科、王发庆、陆坚、廖志新、陈述琪、钟逸、苟家万和钟萍等九人。其议题是商讨我国土地革命时期，曾经担任中共四川省委宣传部部长、省委代理书记的贡井人氏苟永芳烈士事迹的发掘和宣传工作。

　　会上，作为长期生活在贡井的笔者，当即表示愿意写一部长篇小说，以展现苟永芳烈士为实现为华夏人谋幸福之初衷而英勇斗争、壮烈牺牲的高风亮节。

　　会后，在搜集整理苟永芳资料时，发现其不太足以支撑一部长篇小说；于是乎，想到了辛亥革命时期的先驱贡井人氏谢奉琦。遂萌生了将 19 世纪末至 20 世纪初叶半个世纪里的谢奉琦和苟永芳等革命先烈写在一部书里的想法。后来，在经过了半个多月的准备后，于 8 月 17 日开笔，直至 12 月 19 日杀青，完成了近 25 万字的写作，名为《芳魂》。

　　《芳魂》主人公之一的谢奉琦，公元 1882 年出生在贡井盐场天池山下的院子坝，公元 1908 年牺牲于叙府；主人公之一的苟永芳，公元 1908 年出生在贡井盐场太平山脉帽壳山下的鹅儿沟，公元 1934 年牺牲于成都东校场。两人的生卒时间先后延续 52 年，跨越了辛亥革命、大革命和土地革命三个历史时期。在那动荡的、腥风血雨的年代里，他们为在华夏这片土地上建立一个独立、民主、自由、富强的与整个人类社会发展同步之理想国度而先知先觉，而励志奋斗，而抛头颅、洒热血，是盐场的骄子，是华夏的精英，是夜空中闪烁的星星，值得炎黄子孙永远铭记。比照今夕，吾侪在承续先烈们理想的实践中，做得怎么样了？是不是应该不忘初衷，矢志不渝，继续前行呢？这便是笔者写作本书的初衷。

《芳魂》的写作，遵从革命先烈真实的人生轨迹和革命事迹，揭示先烈们为炎黄子孙谋求幸福的革命初衷，讴歌先烈们前仆后继、奋不顾身的伟大精神品格；展现在上下半个世纪的时间段里，富荣盐场、巴蜀、华夏，乃至全世界社会发展之大背景；记述、描写先烈们生活的那个时代之社会生活、风土人情，以期让小说中的人物"活"起来，让时代"活"起来，从而让历史"活"起来，现身说法，滋润后生，泽被百世。

《芳魂》的写作，参考了《自贡市贡井区志》《谢奉琦左将军传》《贡井人杰》《中国共产党四川历史》《中国共产党自贡市贡井历史》《自贡市文史资料选辑》《自贡市党史人物》《四川大学史稿》《自贡市志》《盐都发端·贡井》《中国通史简编》和《世界近代大事年表》等文献资料及烈士亲属和贡井院子坝、鹅儿沟部分老地邻的口述史。

《芳魂》在网络上连载期间，得到了市内外相关专家、学者、作家、文化人和谢奉琦后人、苟永芳后人的支持和鼓励，诗人廖志新为之作诗词、作家刘大义为之校对和罗培全、陈述琪等文化人及亲朋好友的支持和鼓励，得到了广大网友的支持和鼓励。完稿后廖志新先生牵头、王发庆先生主持召开专题会议，商讨书的出版等后续工作。会议决定由刘蕴瑜先生为本书作序，王发庆、邓科、陆坚和廖志新先生撰写书评。值此书即将付梓之际，笔者在此一并致以崇高的敬意和谢忱！

由于《芳魂》的写作时间仓促和个人水平有限，不当和错讹之处在所难免，在此就教于同行和广大读者。

　　　　　　　　　　　　　作者　2022年元月2日识于盐都天池山麓净觉斋

从《苦海》到《芳魂》

王发庆

从《苦海》到《芳魂》，曾新先生实现了从个人叙事到宏大叙事的跨越，这一跨越用了差不多20年的时间。

在我们这个每年生产上千部长篇小说的国度，这些浩如渊海的文字，这些耗尽作者心血的长篇著作，都能够留得下来吗？这是评论家和读者，包括作者本人心存疑虑的世纪难题。休说读完1000部长篇小说，你一年读过10部长篇么？尽管如此，在当代，长篇小说量业已成为衡量一个作家成功与否的重要标志，发愤著述者偏向虎山行，以凤凰浴火般的壮烈问鼎长篇小说，以至当今年生产量已达3000部之巨！

但是，我们如果换一个角度，在一个数百万人口的城市，每年有几部长篇小说，写给那些关心文化建设的主政者和好事者，或本地区热爱文学的读者和作者的亲友、粉丝，也应该算不得一种妄念和奢侈吧。至于更为极端的，把文学视为自己的生命，他的长篇就是写给他自己的，是写作者对自己的一个交代，那我们就没有理由责难长篇小说作者的执着了。这真是我不入地狱谁入地狱的工作，何况还要自己掏腰包出版发行，单就这种奉献精神而言，我们真的有必要对长篇小说的作者怀有敬畏之心。

一

20世纪末到21世纪初,是我国社会经济结构和价值观念急剧转型的时期。这一时期,文学失去了"轰动效应",而长篇小说却悄然走向繁荣。在全球化、市场化的大潮中,新文化运动以来所形成的思想观念、价值体系受到挑战,承担历史使命,强调社会责任,具有批判意识,追求崇高理想的社会化写作,逐渐被个人化写作取代。最具代表性的两部带有自叙传性质的长篇,贾平凹的《废都》和卫慧的《上海宝贝》相继问世,并先后被官方列为禁书。但个人化写作的闸门一旦打开,就像汹涌的洪流势不可遏。这时的写作界,普遍崇奉普鲁斯特和玛格丽特·杜拉斯,醉心于模仿《追忆似水年华》对日常平庸生活的琐细叙写,惊怖并沉迷于《中国情人》对个人隐私的大胆讲述。

曾新的长篇小说《苦海》(上下卷,52万字),写于2001年至2003年。那时,他刚刚退休,个人大半辈子的奋斗与苦难、成就与幻灭都在这一刻凝固,大有郁结形成"血栓",阻遏血液正常循环的危机迫近。这一时期的曾新情绪状态,与知识分子普遍的精神困惑与盲目寻求极为合拍。《苦海》用历时与共时的复调叙事,写一个知识分子大半生的遭际和心路历程,将主人公的成长史、奋斗史、生活史融入人民共和国大半个世纪的历史;作者以社会转型期的视角回溯身历苦难,叩问生存意义,悲怆的咏叹中蕴含坚韧的力量。知识分子是社会的"晴雨表",表现他们的困境、焦虑,实际上就触及了时代精神最本质的部分。

其实,广义的个人化写作突出文学的个性追求,表达独特的生活体验和感受,是不应该受到非议的。个人是社会的一分子,个人的人生经历,无不折射社会现实的某些层面。贾平凹的《废都》,力图表现一种苍茫、悲凉的"废都"意识和"世纪末的情绪",作者自命为"苦难之书",实际上与米兰·昆德拉的经典作品中所表现的大动荡、大变革时期的"精神失据"如出一辙,是社会病态和公众焦虑的极端反映。卫慧的《上海宝贝》写国际大都市白领丽人寄生于会所洋场,精神与肉体的分裂,足为城市化、国际化进程中的真实存在,比当下互联网流行的大量的毫不掩饰的欲望写作要真诚一百倍,干净一百倍。

由于出版条件的限制,曾新的大部头《苦海》发行量不大,但网络上点击率却很高,在读者群中产生了不小的波澜和影响。最具代表性的评论文章有孙贻荪的《打进读者心灵的楔子——评曾新长篇小说〈苦海〉》、陆坚的《我们背负的十字架——读曾新小说〈苦海〉》等。孙贻荪的评价是"一份民众生存状态的实录""一个苦海里挣扎的身影",他引用托马斯·沃尔夫的话说:"一切严肃作家说到底都是写亲身经历，而且一个人如果想要创造一件具有真实价值的东西，他必须使用他自己生活中的素材。"陆坚希望让今后的读者从《苦海》中"读出一个他们决难相信的真实历史"。

然而曾新却在"作者寄语"中宣言：这"是一群普通人的生活，是一部探索生命本底意义的童话，是一组谁都想破译但谁也未曾真正破译过的人生密码"。由此可以窥见斯时作者内心的矛盾纠葛。

二

幸运的是，从工作单位退休20多年来，曾新没有须臾离开他毕生钟爱的文学事业，并在方志撰著中找到了他的柱杖式的精神支撑。

地方志对于文学创作的助力是毋庸赘言的。贾平凹的商州系列小说，用大量笔墨穿插描绘出商州各地的地域地理、风土人情、历史习俗，来自对商州方志的挖掘和采撷。陈忠实的《白鹿原》创作，部分来自他在"文革"期间采写的《梁南革命斗争史》，其中女主人公白灵的生活原型便是刘志丹、谢子长、习仲勋的战友，陕甘边苏维埃政府首任妇女委员长、"红军女杰"张景文烈士。实事求是地说，文学界较为重视在方志和史料中寻觅创作的题材素材、人物事迹、人文掌故，但大多是实用主义的"为我所用"，像曾新先生这样，一头扎进贡井方志和井盐文化研究，把它作为自己后半生的事业，并由此开启庞大的写作工程的人士，并不多见。

退休伊始，曾新便受聘于贡井区地方志编委会办公室担任常务副总编，参与并负责贡井区地方志编纂工作。《自贡市贡井区志（1986—2005）》获四川省地方志优秀成果一等奖，《贡井年鉴（2017）》获省级年鉴类三等奖，《贡井年鉴（2019）》获省级年鉴类二等奖，《贡井政史（1949—2019）》和《贡井镇乡街道概览》分获省级文献类三等奖、优秀奖。其间执行主编、主笔的文史类书籍有《中国共产党自贡市贡井区历史》《贡井大事记》《旭川人物》《光辉历程，百年贡井》等。还为贡井区政协执行主编《贡井人杰》《贡井地名故事》和《贡井文史》期刊，为自贡市政协主编《潜行在历史深处的自贡人》等。仅就他担任执行主编的《盐都发端·贡井——自贡市贡井区盐业历史文化资料汇编》一书来看，由他编撰的《盐咸贡井》《地灵贡井》《人杰贡井》三编，囊括了贡井盐业的历史渊源、环境变迁、杰出人物，再加上他所钟情的文物古迹，所有这些直接和间接的积累，对于一个作家来说这便是取之不尽、用之不完的财富。

我所要强调的是，曾新先生跃升为名副其实的贡井地方志和井盐文化专家，是他长期坚持史海钩沉、实地考察、广搜博采、精心甄选，横不缺项，纵不断线，日积月累，终成正果。正如前人所言"是以泰山不让土壤，故能成其大；河海不择细流，故能就其深"。他所拥有的潜心致力方志文化研究的储备和底气，绝非时下一些道听途说、东拉西扯的冒牌专家学者所能相提并论的。

还有两件事为坊间广为称道。一是领衔组建贡井区作家协会，出版文学季刊《大公井》，把贡井地区的文学活动搞得风生水起，荣获省作协系统"先进集体"称号。二是率领自贡作家暴走团，坚持10余年，徒步数万里，编辑出版了大型文集《暴走采风录》和电视剧《暴走的故事》等。由此，他成为在贡井文化界乃至自贡民间颇有影响力的人物。我的印象中，作家暴走团和贡井区作协是两位一体的组合，有文学情结且志趣相投的人结合在一起，步行健身，采风益神，怡悦心智，拓展专长，没有等级尊卑，没有阶层隔阂，谈天说地，载歌载舞，既一任性情舒展，又彼此关怀照顾，不亦乐乎，不亦说乎！这有一点点类似欧文、傅立叶空想社会主义实验所追求的"和谐公社"的情景，所不同的，是大家都拿起笔来，或敲键盘，或发微信，写点东西。

与上述工作、活动相伴共生的是，这一时期，曾新先生的文集联翩而出，实在令我们这个年龄段的文友啧啧称道，赞佩不已。其有《漫步西城》《感谢生命》《盐史花露》《新马路旧事》等文集，还特地为他的母亲编辑出版了《曾文举民间文学辑存》。曾新的散文早在20世纪80年代就登上《散文》杂志，那是一家发表美文的权威期刊。经过这么多年的写作历练，他的文笔更自然老到了。曾新把自己的散文界定为"历史文化散文"，这是没有疑义的。10年前，我曾为曾新的散文写过一篇专论，题目叫《融情史笔载千秋——读曾新散文集〈漫步西城〉》，提出了三个命题，一是"知识分子的民间立场"，二是"方志专家的人文情怀"，三是"散文行家的自由表达"，这里就不再展开复述了。仅引述其中的一段文字：

曾新作为一个学者型的作家，他的民间立场从何而来？首先来自他的母亲。曾母高龄失明，但她并未生活在黑暗之中，她用明净的心去看世界，回眸那些她曾见过的"光明"。曾新饶有兴致地转述母亲讲述过的民间趣事、歌谣，并从母亲的引导出发，不辞辛劳地探究那些散落的民间文化遗存，不仅完成了民间文化的交接传承，而且以自己的写作实践谱写了子承母志的佳话。

令我完全没有想到的是，10年之后，曾新先生将母亲当年传唱的歌谣和讲述的故事等口头文学结集成书，20多万字，以精装本面世，纪念曾文举老人诞辰 110 年。这足为当代文坛的佳话，与高尔基之于他的祖母有点类同。但从中华民族的礼仪来说，则是传承了儒家宗圣曾参以身示范的"孝道"。曾参著有《大学》《孝经》，提倡"以孝治国"，曾用嘉菊治愈母亲的眼疾。据我所知，曾氏家谱中的第一位先祖就是曾参。我这里没有牵强附会的企图，曾新做得够好了，他用精心编辑的出版物让双目失明的母亲的传唱和讲述重见光明，你能做得到么？

三

催生《芳魂》，缘于一个小型座谈会。

公元 2021 年 7 月 25 日上午，由自贡市诗词学会副会长、资深法律工作者廖志新和青年学者陈述琪发起，邀请几个文朋诗友集聚在自贡市丹桂大街盈佳茶楼，就贡井籍烈士苟永芳的事迹整理和纪念宣传交换意见。到会的有自贡市文联原主席邓科、自贡诗词学会顾问、著名学者陆坚、自贡巨匠彩灯文化传播有限公司总经理钟逸、曾新先生，以及苟永芳烈士的孙子苟家万先生和曾外孙女钟萍女士。我因读过金文达老师遗作《苟永芳烈士在狱中》，并带上载有"苟永芳烈士专辑"的《自贡市文史资料选辑》第 13 辑（1983 年 5 月出版），忝列与会。

苟永芳烈士 1908 年出生于荣县贡井，1927 年加入中国共产主义青年团，次年 1 月转为中国共产党党员。1928 年 10 月，任中共川东特委宣传部部长兼共青团川东特委书记。1929 年 5 月，调任团省委委员，后任省"行委会"秘书。1932 年年底，任团省委书记，被称为四川共青团"少共三杰"之一。1933 年，任中共四川省委宣传部部长。同年 10 月，代理中共四川省委书记。11 月 1 日，省委常委在成都少城公园召开会议，因叛徒出卖，苟永芳不幸被捕。敌人对其软硬兼施，企图从他口中得到中共党内重要机密，均遭严词拒绝。他在《致女儿的遗书》中写下："汝父将于某日被军阀屠杀，汝将永记此日。长大后，为党效忠，为父报仇。"1934 年 2 月 15 日深夜，苟永芳英勇就义。

几十年来，苟永芳这样高级别的中共烈士，几乎没有过官方的纪念活动，在民间和青少年中更是鲜有所闻。这显然与习近平总书记提出的"用好红色资源、赓续红色血脉"的指示精神相去甚远。在自贡，因"文革"前的小说《红岩》、电影《在烈火中永生》和歌剧《江姐》，使得江竹筠烈士成为全国家喻户晓的英雄；直到 1988 年，为纪念吴玉章 100 周年诞辰，才有了电视连续剧《吴玉章》；而传记文学小册子《卢德铭》和《邓萍》则是最近两年才相继推出的。与会者痛彻地感受到政治站位的缺失影响到革命精神的传承。在贡井，苟永芳烈士的纪念和宣传再也不能耽延和懈怠，我们这一代人如若再不作为，前对不起先烈，后将贻误子孙。

曾新先生慨然允诺写一部长篇小说，书名都想好了，就叫《芳魂》，争取年底以前完成。这又是我未曾预料到的，曾新已经年逾八十了。一言既出，与会者既惊讶又兴奋。

曾新拥有所有的人所不具备的写好这部长篇小说的先决条件。第一，他有关于苟永芳烈士最翔实的史料，且他与苟永芳烈士同为贡井鹅儿沟人氏。第二，他的老师艾宇眉是苟永芳烈士的生死之交，曾设法营救苟永芳，并最终亲自安葬烈士遗体。曾新早在学生时代，就聆听过老师对于苟永芳烈士的片段追忆。第三，他既是文史行家，又是小说里手，二者相得益彰，写起来会得心应手些。第四，最关键的是，他的情怀和担当，以"文化强区"为己任，因而选择这一个最适合表现贡井杰出人物和历史变迁的重大题材。

时隔不久，曾新的大作《芳魂》便陆续发到在我们临时组建的"少共永芳"群里。这时，我们才了解到他对于这个题材有了新的拓展和更大规模的构思。他从晚清黑暗腐朽的政局写起，笔涉推翻帝制与人民革命两大主题，集中塑造辛亥革命先驱谢奉琦和中共四川省委代理书记苟永芳两个文学形象。两位烈士都是贡井人，牺牲时都是26岁，而且，苟永芳是在谢奉琦就义3天前出生的，两位青年革命家的成长经历和革命活动加起来刚好半个多世纪，浓缩了从旧民主主义革命到新民主主义革命的历史风云。这将是一部宏大叙事的革命历史小说，从贡井地区写起，辐射到全省、全国多个地区，以至日本，纵横数千里，真实的历史人物达100人以上。驾驭如此重大的题材，这对作者心智和体力来说，都将是超常的重大考验。但八十高龄的曾新先生始终从容不迫，面露微笑，那是在说：我已准备好了！

四

曾新从2021年8月17日开笔，到12月19日，历时4个月，完成了近25万字的《芳魂》的写作。作者从历史的深处走来，以凝重的笔触描绘昔日富荣盐场社会生活状貌和封建帝制崩溃前后半个世纪的历史风云。作品遵从革命先烈真实的人生轨迹和革命事迹，揭示先烈们推翻反动统治，建立人民国家的革命初衷，讴歌先烈们前仆后继、奋不顾身的伟大精神品格。饶有深意的是，这部长篇将辛亥革命先驱谢奉琦和中共四川省委代理书记苟永芳两个文学形象前后呼应，以辛亥革命的不彻底性和国民革命失败的惨痛教训，揭示只有共产党才能救中国的真理。这是我市第一部以革命烈士为原型的长篇小说，这是献给中国共产党成立100周年的一份厚礼，它将作为爱国主义和革命传统教育不可多得的教材而传播久远。

我们有必要对小说名家李锐的《银城故事》作一番比较研究。

《银城故事》出版发行于二十年前，写辛亥革命时期发生在我国西南产盐的小城革命党人发动的一次暴动。所谓"银城"就是自贡的代称，作品写到了银溪河、育人学校，写到了同盟会发动起义，这些都打上了盐都自贡的烙印，与《芳魂》前半部分的写作背景大致相同。但是，《银城故事》隐去了真实的历史人物，把行刺知府、泸叙起义和荣县暴动都移植到了"银城"地区。作者的意图，并不在于寻觅同盟党人真实的历史足迹和为先烈先贤树碑立传。作品刻意表现的是同盟党人的冒险、国民的麻木、官吏的凶残、绅商的狡黠，以至民间的狂暴和爱情的浪漫，所有这一切，都不受制于历史真实的约束，而是反历史言说，反宏大叙事，是对国民性的再一次审判。因而被称为新历史主义小说。李锐祖籍自贡，生于北京，曾到山西农村插队落户，"文革"后任《山西文学》编辑，现从事专业创作。他多次到自贡寻根采访，在他的笔下，并不热衷于表现井架、灶房、盐运、盐道等井盐生产和运销（这与他并未长期生活在自贡有关），而是着重写牛和牛粪，他写道："银城的历史是牛粪饼的烟火气，是牛屎客的买卖"，银城"是充满牛气息的城"。把"牛"符号化了，别致、大气，而有深意。

与之相反，在严肃的历史小说创作中，相关史料是多多益善。史料对于作家来说，大体上可分为三类，第一类是指直接或接近历史事件发生时所存在和产生的文证和物证，第二类是历史事件的亲历者或见证者时隔多年后的回忆或记述，第三类是后世相关机构的文献文本、档案资料，譬如，某某人的生平，某某事件的概述等等。经过大量的考证甄别之后，第三类只能为小说的整体构思和布局的参考，搭建小说的骨架；第二类用以还原历史人物、事件的背景及人物关系，丰满小说的血肉；第一类直接呈现历史真相和人物形象，例如事件发生的旧址、物件、照片、影像，主人公的笔记、书信、诗词等，从而注入小说的魂魄。将这些历史碎片，拼接还原为历史现场，并非时下某些学者宣讲的"七分真实，三分虚构"所能达成，需要的仍是由真实的细节构成的生活链，由众多真实人物形成的社会关系，从而塑造典型环境中的典型人物。《芳魂》正是在如此庞大而相互穿插的谱系中，精甄细选，而后用小说的叙事手段催生问世的。

这部长篇，在叙述艺术方面，是铆足了劲儿，下足了功夫的。较为突出的有以下几个特点，一是在历史事件的叙写中塑造人物形象，二是用典型环境的描写来烘染时代气氛，三是以真实细节的刻画带入历史现场，四是以信件诗词的实录来揭示人物心理。读者自然会在本书的阅读中受到艺术感染，用不着我在这儿饶舌以败坏了胃口。我只想复述一下在电子文档上通读全书的原初感受，让大家分享。

曾新先生像一个专业的解说，让你肃穆于历史的祭坛。他丰富的历史知识让你自认浅薄，同盟会在东京的活动你知道多少？同盟会在川南有过几次未遂的暴动？当年中共四川省委有几位书记不幸蒙难？由此你才真正领悟到什么叫"奋不顾身"，什么叫"前仆后继"。还有就是作品"致广大而尽精微"的格局，在小说的叙事中，时而山重水复，时而柳暗花明，时而电闪雷鸣腥风血雨，时而瓦舍清茶孤灯伴影。再就是他深挚的乡土情结，他那灵秀的生花妙笔，多半来自几十年散文的历练：旭水河蜿蜒而至，在城中纵身而下，瀑水喧豗，雪浪翻腾；两岸井架林立，灶房连云，商铺比肩，人马熙攘；天池寺梵钟清脆，融入这西城的繁华的交响……富荣盐场的"清明上河图"让你恋恋不舍。

就此打住，否则越写越飘了。说到不足，读者会明显地感到《芳魂》的后半部分弱了一些。这是因为苟永芳烈士的史料相对要少一些。其中有历史的原因，当时的中共四川省委多次遭到破坏，领导人相继被杀害，且中共处于地下活动状态，组织表册、文件档案，多被销毁。若要为烈士立传，首先得有烈士的大事年表，越详尽越好，不可有遗珠之憾，这项工作，相关部门得继续抓紧深入推进。从作者主体方面来说，长篇小说可是个体力活，如同越野赛跑，到了后半段，已经体力透支了。

从《苦海》到《芳魂》，曾新经历了两次涅槃。他是一个没有年龄感的人，心态很年轻，像当代高龄写作的老作家们一样，他还会继续规律地生活和创作，不断地给喜欢他的读者带来惊喜！

2022 年 2 月 10 日于自流井园丁苑

历史的一声深沉叹息——《芳魂》读片

陆 坚

曾新先生的新作《芳魂》问世,要我写几句话。

我确实该写。

因为2021年是中国共产党的百岁大庆之年,在自贡诗词学会的百年吟诗会上,我准备吟诵一组《自贡英杰》的七律诗,从刘光第、宋育仁、赵熙到吴玉章、王天杰、谢奉琦、龙鸣剑到卢德铭、邓萍、江竹筠……意思是用诗构成鸦片战争以来中国人民革命斗争中自贡人杰的一个链接。

但我发现这个链接少了一些环节。尤其是中共建党初期——史称土地革命时期的环节。在这一个环节中,我的记忆搜寻出了被我淡忘更被更多的人漠视了的也是自贡人的曾任中共四川省委代理书记的革命烈士苟永芳。于是我临时加写了一首关于苟永芳的七律,一起拿到会上诵读。

无独有偶,这个朗诵会上竟然还有一个人也记起了苟永芳。自贡诗词学会副会长廖志新先生约了苟永芳的后人与会,并展示了苟永芳遗书、前人为苟永芳烈士所写悼诗等多件书法作品。

这样一来,自贡诗词学会这个百年吟诗会,差不多给弄成了关于苟永芳烈士的专题纪念诗会。

这以后便有了九人聚会,邓科、王发庆、廖志新、黄千红、陈述琪、曾新、我以及苟永芳的后人苟家万、钟萍。大家约在一起商议为苟永芳烈士做点什么事。曾新撺我:陆校长的钢笔画画得好,画一套连环画。我也撺他:这是一个长

篇题材啊，曾老师写一个长篇。

年底，我的64幅《少共英杰苟永芳》连环画初稿完工。曾新的长篇小说《芳魂》杀青。

我们互为"催生婆"，写几句，理所当然。

《芳魂》写了自贡贡井诞生的谢奉琦和苟永芳两个历史英雄人物。这两个人物前赴后继，一个是辛亥革命前期同盟会的四川负责人，一个是中共20世纪30年代四川省委的重要领导人，他们构成了自贡历史慷慨悲歌的近现代革命斗争史的一个重要片段，给这部完整历史的前后延伸提供了历史的可能。

令我非常非常珍视，也非常非常应该引起读者高度重视并仔细阅读和认真咂摸的是，曾新先生在这两个人物的身后和身旁，所展现的庞大而生动的自贡历史形态：一群一群的那一时代的市井之民生存着，生活着，民俗着，语言着；一群一群的那种历史背景下的盐工盐商劳作着，奔波着，煎熬着，挣扎着；一群一群的那个翻腾奔涌的大潮中的少年求索着，思考着，奋斗着，牺牲着。而他们身后，曾新先生给我们壮阔而生动地展现的，不是中国普遍的农耕文明市井乡镇的背衬，不是几乎所有其他关乎那一时代的小说诗歌散文所津津乐道的茶房酒肆农庄乡村桑麻粮棉酒茶书琴的或悠然或残破的画卷，而是一个早在19世纪中叶便率中国之先自发自生步入资本主义经营形态的庞大的井盐手工业工场。

这一工场，经清咸丰、同治年间川盐济楚，拥有盐井、天然气井1729口，煎锅5900口，年产食盐近20万吨，占全川产额一半以上，营销本省40余州县及湘、鄂、滇、黔百余州县。光绪末年，年征税银达170万两，约占全川盐税收的40%以上。据美国人弗吉尔·哈物于1888年的调查统计，当时自贡井盐产值约为4940万美元/年。

许多中外专家、名人盛赞自贡盐场的巨大规模。日本《支那省别全志四川卷·盐》就描述自贡说："自流井的盐井与大运河、万里长城、杭州海塘大堤、都江堰工程，并称为中国五大土木工程。作为盐厂，其规模宏大，在中国数第一。"

这一资本主义经营形态的井盐工场里，在晚清至民初这一特定的历史时期，它庞大的雇用劳工群在残酷的资本剥削和反动政体的压榨下，蕴含着巨大的革命造反的原动力；它的经营者盐商的资本冲动又与当时苛酷而僵死的盐政和掠夺式的税政有着几乎无法调和的冲突，叛逆之心不时冒出；而工业产品盐的商品化运销，让这里的人赴滇黔、下渝州、走湘楚，眼界更开阔，新风更植入。世界格局的大变化，中国政局的大动荡，在这一条盐道上激荡贯注，给予了这一僻处川南的庞大盐场的人们更尖锐的刺激和更深刻的启迪。

曾新在他的《芳魂》这部作品中，真切而生动地展示了这一与中国内地广阔的半封建半殖民地农耕文明地域截然不同的时代背景。而现实生活中，正是这种自贡特有的时代背景，让这一迟至1939年才立市的弹丸之地，在鸦片战争到中华人民共和国成立这109年间，井喷式地涌现出前文所叙的那么威武雄壮的领时代之先的英雄群体。使它在共和国"百杰"中，现在还不到300万人口的一个小城，竟然占鳌头般地涌现出三杰——卢德铭、邓萍、江竹筠而再加一吴——吴玉章，成为名副其实的中国百余年近现代人民英雄之乡。

而放在这样的历史背景下，活跃在曾新先生笔下的谢奉琦和苟永芳这两个历史人物——一个是富裕盐商的子弟，一个是城市贫民的儿子，不同的成长历程却同样地走向觉醒奋斗，并同样义无反顾地牺牲，才那样的真实可信。

这一切，艺术而深刻地揭示了一个真理：革命，不仅是哪里有压迫哪里就有反抗那样简单，更是经济发展突破陈旧的政治体制的必然。

生产力，才是社会进步最根本的动力。

最根本最重要的社会革命的爆发，无不产生在社会生产力的发展，意图突破旧的社会的、经济的、生活的制约"瓶颈"的时期。

小说写人，必源自真实。三国八分真，用政治审美的虚构完善作者对历史的理解。水浒五分真，用道德审美的虚构填充对社会的期待。西游三分真，用宗教审美的自省揭示人性的卑劣。红楼亦幻亦真，用模糊的历史模糊的人，品尝真实人生情感审美的辛酸。

曾新先生的《芳魂》的真实，是真实的人物线条中，填充进真的，但不一定是人物原型的生活体验；注入进真的，但也不一定是人物原型的情感波澜；构成为活生生的，但也不一定是人物原型真实经历的历史细节；描绘出真的，但也不一定是人物原型亲自处过的生活场景。

而作者这一切细节的虚构，不仅不让人觉其假，反而使人觉得更为真。

这得益于作者自己80年来一直生活在小说人物曾经生活的同样场景中。更得益于作者以80年的努力，不歇不休地研读小说原型出生成长奋斗献身的这一地域的历史、文化、场景、风情，尤其是对历史原型不断地研读，烂熟于心的了解。因而，他自觉或不自觉地把自己和小说人物同置化于一样的历史场景和生存场景中。更得益于作者毕生追求的道德情操与文化坚守，与上一代、上上一代先知觉者的奋斗牺牲相承于一脉，坚守执着以一念，声气相求于一理。这就使他的这部小说创作，化"己"于"人"，植"人"于己，让小说人物相融于自己的切身体验之中，真实与虚构相互彰显于一体了。

不客气地说，《三国》《水浒》《西游》，作者与小说人物之间有着明显的历史区隔与空间区隔，因此历史的真实与写作者的虚构，也明明白白地呈现在读者眼前，让人会有些许抵牾之感。《红楼》则不同，因为倾注了作者哀悲爱恋愁的无限真情，那模糊的历史、模糊的人，反而令读者毫无隔膜地读出真切来，令自己的喜怒哀乐与小说人物相与相随。

《芳魂》的真实性又别具一格，它让人无论怎么读，都认定"就是这样"，它的一切都与作者的体验与认知贴切契合，因而与小说人物的体验与认知贴切契合，再因而会与读者的认知和体验，一读而贴切契合。

所以从决定创作到作品完成，曾新仅仅用了一百来天，神话般地一气呵成。

因为它厚积了，用作者的毕生来准备了，所以才有创作时的"神来"之快。

正因为如此，《芳魂》这部小说，具有以作者的真实体验和认知，补充历史记载的断片，艺术性地还原历史人物的"十分真切"的文学特点。

《芳魂》之会感动人，一个重要的原因，是会让我们读出在偏远如斯的自贡这一隅，竟然有知名甚微的一群，曾如此壮丽地闪现自己的人生。

相信曾新先生之执笔创作《芳魂》这部小说，潜意识里一定和我一样，觉得闪耀着可数可计的明亮的星辰的历史天空，有太多太不明亮，太为遥远的其他星辰，太为人们所忽略了，如谢奉琦，如苟永芳等人一般。从而想要这些长久被忽视被淡忘的普通星辰，重新进入人们的视野，引起人们的重视。

作为辛亥革命前夜四川同盟会的主要领导人，叙泸起义的组织者，慷慨捐躯的革命志士，谢奉琦在辛亥革命后被孙中山先生追封"左将军"。

同期被追封为将军的邹容、喻培伦、彭家珍等人，至今在他们的家乡保留有故居，建立有纪念馆，陈列有生平事迹，受着一代代人的崇敬和瞻仰。

而自贡的谢奉琦却故居被侵夺，仅剩残破一隅，纪念他的街名"玮頵"被改作他称，英名伟业除几个历史专家外，几乎无人知晓。

而曾为中共四川省委代理书记的革命先烈苟永芳，在他的家乡，除了文史资料里的简略记叙外，则几乎无一纪念之物，亦几乎无人听闻过他的名字，他的事迹。

这让我们，我和曾新们无数次地慨叹不已。

革命是那些不断被人们反复提及的著名英雄的业绩，但更是千千万万甚至连名字都不曾留下的普通参与者，或者虽留一名，但被历史磨淡了光辉而渐趋无名的普通参与者的业绩。

我们敬仰那些功业辉煌，声名卓著的英雄。

我们同时也敬仰，而且还想让更多人，不要忘记那更多的平凡的、普通的、也曾奋斗，也已牺牲的革命事业的参与者。尽管他们的生命在狂风暴雨的时代百年大变革中，只不过是一瞬即逝的一道闪电，广阔无边的天地间的一声短暂而低微的叹息。

正因为如此，我在重读苟永芳的事迹时，知晓他的妻子郭瑶芝也牺牲在革命斗争中，而且更加湮没无闻时，禁不住潸然泪下，写下了《红侣吟》：

自贡籍革命烈士，原四川省委代理书记苟永芳被捕于狱中，临刑前致信其妻曰：你为党中最忠实分子，无须我叮嘱，以后勿以死而心灰意冷，忘却前进。

苟妻郭瑶芝，原姓蒋，三台人。与苟志同道合，共同参加革命斗争，长期致力妇女运动。苟永芳被捕牺牲后不久，郭亦被捕，入狱后下落不详。余读苟永芳、郭瑶芝事迹知此，心绪潮涌，不能自抑，乃有所吟：

鸦片战衅起，神州渐陆沉。生民涂血惨，国事屡危辛。代有奋争起，前赴并后承。终至乾坤易，华夏复光明！百年一页史，捐躯多仁人。念兹复敬兹，最怜伉俪群。相随共砥砺，夫妇携与行。敢赴死生地，皆皆民族魂！

首是宋庆龄，追慕随孙文。努力无境已，孜孜新三民。

最敬杨开慧，相随有润之。刑狱不折节，英魂入月魄。

鲁迅许广平，《两地》眷爱深。不幸迅早逝，许志愈坚贞。身陷仇倭狱，百般受摧凌。坚不吐实秘，高仰万人敬！

彭湃娶玉馨，毁家资农运。举事海陆丰，就义浦江滨。玉馨奋志节，潮汕搏红缨。励兵破"围剿"，不幸殉芳龄。

又有徐全直，嫁随陈潭秋。白下启工运，惨遭叛徒手。潭秋举大业，万里征鸥鹈。纵骑走疆域，头颅抛西畴。

毛家菊妹子，挽携与陈芬。秋收张义帜，砥砺皆党人。菊妹率红军，被捕勇牺牲。陈芬赴井冈，就义归耒阳。

又有周文雍，相与陈铁军。革命惺惺惜，息止同奔忙。广州举义帜，昂然搏刀枪。携手同饮弹，婚礼结刑场！

先烈蔡和森，结缡向警予。中共双元老，持操入枢密。武汉向就义，广州蔡捐躯。热血祭山河，英魂亦比翼。

游曦肖楚女，党人结伉俪。辗转湘鄂粤，革命互扶携。霾云蔽晓曛，羊城血溅旗。前赴与后继，义无反顾意。

重庆中美所，魑魅最嚣嚣。绮云与林侠，夫妻双囚牢。多少革命者，昂首饮屠刀。喋血相挽扶，天明只尺遥！

吾乡多英杰，著称江竹筠。连理彭咏梧，革命携与行。咏梧悬首逝，江姐悲继志。川东率军旅，大业相生息。不幸陷敌手，狱中坚行志。慨然赴刑碟，碧血凝梅枝！

吾乡又一杰，少共苟永芳。献身革命业，慨慷赴刑场。刑前与妻书，谆谆嘱为党。妻称郭瑶芝，志节同永芳。为争妇女权，奔走号呼忙。不幸亦陷敌，踪迹遂消亡。索寻九旬远，音讯终渺茫：知是温玉碎嚣尘？知是昆岗折刑场？知是勘狱摧花谢？知是疠疫噬春芳？不敢寻拾不忍思，寻之思之情哀伤！伉俪同争民族运，献身共赴死生场！风高节亮一代代，人人敢不共景仰！

　　高天竿昆仑，伟树植扶桑。沐日展金翅，双栖凤与凰。共啸海陆远，同向九霄翔。一朝投炎焰，熠熠生辉光。相携皆涅槃，重生更辉煌！

　　我歌红侣吟，我叹凤与凰。多少殉生者，史籍载俪伉！愿人永相志，毋敢或有忘！

　　我相信，曾新先生不顾80岁的高龄，用《芳魂》这一部长篇小说，来为谢奉琦、苟永芳立传，是怀着和我一样的上述的情怀和心态的。

　　我们也用我们的笔，吐出一声说不清是什么的叹息。

　　这声叹息虽然更加微不足道，但却可以在我们领袖的伟大述评中找到定论：

　　人民英雄永垂不朽。

　　三年以来，在人民解放战争和人民革命中牺牲的人民英雄们永垂不朽！

　　三十年以来，在人民解放战争和人民革命中牺牲的人民英雄们永垂不朽！

　　由此上溯到1840年，从那时起，为了反对内外敌人，争取民族独立和人民自由幸福，在历次斗争中牺牲的人民英雄们永垂不朽！

《芳魂》的艺术营造

邓 科

《芳魂》是贡井作协主席曾新继他的长篇小说《苦海》之后的又一长篇力作。小说主要以革命先驱谢奉琦、苟永芳为主人公，艺术地给读者呈现出19世纪末叶和20世纪初叶我国风起云涌的革命浪潮和血雨腥风的斗争场景。读之，感受颇多，就其艺术营造而言都颇具特色。

一、史料唯真，情节求活

作为地方文史专家和作协主席的作者曾新，深知历史人物的人生轨迹是史料规范了的，来不得半点虚假；要想把历史人物写"活"，就只有在事件场景和生活细节上下功夫。他描写谢奉琦的章节中，有好些地方都很精彩，比如几岁的奉琦与父亲对对子，父亲："天池。"奉琦："旭水。"父亲："草市坝。"奉琦："鹅儿沟。"父亲："天池集水成潭山顶。"奉琦："旭水飞流挂瀑邑中。"体现了谢府望族官宦人家的传统教育和奉琦聪敏的智慧。又比如九九重阳节，旭川书院的吴玉章、谢奉琦等10位学子登天池山"指点江山，激扬文字"时，他俩与雷铁崖三人的吟诗唱和的细节也是很感人的。还有谢奉琦、熊克武、黄复生三人在日本横滨孙中山寓所工作到中午12点，一起上街"打牙祭"吃回锅肉，谢奉琦抢着买单那一个场面也令人过目难忘。

同样地，刻画赤贫困顿的苟永芳儿童时代，一家5口人，吃了顿红苕"拷"

苞谷的"拷拷儿",只不过是先放了点菜油炒苕块而已,竟然吃得全家人"欢呼雀跃"都说"好好吃哟!"还有当苟永芳在东兴寺学校聆听恽代英宣讲辛亥革命推翻满清,"五四运动"反帝反封后,写日记以诗明志的细节也是给人印象很深刻的。

二、人物刻画,异曲同工

《芳魂》中的两位主人公有许多相同和不同之处。一相同:都是贡井人;不同:谢是富家子弟,苟是赤贫儿童。二相同:两家都在旭水河畔;不同:谢在河西院子坝,苟在河东鹅儿沟。三相同:都是先知先觉早期革命者四川领导人之一;不同:谢是早期同盟会员,四川"三主盟"之一,苟是早期共产党员,四川"三少共"之一。四相同:都是叛徒出卖26岁英年壮烈牺牲;不同:谢早生26年,他牺牲时苟才刚刚出世。两位英烈的人生轨迹加起来才52年跨半个世纪多一点点,而他们的革命精神、他们的高风亮节却会留芳青史、光照千秋。

通过对两位先烈异同的比较,我感悟到:一个人要走什么道路,与贫富无关,与阶级无关,而与志向有关,与品行有关。只要立定志向,不忘初心,牢记使命,坚守气节,人皆可以为圣贤。

三、场景展现,大气细腻

作者笔下的"谢府人家":贡井天池山东南麓,有一片比较平坦的地方,民间称作"院子坝",有几十座大大小小的民居院落。这些院落颇具川南民居特色——木穿斗、小青瓦、白粉墙。院落中,最为显眼的是谢家大院。大院坐北向南,大门口有一座石牌坊,牌坊上端端正正镌刻着"圣旨"二字。这是一座功德牌坊,是朝廷为褒奖谢氏先祖任朝廷命官时的功绩而建的。石牌坊前面两边雄踞一对威武的石雕狮子。牌坊后八字大门,门楣上一通黑底金字匾额曰:"谢府"。两边门枋上有黑底金色木刻对联:"堂前旭水红日照,宅后天池明月生"。

作者笔下的盐场书院:富荣盐场发达的盐业经济,积累了富甲一方的财富,让这里成为文化教育昌明和新思想观念孕育的沃土。盐场众多的盐商大亨在经济富裕后,即想问路于政治、求仕于科考,即或独资办学,或集资办学,或推动政府兴学,使盐场的教育事业得到了发展。清中晚期,富荣盐场先后举办了炳文书院、旭川书院、三台书院、育材书院和酌经书院五所书院。其中旭川书院和酌经书院开办在富荣西场贡井。光绪二十八年,也就是1902年,谢奉琦不满十岁时,进了自流井炳文书院读书。

荀永芳和同学们采风考察王爷庙、夹子口、一对山时，作者带出了济公和尚、鲁班大师和孙悟空打赌斗法的民间故事，还带出了程家场清人蓝尧夫描绘夹子口风光的诗。

四、民间风情，活色生香

作者受一肚子民间故事母亲的影响，对川南一带的儿歌、民谣、坊间故事，几乎可以信手拈来。例如，谢奉琦的妈妈在带着孩子们边做游戏边唱的儿歌《脚儿搬搬》和《月亮走》就雅俗共赏脍炙人口。

作者对自贡乃至川南的方言土语更是驾轻就熟、张口就来，打开《芳魂》随处可见的特色语言如：喊啥子？我晓得！要得不？莫担心！不准耍赖！说话流畅不"打腾"，好个"登度"小伙儿，站得"溜称"！好遭孽哟！眼睛"落了扣"，写字"稀撇"，像"瘸蛇滚沙"，天刚麻乎乎儿亮，到"河底下"去买东西，跑得飞快！等等，真的是：盐场语汇，有盐有味，描龙绘凤，活色生香！

五、作家诗人，得心应手

作者文学功底厚，写诗作文一笔两开。《芳魂》中除标明作者外的诗词和有关场景中的对联辞赋，都是作者根据当时情景需要而创作出来的。比如谢奉琦与吴玉章、雷铁崖在天池山的吟诗唱和以及荀永芳在川西彭县当县委书记时发动农民革命教唱的民歌诗，就是两种完全不同的风格，他都能不着痕迹地安排得很好。我亦欣赏借鉴作者这种诗文交织的写作技法。拜读完《芳魂》，我也写了首小诗作为此短文的结语：

　　双杰长埋草泽封，芳魂重塑两英雄。
　　曾公一管传神笔，结伴乡贤史册中。

拜读曾新先生长篇小说《芳魂》即兴

廖志新

第一章 谢府人家

一

太平山脉对天池,旭水穿城龙曳姿。
谢府于斯传廿代,奉琦承德复新枝。
家风陶冶涵慷慨,心智聪明自俊奇。
五岁哀椿犹向上,他年振铎知有谁。

注:奉琦:谢奉琦;五岁哀椿:椿:父;谢奉琦五岁丧父。

二

百年人杰顾看中,旭水西来养俊雄。
谢府豪门琦反帝,苟家寒舍虎生风。
凋零国事何堪对,振奋黎民到底同。
画卷铺来殷血在,芳魂未息舞长空。

注:琦反帝:出身富家的同盟会会员、反清烈士谢奉琦反对帝制;苟家寒舍:曾任中共四川省委代理书记的苟永芳烈士,出身于贫寒之家。

第二章　书院求学

家学熏陶蒙已启，又投书院梦期圆。
文章八股看斜日，仕路前程止少年。
策议平戎鱼得水，篇研筹蜀鹤鸣天。
旭川犹是弦调处，欲奏宏音气沛然。

注：筹蜀：《筹蜀篇》；读旭川书院时，学长吴玉章带来的《筹蜀篇》内容丰富，涉及古今中西，对谢奉琦影响较大；旭川：旭川书院。

第三章　思想启蒙

才子佳人眷侣仙，三生石上定姻缘。
温柔乡里鸳鸯锦，慷慨声中鸿雁天。
国事沉沦思击楫，扶桑横渡岂安禅。
天池山下蟾光夜，欲去男儿泪竟弹。

第四章　留学前奏

万里风尘万象昏，前途乍许出夔门。
儒林笑话留书页，王土愚人颂圣恩。
欲渡扶桑诸葛计，将寻韬略太阳村。
此行休负江山诺，鸿爪分明史记痕。

第五章　逗留苏州

欲渡东瀛从沪上，姑苏顺览逸藏愁。
小桥流水寒山寺，深巷名园故虎丘。
次第风光归一帝，从来百姓役千秋。
梳翎几日期新宇，抟翼他时犹可谋。

第六章　留学生活

变法维新各败成，樱花树外觅鹰声。
同盟会入兴华夏，早稻田开迓谢生。
辫子剪除枷锁弃，清廷相敌焱刀行。
玉章重遇黄兴识，啼始雄鸡唤晓明。

注：变法维新各败成：变法：戊戌变法（失败）；维新：明治维新（成功）；早稻田开迓谢生：谢奉琦入早黄兴：同盟会发起人之一。稻田大学；玉章：吴玉章。

第七章　路漫漫兮

清廷气象残云貌，赤县风光沉陆时。
衣带碧蓝存一水，邦分强弱判殊词。
何堪空洒成珠泪，东渡寻求振国知。
苦煞儒生研理化，蜿蜒书径笃行之。

注：判殊词：悬殊极大的评判之词；知：知识；儒生：这里指谢奉琦。

第八章　奉命返川

扶桑回渡播光明，歌浩同盟揽蜀声。
击宇慨慷张隼翅，行途辗转险人生。
情长儿女私情抑，剑快江湖北斗横。
欲捣龙庭呼激荡，摇风大旆引新征。

第九章　运筹帷幄

后岭前川绿嶂围，英雄廿二至如归。
雕盘倏地云间没，瀑泻轰然洞外飞。
几子东回天火盗，万弦同震雾霾挥。
酒都犹许惊雷酿，直捣金銮待奋威！

注：同盟会在蜀南泸州洞窝河谷洞海绿林庄园召开川南分会会员会议。

第十章　喋血四川

椎秦赴险仰张良，起义轮番痛国殇。
拯国有心纷喋血，行途环嶂万回肠。
英雄浩气存川郡，山水忠魂恨霸王。
虎豹当关疑路绝，鼓鼙声续慨而慷！

注：椎秦：椎秦博浪：张良在博浪沙欲以百二十斤铁椎椎击秦始皇，误中副车，椎秦失败。

第十一章　殉难叙府

谢家公子欲何之，鞑虏驱除起恐迟。
富贵偏忧黎患重，逍遥不趁国危时。
锦衣深院休贪恋，爱子佳人忍别离。
血洒酒城应化碧，临刑长啸四行诗！

注：谢家公子：此特指谢奉琦；临刑长啸四行诗：谢奉琦临刑前慷慨陈词，并朗诵其在牢中用鲜血写的四行诗："中原多故祸燃眉，草泽人怀造国思。富贵勿忘耕陇上，诗成泣下数行时。"

第十二章　清朝覆灭（西江月）

千载王朝瓦解，九州革命功成？共和雏鸟欲飞腾，讵料徘徊未定。
贡井地灵雄在，鹅沟舍陋芳生。剃头贫庶庆添丁，苟氏人家懂憬。

注：鹅沟：四川贡井鹅儿沟。

第十三章　帽壳山下

生逢乱世处寒微，无价书香幸未稀。
西学东侵曾窍启，恩师善诱望鹰飞。
芸芸大众怜同瘦，赫赫豪门惑忒肥。
敏慧如斯能有几，萌芽他日竞芳菲。

第十四章　锋芒初露

外豺中虎吐霾云，此子超然迥不群。
曾酿学潮声御外，犹盟导社意堪殷。
腥风旷野随旗帜，壮士危崖运斧斤。
初显锋芒光熠熠，浑雄气欲冠三军。

注：此子：苟永芳；导社：苟永芳就读成都高等师范学校（四川大学前身）时的进步学生组织，苟永芳其时担任该社主席；随旗帜：比喻苟永芳加入团、党组织。

第十五章　三杰翘楚

西川东蜀旆红摇，激浊工潮叠学潮。
播种盐场苗渐发，盘根乡野树争高。
雄文刺魅成刀剑，妙着联盟现路桥。
睽隔娇妻怜父女，少城罗网陷天骄。

第十六章　血染校场

汤蹈火趋无惧色，稜稜气概证心初。
乡人悲作《招魂赋》，囹圄三传绝命书。
终可入棺缘友助，长留一冢在蓉居。
成仁血性存天壤，浩气芳魂信不虚。

注：稜稜：威严状。